雄关漫道

欧阳黔森 陶纯◎著

中国言实出版社

图书在版编目(CIP)数据

雄关漫道 / 欧阳黔森 , 陶纯著 . —— 北京 : 中国言实出版社 , 2021.2
ISBN 978-7-5171-3763-4

Ⅰ . ①雄… Ⅱ . ①欧… ②陶… Ⅲ . ①长篇小说 – 中国 – 当代
Ⅳ . ① I247.5

中国版本图书馆 CIP 数据核字 (2021) 第 027634 号

出 版 人　王昕朋
责任编辑　霍　瑶
责任校对　史会美

出版发行　中国言实出版社
　　　　　　地　　址：北京市朝阳区北苑路 180 号加利大厦 5 号楼 105 室
　　　　　　邮　　编：100101
　　　　　　编辑部：北京市海淀区花园路 6 号院 B 座 6 层
　　　　　　邮　　编：100088
　　　　　　电　　话：64924853（总编室）　64924716（发行部）
　　　　　　网　　址：www.zgyscbs.cn
　　　　　　E-mail：zgyscbs@263.net

经　　销　新华书店
印　　刷　北京中科印刷有限公司
版　　次　2021 年 4 月第 1 版　　2021 年 4 月第 1 次印刷
规　　格　710 毫米 × 1000 毫米　1/16　19.25 印张
字　　数　314 千字
定　　价　78.00 元　　ISBN 978-7-5171-3763-4

欧阳黔森，湖南隆回人。中国作家协会会员、贵州省作家协会主席，文学创作一级，一级编剧。作品曾获贵州省第一、二届政府文艺奖、全国"五个一工程"奖、中国电视"飞天奖"、中国电视"金鹰奖"、全军电视"金星奖"及贵州省政府文学奖一等奖等多种奖项。

陶纯，山东聊城人，中国作家协会会员。长篇小说《一座营盘》入选2015年度中国小说学会年度排行榜、《当代》长篇小说"年度五佳"。作品曾获中国人民解放军文艺奖、全国"五个一工程"奖、全军文艺新作品奖一等奖、中国图书奖，以及《人民文学》《解放军文艺》《中国作家》等刊物优秀作品奖。

目录

红色岁月 红色历程 红色史诗 红色经典

第一章

一队衣衫褴褛的红军士兵反绑着双手，被保卫局的人押过来，在凶狠的叫骂声和命令声中，他们在山脚边一字排开，背过身去。面前是青山绿树，山上野花迎风开放，不远处就有一条清亮的小河潺潺流过，朝霞温柔地洒过来，明艳无比，原本是轻松浪漫的时刻，但这时的气氛却异常压抑。所有的人都知道，又有一个血腥的场面将要出现。

脸上有一道疤痕的保卫局长跑去向湘鄂西中央分局书记、军委分会主席夏曦报告，说昨夜开小差的二十八个人捉回了二十三个。身材消瘦矮小的夏曦骑在马上，脸色铁青，目光冷硬，嘴唇边的一缕稀疏的小胡子不停地哆嗦。良久，他抬起头来，冷冷地望一眼山顶上正在飘浮的一团乌云，突然挥了挥马鞭子，从牙缝里挤出四个字："统统枪毙！"

这是谁都知道的结果。连日来，已经有上百名逃离革命队伍的人被捉回后执行了死刑。尽管如此，还是有人不要命地逃跑！保卫局长向夏曦敬个礼，跑到队伍前，大声喊道："各就各位，准备——"

二十几个左臂缠着红布条的保卫局的士兵刷刷地举起了枪，向着那二十三个逃兵瞄准。逃兵们有的脸吓白了，有的傻了眼，目光呆滞，更多的人面若岩石，十分冷漠，似乎已将生死置之度外——他妈的，红军眼见着已到穷途末路，今天即使不被枪毙，明天也会饿死，或者是被白狗子打死。反正是个死，就这熊样了。

保卫局长扬起的手臂即将落下来。就在这时，几匹马沿着山路急速跑来。

1

行在最前面的那个人身材魁梧，浓眉大眼，面容威严，唇上留着修剪整齐的黑胡子，腰里斜插着一根长长的烟杆子。有眼尖的人小声嘀咕："贺军长来了。"

千钧一发之际赶来的人正是贺龙。紧随在他身后的是他的警卫参谋罗扬，然后是两个膀大腰圆的警卫员。罗扬大声喊道："住手！枪下留人！"

贺龙的马从夏曦身边一闪而过。贺龙连看都没看夏曦一眼，这在平时是不可能的。保卫局只执行夏曦的命令。夏曦是红军中著名的"二十八个半"之一，毕业于莫斯科东方大学，和王明是同学。在红三军，夏曦说一是一说二是二，夏曦的命令就是党的命令，因此，保卫局长走到贺龙面前，不冷不热地行个礼："报告军长，夏主席命令，枪毙这些革命的败类……"

贺龙哼一声，用不容置疑的口气道："放人！"

保卫局长回头望一眼夏曦。奇怪的是，夏曦往日的骄横突然不见了。夏曦居然没有任何表示。贺龙两眼冒火，厉声道："枪毙，枪毙……我红三军都快让你们给枪毙光了！……给我放人！"

保卫局的人缓缓把枪放下了。

贺龙下马。逃兵们转过身子，惊愕地不知道该怎么办。无论怎样，做红军的逃兵是可耻的，是不能饶恕的。他们不敢与贺龙对视。贺龙一一望着他们，突然雷鸣般吼道："都给我站好！"

二十三个人都像是突然换了个人，虽然双手被反绑着，但他们蓦地一震，挺胸收腹，立正站好。贺龙痛苦地摇摇头，低沉地说："以我贺龙的脾气，枪毙你们八回都不解气！但是，现在我不怪你们，我们红三军一年多没打一个胜仗了，我们丢掉了洪湖根据地，跑到黔东来，东躲西藏，连一块巴掌大的根据地都没有，吃了上顿没下顿，过了今天不知道明天，部队也只剩下这可怜的三千人……我们两年损失了两万多人！……"

有人开始流泪。贺龙的眼里也涌出泪滴。平时谁见过贺老总流泪？贺老总是个硬汉子，贺老总是不会流泪的。可是现在，他流泪了。他嘴唇哆嗦着，又说道："你们是看不到希望，才走的，对吧？……是我们这些当指挥员的，对不住你们……给你们松绑，你们想走就走吧。但我贺龙不会走！我贺龙永远都不会离开这支队伍！哪怕战斗到最后一个人！"

罗扬上前，对保卫局的士兵们吼道："松绑！"

保卫局长似乎也被贺龙打动了，他并没有用眼睛去询问夏曦，而是扭过脸，摆摆手。士兵们接到命令，纷纷放下枪，上前去松绑。

贺龙翻身上马。在他身后，二十三个人突然都大声哭起来，有的跪下了，有的边哭边道："贺军长，我们死都不会跑了……"有的说："贺老总，你枪毙我们吧……"

背后哭声一片。贺龙的坐骑从神情沮丧的夏曦身边一驰而过。

这时候是一九三四年的六月。红三军三千多人一头钻进贵州东部的大山里，虽然暂时脱离了危险，但依然凶多吉少。从湘西转到贵州说是斗争的需要，其实是不得已而为之，是在逃窜，是在躲避，正像敌人说的那样，变成了流寇。最感到窝囊的是贺龙。仅仅在两年多前，他一手创建的洪湖根据地和江西苏区、大别山革命根据地并称为红军三大根据地，鼎盛时期的红二军团最多时有三万人马。那时候是何等气派啊！不仅湖北的徐源泉、长沙的何键奈何他不得，就连南京的蒋介石提起他也是唉声连连。谁知好景不长，红军没毁在敌人手里，却栽在了自己人手里，尤其是夏曦被中央派到洪湖以后，不停地搞肃反，大抓所谓的"改组派""AB团"，杀害了无数的红军官兵，还说这是在不折不扣地执行中央的指示，防止敌人混到革命队伍里来，堡垒最容易从内部攻破，因此混入革命队伍的敌人才是最危险的敌人。

搞来搞去，洪湖根据地全部丢掉了，红二军团只剩下几千人，不得已缩编为红三军。后来在湘西也待不住了，只能转移到黔东来。贺龙对黔东并不陌生，当年他曾经在此地驻防，一九二五年北伐时他就是从黔东领兵出发的。

这天，队伍来到沿河县的枫香溪。枫香溪是个古镇，在这一带名气很大。但是红军还没到，镇上的老百姓全都扶老携幼被吓跑了。红军开进镇子，几乎见不到一个人。晚饭时贺龙没胃口，只吃了半碗糙米饭，扔下碗，拎上钓鱼竿就到了镇子外面的小河边。他心情郁闷，钓鱼是他最好的调节方式。

罗扬跟在贺龙后面。罗扬曾经是汉口的进步大学生，因钦佩贺龙在南昌的惊天举动，于是投笔从戎，跑到洪湖投奔贺龙，从此一直待在贺龙身边，他算是贺龙的副官，兼任警卫参谋，是贺龙最信得过的人之一。

罗扬站在贺龙身后十几米远的地方，看着他把鱼竿伸到河面上。夕阳不见了，天空突然阴云聚合，冷风嗖嗖刮来，吹走了一天的燥热，使人顿觉舒坦。许久之后，罗扬终于发现，贺龙心思根本不在钓鱼上，他面色冷峻，仿佛在痛苦地思索着什么。

突然间电闪雷鸣，下雨了。雨滴刷刷地打在水面上，激起一层层浪花。一个卫士跑步送来一把油纸伞，罗扬接过，奔到贺龙身边，替贺龙撑起伞，道："军长，快回屋吧……"

贺龙烦躁地挥挥手，示意罗扬离开。罗扬深知贺龙的脾气，不敢违拗，只能退后两步，默默地收起伞，陪着贺龙淋雨。很快，雨水就打湿了他们的肩头。

贺龙一动不动，像雨中的一尊雕塑。

这时，又有一把伞飘过来，撑在贺龙头顶上。贺龙刚想发火，抬头一看，是军政委关向应，便忍住了。

想了想，贺龙扔下钓鱼竿，站起来，与关向应久久地对视着。关向应道："胡子，有什么要说的，你就说出来。"贺龙痛苦地摇摇头："小关，再这样下去，我红三军就全完了！……"关向应点点头："谁都知道，要是没有你贺胡子，红三军早垮了，撑不到今天。"

贺龙挥了挥手中的烟袋杆："不能再这样下去了！我提议，立即敦促夏曦召开湘鄂西中央分局会议，讨论下一步的行动方案。必须有个根本的改变！"

关向应兴奋地道："我同意！"

罗扬说："我去请示夏书记。"

关向应说："小罗，还是我去吧。"

当晚，在枫香溪一座地主家的宅院里，贺龙、夏曦、关向应三位，还有红七师师长卢冬生，四人分别坐在一张八仙桌的四边。桌子中央点着一根蜡烛，烛光下，每个人的脸都有些虚幻。

罗扬掩上屋门，走到院子里，警惕地守卫着。雨仍然在下。

贺龙用力吸他的大烟斗。关向应吸着小烟斗。夏曦不见了往日的盛气凌人，双目无神，小心地擦拭他的眼镜。

贺龙咳嗽一声，道："老夏，开会吧？"

夏曦站起来："好。我宣布，湘鄂西中央分局会议正式开始……你们哪位先讲？"

"我先说！"贺龙正正身子，"我贺龙从军打仗，有十六七年了，打过一些胜仗，也打过不少败仗。但是，从来没有像这两年这样子窝囊！我们的洪湖根据地全丢掉了，部队减员百分之九十，好端端的红二军团只得缩编成红三军。

我们现在这个样子像什么？我说句难听的话，我们就像丧家犬一样，处处被动，处处挨打！群众不了解我们，把我们当成土匪，见了我们就躲，就跑。同志们，我们已经到了绝境，随时都有被敌人聚歼的可能！"他坐不下去了，站起来，痛心疾首地说，"常言道，野鸡有个山头，白鹤有个滩头，红军没有根据地，怎么行？！我建议，立即在黔东创建新的革命根据地，尽快结束这种四处躲避、不停游荡的生活！"

贺龙把烟斗猛地砸在桌子上。蜡烛的火苗一阵摇晃。夏曦一怔，低头吸烟。贺龙坐下了。

关向应举手："我同意老贺的意见。"

卢冬生跟着举手："我也同意。"

夏曦沉默不语，把自己埋在了烟雾里。

关向应说："我还建议，立即恢复被夏曦同志强行解散的党团组织和政治机关。各级政治干部几乎都被当作'改组派'杀光了，红三军只有在座的我们四位是党员，这也太不正常了！"

贺龙举手："这个提议好，我支持！"

卢冬生看一眼夏曦，仿佛下了决心似的："我也支持。其实，红三军只剩下你们三个党员，我的组织关系还在上海呢！"

夏曦恼怒地望一眼关向应和卢冬生，但仍旧不语。

关向应是辽宁金县人，1925年入党，也算个老党员了，他毕业于莫斯科东方劳动者共产主义大学，在"六大"上当选为中央委员、中央政治局候补委员，1932年到湘鄂西，任中共湘鄂西中央分局委员、中共中央军事委员会湘鄂西分会主席、红三军政委。这两年，他一直看夏曦的脸色行事，唯夏曦之命是从，虽然他觉得有时候贺龙是对的，但夏曦代表党，为了维护团结，很多时候他站到夏曦一边，但是这天，他完全站到了贺龙一边，这让夏曦感到意外。

七师师长卢冬生这年只有26岁，他是贺龙的老部下，参加过北伐和南昌起义，起义失败后担任交通员，负责贺龙的部队与中共中央的联络，经常跑上海，他的组织关系一直在上海党组织那里。这两年他也被夏曦搞怕了，平时不怎么发言的。可是今天，他和关向应一样，完全站在了贺龙一边，这也令夏曦始料未及。

贺龙又说："还有，立即停止肃反！肃反，肃反，把同志们的心都肃寒了，不能再搞了！"

这时，夏曦突然开口了，语气强硬："老贺，老关，肃反是中央的决定，我是在不折不扣地执行党的六届四中全会的决定！还是那句话，我决不允许你们诋毁过去四次肃反的伟大功绩！我还准备进行第五次肃反！"

贺龙耐心地说："老夏，肃反是中央的决定，这没错。但是你扩大化了。肃反暂时停止行不行？好让大家喘口气。"

关向应说："对，应该停一停了，肃反搞得人人自危，大家没有心思干别的，这样下去确实很可怕。"

终于，夏曦还是软了，他望着三人，犹豫道："好吧。我同意在黔东创建新的根据地，同意恢复党团组织……肃反也可以暂停，但是一旦时机成熟，我还要进行第五次肃反。"

说完，他颓然坐在太师椅上。贺龙、关向应、卢冬生三人兴奋地站了起来。

恢复党团组织的工作一上来就遇到极大困难。各师、团都进行了动员，可是，都过去两三天了，全军居然没有一个人愿意恢复党籍，也没有一个人愿意当干部，大家伙儿都顾虑重重。

显然人们是心有余悸，肃反扩大化捆杀的大多是党员，是干部，人们认为党员、干部等于是"改组派"，"改组派"就等于杀头。

贺龙和关向应决定到下面看看。他们先去了红七师十九团一连。罗扬陪贺龙、关向应悄悄来到一连驻地，见没人发现他们，贺龙示意罗扬先不要吭声。

卢冬生等师领导坐在一张破旧的桌子前。在他们面前，几十个士兵或站或坐，气氛异常沉闷。

这时，一个叫刘二威的排长猛地脱掉上衣，裸露出被刑讯逼供时留下的伤痕："同志们，你们睁眼看看，我这都是被他们打的……一辈子忘不掉啊！卢师长，请你转告贺老总，我一定跟着他干到底，叫我干啥都行！可我就是再也不入党了！……到现在，我还戴着'改组派'的帽子……活过今天，不一定活过明天……"他声泪俱下，说不下去了，抱头蹲在地上。

一个叫张在祥的班长说："对！我们不想莫名其妙地被当作反革命杀头！"

又有人说："卢师长，我们不是对革命有什么二心，我们是对参加共产党害怕了！"

众人跟着附和。

卢冬生说："同志们，静一静，都听我说，现在情况不一样了……"

没人听他的。场面乱糟糟的。

突然，有人发现了贺龙等首长。卢冬生等人急忙起身相迎："贺老总、关政委，你们来了。"

贺龙示意大家不要动，然后和关向应一起走到人前。

贺龙动情地说："同志们！我说两句。当年我贺龙就是为了要当一名共产党员，才走上革命道路的。是党使我变成了一个对穷苦大众有用的人！能够当一个党员，多好啊……可是这两年，党让你们受委屈了，你们对党有意见了，对不对？但是，你们想想，红军不能没有党啊！没有党员的带头作用，红军就打不了胜仗！红军也就不是红军了！……"

众人渐渐被贺龙打动了。

关向应说："同志们，我也说两句。共产党领导下的红军指战员不敢参加共产党，入党多年的共产党员不肯承认自己是共产党员，不可思议啊！这是悲剧！同志们，我关向应斗胆代表党，向你们道歉。是党对不起你们了！但是，党永远是我们的党，永远是我们的指南针。同志们，是党员的，都请回到党的阵营中来吧！"

已经有人开始落泪。

贺龙大声道："我宣布，从今天开始，各团的'改组派'连，一律取消！'改组派'连的同志，都是久经革命考验的好同志！他们头上的那顶帽子，应该甩掉了！"

顿时，有人放声痛哭……

刘二威泪流满面，往贺龙身边走了两步："贺老总，关政委，我们再相信你们一回吧……"

张在祥说："贺老总，有你这句话，我们就是被冤枉死，也认了……"

刘二威颤抖着手，打开脚边的一个小布包，拿出一块红布。他猛地抖开，原来是一面他珍藏许久的党旗。张在祥上前，和刘二威一起扯起那面党旗，走到一片空地上。

刘二威庄严地举起拳头："我刘二威——愿意恢复党籍！"

张在祥也举起拳头："我张在祥——也愿意恢复党籍！"

紧接着，又有人上前……一只只拳头庄严地举了起来……

贺龙、关向应被深深地震撼了，他们眼睛里噙着泪珠……

重建党团组织就是从一连打开的缺口，短短几天，全军就有四百多人重新宣誓入党入团。

但是，贺龙最喜欢的"虎将"——红七师十九团团长贺炳炎现在仍然被关押着。他蓬头垢面地躺在土地庙墙角的柴草窝里。门口，有人站岗。如果不是贺龙多次力保，夏曦早就把他杀了。

这天，刘二威端着一碗糙米饭走近囚禁室。他长长的胡须不见了，脸上光溜溜的，情绪颇高。哨兵打开门上的铁锁，门开了一条缝。刘二威说："贺炳炎，贺团长，开饭了！"

贺炳炎不动。

刘二威左右看看，小声道："哎，贺团长，我告诉你，我又是一名——党员了！"

贺炳炎突然意识到什么，愣了一下："刘二威，你狗日的说什么？"

刘二威笑眯眯地说："我恢复党籍了，很多人都恢复了。"

贺炳炎从地上一跃而起："老子这条命，丢不了啦！"

他接过刘二威递过来的饭碗，狼吞虎咽地吃起来。

贺龙去找夏曦谈贺炳炎的问题。夏曦表示，谁都可以放，贺炳炎不行！他的问题很严重，不交代清楚别想出来！

贺龙强忍着火气："老夏，贺炳炎这娃是我看着长大的，他十四岁那年就跟他父亲一块出来当红军，每次打仗，他都冲在前面，要说谁最不怕死，贺炳炎算一个！他能有什么问题？我们决不能怀疑一切！"

夏曦道："知人知面难知心，有些反革命分子最善于伪装。老贺，你没有火眼金睛，不要随便替人打保票！况且你是军阀出身，入党时间也不算长，更得时时处处谨慎一些。"

贺龙终于控制不住，火了，拍案而起："我贺龙从入党的那一天起，就给自己立过一条规矩，一辈子不跟共产党这三个字发脾气。正因为你是分局书记，中央代表，好几年了，我把你当共产党这三个字一样敬着，跟你讲团结。可队伍都成什么样子了，再让你关下去，审下去，不用蒋介石动手，我红三军自己就会完蛋！"

　　夏曦扭过脸去不理贺龙。自打进入贵州后，部队士气低落，他似乎也意识到不能不听贺龙的了，于是底气明显不如以前足了。

　　贺龙口气缓和一下："老夏，我们要开辟新根据地，要发动群众，要扩大武装，现在正是用人的时候，算我贺龙个人求你，你把贺炳炎借给我用用，行不行？部队需要他。"

　　夏曦闭目沉思片刻："好吧。人可以放，但贺炳炎的问题以后仍要继续追查。还有一点，只要我夏某人还是湘鄂西中央分局的书记、军委分会的主席，他这个人就不能当主官！"

　　贺龙心里不由轻松了一些，心想先把贺炳炎放出来再说，便告辞出来，立即带上罗扬去镇子东面的土地庙放人。

　　囚禁室的大门缓缓打开了，贺炳炎走到明亮的阳光下，眨巴几下眼睛，他突然看到了站在门外的贺龙等人。他与贺龙久久地对视着，都不说话。片刻后，贺龙往身后侧伸出一只手。罗扬把一支驳壳枪放在贺龙的那只手上。贺龙缓缓地把枪送到贺炳炎面前："拿着！"

　　贺炳炎表情复杂地伸出双手，颤抖着接过枪，郑重地捧着。

　　贺炳炎神色突然变得坚毅了："老总，只要能带兵，只要有仗打，我贺炳炎再大的窝囊气，都咽得下！"

　　贺龙满意地拍贺炳炎一掌。仿佛有默契一般，二人哈哈大笑起来，其他人都跟着笑起来。

　　创建根据地，首要的工作是发动群众，但是，由于长期受反动派的欺骗和反宣传，黔东的老百姓不了解红军，每每见到红军，就像见到土匪那样，能躲则躲，能藏则藏。红军把打土豪得来的财物分给他们，没人敢要。群众工作进行得很不顺利。

　　贺龙为此感到焦急。这天晚上，他在军部办公室与关向应、罗扬分析当前严峻的形势，颇感头疼。他大口大口地吸着烟袋锅，关向应也吸着。屋子里烟雾腾腾。

　　罗扬说："群众由于不信任我们，怕我们走了，土豪劣绅报复，所以，分给他们的财物，都不敢要。"

　　关向应问："不是早就安排让各连派人把东西送到老百姓家了吗？"

罗扬说:"都执行了。可是,老百姓又都原封不动送回来了。"贺龙把烟袋锅往桌子上一敲:"白天群众不敢收,要是晚上去送呢?"

几人对视一下,都觉得这个办法好。

当晚,贺龙、关向应亲自背着一袋粮食,往一个叫丁家寨的苗族小寨子走去。在他们后面,不少战士都背着粮食或各种日用品。

在一个巷子口,贺龙停一下,指着一个方向:"向应啊,我要到这边去了。"

关向应指着另一个方向:"好好,我到那边。"走了两步,又停下,"老贺,听说这一带有不少青壮年参加了神兵组织,家里藏有武器,黑灯瞎火的,你可得当心点。"

一阵狗吠声隐隐传来。贺龙道:"说到神兵,也都是穷苦人,活不下去,才自发组织起来的。眼下也让反动派屠杀得所剩不多了。没事,你放心吧!"

他们带人分头往前走。狗吠声一阵紧似一阵。

就在这个小寨子里,村民丁顺清一家正经历着苦痛。丁家摇摇欲坠的木板屋里,昏黄的油灯下,丁顺清十岁的女儿小婉躺在床上,奄奄一息地说:"……爸……妈……我饿……"

她昏过去了。

她的母亲龙成英俯下身子,哭道:"小婉!小婉!好孩子,你醒醒呀……可怜的孩子……"

一贫如洗的家,只有墙上挂的两把大刀格外引人注目。

四十出头的丁顺清抱头蹲在地上,呆滞不动。他的儿子丁天娃身材高大,气哼哼地在小屋里走来走去。天娃说:"家里两个神兵,两把大刀,可是,都三天揭不开锅了!当这个神兵有屁用!一粒粮食都挣不来。与其这样饿死,不如去偷!去抢!"

丁顺清无力地劝道:"儿啊,饿死也不能做贼!"

女人仍旧哀哀地哭着。天娃说:"白天人家送上门的粮食,你为啥退回去?"

丁顺清斥责道:"红军说走就走,你敢吃他一粒粮,那些财主敢让你拿一条命来抵!"

狗吠声一阵紧似一阵。龙成英流着眼泪给小婉喂水。小婉仍处于昏迷中,水喝不进去,都流到她脖颈里。

两个男人唉声叹气。

就在这时，贺龙带着罗扬和两个警卫员赶到。贺龙望一眼木板屋的窗户，看到了隐隐约约的灯光，道："这么晚了，这家还点着灯，怕是出了什么事情。"

警卫员轻轻推开柴门，贺龙把肩上的粮袋放进去，然后亲手把柴门关上。

木板屋内，柴门那儿发出的响动清晰地传来。丁顺清跳起来，麻利地把灯吹灭。丁天娃从门缝里往外看，看到了院门口的粮袋："是他们，又送粮食来了。"

丁顺清惊恐地："不能动啊……"

丁天娃说："都啥时候了，还怕什么！"他从墙上摘下一把大刀握在手里，拉开木板屋的门，大步来到院门口，猛地拉开柴门。

门口，站着贺龙、罗扬和两个警卫员。两个警卫员一怔，下意识地朝贺龙身边靠了靠。

贺龙与丁天娃对视着。突然，丁天娃丢下大刀，匆忙地朝贺龙鞠一躬，然后提起粮袋，大步朝屋里走去。

屋里，传出龙成英的声音："孩子啊，你有救了……"

贺龙欣慰地笑了。

三天后，贺龙正在军部研究地图，卫生部长贺彪大步走进院子，大叫："贺老总！贺老总……"贺龙迎出："贺彪，你急慌慌的干什么！"贺彪说："老丁家的那个小姑娘小婉，好利索了！"

贺龙兴奋地说："好啊！你这个红军华佗，手到病除嘛！"贺彪说："主要是饿的。这不，老丁一家都来了，非要当面感谢你。"

贺彪回身一指，丁顺清、龙成英、丁天娃、小婉在院门口出现。丁顺清和家人与贺龙对视一下，然后快步来到贺龙面前。丁顺清眼里突然涌出泪水，扑通跪下："老总，是你救了我女儿啊……"紧接着，龙成英、小婉也在他身边含泪跪下。

贺龙愣了愣，上前两步："老丁，你们这是干什么，快起来！"

丁天娃却没有跪。他的目光盯着贺龙身边的小警卫员。丁顺清冲儿子吼一声："天娃！跪下！"丁天娃这才跪下，但目光一直没离开贺龙身边的小警卫员。

贺龙和贺彪急忙俯身搀扶丁顺清等人，把他们一家人领进屋里。丁顺清说："我活到这个岁数，却不记得吃过几顿饱饭。红军来了，我们穷人的骨头也重了几斤！"

贺龙说："可是眼下，红军还太弱小，没有办法让天下的百姓都吃上饱饭啊！"

丁顺清说："老总，我们这一带原有不少神兵，他们能当红军吗？"

贺龙一怔："怎么不能！但他们还不了解红军，见了我们就躲。"

丁顺清不好意思地笑笑："我和天娃也躲在山上，小婉病了，我们爷儿俩才豁出去下山回家的。"

这时，丁天娃突然说："贺老总，我要当红军！"

贺龙这才认真打量一阵丁天娃："你叫丁天娃……想当红军，得不怕死，你行吗？"丁天娃一挺胸："打死也比饿死强！老总，我丁天娃不怕死！"贺龙点点头："好！我做主，收下你了！"

丁天娃兴奋地跳了起来。

丁顺清支吾道："老总……你看我，行吗？"

贺龙犹豫："你？"

丁顺清道："老总，你别看我这模样像五十岁，其实我上月才刚满四十岁。我有力气，可以扛弹药箱子。我还会耍大刀，会烧饭！噢，我还当过几天猎人，会打枪！……我老丁也不会怕死，当了红军，我老丁不会给你丢脸的！"贺龙慢慢被打动了，站起来："老丁大哥！我同意了！"

丁顺清激动得又要下跪。贺龙伸手抓起他："哎哎，红军里可不兴这个啊！"丁顺清明白了什么，不好意思地嘿嘿一笑，拉过儿子："来，我们爷儿俩一起给老总行个礼。"

丁顺清、丁天娃站到贺龙面前，敬了个并不标准的军礼。贺龙笑说："你们别忙着谢我。我刚才还有话没说完呢。我同意收下你们爷儿俩，这还不算，还得要问一下大嫂和小婉是不是也愿意。"龙成英道："老总，他们爷儿俩当神兵，我都没反对，当红军，我就更不会反对啦！"

众人大笑。小婉起初也甜甜地笑，突然，她不笑了。她咬着手指头，一双水灵灵的大眼睛望着贺龙："老总叔叔，我也要当红军。"贺龙惊讶而好笑地说："你？"

小婉郑重地点头。贺龙过来，摸着她的小脑袋，感慨地说："娃儿啊，等你长大了，我一定让你当红军，好不好？"

这时，关向应带着警卫员闯进来："好啊！父子俩一块参加红军，这对我们改造神兵，扩大红军，都有很大帮助啊！"

贺龙说："是啊，在我们最需要人手的时候，老丁一家是好样的！向应同志，来，轮到我们向他们一家敬个礼了。"

丁顺清欲制止。关向应、贺彪与贺龙站成一排，他们向着丁顺清一家，庄严地行了一个军礼。

这个时刻，所有人的眼睛都湿润了。

丁家父子俩一起参加红军的消息飞快传开了。短短半个月的时间，这一带就有七八百名"神兵"当了红军。新兵们集中到打谷场上训练，刚被贺龙任命为黔东独立师师长的贺炳炎负责训练他们。

每天他们训练之余，贺龙夫人蹇先任就到训练场上，教新兵们唱歌。蹇先任教给他们的第一支歌是《当兵就要当红军》——

> 当兵就要当红军，
> 处处工农来欢迎，
> 打倒土豪分田地，
> 来耕田来有田耕……
> 当兵就要当红军，
> 处处工农来欢迎，
> 红军上下都一样，
> 没有哪个压迫人。
> 当兵就要当红军，
> 处处工农来欢迎，
> 买办豪绅反动派，
> 杀他一个不留情！

操场边上，有不少老百姓围观。小婉躲在人后，跟着学唱歌。她的嗓子本来就好，她唱的山歌人人爱听，现在她学唱红军歌曲，比那些新兵们强多了。经常是，人们不唱了，所有的声音都变弱了，消失了，只有小婉的声音飘荡着。人们的目光都集中到小婉身上。小婉一点也不怯场，唱得更投入了……

13

丁天娃和父亲丁顺清被分在同一个班。训练时，丁天娃在排头，丁顺清个子矮，在排尾。负责训练他们的红军战士喊口令："向右看齐！"全班都向丁天娃看齐。丁顺清做动作格外认真，不免显得有些滑稽。

这天，贺炳炎走过来，站在一旁，有些动情地望着丁家父子二人。一看到这爷儿俩，他就想起他的父亲，当年他和父亲也是这样一块训练的……父亲都牺牲三年多了……

贺炳炎吩咐刘二威："训练结束以后，把老丁分到炊事班，他年纪大了，就别让他上第一线了，让他当个炊事员吧。"

八月初的一天傍晚，贺龙和关向应登上一座高高的山峰。夕阳西下，斑斓多姿，一行大雁从高空中飞过。贺龙抬起头来，望着远去的大雁，满眼都是神往之色。关向应站在他身后，也抬头久久望着空中。

如果没有夏曦，贺龙和关向应的关系应该是很不错的。贺龙性子烈，襟怀坦荡，是个粗线条的人；关向应性格温和，做事认真细致，二人搭配，正好互补。

"小关，我们的电台被夏曦丢了有一年多了吧？"贺龙吸口烟。

"整整两年了。"

"这两年，我们一直与中央联系不上。联系不上中央，我这心里就觉得不踏实，就感觉自己是没娘的孩子那样，孤单呐！也不知中央那边怎么样了。"

关向应怅然叹气："我从缴获的敌人报纸上得知，蒋介石亲临南昌督战，中央红军与敌人拼消耗，打阵地战，中央苏区的地盘已经越来越小。"

贺龙长叹一声："当时在洪湖，我们也是被逼着与敌人拼消耗，结果呢，一败涂地！中央的日子就怕是像王小二过年，一年不如一年喽！真令人焦心啊！"

"幸好，我们船小掉头快，转移到黔东创建了这个新的根据地。短短两个月，我们黔东根据地已经拥有沿河、德江、印江、秀山、酉阳五个县，十万以上人口，六七十个乡苏维埃政权，还扩充队伍一千多人。我们终于过上了几天舒心的日子！"关向应感慨道。

这时，罗扬气喘吁吁爬上山顶，焦急地报告：川、黔、湘三省敌军共调动十个团，即将对我黔东根据地展开围剿！

关向应有些紧张地望着贺龙。贺龙沉默着，又抬头望天。天空中，雁群已无踪影。关向应小声问："老贺，我们怎么办？"贺龙收回目光："我不担心这十个团的杂牌军，他们奈何不了我们。我担心中央那边。你想啊，当初我们在湘鄂西打了大败仗，被迫跳出来了。可中央呢？他们会怎么办？"

关向应摇头不语。

贺龙再次抬头眺望远方。西边，太阳落山了，满天云霞似血。

七月的天气，燠热难当。深夜，在罗霄山脉的牛田墟——一个较大的集镇上，一座古朴的小院里，中央政治局委员、湘赣省委书记任弼时正伏案工作。他满脸都是汗水，不时擦一下。在他身后，他的夫人陈琼英和只有五个多月大的儿子小湘赣躺在床上。她不停地给儿子扇着扇子。

任弼时面前的一张纸上，只写着四个大字：我的检讨。

他焦灼，怎么也写不下去，只是大口吸烟。陈琼英劝道："弼时，不要再熬夜了，本来他们就不应该给你那个严重警告处分。"他重重叹气："琼英，眼下形势危急，省委会上，我提出红六军团应该转移出去，李德、博古同志却认为我是退却与逃跑，他们一定是误会了……"

陈琼英叹气："但愿他们是误会……"

就在这时，窗外有人喊道："任书记，中央密电！"

任弼时一怔，急忙推门出来。门口站着红六军团机要室的龙科长和一位报务员。龙科长说："任书记，中央来电，指定由您亲自译出。"

任弼时马上意识到事情重大。他立即回屋拿上由陈琼英负责保管的密码本，跟着龙科长来到机要室的密室。当夜，他亲自译出电文，电报内容是，中央书记处及军委决定：红六军团离开现在的湘赣苏区，转移到湖南中部去发展广大游击战争及创立新的苏区……准备离开现在苏区的部队应包括六军团之十七、十八两师全部及红军学校学生，无线电台两部，野战医院和制弹、修械厂。任弼时同志及部分的党政干部应准备随军行动。任弼时作为中央代表，并与萧克、王震三人组成军团的军政委员会，任弼时为主席。一切准备工作统限于八月中进行完毕……

天未亮，他就命令警卫员把军团长萧克、军团政委王震叫到密室看电报。王震左胳膊缠着绷带，他刚负伤不久。看过电报，三人沉默着。良久，任弼时站起来说："很显然，这一次红六军团的行动将是带有战略性质的。我们要做好远行的准备，准备得越充分越好。"

萧克说："弼时同志作为中央随军代表，我和王胡子就有了主心骨。"王震说："好吧，突围路上，我王震来打头阵！"

这时，龙科长又送来一封电报。任弼时看一眼电文："二位，中革军委又命令我们，突围到湖南以后，尽快确立与红三军贺龙部的可靠联系，以造成江西、四川两个苏区联结的前提。"

萧克嘀咕："找贺龙？"

王震问："电报上，没说贺龙在哪吧？"

任弼时说："没有。"

萧克道："那只能去碰了。"

任弼时道："是啊，突围路上，相机行事吧！"

王震愤慨地说："弼时同志，仅仅半个月前，你提出红六军团应该尽早转移，他们却给了你一个严重警告处分。可现在，他们又命令我们转移，说明你的想法没有错，他们是乱处分嘛！我和萧克同志给中央发电报，要求取消你的处分。"

任弼时制止道："王胡子，算了！大军行动在即，我个人的一点荣辱算不了什么。"

萧克皱着眉头："中央的意图，到底是什么呢？"

任弼时大口吸烟："是啊，到目前为止，我也没考虑清楚。但可以预料，下一步，中央一定有重大行动！"

当天上午，在红六军团临时指挥部，任弼时宣布了命令：军政委员会为红六军团最高领导机关，由任弼时和萧克、王震三人组成，任弼时为主席，军团长萧克，军团政治委员王震，参谋长李达，政治部主任张子意，政治部副主任袁任远。红六军团下辖第十七、十八两个师。十七师辖四十九、五十、五十一三个团，师长萧克兼，政治委员王震兼。十八师辖五十二、五十三、五十四三个团，师长龙云、政治委员甘泗淇。

任弼时宣读完命令，没有人鼓掌。所有与会者都是表情凝重，陷入沉思，几乎都在低头抽烟，气氛十分沉闷。

任弼时说："萧克、王震同志，你们讲几句吧。"

萧克说："弼时同志，还是你来讲吧。"

任弼时没有推辞，他站起来，扫视着会场，声音低沉地说："同志们！红六军团这次行动，将是非同寻常的！我们是在做必要的退却，但绝不是逃跑！我们将要告别长期哺育红军的湘赣人民，离开无数先烈用生命和鲜血建立起来的根据地，冒着酷暑，踏上新的征途！等待着我们的，会是什么呢？"

任弼时停顿一下。萧克、王震带头起立，所有人都站起来，目光炯炯一齐望着任弼时。任弼时继续道："可以想象得到，前面等待我们的，是强大敌人的围、追、堵、截！是山川江河的层层险阻！是无后方的长途行军、作战！路漫漫其修远兮，同志们！从现在起，我们已经没有退路了！我要求，全军团要日夜不停加紧做好各项准备，随时准备出发。但是一定要记住：这次行动暂时要严格保密！"

任弼时日夜秘密做着大转移的准备。他的夫人陈琮英暂时还蒙在鼓里。陈琮英的心思全都放在了宝贝儿子湘赣身上。这天，院子的树阴下，她抱着儿子湘赣，一脸陶醉地变着法儿逗儿子玩，终于，小湘赣甜甜地一笑，她更加乐不可支了。

一阵马蹄声由远而近。陈琮英柔柔地说："乖儿子，你听，是爸爸回来了！"

话音未落，任弼时已到了门外，他滚鞍下马，把马缰绳和马鞭子扔给警卫员，小声地吩咐："小孙，你就在这守着，不要让任何人进我家。"

警卫员似乎已经猜测到了什么，郑重地点点头。任弼时刚要抬手推门，突然又收回手。他透过门缝，看到了儿子甜甜的笑脸，看到了陈琮英幸福的表情……他痛苦地摇摇头，眼里渐渐蓄满了泪水。但他随即调整一下自己，伸手推门，进入院子，掩上大门，故作轻松地说："琮英啊，老远就听见你唧唧喳喳的，怪不得别人给你起外号叫小麻雀！"

陈琮英道："是啊！有了儿子，我更快乐了不是？"

任弼时往前走两步，想了想，复又回身把大门闩上。陈琮英有些奇怪："弼时，今天回来这么早，太阳莫非从西边出来了……哎，大白天你闩门干什么？"她的目光突然与任弼时焦灼而威严的目光相遇，立即噤了声。

任弼时的目光忍不住久久地落在儿子身上。他上前两步："来，我抱抱孩子。"陈琮英疑惑地把儿子交到丈夫手上。

任弼时的目光停留在湘赣脸上，慈爱地哄逗着儿子。然而，孩子却突然哭了起来。任弼时不知所措，陈琮英接过儿子，哄着。任弼时迟疑道："琮英，湘赣……满五个月了吧？"陈琮英自豪地说："五个月零十八天！"

"噢，转眼都这么大了……"

"我嫌他长得慢呢！弼时，你看我们两人都三十多了，按理说孩子本该上学堂了。"

任弼时顺着自己的思路往下说："五个多月了，可以断奶了……"

"断奶干什么！只要我奶水不绝，我会一直喂下去！喂得他又高、又壮！"

"我三个月的时候，就断奶了……"

陈琮英愣一下："弼时，你今天怎么了？"

任弼时扭过脸去："琮英，你可能也得到了一点消息……红六军团马上就要突围，我作为中央代表，一同随军行动。"

"那，我呢？"

"你负责红六军团的机要工作，按规定，必须一块跟着走！"

陈琮英预感到了什么："那，湘赣呢？"

任弼时沉默着，颤抖着手点烟。陈琮英突然落泪："弼时，还记得我们的第一个孩子苏明吗？"

任弼时强忍着泪点点头。陈琮英哽咽道："1928年底，在上海，为了从国民党的监狱里把你营救出来，我到处奔走，孩子患肺炎，顾不上送她去医院，她就那么夭折了……快六年了，我不知多少次梦到过她……现在，我不想再丢掉这个儿子。我带着他走，不用你们管，只要我还有一口气，我就不丢下他！"

陈琮英紧紧地抱住儿子，仿佛怕谁突然把他抢走。任弼时用极其严肃的口吻说："琮英，你忘了吗？当年我们结婚的时候，曾经宣誓过，为了革命，我们没有什么不可以付出，包括我们的生命。"陈琮英大声道："我可以付出自己的生命，但我不想丢下孩子。孩子太可怜了……"

她流着眼泪，把孩子抱得更紧了。任弼时说："陈琮英，你是母亲，但你更是一个红军战士！"

陈琮英猛地一怔，接着泪如泉涌。

第二章

　　宽阔的广场上，数不清的人在进行出发前的各项准备工作。有的擦拭武器，有的准备干粮，有的在打草鞋，有的用担架往外抬伤病员……人们很少说话，气氛很是沉闷，空气中也似乎弥漫着离愁别绪……

　　任弼时、萧克、王震等将领在人群里穿行，不时对路遇的人叮嘱几句，同时他们也小声地交流着。萧克说："我军团主力已经推进到遂川县的横石、新江口一带隐蔽待命。"任弼时道："我看，我们应当向中革军委建议，提前行动。我们愈机密，愈神速，愈是对我们有利。"

　　萧克和王震均表示同意。

　　这时，七八个女红军战士唧唧喳喳议论着，向前走来，为首的是李贞。走在李贞身边的是何梅，她容颜俏丽，体态轻盈，一身粗布军装穿在身上，别有一番风韵。何梅在红六军团政治部负责宣传工作，是六军团有名的文化人。李贞是红军学校的组织科长，她虽然算是个"老革命"了，但她顶佩服有文化的人，她和何梅是最好的朋友。

　　何梅眼尖，透过人群，一眼就看到了任弼时等人："贞姐！快看，任书记他们在那儿！"李贞道："好！我们快去找他们！"她们呼喊着，朝任弼时等人身边跑去，把他和萧克、王震等人围住。何梅口齿伶俐，由她代表众女兵发言。她说："任书记、军团长、王政委，我们想跟主力一块走！可是，军团政治部的同志说，我们的事，军团首长还没研究呢！我们坚决要求跟主力走！"

　　众女兵们一致要求，跟着主力走，不要丢下她们。任弼时、萧克、王震都犹豫着。任弼时说："姑娘们，不要怪军团首长，是他们难下决心啊！这次行动，与以往任何一次都不同，原则上尽量少带女同志。不是不相信你们，确实是形势所迫。前路漫漫，你们能走得了多远呢？"

李贞急了："任书记，我代表姐妹们说句话：我们当初来参加红军，就没想到会离开它！就好比何梅吧，她父亲是南昌城里的大资本家，可她就是因为向往革命，才偷偷跑出来投奔红军的，至今家里不知道她去了哪儿……走上这条路，我们一辈子都不想离开红军！"女兵们七嘴八舌："是啊！我们一辈子不离开……"

萧克说："留下来，一样可以为革命做工作嘛。"

何梅说："可我们觉得，跟主力走，我们作用更大！首长，我们保证，不会成为负担的，相信我们吧！常言说，好男儿志在四方，我们好女儿，也要志在四方！"

任弼时感慨："这话说得好啊！……"他明显地被感动了。王震大声道："姑娘们！你们的事情只是还没研究，没人说不带你们走嘛！"何梅说："可是我们等不及了！"

女兵们一声声地附和。萧克表态："那我们抓紧研究！"任弼时略一沉吟："萧克、王震同志，依我看，刚才就算研究过了，好不好？"

王震、萧克点头。女兵们明白过来，高兴地欢呼雀跃。萧克吩咐："赶紧准备，随时都要出发！"何梅说："首长，我们早都准备好了啊！"

女兵们笑着远去。

此时，任弼时家里，陈琮英正含泪默默地为儿子收拾衣物。床上，小湘赣睡得正甜。当地农会派来的两个中年妇女已经来到院子里，等着抱走孩子。

小湘赣似乎有不祥的预感，睡梦中骤然哭起来。事不宜迟，两位中年妇女进屋，抱起了孩子。陈琮英捂住耳朵，她头发凌乱，双目失神，一副痛苦不堪的样子。那两位乡下人打扮的中年妇女，一人抱着孩子，一人拎着物品，急急往院外走。陈琮英撕心裂肺地喊道："等等！"

两位妇女停住脚步。陈琮英扑过去："让我……再给儿子喂一次奶吧……"

天空阴云密布。大路上，两匹快马疾驰。任弼时的坐骑冲在前面。一个货郎挑着货担在他视野里出现。两匹马跑过货郎了，任弼时突然想起什么，勒住马，掉转马头，下马，小跑到货郎跟前。货郎满脸堆笑："老总，您要什么？"

任弼时一眼看到了货担上的长命锁，银制的，闪闪发光。他伸手抓过："就要它！"

他丢下一块银元，然后上马。到了家门口，飞身下马，手里拿着那把长命锁，撞开家门往里跑："儿子！湘赣！……"

院子里没有任何动静。他跑进卧室，看到床上已空空如也，地上有些凌乱，已经没有了儿子的身影！

他愣在那里，像一尊木雕。

他的耳边突然响起儿子的欢声笑语，眼前出现了他们夫妻俩逗儿子玩耍的一幕幕情景……他的双眼蓄满了泪水，只是强忍着没有滚落下来。

陈琮英背对着他，俯身在窗前，呆呆地望着远方。她眼里已经没有泪了。

任弼时镇定一下，收起那把长命锁，仔细放进口袋里，扶扶眼镜，然后他走上前，轻轻抚摸着妻子的双肩："琮英，我任弼时谢谢你了……等革命胜利了，我们再把儿子找回来，啊？……"

陈琮英沉重地摇摇头。她回过身来，久久与丈夫对视着，二人眼里都是歉疚与抚慰。陈琮英似乎比丈夫还要平静："弼时，当年我们相爱时，我问你，我能不能成为一名好战士，你说不一定。"任弼时道："琮英，现在我要说，你不但是一个好母亲，更是一名好战士！"陈琮英坚强地笑笑："弼时，送走儿子，其实我知道，你心里更难过。"

她伸出手，替他擦去眼角的一颗泪珠。夫妻二人紧紧地拥抱在一起。

他们的儿子从此杳无音信。

南京。蒋介石闭目仰躺在沙发上，在收听新闻。女播音员的声音很是温柔："中央社消息：在国军强大兵力围攻之下，江西的共匪已完全呈溃败之势，相信有蒋委员长的英明领导，全面肃清匪患已指日可待……"

佩戴上将军衔的陈诚在侍卫引领下来到客厅门口。陈诚这时候的身份是国民党第三路军总指挥。他双腿一并："报告！"蒋介石抬手关掉茶几上的收音机。"辞修，请进。"陈诚规规矩矩地说："报告委座，据确切情报，长期盘踞在湘赣边的共匪第六军团萧克部已离开原地，向湖南方向突围！"

蒋介石并未慌张，道："辞修，坐下说嘛。"陈诚有些拘谨地在蒋介石身边坐下："委座，这是继上月共匪第七军团突围后，第二支向外突围的共匪主力。"蒋介石道："我正要问你，共匪七军团怎么样了？"陈诚道："他们打出了中国工农红军北上抗日先遣队的旗号，向闽浙皖赣边前进，再一次进入我军包围圈。"

蒋介石满意地点头，随即不屑地说："抗日，抗日，他们有什么力量抗日！无非是挂羊头卖狗肉，蛊惑人心罢了！我判断，萧克匪部更是在我西路军围攻之下，站不住脚才不得已西移的，他们已难成气候！……看样子，共匪纷纷要逃跑，因此，我们更应该加紧包围江西共匪首脑和主力，一举聚而歼之，不使漏网！"

陈诚起身立正："委座英明……可是……"

"可是什么？"

"我担心萧克与湘黔川一带的贺龙部会合……那样一来，共匪两股力量合流，我们剿灭起来就难了……"

蒋介石一惊，站起来，奔至墙边一幅中型地图前，打量着："贺龙现在在哪里？"

"据贵州王家烈所报，贺龙匪部窜至黔东一带已两个月，但没闹出什么大的动静。"

"越没动静，越须提防。有人说贺龙是条活龙，这条龙一天不除，他就一天也不会停止作乱！"

"是！"

"萧克匪部如果往西北逃窜，很有可能是去会贺龙！电令湘、桂两省，务必堵住萧克，决不能使这两股共匪合流！"

"是！"

蒋介石缓缓踱步，又道："还要告诉王家烈，加紧围剿贺龙！他不想出力，日后贺龙翅膀又硬了，首先是他王家烈倒霉！"

此时的长沙，国民党湖南省主席何键的官邸里，何键正仰靠在床上，不停地唉声叹气。女仆端着茶盘进来道："老爷，吃一点吧，您一天都没吃饭了。"何键烦躁地摆手："我哪吃得下啊，退下！"他大声咳嗽。女仆只得退出。

这时，副官进来报告："何主席，姑爷到了！"何键眼睛一亮："快请进！"

佩戴中将军衔的李觉进来，向他的岳父大人行个军礼。何键要下床相迎，李觉急忙上前扶住岳丈，坐在床沿上，拉着何键的手，道："爸，您好点了吗？"

何键愁眉苦脸道："贤婿啊，前两年我们和贺龙斗，好不容易把那条祸龙赶到王家烈的地盘上了，本打算过几天清净日子，哪知道又冒出个萧克！我是偶感风寒，病不要紧，要紧的是我这心病！"

李觉是湘军第十九师师长，是何键的乘龙快婿，更是湘军中的一员猛将，何键平素最信任的人就是他。他道："爸，我刚接到情报，萧克所部已突破了我们四道封锁线，到达湘南。共匪是有备而来。"何键点头："南京老蒋来电，令我们与桂军协力，务必堵住萧克所部，不让其与黔东的贺龙合流。萧克离贺龙还远得很，一时半会无法合流，我是担心萧克呆在湖南不走，建立他们的根据地，贺龙再返回我湖南境内，到那时，我们将永无宁日！"

何键大声咳嗽，李觉帮其捶背："当务之急，是尽快消灭共匪第六军团，借此打消贺龙再返湖南的念头。"何键呼呼喘着气："可是，共匪既入湘南藩篱，湘南平原已无险可守，只有湘江天险可以设防，我已急令刘建绪为前敌总指挥，在湘南积极设防堵御，刘建绪已经到了衡阳。"李觉道："爸请放心，我马上亲率第十九师主力赶赴湘南设防，绝不能让萧克匪部深入我湖南腹地。"何键颇感欣慰地说："贤婿啊，十九师是我们湘军最好的部队，我把他交给你，既期望你为党国立大功，又不希望你的实力受损，你相机行事吧！"

李觉起身："爸，我明白。小婿告辞了！"何键说："好。那我送送你。"李觉忙道："不用不用，你老人家躺着就行。"何键固执地下床，二人相搀着来到房门口。在告别声中，何键目送李觉穿过古色古香的庭院，渐渐远去。

行军路上，队伍冒着酷暑跋涉，个个汗流浃背。任弼时、萧克、王震等指挥员都是步行，他们的坐骑上驮着伤员或辎重。

到了湖南境内后，行踪已经暴露。敌人的飞机不时赶来骚扰，严重影响到行军速度。这天中午，又有几架敌机飞来，疯狂地俯冲射击，队伍顿时乱套。几匹马嘶鸣着狂奔。不少人中弹倒下。任弼时、萧克等人指挥部队隐蔽，然而，他们的声音已被敌机的轰鸣和射击声所淹没。

敌机反复俯冲扫射……

敌机飞走了，四处仍在冒烟，弹痕累累的红土地上，躺着数十具红军战士的遗体。掩埋烈士时，李贞、何梅等几个女兵执意不退后，她们胆子突然间变大了，一点不知道害怕了。尤其是何梅，过去一见流血就吓得小脸发白，现在面对横七竖八的尸体，她毫无惧色，仔细地帮助死者整理遗容。

两个男兵又抬来一具遗体，看上去死者年龄不大，十五六岁的样子，满脸是污血。两个男兵正要往土坑里放遗体，何梅跑过来："等一等！"

她蹲下，从挎包里掏出一块手帕，去擦烈士脸上的污血。却擦不净。她想了想，拿过水壶，往手帕上倒一点清水，然后含着泪，轻轻地擦拭烈士的脸膛……

终于，擦干净了。烈士面容清秀、白净，长长的睫毛，微闭着眼睛，就像睡着了一样。她背过脸去，轻轻啜泣。两个男兵抬起他，慢慢往土坑里放。

李贞赶过来，轻轻拍打着何梅的后背："何梅，这才刚刚开始……坚强点，啊？"何梅抹泪："贞姐，不要紧，不要担心我……他们这么小就牺牲了，爹妈永远找不到他们了，可他们连个名字都没留下，我是心里痛……"

这时，集合号响起。不远处有人高喊："军团首长命令！全体集合！立即开拔！"

何梅擦一下眼睛，和李贞一起朝集合地点跑去。跑了几步，她却又蹲下来，拔了两枝野花，返身到坟墓那儿，插在坟头上，这才又去追赶别人。

两枝野花在新的坟头上轻轻摇摆……

部队从湖南进入广西境内。这天晚上，天空中电闪雷鸣，大雨如注。远处的青山一片迷蒙。在一座破败的土地庙里，任弼时、萧克、王震等领导狼吞虎咽地吃大米饭，小桌子上摆着两盆菜。王震放下碗，抹一把脑门上的汗："好久没这样吃上一顿饱饭了，真他娘的痛快！"

萧克也放下碗："全军团未发一枪一弹，就过了湘江，总算把敌人全部甩在了后面，我心里这才踏实了！"

军团参谋长李达说："你们几位首长指挥得好啊！或南或北，忽东忽西，完全把后面的湘军弄迷糊了！要是在苏区时也这么打，我们就不用跑这么远的路了！"

任弼时沉吟片刻，道："我们离开湖南，进入广西，下面就该是与桂军打交道了。李达同志，桂军作战有什么特点啊？"

李达道："据我了解，桂军虽然能打仗，但他们首先考虑的是保存实力，所以如果我们不长驻广西，只是路过的话，他们不会与我们动真格的。"

这时，龙科长冒雨进来报告，又有中革军委急电。任弼时接过，边看边道："军委认为，目前六军团行动最可靠的地域，即是在城步、绥宁、武冈山地。要求六军团，最少要于九月二十日前，保持在这一地区内行动。"

李达展开地图，王震提起马灯，众人围拢，仔细地看着。王震插话说："这么说，我们马上又要回到湖南？"

任弼时点头，看着电报："还没完。然后从绥宁、通道进入贵州东部的锦屏，沿天柱、玉屏、铜仁，北上与红三军会合，在湘西及湘西北的凤凰、乾城、永绥地反背靠贵州建立巩固的根据地。完了。"任弼时把电报纸交给萧克："同志们！看来我们六军团真正的目标，还是找贺龙！"

萧克说："谁知道贺龙的日子好不好过？"

王震道："我看他好过不到哪儿去！那些从莫斯科回来的，这两年把大伙都折腾够了！"

王震口无遮拦，敢说敢干，谁也拿他没办法。萧克看一眼任弼时："哎哎，弼时同志也是从莫斯科回来的啊。"

几人轻声笑起来。

王震辩解："弼时同志和那些人不同，他也是挨过整的！"

李达说："说起贺龙贺胡子，可惜我们双方无法联络，情况一点不明，要是能联系上，就好了！"

众人都跟着念叨起来。贺龙，贺龙，找到你就好了……

这时候，贺龙已率红三军转入到黔东的沿河县城附近，并组织部队对沿河县城发动了进攻。自建立黔东根据地之后，这是红三军打的第一仗。

哪知出师不利，迟迟拿不下只有一个团据守的小小县城。外面打得热火朝天，贺龙倒也沉得住气，和关向应躲在屋里下象棋，似乎一点都不关心战况。罗扬急匆匆进来报告说，攻击沿河县城的部队连连受挫。

关向应期待地看一眼贺龙。贺龙捏着一枚棋子，头也不抬："告诉卢冬生，天黑之前不拿下沿河县，谁也别来见我！……将！"

罗扬愣一下："是！"转身跑开了。

贺龙生气地说："向应，该你了。本来，打一个小小的沿河县，敌人力量又不强，不该那么费劲。"

关向应摇头："都是肃反肃的，能打仗的，大都给迫害死了，胡子，我们伤了元气啊！我看没有个两三年，我们红三军缓不过劲儿来！"

"就是缓过劲来，心里的疙瘩也消不了！"

外面枪声一阵紧似一阵。贺龙喷口烟："再过半小时打不下来，就让贺炳炎上！"

"贺炳炎正闹意见呢。"

"怎么了？"

"夏曦同志让他改当黔东独立师的副师长，他发牛脾气，甩手不干了。"

贺龙得意地说："你还不了解他，他是嫌独立师都是新兵，打仗靠不上边，你让他上火线试试，哪怕让他当个小连长，他啥意见都没有！"

就在这时，罗扬兴冲冲进来："打进去了！打进去了！"贺龙丢掉棋子，烟杆子往棋盘上一敲："走，看看去！"

县城街道上，有些地方还在燃烧。还有枪声偶尔传来。一队队俘虏被押下去。贺龙、关向应、罗扬等逆着人流走来。罗扬介绍说："是钟子明的二十团最先打进去的。"

贺龙问："伤亡大不大？"

罗扬说："不大。"

贺龙高兴地说："这个钟子明越来越能打仗了，他15岁就跟我参加了南昌起义，在我们正需要用人的时候，他能站出来挑大梁，好啊！"

不一会儿，卢冬生、钟子明等人大步朝贺龙、关向应迎上来。贺龙用力捣了钟子明一拳："钟子明，小子干得不错！"

脸膛黝黑、身材适中的钟子明骄傲地说："贺老总，关政委，打个小小的沿河县城，还不是小菜一碟，下次我们团还是打头阵！"关向应提醒道："钟团长，可不要翘尾巴噢！"

这时，一个通讯员跑过来报告，一连缴获了一部电台。这个消息令贺龙和关向应兴奋得几乎跳起来。打下了沿河县城，又能缴获一部电台，那战果太大了！有了电台，就能和中央沟通联络了！他们当即往敌人的指挥所赶去。

确实是缴获了一部电台不假，但当贺龙他们赶到时，那部小功率的电台已经被三个战士砸坏了！原来他们清理战利品时，发现了一个铁盒子，大伙没见过这个，都好奇，想知道里面藏着什么宝贝，却又打不开，有人就迫不及待地抢起枪托砸去，结果几下子就砸烂了。

贺龙、关向应等人全傻了眼，呆愣在那里。钟子明气得眼里要喷血："是哪几个混账小子干的？统统给我抓起来！"

一连连长小声地说："报告团长，已经抓起来了。"

钟子明吼道："他妈的，要好好教训他们！"

关向应上前制止："是我们的战士不懂，不是故意的，我看还是不要追究了吧？"

贺龙点点头："罗扬！马上通令各部，今后凡是缴获不认识的东西，一律保护好，上交！"

罗扬答应着。关向应补充道："对了，还要注意搜集敌人的报纸。"

红六军团再次进入湖南境内。连续的行军，有时连停下来吃饭的时间都没有。后勤部门就把一些粮袋放在路边，路过的人弯腰抓一把生米，边走边放进嘴里咀嚼。

傍晚，任弼时、萧克、王震等首长站在山坡上，一边眺望远方的山峦，一边交谈。萧克嗓音嘶哑地说："没有时间停下来做饭、吃饭，只能吃一把生米充充饥。"

王震焦心地说："我真担心遇到强敌怎么办，部队太疲惫了，难以应战啊！"

任弼时道："还是要告诉大家，动作越快，敌人就越是拿我们没办法。"

这时，李达着急地爬上山坡："诸位！又有电报。"

萧克问："什么内容？"

李达情绪不高："你们看吧。"

任弼时接过，看了看，摇头："军委批评我们了。"

萧克不解："为什么？"

任弼时道："具体有三点：一是不应该过早进入贵州，二是不应该强行军，三是不应该保持不打仗的战术原则，令我们在城步、通道、绥宁、靖县地域发展游击战争。"

王震有些愤慨："这不是指责我们逃跑吗？"

萧克说："他们的电报总是自相矛盾，一会儿让我们这样，一会儿又让我们那样，乱弹琴！"

王震气哼哼地："说穿了就是瞎指挥！李德、博古这些人一贯如此！"

李达说："据我们掌握的情报，来电所说的绥宁、靖县、通道三角地带，敌人重兵正严阵以待，我们根本就无法立足。"

任弼时吩咐："李达同志，拿地图来。"

李达冲一个参谋一挥手，参谋掏出地图，铺在地上，几个人围上去。萧克指着地图道："如果我们按中革军委电令进入这个三角地带，敌人前截后追，南北夹击，我们不但无法北上与贺龙会合，而且必然陷入腹背受敌的危险境地！"

任弼时痛苦地思索着。王震替他打气："弼时同志！将在外，君命有所不受，你拿主意吧。"

任弼时沉思片刻，指着地图："我提议，加快行军速度，尽早离开城步、绥宁地区，由通道向黔东南兼程前进，并立即向中革军委报告！"

萧克立即表态："我同意！"

王震两拳相击："这个主意好，同意！"

这时，一位参谋提着一只米袋上来："首长们，开饭了！"几个人伸手从米袋里抓出一把米，填进嘴里咀嚼。一边咀嚼，一边上路。

几日后，他们来到湘黔交界处。李达介绍说："诸位首长，从这再往前，就是贵州了！"

任弼时难得一笑："是吗？我们这么快就到贵州了。"

萧克拿起胸前的望远镜，观望着前方："这一路上人困马乏，所幸损失不大。"

任弼时又问："有贺龙同志的消息吗？"

李达摇头："这里是黔东南，贺龙同志在黔东，他们的影响还到不了这里。"

任弼时轻轻叹了口气。

进入贵州，首先要面对贵州的大山。这天傍晚，他们站在一座大山的山顶上，望着夕阳下连绵不绝的群山，萧克感叹："没想到贵州的山这么大，这么多！"

任弼时道："有个比喻——说是贵州七分山，两分水，一分田。"

王震道："还有句顺口溜，说贵州——天无三日晴，地无三尺平，人无三分银。老百姓穷得很呢！"

萧克说："弼时同志，王胡子，我们现在急需要一张贵州地图。这么多的山，我都转糊涂了！"

任弼时说："不是有一张吗？"

　　萧克无奈地摇头："是有一张，可是……李达，你来说说。"李达道："弼时同志，我们现在只有一张中学生课本上的贵州地图。"他比划着，"只有这么大，连很多县城都没标上，而且错误极多。今天部队为此跑了不少冤枉路。"

　　任弼时发愁："可是，到哪儿去弄地图呢？"

　　王震说："只有一个办法，到敌人那里缴获！"

　　旧州是一座古老的县城，在贵州的东南部。红军还没到，守卫县城的黔军一个团就弃城而逃，红军一枪未放进了县城。任弼时、萧克等人高兴地行走在大街上，他们很久没这么轻松愉快了。王震说："黔军还是不经打啊！好端端的一座县城，龟孙子们丢下就跑了！"

　　李达追上来："诸位，我们今天发大财了！"萧克说："发什么财？"李达喜滋滋地说："我刚得到报告，十七师从敌人的银库里缴获了五万块大洋！"

　　任弼时等人一脸的兴奋。李达又说："还有一部无线电收发报机！"王震击掌："太棒了！像这样的县城，半个月打下一座，就什么都有了！"

　　部队在旧州短暂休整。萧克的临时住处在一座不大的宅院内。黄昏，萧克或许太累了，坐在一把太师椅上打盹。他是湖南嘉禾县人，二十岁入党，参加过北伐战争和南昌起义。这年他只有二十六岁，却担任了红军军团长的职务，是全军最年轻的军团长。他外表俊朗，颇有儒将风范，文韬武略不在话下，虽然年纪轻轻，但没人敢小看他。

　　不知何时，军团司令部的江参谋跑进来，大呼小叫："军团长！军团长！……"萧克有些不悦："你咋唬什么？"江参谋道："军团长！你看，这是不是贵州地图？"说着，他展开一张一平方米大小的地图，但是上面没有汉字，全是洋字码。

　　萧克一惊，猛地站起来，端详一下："好像是贵州地图。哪来的？"

　　"天主堂。"

　　"可这是外文的，我们没法用啊！"

　　江参谋想了想："那里还有个外国人，我去把他叫来。"江参谋抬腿就跑。萧克又叫住他："等等，还是我去请他。"

　　天主堂内，法国传教士薄复礼正气咻咻地用法语叫骂什么。江参谋领着萧克进来了。江参谋说："军团长，就是他！"薄复礼气愤地盯着萧克。萧克抱拳施礼："先生，请息怒……"

薄复礼突然用半生不熟的汉语讲道："你们的士兵，不该闯到这个神圣的地方来，亵渎了上帝……"听他讲汉语，萧克笑了："尊敬的神父，我是指挥官，我向你赔罪了。"他鞠躬，并把腰间手枪解下，递给江参谋，示意他出去。江参谋退了出去。

见萧克态度友好，不像刚才那些擅闯进来的士兵那样无礼，薄复礼怒气渐消："我的中文名字叫薄复礼，指挥官先生，请坐吧。"

二人坐下。萧克说："薄复礼先生，我们是红军，是一支你可能从没见过的队伍。我们决不危害手无寸铁的百姓，还要为他们做事情。"薄复礼认真打量一下萧克："我能看出，你是个有教养的人。可是，你的部下，却擅自拿走了教堂的东西。"萧克爱惜地从怀里掏出那张叠得整整齐齐的地图："是这个吗？"

薄复礼点头。萧克说："神父，我们非常需要它。你要多少钱，都行！"薄复礼动作夸张地摇头："我不需要钱。我只想知道，你们用它干什么？"萧克实话实说："当然是用来行军、打仗！"薄复礼微微摇头："可是，上帝是反对一切杀戮的。"

萧克顿了顿，诚挚地说："神父，我们是为了反抗人间的不平等，是为了让穷人吃上饱饭，不受有钱人欺负才打仗的！"薄复礼瞪圆他那蓝蓝的眼睛："这么说，你们心中装着众生？"

萧克郑重地点头。薄复礼在胸前划着十字："心里装着众生，就等于是上帝。愿上帝保佑你们，阿门！"萧克感激道："谢谢神父先生。"薄复礼慷慨地说："指挥官阁下，如果你们需要，可以拿走它！"萧克欣喜异常，他起身，再次鞠躬："谢谢！"薄复礼有些受宠若惊地站起身："指挥官先生，你太客气了。"萧克却为难地两手一摊："可是，神父，我们不懂外文。"

薄复礼想了想，郑重地说："薄复礼愿意为您效劳。"

这使萧克激动不已，他用力握住薄复礼的手："真是太谢谢了！"

这天夜里，在天主堂的一个房间里，昏黄的马灯下，萧克和薄复礼对那张法文版的贵州地图进行翻译。他们指着地图上的一个地方，薄复礼含混不清地说一句，萧克和他探讨一阵，然后记录下来。因为发音的原因，加之对贵州不熟悉，很多地名萧克弄不懂，他们不得不一次次地探讨、更正。外面传来公鸡报晓的声音，黎明时分，才把那张地图译完。

天亮了，外面传来起床的军号声。薄复礼躺在一张小床上睡着了。萧克吹灭马灯，他极为爱惜地把地图放进贴身衣袋，整理一下军装，站在床前，冲睡梦中的薄复礼敬了一个标准的军礼……

这是一个曾经帮助过红军的外国人。萧克默默记住了他的名字……

在南京的蒋介石，一直惦记着远行的红六军团。他深知这支部队绝不是一般意义上的逃跑，必是含有一个大大的阴谋，而且红军各部一定是联动，不可能是孤军深入。大约在六军团刚进入贵州之时，他在军委会作战室专门召开了一次会议。先是由陈诚介绍情况，陈诚走到墙上的巨幅作战地图前，说道："委座、诸位将军：据可靠情报，江西共匪主力已有向湖南方向突围的迹象。这不能不让人想起两个多月前，萧克匪部突围的情景。他们会不会步萧克的后尘呢？"

蒋介石挥手打断陈诚："萧克到什么位置啦？"

陈诚立正回答："已经进入贵州。请委座训示。"

蒋介石道："如果江西共匪主力步萧克的后尘，那么，就可以判断，萧克提前突围是为他们的主力探路的，是前卫。一句话：假如共匪主力离开他们的江西老巢，那么，我们只有一个方案：围、追、堵、截，直到把他们消灭为止。中央军、湘军和桂军的主力都要动用！"

全体与会将领一齐回答："是！"

蒋介石又问："贺龙匪部如今在哪里？"

陈诚答道："还在黔东。"

蒋介石思忖片刻，道："电令王家烈，加紧围剿。另外，追剿萧克匪部的桂军和湘军，不要撤回，继续追击！如敢抗命，一定严办！还是从前的方案——决不能让萧克和贺龙合流！"

众人高声回答："是！"

蒋介石满意地点点头，然后他踌躇满志地说："诸位，赤匪之患在我中华大地已有十几年之久，历经多年进剿，耗费无数国力，才有如今这大好局面！诸位都是党国栋梁，都誓与共匪势不两立，希务必抓住这千载难逢的时机，齐心合力，毕其功于一役，彻底夷平匪患！唯有如此，我们才能腾出手来防止外国入侵，才能顾及国计民生。如果无法抓住这一难得的机缘，让共匪翻过身来，那么，将会成为党国永远的遗憾！"

这次会议确实给各路人马打了气。原本不大热衷剿共的桂军，也派出主力第七军紧紧尾随红六军团，进入了贵州境内。第七军军长廖磊中将骑在马上，命令部队不能冒进，但也不能落后。同时，在黔东南另一条山路上，湘军大队人马也在行军。这两路人马，加上堵在贵州境内各要道上的黔军，三路地方武装正悄悄地合围红六军团。

湘军十九师师长李觉手拿望远镜观察远方，他的得力干将胡青银旅长吐口痰，骂道："他妈的！我们跟在他们屁股后面快两个月了，总也寻不到他们的主力痛痛快快打一仗！"

李觉放下望远镜，沉思不语。胡青银又说："有时两军相遇，他们马上将前卫变作侧卫或后卫，主力突然就隐匿不见了。留下掩护的部队，人数虽极少，但他们拼死抵抗，没有上司命令，决不撤退。"

李觉问："胡旅长，匪军俘虏是怎么说的？"

"报告师座！匪军俘虏交待，他们经常是每天只吃一餐饭。"

"我们每天吃三餐饭，人家每天吃一餐饭，可我们就是追不上人家。"

"这些匪，都是走火入魔，才不怕死的。"

"光凭我们一师兵力，是不可能消灭这支共匪的。"李觉意味深长地说。

"师座，那怎么办？"

"只有把共匪引到一个理想的伏击地点，然后我们湘桂黔三省部队携手，才有可能消灭他们！"李觉胸中正酝酿着一个计划，此时先行透露出来。

"那我们只能追着看了。"

李觉道："我们希望萧克早一点入黔，我们又怕他入黔后和贺龙联手杀回湖南。所以，当务之急，就是消灭不了萧克，也决不能让他与贺龙合股！"

贺龙到底在哪里？

站在汹涌的乌江边上，任弼时、萧克和王震深感忧虑。自离开湘赣苏区后，有关贺龙的一切情况都是中央转述的，他们没有探到一点有关贺龙部队的消息。近两天，中革军委接连发来电报，一再肯定贺龙已到印江，督促他们迅速向江口前进，经江口再到印江。但是来电对江口的位置都没弄清楚。王震愤愤地说："他们又是图上作业！"任弼时说："萧克同志，把你的宝贝地图拿出来看看吧。"

萧克从怀里拿过那张地图，铺在膝盖上，几人围过来看。任弼时分析道：

"很显然，中央希望我们尽快与贺龙同志会合，两军联手，打出一片天地来，接应中央红军下一步的行动。"

萧克忧心地说："我担心他们情报不准。如果我们出敌不意，从这附近抢渡乌江，甩开敌人，再隔江设法与红三军联系，可不可以？"

王震说："但是，军委明令不让我们现在渡江啊！"

问题就出来了。

其实这个时候，贺龙已经率红三军主力离开了黔东，转移到了四川境内的酉阳县南腰界。中革军委的错误情报，正一点点把红六军团引向深渊。

更要命的是，几个小时后，龙科长又拿着一封电报赶来："报告，军委刚来电说，桂军已经向南开动。"这个消息太重要了！萧克欣喜地说："这么说，一直追在我们屁股后面的桂军第七军，往回撤了？"

龙科长说："电报上就是这么说的。"

任弼时释然了："这样的话，我们的压力就小多了！"

他突然咳嗽起来，头上冒出冷汗。王震问："弼时同志，你是不是病了？"

任弼时抹一把脑门上的汗珠："不要紧。"他指着地图，语气坚定地说："萧克、王胡子，我们暂不过江，马上掉头，向东北方向前进，经石阡，到江口、印江一带，找贺龙！"

萧克说："好！"

任弼时看一下怀表："萧克同志，你下命令吧！"

中革军委的这一封电报，直接把红六军团送上了毁灭之路，因为追在他们屁股后面的桂军主力第七军，不仅没有撤退，而且打定了与红军决一死战的主意。桂军、湘军、黔军一共动用了二十四个团，在红六军团的必经之路上设好了埋伏。

大战一触即发……

第三章

黔东山区的风景是很迷人的，如果不是因为战争，真可以静下心来好好地欣赏、陶醉一番。

部队行进在通往石阡县甘溪镇的路上。天空湛蓝如洗，青山如画，一派田园风光。但是，这样的风光任弼时却无缘欣赏，他躺在担架上睡着了。这阵子他明显地憔悴了，胡须长长的，脸色焦黄，眼珠无神。他患了重病。

萧克担心任弼时的病情。随队医生向萧克报告说，他们已经诊断清楚了，任书记得的是疟疾。萧克问："厉害吗？"军医点点头。萧克命令道："抓紧治疗。"然而，军医一脸为难地说："可是，药物都用光了。"

萧克严肃地说："你们一定要想办法医好弼时同志的病，他是中央代表，我们六军团不能没有他。"军医神色严峻："军团长，我们会想办法。但主要还得靠任书记自己挺过来。他的身体素质比较差……"

萧克突然有了一种不祥的预感。他走到任弼时的担架前，担架队员小声与他打招呼，他示意不要声张。任弼时突然睁开眼睛，挣扎着想坐起来。萧克拦住他："弼时同志，不要动。"

说话间，任弼时打个哆嗦，浑身发抖，脸色蜡黄，显然他又在发冷。萧克蹲下，把他身上的大衣往上拉了拉。任弼时牙齿颤动着，说："一会儿冷一会儿热……没啥大不了的，挺一挺就会过去。你和王震同志不要再为我操心了。"

萧克叹气："很多同志都带着病行军……见到贺龙就好了。"

"正常情况下，还有几天到印江？"

"大概五六天吧。"

"萧克同志，我们现在到什么地方了？"

"我们在往甘溪的方向走。李达率前卫十七师两个团，估计快进入甘溪了。"

任弼时抿抿干裂的嘴唇，自语一般："甘溪，甘溪，甘甜的溪水，好诱人呐……"

甘溪镇就在前面不远处，那是一座古老的小镇，四面环山，只有一条进出的小路，弯弯曲曲通向远方。一排排破旧的木板房，依山而建。

此时，李达已率前卫部队行进至街口。江参谋向着李达跑来："参谋长，这就是甘溪了。"李达问："发现敌情没有？"江参谋道："没有。"李达命令："通知部队，到甘溪后先吃饭，然后休息，等军团首长和主力上来。"

不大工夫，一里多长的街道两旁，到处都是埋锅做饭、吃饭的红军士兵，大家热火朝天地吃着，不时发出阵阵笑闹声。李达望着面前热闹的场面，感慨地说："这一路上，所有人都掉了七八斤、十几斤肉。难得让同志们吃上一顿饱饭啊！江参谋！"江参谋立正回答："到！"李达说道："通知部队，饭后立即休息，养足精神，准备晚上通过镇远到石阡的大道！"

江参谋答应着，跑开了。

却不知这时候，饭菜飘香的当口，甘溪附近的一面面山坡上，不知何时，大批桂军在指挥官的督促下，蜂拥而上，爬上山来。

另一面山坡上，湘军也悄悄爬上来了。他们选好阵地，架设机枪。战事一触即发。

甘溪街上，部队已用饭完毕，不少人躺在街道两旁呼呼大睡。谁也没想着有所防备。

突然，一阵锐利的枪声划破寂静。街道上，场面顿时乱了！李达等人从一个木板屋里冲出来。李达喝问："是怎么回事？"没人回答他。他举起望远镜，看到四面山坡上，全是敌人晃动的身影。他痛苦地叫嚷："老天爷呀！我们疏于戒备了……江参谋！"

江参谋跑来："参谋长！不好了！我们被敌人四面包围了！"

李达大声命令："告诉部队不要慌乱，赶快占领有利地形！……"

李达是陕西眉县人，他曾在旧军队里混日子，混来混去总觉得虚度光阴，后来他参加了宁都起义，正式成为红军的一分子，两年前他刚刚入党。他做事细致，天生是个当参谋长的好材料，却没想到今天会让部队陷入绝境。好在他应变还算迅速，会同各级指挥员们大声呼喊着，指挥部队还击。部队在街头仓促迎敌。

瞬息之间，湘桂两军的轻重火力一齐开火，激烈的枪声震耳欲聋。甘溪街上，红军士兵纷纷倒下。几匹马受惊狂奔，也中弹倒下。这无疑是一场屠杀，红军损失惨重。少顷，红军控制了一些较矮的山头，与敌人对射，但明显处于劣势，不断有人牺牲。

敌军开始呐喊着冲锋……

李达与几位军官在一栋木板屋内紧急磋商，子弹嗖嗖地从他们身边穿过。李达决定马上突围。他红着眼睛对众人说："记住，突出去就是胜利！告诉部队，如果打散了，就分头到印江去找贺龙！好吧，我们分头行动！"

众人冒着弹雨冲出木板屋。在凄惨的冲锋号声中，红军残部拼死冲向敌人扼守的山口，战士们一排排倒下，江参谋也中弹倒下，他一声未吭就牺牲了。

李达挥着手枪，一边射击，一边指挥部队往山口上冲锋："谁也不许后退！同志们！冲上去就是胜利！……"

在红军战士投出的一排手榴弹爆炸过后，敌人死的死，退的退，终于，李达等人冲上了那座山口。

傍晚，枪声平息了，四野一片寂静。有的地方仍在冒着轻烟。甘溪大街上、路边、山坡上，到处是红军战士的遗体，战士的鲜血，仍在顺着沟壑流淌……

这一场遭遇战，红六军团损失过千！

甘溪周围一片混战之际，军团部因为不明敌情，一时不知怎么办好。队伍停止前进。萧克、王震跑到任弼时的担架旁商量对策。萧克说："弼时同志，枪响的地方好像是甘溪一带。李达率前卫部队已经进入甘溪，情况不妙啊！"

王震说："你们听，敌人火力很猛，决不会是民团，肯定是正规部队！"

任弼时焦急地说："怎么办？我们贸然冲上去肯定不行，敌情不明啊！"

这时，他们附近的山头上也响起零星的枪声，警卫人员纷纷上前保护首长隐蔽。萧克大声命令："原地待命！各部队加强警戒！红四分校派人先把那两个制高点占住！"

有人答应着，跑开了。王震跑到一个高处察看情况，不一会儿，他回来禀告，附近发现的敌人，是从甘溪方向迂回过来的，我们前面和后面的道路都有被敌人切断的危险！

附近枪声越来越密集，已经有人负伤倒地。情况万分危急。任弼时用手指着地图上的一个位置："萧克、王胡子！我们就朝石阡县这个叫大地方的村子转移吧，留下一个团掩护。"

萧克和王震当即同意。王震拔出手枪："我来开路！"他怒吼着，"警卫连！跟我来！"

王震冲在了最前面。在杂草矮树丛生的山坡上，他带人一边射击一边往山上爬。在他们身后，不少马匹受惊，有的中弹倒下，有的钻入山林。辎重行李丢的满山坡都是。

两个战士搀扶着任弼时往前跑。在他们身后，何梅、李贞搀扶着陈琮英往前奔跑。子弹嗖嗖从他们头顶飞过⋯⋯

折腾到大半夜，虚惊一场，军团部终于转移到了相对安全的地方。那个名叫大地方的村子，说起来好笑，其实它只有十几户人家，是群山环抱中的一个很小的村子。

后勤部的同志把任弼时和军团首长安置到一座小木屋里。任弼时病情似乎又加重了，萧克劝他躺下。昏暗的马灯下，任弼时躺在一张小床上，偶尔咳嗽一声。萧克、王震、张子意、甘泗淇、龙云等领导围坐在床边，没人说话，大伙都沉默着，气氛异常凝重。

李达带走的那两个团，还有留下掩护的一个团，一共三个团，是红六军团的一半兵力。谁知道这三个团怎么样了？会不会遭到重创？这都是从江西苏区带出来的命根子，丢掉一个人也心疼！

王震到底忍不住，先开口了，他痛心地打了自己膝盖一拳："妈的，情报不准，害人够惨啊！⋯⋯"

十八师政委甘泗淇道："军委来电说，桂军往回开了，其实完全搞错了嘛！"

十八师师长龙云道："我们钻进了敌人早就织好的一张大网里！"

任弼时坐起来："我们疏于戒备，尤其是前卫，对周围敌情并未察觉，恐怕也是一个重要原因。"

萧克道："弼时同志说得对，我们都太大意了。"

王震摇摇头："我们陷入敌人重重包围之中，部队被截为三段，首尾不能相顾，只能各自为战了。"

萧克说："贵州山地，悬崖绝壁，人烟稀少，给养困难，大兵团行动十分不易，怎样才能钻出敌人包围圈呢？"

任弼时咳嗽一阵："目前只能先与敌人捉迷藏了……苍天保佑，我红军能够冲出去，尽快找到贺龙……"

萧克道："弼时同志，以后的转战将会非常艰难，我们从红四分校挑选了六名营连级干部，组成政治保卫队，由余秋里负责，保卫你的安全。"

任弼时本想推辞，见萧克等人态度坚决，只能同意了。他说："谢谢同志们了。另外，告诉大家，不要怕走冤枉路，我们只有多走路，才有可能甩掉敌人，从敌人夹缝里钻出去！"

接下来的转战，异乎寻常地艰难。贵州多山，崇山峻岭，山间道路大多是羊肠小道，大部队行军非常困难，没有食物，顾不上打草鞋，很多人赤脚行走，马匹也丢光了，真称得上是丢盔弃甲。桂军、湘军、黔军，二十四个团的敌人把几条主要的道路封锁起来，要想突围出去，实在是不易，如果不小心钻进敌人布下的口袋，搞不好还有全军覆灭的危险！

连续半个月，部队就在敌人的眼皮底下钻来钻去，始终找不到突破口。伤兵、逃兵大量增加，部队减员严重。

任弼时的病情一直不见好转。很多时候，他躺在担架上，身体十分虚弱，昏昏欲睡。负责保卫他的余秋里背着行李和各种杂物随行于担架一侧。余秋里格外细心，他见担架员小毛的一只草鞋断裂，掉了，脚板磨出了血，小毛强忍着，一瘸一拐，满头大汗往前挪动，就示意小毛停下。余秋里从自己脚上脱下一只草鞋，蹲下，替小毛穿上，系好带子，把小毛感动得不行。余秋里轻轻嘱咐小毛和另一个担架员小李，走路动作一定要轻，不能让首长感到颠簸。

这两个担架员后来一直跟随任弼时，直到长征结束。

女战士们更是艰难。长长的队伍中，陈琮英、李贞、何梅等十几个红军女战士互相搀扶着行进，衣服也破了，头发也乱了，她们的样子十分狼狈。有人唉声叹气，有人偷偷流眼泪。李贞、何梅就在一旁劝慰，劝着劝着自己也忍不住鼻子发酸了。

这天，萧克赶上来。何梅焦急地问："军团长，我们什么时候转出去呀？"

萧克反问道："怎么，坚持不住了吗？"

何梅嘴硬："那倒不是。"

萧克转向陈琮英："琮英大姐，你能行吗？"

陈琮英一瘸一拐地："能行！"

萧克道："大姐呀，我们的马匹都丢光了，就是有骡马，你看这路，也用不上。如果你实在坚持不住，就说一声，我给你找一副担架。"

陈琮英感动地："不用！军团长，你不用为我操心，我还能走得动。"

萧克点点头，又说："李贞同志！"

李贞打起精神喊："到！"

萧克道："你是个老资格了，实战经验比她们多。你多提醒点，谁也不要掉队，一定跟着军团部走。"

李贞说："好，我会尽全力的！"

何梅说："军团长，你就放心吧，我们女兵不会拖后腿的！对不对？"

众女兵有气无力地附和。萧克提高嗓门："同志们！相信我们一定会转出去的！我们红六军团是见过大世面的，不会葬送在这无名的大山里！只要我们自己不倒下，敌人终究拿我们没办法！"萧克一席话，女兵们的情绪高涨了许多。何梅亮开嗓子："姐妹们，加油啊！也许明天就找到贺胡子了！"

大伙发出快乐的笑声。

萧克离开女兵们，往前走了。

任弼时的病情仍然不见好转。部队每天都在寻找突围的机会，却一直找不到合适的机会，荒山野岭，买不到药物，也就是说，医生们束手无策，只能依靠他个人的毅力和生命力来抵御病痛。整天坐担架，见担架兵很辛苦，他于心不忍，有时就坚持下来走一段。

这天，他又要求下来走，大伙拗不过，只得服从，结果，他拄着木棍艰难地行走了十几步，脚下突然一滑，跌倒了。余秋里等人急忙搀扶起他。余秋里着急地说："首长，背着你走，行吧？"任弼时摆摆手："同志们整天照顾我，够辛苦了，我要坚持自己走一段，你们不要再劝我。"

他固执地向前走去。

部队后来走进了梵净山区的密林中，原以为这里没有敌人，却不料敌人仍然不时地出现，险情不断发生。由于连日奔走，加之没有粮食吃，大伙的身体每况愈下，似乎一阵风就能把人吹跑。这天中午，陈琮英走着走着就掉队了，她实在走不动了，两腿一软，瘫坐在地上，双手下意识地护着腰间的牛皮文件包，倚着一棵树大口喘息。她脚上的草鞋早就不知丢哪儿去了，小脚板磨出了血，钻心地疼，浑身冒冷汗，破烂的军衣早已湿透。

有零星的枪声从远处传来。

她咬咬牙，想站起来，但她实在没力气了，随即又颓然瘫坐在地上。

敌人就在周围，她随时都有落入敌人手中的可能，太危险了！可是，她没有一点力气了，眼皮直打架，脑子也蒙了，没有了思维……

就在这时，一个人急急跑来，是个女人。树枝挂破了她的手臂，扯乱了她的头发。她的一只草鞋不跟脚，她索性把它踢飞。她走近了，是何梅。

何梅左顾右盼，小声地呼喊着："琼英大姐！陈琼英！……"远处的枪声仍在持续不断地响着。大树下，陈琼英听到了何梅的呼喊。她想回答，张了张嘴，却发不出声音。终于，何梅看到了陈琼英，她跑过来，用力拉起她。陈琼英却痛苦而无力地说："何梅，我实在走不动了……""走不动也要走！"何梅拖着陈琼英往前走。枪声似乎离这儿更近了。陈琼英摔倒在地，何梅索性弯下腰，不由分说，背起她，艰难地往前跑去……

就在前面不远处的一面山坡上，队伍乱了套，因为不见了陈琼英，就连平时最为沉着的任弼时，也急得眼睛都红了，他大声咳嗽着问："你们谁看到陈琼英了？"

众人四下寻找。李贞说："刚才还看见她呢，会不会去……方便了？"

任弼时极为严肃地说："赶紧找她！她身上带着机要密码本，如果落到敌人手里，就危险了！"

气氛骤然紧张，众人分散开来，轻声呼喊着，四下寻找。

就在这时，何梅背着陈琼英，从一条岔路上跟跟跄跄赶上来。李贞、余秋里等人迎上去，接过陈琼英。何梅大汗淋漓，瘫倒在地。任弼时大松一口气，跟跄着走过来，亲自扶起何梅，激动地说："何梅同志！真要感谢你呀！我丢得起老婆，但丢不起机要密码哟！"众人都轻松地笑起来。何梅也甜甜地笑了。

南腰界是酉阳县的一个大镇，红三军军部设在一座还算整洁的祠堂里。这天中午，贺龙又在看地图，关向应拿着一张报纸，兴冲冲地进来大声叫道："老贺！胡子！"

　　贺龙从地图上抬起头来："小关，啥事呀，看你高兴的！"自从枫香溪会议之后，他们二人的关系大大地进了一步，只要他二人团结起来，夏曦就更不能兴风作浪了。

　　关向应把报纸往贺龙面前一放："你快看看这条消息！"

　　贺龙拿起报纸，是一份敌人的报纸。他不太熟练地念道："据悉，盘踞湘赣的共匪萧克、王震之六军团，经国军清剿，从江西遂川向西窜逃，进入湘南。现国军正在围堵中。匪首任弼时随行……"他放下报纸，边思索边说："六军团西征，会去哪里？"

　　"我也觉得这里面大有文章。"关向应一脸的兴奋。

　　贺龙往长长的烟管里装上烟叶，关向应替他点着，他自己也点上小烟袋。他们仿佛比赛吸烟一般，大口吸着。关向应眉毛一扬："胡子，他们会不会来黔东与我们会合？"

　　贺龙顿一下，兴奋地站起来："我看有这个可能。很有可能！否则，他们能去哪儿呢？"

　　"报纸上是八月份的消息，如今已是十月了……"

　　"如果他们是来和我们会师，应该快到喽！"

　　"对！应该快到啦！那我们，怎么办？"

　　贺龙在房间里踱步，突然停下，两眼炯炯放光："我的意见是：我们立即南下，去撞他们！"

　　"去撞？"

　　"对！"

　　关向应笑了："我赞同！"

　　贺龙把烟袋杆往桌子上重重一敲："这样吧，让夏曦同志在家留守，我们二人亲率主力南下接应。"

　　当晚，红三军主力就进行了南下准备，次日黎明，部队出发，分两路去"撞"红六军团。按照贺龙的指示，南下接应的队伍声势造得很大。贺龙、关向应骑马并行，贺龙突然想起什么，问道："小关，你知道那个任弼时吗？"

　　关向应兴致勃勃："知道！我们在上海有过一面之交，转眼也是好几年不通音讯了。噢，他是你们湖南老乡，湘阴人，在莫斯科东方大学学习过，是个很能干，很严谨，水平很高的同志！"

贺龙皱着眉头："夏曦是中央代表，这个任弼时也是中央代表……他不会像夏曦那样，乱杀人吧？"

关向应乐观地说："我想不会的！"

贺龙点头，仿佛心中一块石头落了地："他们一来，我们就能与中央联系上了，太好了……"

关向应说："是啊！这是我们最盼望的！"

这时，罗扬骑马赶上来。贺龙问："一点消息都没有吗？"罗扬摇头。贺龙皱起眉头，想了想："我看我们要大造声势，给六军团的同志提个醒，让他们知道我们就在黔东！我们在找他们。"

罗扬说："我已通知各部队，沿途多刷写标语。"

关向应叮嘱："还可以多吹吹军号，让号声给六军团的同志引路。"

梵净山区的密林中，枪声不断传来。王震说："我们老是这样转来转去不是个办法。"萧克仿佛自言自语："从哪儿钻出敌人的封锁线呢？"任弼时道："再回甘溪，怎么样？"众人一愣，王震一拍巴掌："对呀！从那儿穿越石阡到镇远的大道，最便捷！"

萧克犹豫道："可我们在那里吃过大亏……"任弼时道："正因为这样，敌人一定以为我们不会重蹈覆辙。"萧克眼睛一亮："我们正好可以出其不意！"

王震赞同。任弼时咬咬牙："就这样决定吧！"

就在他们下达返回甘溪的命令时，一名参谋跑来报告说，在山下游击的湘军好像发现了我们，正向山上迂回。萧克与任弼时、王震商量片刻，对十八师师长龙云说："龙师长！你带五十二团留下掩护！"

龙云接受了任务。任弼时又交待说："龙云同志！完成掩护任务后，马上带部队赶往甘溪，如果找不到军团主力，就想办法到印江找贺龙！"

龙云答应着，与任弼时等人互致军礼，跑开了。

在龙云的掩护下，任弼时等人带军团主力转移了。五十二团与湘军短暂地进行了交火，枪声在不远处持续响着，流弹飞来飞去。见主力已走远，龙云对五十二团团长田海清说："田团长！我们追赶大部队已不可能，后面的敌人又甩不掉。这样吧，我们分头行动，看能不能甩开敌人。"

田海清点头。龙云又说："我带三营往这边突围，你带一、二营往那边突围！冲出去以后，到印江找贺龙！"

他们当下分头突围。龙云带三营甩开了敌人的追击，田海清带领的一、二营却怎么也甩不开敌人。敌人紧紧咬住他们，傍晚时分，他们慌不择路，爬上一座孤立的山头。这座山叫困牛山，三面是悬崖峭壁，几乎深不见底。田海清率部一边交替掩护，一边往山顶上冲。

山坡下，大批湘军蜂拥而至。

一营营长回头向田海清报告："团长，这座山三面都是绝壁，我们走不通了！"

田海清猛地一惊："死路一条？……一营长，我们只能在这坚守了。赶紧构筑掩体！"一营营长道："团长！我们一营留下来掩护，你带二营往山下突围吧！""突围？"他摇头。通信员过来："团长！敌人上来了！"田海清下达命令："一营在左，二营在右，准备战斗！"

寂静的困牛山瞬间变成了战场，湘军呐喊着冲锋。几百名红军战士在简易掩体里开火，战况激烈而残酷，两次冲锋之后，双方均伤亡惨重。天擦黑时，团长田海清中弹，无声地倒下了。一营营长跑过来，痛惜地哭道："团长！……下面我来指挥！给我打！"

山上山下，顿成一片火海。阵地上，红军战士已伤亡过半。

就在山下不远处，一座临时搭起的简易指挥所里，李觉拿着望远镜观察着战况，他面有喜色："再攻一下，就差不多了。这将是继甘溪大捷后，我军取得的第二个重大胜利！传令胡旅长，天黑之前结束战斗。尽量多捉活的！"

湘军又冲锋了一次，山顶工事里，红军两个营只剩下几十个人了，而且几乎全部挂彩。

后来，枪声突然弱了。众人纷纷报告——

"营长！没子弹了！"

"营长！我的子弹也打光了！"

"营长！我们也是！"

……

一营营长扔掉打光了子弹的驳壳枪，无语地望着战场。良久，面向战士们，黑着脸道："准备与敌人拼刺刀！"

敌人又冲上来了，一营营长大吼："上！"战士们冲出掩体，与敌人肉搏……

把敌人这次冲锋打下去后，狡猾的敌人随即又耍起花招：用刺刀威逼着几十名老百姓往山上爬。

山上，伤员们一齐望着一营营长："营长，我们怎么办？……"一营长也没了主意。眨眼工夫，老百姓在敌人逼迫下，乱哄哄爬到了半山腰。一名敌军指挥官叫喊："弟兄们！师座有令，捉活的！重重有赏！……"

山上，一营营长决绝地说："同志们！宁死也不能当俘虏！听我的命令，先把武器毁掉！"他率先举起一挺轻机枪，狠狠朝一块石头上摔去。随即，各种枪支纷纷被战士们摔坏。一营营长神色极其刚毅地说："同志们！我们只有一条路。"他拖着一条伤腿走到悬崖边："从这儿跳下去！我们活是红军的人，死是红军的鬼！同志们！你们怕吗？"

众人声音凌乱："不——怕！"

一营营长不满意刚才的回答，大声地重复道："同志们，你们怕吗？"

众人扯着嗓门齐吼："不怕！"

一营营长嗓音嘶哑地说："好！听我的命令，一连，出列！"一连尚还活着的七个人悲壮地出列，站到悬崖边上。一营营长平静地走过去，与那七个人站成一排，回首道："六连长！"

六连长上前道："到！"一营营长道："下面的，由你指挥，你最后一个跳！"六连长脸不变色地答道："是！"

紧接着，一营营长大吼："同志们！跳啊——"八个人悲壮地跳下悬崖。

六连长仿佛什么也没看见，他高叫："二连的，出列！"二连剩余的九个人出列，在悬崖边站成一排。六连长悲壮地叫喊："同志们！跳！"

九个人集体跳下……

剩下的事情变得简单了，在六连长的指挥下，每连幸存的人以连为单位，依次跳下百丈悬崖。六连长最后一个跳下，困牛山上，突然又变得寂静了……

李觉站在简易指挥所里，透过望远镜，他清晰地看见了红军战士跳崖的影子。他惊愕地放下望远镜，掏出手帕擦拭额角的冷汗。他怎么也想不明白，世界上居然有这样不怕死的人！而且不是一个，是几十个！

敌人冲上阵地时，看到悬崖边什么都没有了，只有一面烧焦了半边的红旗，在如血的夕阳下，猎猎飘动……

五十二团一营和二营全部葬身在困牛山上。而龙云师长带领的三营虽然暂时摆脱了敌人，但最终仍没能逃出敌人的包围，激战中龙云受伤被俘，被押解至贵阳，王家烈为了讨好何键，又把龙云解送至长沙，何键想招降龙云，龙云至死不从，何键只得下令将龙云杀害。

第二天早晨，困牛山悬崖下，硝烟散去了，天气阴沉沉的，露水从树叶上点点滴落，树丛乱石之间，尸体横七竖八，惨不忍睹。这时，龙成英、小婉和十几个父老乡亲一起，扛着铁锹等工具急匆匆赶来，他们听说很多红军跳悬崖，天不亮就往这里赶。到了之后，人们一见眼前的场面，吓得扭过脸去。小婉眼里立刻涌出了泪水。

忙碌了一上午，他们在林间筑起了几十座坟茔。白幡飘飘，鸦声阵阵。龙成英把众人召集过来，大伙悲痛地冲着那一排排坟茔鞠躬。

小婉唱起一首忧伤的山歌。歌子只有简单的几句词——

> 天凉了，
> 起风了，
> 离家的亲人噢，
> 你不要走太远……
> 天凉了，
> 下雨了，
> 远行的亲人噢，
> 你何时把家还……

众人都望着她唱，她的歌声令人心碎……

红三军南下接应，是冒着很大风险的，主要是在酉阳的军部，随时可能会遭到川军的攻击，而且南下途中有可能遭遇大股敌人。贺龙为此捏着一把汗。

在沿河县的水田坝，红三军遇到了一支陌生的队伍。那支队伍藏身在山坡的树林中，见到队列整齐的红三军，他们既不像土匪那样仓皇逃跑，也不敢贸然下山。有人报告贺龙和关向应，二人急忙赶来。贺龙判断，对方一定是红六军团的同志，因红三军大多数人穿着老百姓的服装，杂七杂八的样子，他们拿不准这是一支什么队伍，才不敢下山。

关向应急切道："那我们快过去！"

在双方联络号的袅袅余音中，贺龙、关向应大步走来。山坡上，数百名衣衫褴褛的红军战士不失警惕地望着山下，参谋长李达眼睛一亮，大声说："是红三军的同志！是他们！"

李达带部分人大步往山下走。很多人赤着脚，踉踉跄跄，一步一瘸。贺龙、关向应等人大步走来。双方渐渐近了。贺龙大声地说："我是贺龙！我是贺龙！"李达百感交集地跑上前，眼圈红了："贺老总！我是红六军团参谋长李达！"

"李达同志！"

"贺老总！"

两双大手猛地握到一起。李达眼泪落下来，哽咽道："贺老总，终于找到你们了！……"

贺龙眼睛不由也湿润了，他说："我盼你们也像盼星星盼月亮一样啊！"

很快，双方人员欢聚到一块。李达忧心如焚地道："贺老总，关政委，不知弼时同志和萧克、王震他们怎么样了……"

贺龙说："那我们立刻兼程南下，去接应他们！"

第四章

如血的夕阳下，萧克打量着已显得平静的古老街道和四面的青山，感慨万千甘溪，甘溪，乃我红六军团的伤心之地呀！……"

墙壁上，累累弹痕清晰可见。

王震站在他身后，两眼望天："但愿死难的烈士们，能保佑我们从这里脱离险境。"

任弼时拄着木棍，神色忧戚："二位，今晚无论如何也要突出去，我有预感，这是我们最后的机会了，敌人的大网越收越紧，等到明天就麻烦了！"这几天任弼时的病情有所减轻，他觉得这是好兆头。

王震一把抓下头顶破旧的军帽："生死存亡在此一举，有路无路都要冲出去！"

任弼时点点头，问："中央红军情况如何？"萧克道："他们似乎正沿着我们突围的路线转移。"

任弼时道："现在可以确定了，我们红六军团就是为中央红军探路的，我们这个路探得怎么样，关系到中央红军的安危。如果我们突围不出去，无法与贺龙会合，那么，我们就是彻头彻尾的失败！"

这时，甘泗淇匆匆赶来："三位首长啊，据侦察，甘溪周围的道路全被敌人封得死死的，硬冲很难冲出去啊！"

众人顿时陷入沉默。萧克沉思：能不能找到一条敌人难以察觉的道路？……不一会儿，又有一位侦察员跑来报告，说他们了解到，甘溪街上，有位老猎户，常年上山打猎，对这一带山势特别熟悉。

任弼时道："那快请他当个向导嘛！"侦察员为难地说："我们动员了老半天，可他就是不干。"萧克道："我去看看。"当即跟侦察员一道，往镇子外面的一座木板屋走去。

那是一间摇摇欲坠的木板屋，那位老猎人看上去有八十多岁，头发胡子全是白的。萧克进来时，他在低头擦枪，不时咳嗽一声，对萧克等人闯进来，漠不关心。

萧克摘下帽子："老人家，你看我们像坏人吗？"

老猎人木讷地摇头，不语。

萧克继续道："老人家，我们是共产党领导的队伍，是为穷人干事的，如果我们能活着冲出去，就能多为天下的穷人做些事情。"几句话一说，老猎人明显受到了触动。萧克又道："老人家，你能带我们出山吗？"

老猎人放下枪，长叹一声，仿佛下定了决心："后山那儿，有一条夹沟，只有一人来宽，十几年没人走了，没人记得它了。用两个时辰，穿过那条夹沟，就能越过石、镇大道。"

越过石阡至镇远间的大道，就等于是冲出了敌人的包围圈！萧克眼睛亮了，情不自禁地自语："天不灭我，真是太好了……"他庄重地向老猎人敬了个礼，匆匆回到指挥部，把情况向任弼时和王震等人讲了。这时候已经是黄昏，几人商量一阵，萧克道："弼时同志，我们准备后半夜行动，你看可以吗？"

任弼时磕掉小烟斗里的烟灰，点头："把能丢掉的东西都丢掉，只要人能出去，就好办！"

王震道："还是老一套，我负责在前面开路！"

萧克道："我来断后！"

任弼时满意地点头："告诉部队，前面就是贺龙的部队，冲出去就是胜利！"几个人站起来，互相信任地击掌。

夜里十点钟，一弯残月挂在高空。云团飘来，遮住了月牙。部队一队队带到山口附近。王震轻声地叮嘱："注意，都不要出声！……"

任弼时、萧克、老猎人等站在队前。萧克小声问道："弼时同志，出发吧？"任弼时道："萧克，你下命令吧！"萧克果断地一挥手："出发！"王震、老猎人等人走在了最前面，向黑黢黢的山谷走去。

走了一阵，才发现这是一道长长的，一眼望不到头的深山夹沟，最窄处，只有一人来宽，勉强能走人。王震的前面只有几个战士，他身后是老猎人。他们深一脚、浅一脚，披荆斩棘地开路。脚下，积水四溅，臭气四溢；头顶上方，是昏暗的一线天。不断有夜鸟被惊动，鸟儿在黑暗中鸣叫着飞走，声音凄厉无比。红军战士一个挨一个，手拉手往前摸索着走。

突然，头顶上响起零星枪声，偶尔还能听到敌人的吆喝声，以及手电光的光亮。王震低声叫道："停！"

气氛骤然紧张，人们大气也不敢出，但头顶上方的敌人很快就没了动静，似乎远去了。王震松了一口大气，一挥手，队伍继续磕磕绊绊前进。

队伍中间，担架员小毛背着任弼时往前走。余秋里紧随其后。小毛满脸是汗，任弼时伸出手去，摸索着替小毛抹去额角上的汗珠……

甘泗淇、张子意等领导和陈琮英、李贞、何梅等女兵走在一起。女兵们头发蓬乱，脸上、臂上显露出累累伤痕。

头顶上，零星枪声偶尔响起。李贞有经验，道："别怕，是敌人巡逻队在火力侦察。"

萧克行进在队伍最后，他不停地叮嘱大家跟上，谁也不能掉队。他深知，掉了队的红军战士再想活命，就难了。行进中，他忍不住仰天自语："今晚，将是我六军团最最关键的时刻……"

不知过了多久，天色转亮了，隐约见到了夹沟口。这时，曙光从地平线上升起，行在最前面的王震眼前一亮。他拨开丛丛荆棘和矮树，看到一条宽阔的道路从面前闪现，他惊喜地叫起来："过了这条大道，敌人就拿我们没办法了！"他回头，"向后传，加快速度！"

战士们一个一个往后传话。每个人全身都湿透了，但谁都不觉得冷，个个心里暖融融的。

王震身后，老猎人欣慰地笑了。

红军战士快速越过沟口边的大道，下到道路下的河谷地带，像鱼儿进入大海，霎时不见了踪影。王震和老猎人站在一旁，望着部队通过。过了好久，任弼时在余秋里和小毛的搀扶下赶上来。任弼时与王震握手："王胡子！我们走对了！"王震一指老猎人："是这位老大爷路带得好！"任弼时上前两步，紧紧握住老猎人的手说："老大爷，我们红军谢谢你啊！"老猎人咧嘴笑着："大军，你们是为穷人干事的，我能带这个路，心里高兴啊！"

任弼时点点头，感慨地说："是啊，为穷人干事，穷人才会帮助我们……穷人帮助了我们，我们更要为穷苦人干事……"

任弼时和老猎人道过别，向前走了。

一轮红日冉冉升起，东方天际金光四射。萧克几乎是最后一个来到夹沟口，在警卫员护卫下，他迅速地跃起，穿过公路，进入到一片树林中。到这时，他终于松了一口气，抬头望朝阳，感慨万千："今天的太阳，好大好亮啊！"

泪水，霎时蓄满了他的眼眶。

两军会师的日子，突然之间来临了。

印江县木黄镇，是一个较大的镇子，位于河谷中间。镇外的开阔地上，十几匹骏马奔驰而来，贺龙居前，后面是关向应和李达。

罗扬骑马迎上来，下马向贺龙报告，中央代表任弼时同志和六军团的首长，就在前面的水浒庙里。贺龙与关向应、李达皆是振奋地一笑。贺龙命令罗扬留在这里，等后续部队上来，然后和关向应等人打马向前疾驰而去。

罗扬所说的水浒庙，在镇子的一角，已经很破败了，水浒人物的塑像红一块白一块的，更显得狰狞，刚下过一场不大不小的雨，庙里四处都在滴水。

任弼时躺在担架上，和萧克、王震等人焦急地等待着。盼贺龙，盼贺龙，盼了两个多月了，今日终于要见面了，大家既兴奋又忐忑不安。一阵马蹄声隐隐传来，几个人期待地望着庙门口。

不一会儿，余秋里跑进来："报告！贺龙军长他们来了！"

任弼时道："快扶我起来。"余秋里把任弼时搀起来。

门外，贺龙等人下马，大步往里走。任弼时、萧克、王震等人往外迎。突然地，他们目光相遇了！关向应抢先道："弼时同志！我是关向应！"

任弼时激动地："向应同志！又见到你了……"

关向应一指贺龙："这位是贺龙同志！"

贺龙与任弼时目光相遇，他们都百感交集地望着对方。贺龙眼睛突然湿润了："弼时同志！我贺胡子可把你们盼到了！"

任弼时嘴唇哆嗦着："贺龙同志！我们总算找到你了……"二人上前，紧紧地、久久地拥抱。他们的眼里，闪现着激动的泪花。这个时刻，所有的人，都是泪花闪烁……

任弼时平静一下，向贺龙介绍萧克。贺龙伸出大手，与萧克握手："好年轻的军团长！"

萧克有些腼腆地叫道："贺老总！"贺龙与萧克握手、拥抱。

任弼时又指着一脸络腮胡子的王震进行介绍。贺龙哈哈笑着："王震！也是一位胡子啊！"王震豪迈地说："你贺老总是大胡子，我王震是小胡子嘛！"

众人大笑。贺龙与王震握手、拥抱。王震松开贺老总的手，闪到李达面前，当胸给了他一拳："李达啊，我们以为再也见不到你了！你还不错，把贺老总给找来了！"

众人又笑起来。任弼时吩咐甘泗淇，赶紧给中央发报，报告两军胜利会师的消息。甘泗淇答应着，起身离开。

贺龙吸着长烟杆："你们来了就好啊！红三军以后再也不是孤雁了！会师会师，会见老师，你们来自井冈山，来自毛泽东同志、朱总司令身边，要好好给我们介绍经验啊！"

任弼时与萧克、王震交换一下眼神，他们都被贺龙的话打动了。任弼时抑制不住激动："贺龙同志，谢谢你和向应同志跑这么远来接应我们。"

贺龙道："一家人不说两家话，弼时同志，你就别客气啦！"

关向应环顾着破败的水浒庙："老贺、弼时同志，咱们还是换个地方说话吧！"贺龙答应着，亲自伸手搀扶起任弼时："弼时同志，看样子你病得不轻呀。"萧克接话道："弼时同志病了快有一个月了。"任弼时道："但我一见到贺龙同志他们，病马上就好了！"

话未完，他又剧烈地咳嗽起来，贺龙急忙替他捶背。

此时，木黄镇外，更是一番热闹景象。开阔的河滩上，号手吹起了欢快的音调，红三军与红六军团的战士们，都像小孩子一样，嗷嗷叫着，张开双臂向对方跑去……

罗扬跑在红三军的队伍里，何梅跑在红六军团的队伍里。这个时候，他们做梦都想不到，他们会在这个特殊的时刻相识……

两支队伍渐渐近了，人们的眼里都亮晶晶的，瞬息之间，两支呐喊着的队伍融为了一体……

欢庆的人群中，罗扬与何梅的目光终于相遇了！他们离得很近，他们是被奔涌的人浪推到一起的。他们身旁，红三军的战士纷纷把自己腰上的备用草鞋解下来，递给红六军团的战士，并看着他们穿到伤痕累累的脚上；有人把大饼、水果等食品递过去。接过食物的人狠狠咬一口，含着眼泪，一边笑一边吃。还有人索性脱下自己的衣服，送给红六军团那些衣衫褴褛的战士……盛大的场面，感人的气氛，让所有的红军指战员都忘记了曾经有过的苦难，他们的心真的贴到了一起！何梅的衣服破了，勉强蔽体。罗扬摸摸腰间，什么也没有，他索性脱下自己崭新的军上装，递给何梅。

何梅愣怔着，不知怎么办好。罗扬执着地望着何梅，一副不容拒绝的样子。何梅微笑一下，终于接过来，大方地披到身上。她望着罗扬，眼睛潮湿了："谢谢……"

罗扬说："我叫罗扬，红三军司令部的作战参谋。"

何梅说："我叫何梅，在红六军团政治部负责宣传工作。"罗扬说："真想不到，一个女孩子，能够从江西走到贵州来，多了不起啊……"

何梅不好意思地擦去眼角的一颗泪珠："我们红六军团，像我这样的女战士，有十几个呢！你看！"顺着何梅指点的方向，罗扬隐约看到了李贞、陈琮英等人欢笑的身影。

这时，集合号响了起来。人群欢庆的声浪变小了。罗扬说："要集合了。"何梅说："再见！"罗扬也说："再见！"

罗扬向远处走去，何梅望着他的背影神……心里念叨着：罗扬，罗扬，多好记的名字……

当晚，在木黄镇，两军设立了临时指挥部。吃过晚饭，两军领导人开了个简短的小会，任弼时介绍红六军团的情况，他说："六军团西征历时七十八天，跨越湘、赣、桂、黔四省，走了五千多里，路上只休息过一天。从江西出发时，九千七百多人，眼下还剩多少？"

萧克接话道："三千三百多人。"

任弼时痛心地说："丢了三分之二啊……损失了一个师长，好几个团长；骡马、辎重都丢光了，不怕你们见笑，我们就连做饭的家什也扔掉了。六军团损失惨重啊！"

众人皆沉默着。有顷，贺龙磕磕烟灰，说道："这以前，我们两个部队都是多灾多难的！我们的事，今天先不说了。你们走过来，就是了不起的胜利！我贺龙做梦都盼着两军会师啊！眼下，六军团需要休息，红三军希望通过会师，解决路线问题、党的领导问题。红三军盼望这一天已经很久了！"

关向应道："会师以后，我们两军合兵一处，就能形成一支战略力量！我们的腰杆都硬了！"

萧克、王震等人兴奋地附和。气氛轻松了许多。这时，罗扬神色略有异常地进来，俯在贺龙身边耳语几句。贺龙挥挥手，罗扬退出了。贺龙道："各位，有个小情况。"

众人都期待地望着贺龙。贺龙道："刚才接到情报，黔军大约十一个团的兵力，从北、西、南三面向我们包抄过来了。看来，王家烈这个龟孙子不想让我们太高兴啊！"

气氛一下子有些紧张了。任弼时问："贺龙同志，你的意见呢？"贺龙道："此地不宜久留！明天一大早，我们两军就向酉阳开拔，怎么样？"

众人一致点头同意。贺龙道："到了那里，我们再开个两军会师大会，好好庆贺一下！"

任弼时道："对，需要鼓鼓劲儿！"

萧克问："贺老总，今晚怎么办？"

贺龙哈哈一笑："各位放心，我敢打保票，今晚这里还是安全的，你们可以好好睡一觉！"

众人都轻松地笑了。关向应对卢冬生说："卢师长，六军团领导同志的住处，都安排好了吗？"

卢冬生道："都安排好了。"

王震打个哈欠："娘的！今晚可以放心上床睡一觉了！"

次日一大早，两军浩浩荡荡向酉阳开拔。两日后，在酉阳县南腰界，举行会师大会。会场设在一片开阔地带，远处是青山苍翠的影子，近处彩旗飘飘，歌声阵阵。刚收割完庄稼的大田里，红三军、红六军团的部队分别坐在地上。一排临时搭起的主席台上面，挂着一条标语："庆祝会师大会"。

开会时间到了，主席台两侧，几十名红军号手同时吹响了欢庆的号声，号声中，任弼时、夏曦、贺龙、萧克、关向应、王震等领导走到主席台上，分别落座。关向应宣布："红六军团、红三军胜利会师庆祝大会，现在开始！"

号声再次吹响。人们发出排山倒海般的掌声和欢呼声。关向应高声说："下面先请中央政治局委员、红六军团军政委员会主席、中央代表任弼时同志讲话！"

众人热烈鼓掌。任弼时站起来："红三军、红六军团的同志们！今天开会有两个意义：第一个意义，我们胜利会师了！我们从江西出发，天天盼望与红三军会合，今天我们真正会师了；第二个意义是，我们两支部队要紧密团结，互相学习，以打大胜仗来庆祝我们的会师！"

掌声再起，任弼时指着贺龙道："红六军团的指战员们，你们看呐！他就是两把菜刀闹革命，南昌起义的总指挥，我们红三军的军长贺龙同志！"

掌声异常热烈地响起来，很多红六军团的战士伸长脖子往主席台上面看。夏曦不由有些失落的样子。任弼时道："请贺龙军长给我们讲几句吧！"

贺龙在掌声中站起来，他左手握着旱烟杆子，向全场敬个礼，笑道："我让弼时同志夸得有点子昏昏沉沉喽！两把菜刀闹革命，不假，可是一把在同伴手里，我手里只拿着一把，是单刀，不是双刀啊！"

满场爆发出一阵开怀的笑声。贺龙继续道："红六军团的同志们！你们从井冈山来，那里是我贺龙和我们红三军向往的地方！今天你们来了，我代表红三军全体同志热烈欢迎你们！你们千里跋涉来到这里，本该好好休息几天，可是蒋介石不会让我们睡安稳觉。我们一会师，树大招风，我料想老蒋也睡不着觉喽！"

会场发出愉快的笑声。贺龙又道："这里是新开辟的根据地，不是很巩固。黔东这一带人口稀少，山高林密，产粮困难，养不活我们这么多的兵。可靠的根据地在哪里呢？"他用烟杆子敲了敲自己的草鞋底子，"在我们的脚板上！靠我们行军、打仗，夺取胜利！开辟更大的根据地，消灭更多的敌人！到了那一天，我贺龙请客，大家轮流睡上几天几夜！"

贺龙坐下了，会场爆发出长久的掌声。夏曦鼓掌的手，却僵住了。

接下来，萧克、王震等人也讲了话。这次会师的场面很热烈、欢快，许多年后，参加过会师大会的人仍能记得当时的情景。

当天下午，任弼时掌握的电台收到中革军委的最新命令。任弼时马上向两军领导人进行了传达："从即日起，红三军恢复红二军团的番号，以贺龙为军团长，任弼时兼任政治委员，关向应为副政治委员，李达为参谋长，张子意为政治部主任；红六军团仍以萧克为军团长，王震为政治委员，谭家述为参谋长，甘泗淇为政治部主任。

紧接着，贺龙召集原红三军的团以上干部开会，说道："部队随时都要开拔，我们二军团要抓紧时间，尽最大可能帮助六军团的同志。我和向应同志商量过了，首先给六军团的营以上干部每人配一匹马，如果不够数，就把司令部的马牵过去。另外，再拨几挺轻机枪。"

关向应补充道："我们至少要给六军团的同志每人打两双草鞋。"

团长钟子明脸上，却挂着一副明显不满的神情。他有点想不通，为什么六军团来了，没有为黔东根据地的地盘出一点力，就要得到这个得到那个，他们凭什么？

红二军团伸出援助之手，想方设法帮助红六军团。爱钓鱼的贺龙一大早就把钓来的鱼送到了食堂。任弼时刚起床，余秋里就端着一碗热气腾腾的鱼汤进门："首长！快趁热喝鱼汤！"任弼时纳闷："小余，哪里来的鱼汤？"余秋里说："贺龙军团长天不亮就爬起来钓鱼，专门让小灶给你熬的，说是给你补补身子。"

任弼时望着那一大碗鱼汤，有些动情地不知说什么好，想了想，啥也没说，端起碗喝下了。

贺炳炎也没闲着。虽说这阵子他心情很郁闷，但不找点事情做，心里更别扭，于是，他来到马棚，从一匹匹战马身边走过。养马的战士迎上来："贺师长，你干啥呀？"贺炳炎不理他，继续打量、观察马。战士纳闷："贺师长，你咋了？"贺炳炎哼一声："哎，老子不是师长了，少给我戴高帽！"战士为难地："那，我叫你贺团长？"贺炳炎道："我也不是团长，我现在是司令部管理科长！"战士只好说："好好，贺科长，你想干啥？"

贺炳炎爱惜地抚摸着一匹大白马，啧啧赞叹："真是匹好马啊，浑身没一根杂毛是吧？……我就想要它！"他动手解缰绳，战士急了："贺科长！上级可是有命令，这些马是送给六军团的，谁也不能动！"贺炳炎一瞪眼睛："你少啰嗦！"他骑上马，一溜烟远去了。

红六军团驻地，王震正在给战士们讲笑话。通信员跑来说："王政委！有人找你。"

"谁找我？"

通信员往远处一指："就是他！"

王震回身，看到了牵着大白马的贺炳炎。他不认识对方，但又感到这人双眼炯炯有神，气度不凡，个子不高，但结实得要命，便走过来，亲热地说："同志哥，我是王震！"

贺炳炎敬个礼："王政委，我叫贺炳炎！"

王震还礼，打量着他："贺炳炎？噢，我知道了，有人叫你小贺龙！听说你很能打仗！"

听人夸自己，贺炳炎有些脸红："我也早就听说，你王胡子不怕死，打起仗来就爱往前冲！"

王震哈哈大笑："你不也是吗？哎，老兄，听说你……"

贺炳炎打断他："听说我是改组派自首分子，是吧？"

王震正色道："那年，在湘赣，上级命令我带一个班去杀第三分区政委张平化，我去了一看，张平化哪像个 AB 团呢？我就没有杀他，不仅没杀他，还把我的马送给他，让他骑上跑了！"

贺炳炎敬佩地望着王震。王震道："就为这事，我也上了黑名单。后来，我指挥部队打了个大胜仗，这才算过了关！"

贺炳炎羡慕地陷入沉思："是啊，什么时候，我也打它个大胜仗就好了……哎，王胡子，送你一匹马！"

王震眼睛猛地一亮："好马！"

贺炳炎丢下马，走开了。

夏曦也想干点什么，却不知道该干啥。中央的电报里，丝毫没有提到他，难道把他忘了？任弼时等人来了后，他发现贺龙更不把他放眼里了，他的威信一落千丈！

这天他独坐在自己的住处生闷气，警卫员小马央求："夏书记，快吃饭吧，你看都凉了……"夏曦赌气："我不吃，你端走！"小马说："可是，你都一天没吃东西了……"夏曦气哼哼地："我早都气饱了！……他姓贺的，早就想夺我的权，以前他敢吗？来了个中央代表任弼时，他贺龙上蹿下跳的，就以为机会来了。哼！别忘了，我夏某人也还是中央代表！中央并没有免我的职！"说到气处，他抬手将桌子上的饭菜打到地上："我要给中央写报告！……"

给中央的报告，不知从何写起，他丢下笔，想到了关向应。关向应由原来的红三军政委变为二军团的副政委，明升暗降了。他觉得关向应可以成为自己的同盟，于是便来到了关向应的住处。

关向应热情地说："夏曦同志，是你啊，快请坐。"

夏曦坐下，欲言又止。关向应倒一杯开水，放到夏曦面前："夏曦同志，有话请讲嘛。"

"向应，我们是老战友了，有些话只能找你讲一讲。"

"你说嘛！"

"向应，我有点为你感到委屈。"

"为我委屈？"

"是啊！你看，你是红三军的政委，和老贺搭班子搭得好好的，红三军恢复红二军团番号，政治委员理所当然该你来当……"

关向应欲打断夏曦，夏曦却不让他插话："你让我说完。我就是不明白，为什么任弼时一来，就抢了你的位置？是中央对我们不信任？还是……"

关向应站起来，严肃地说："夏曦同志，你也听我讲两句。我们都是共产党员，对吧？听党的命令，是我们首先要做的事情，是头等大事，对吧？当年中央派你到湘鄂西担任中央分局书记这个最高领导，湘鄂西的同志没有因为你是外来的人，就排挤你吧？就连贺龙同志，那么有威望的人，不也是处处维护你吗？为什么？还不就是因为你是分局书记，代表党在说话？表面上他尊重、听从的是你，实则他尊重、听从的是党！"

夏曦仍不为所动，闷头吸烟。

关向应道："我关向应从入党那一天起，就把个人利益放到一边了。如果是为了个人利益，我是不会入党的。军委让我担任弼时同志的副手，我心甘情愿！"

夏曦讷讷地："向应同志，你顾全大局，这一点我夏某十分佩服。"

关向应点上小烟袋锅，吸一口："老夏，你的问题，中央会有结论的。你必须承认，以前你的工作是出了很大偏差的！六军团来了，弼时同志很有可能会取代你以前的位置，我个人认为，中央的这个决定是正确的，也是得人心的。请你三思啊！"

夏曦脸涨得通红："我不认为自己犯了什么错误，我是坚决执行党的六届四中全会精神的，何错之有？"

就在当天晚上，任弼时来到贺龙的住处，听贺龙讲过去的情况。会师以后，他就感到，红二军团对夏曦的成见很深。贺龙痛心地说："湘鄂西的失败，不是敌人强大，而是我们自己搞坏的。段德昌、万涛、周小康、尉士钧、潘家辰、孙德清、柳直荀、胡慎己、王炳南、宋盘铭、叶光吉、盛联均、段玉林……多少好同志，死在了自己的枪口下！……我救不了他们，因为他夏曦有最后的决定权，我只能救那些职务低一些的干部，像贺炳炎、谷志标、王尚荣、谭友林等……"

说着，贺龙不觉泪水涟涟。

任弼时神色严峻地听着，不时往小本子上记着什么。

关向应也在场，他补充道："他曾几次想对老贺下手，有一回把老贺警卫员的枪都下了。可能觉得老贺在红三军威望太高，军事上离不开他，这才没敢贸然下手。"

贺龙道："我总觉得自己是个新党员，政治水平不高，怕搞不懂党的政策，尽量服从他。但心里很苦，很苦，我就不明白，我们自己为什么要搞垮自己？有一次，我实在忍不住，就向小关建议，让他代替夏曦当中央分局书记，小关严肃地批评了我。"

关向应道："那时我也太软弱，不敢和他斗争，总是顺从他。我也有责任啊！"

任弼时道："在中央苏区，在湘赣，这样的事情也没少发生。要说责任，我任弼时也有！我们这个党还是太年轻了，就像小孩子一样，还不成熟啊！"

贺龙道："但愿这种自己人往死里整自己人的事情，以后不再发生！"

任弼时点头："和二军团会师后，我也了解了一下，发现部队对夏曦同志的抵触情绪很大，他的问题不解决，二军团的同志的气就不会顺，就会严重影响到二军团的战斗力。我打算以我、萧克、王震三人的名义，给中央书记处及中革军委发个电报，把夏曦同志的问题讲清楚。"

回到住处，任弼时马上拟就了一份电报稿，他让余秋里把萧克、王震叫来，他们看过电报稿后，便以三人的名义发了出去，电报主要内容是，建议中央撤销夏曦中央分局书记及分革军委会主席职务。

任弼时道："二军团政治工作确实太薄弱了，这都是夏曦同志造成的恶果。党员不到十分之一，不少连队还没有党的支部，有的两个连队成立一个支部，大部分系统的政治工作还未建立，这都会影响到二军团下一步的发展。"

王震道："我们从人员上支援他们吧。尤其是政治工作干部，需要多少就给多少。"

萧克道："我赞同！"

听说要从六军团抽调人手支援二军团，何梅动开了心思。她想去二军团，非常迫切地想去，至于为什么，又说不清楚。

这天上午，她在临时住处认真叠那件罗扬送给她的军装，她叠得整整齐齐。叠好后，她若有所思地望着军装出神。李贞突然进门，故意板起脸叫她："何梅！"

她赶紧把军装用被子盖上："贞姐啊！"

李贞问："搞什么名堂呢？"

何梅掩饰道："没干啥呀！"

李贞道："我都看到了，还不承认。"

何梅脸红了："噢，我在叠衣服嘛。"

"是不是那位罗参谋的军衣？"

"啊，是啊……我想还给他……"

"还什么呀，干脆留下做个纪念吧！"

"留下就留下！"

二人嘻嘻哈哈笑成一团。

何梅突然不笑了："贞姐！我那事你去说了吗？"

李贞道："说了，弼时同志不同意你离开六军团。"

何梅急了："为什么啊？你们都过去了，偏偏把我给丢下！"李贞道："弼时同志说，也要给六军团留点骨干，不能把人抽空了，顾此失彼，所以……"

何梅拉开架式："不行不行！我去找任政委说理去！"

见何梅急了，李贞才告诉她，任政委同意带她去二军团，何梅心里一块石头这才落了地。

下午，贺龙亲自来六军团接人，是罗扬陪着来的。

在红六军团临时指挥部院内，几十名干部背着背包，拿着个人物品，在院子里集合。其中有陈琮英、李贞等几个女兵。有几个干部戴着眼镜，一副知识分子模样。

罗扬陪着贺龙、任弼时来到队列前，他的目光在队列里寻找着什么，他失望了。任弼时说："同志们！贺龙军团长亲自来接你们了！"

众人鼓掌。贺龙上前："同志们！欢迎你们到二军团工作，二军团特别需要你们这样的干部，希望你们把好经验、好作风带过去！"

这时，何梅才背着背包，提着日用物品跑过来："报告！"

一瞬间，罗扬与何梅的目光相遇了。罗扬的眉头一下子舒展开来。

钟子明惹麻烦了。中午，一队战士担着粮食、盐巴、腊肉，还有两只鸡，行走在南腰界唯一的一条青石板路上。钟子明带警卫员骑着马，哼着小曲，慢悠悠走过来。遇到众人，他一挥马鞭子："哎！你们干啥去？"

一个年轻军官跑过来："报告团长！我是三连一排排长刘小仓，我们去给六军团送东西。"

钟子明下马，用马鞭子拨弄着那些物品："送东西？妈的，你们好大方啊！"

刘小仓辩解道："团长，这是师里通知的……"

恰在这时，在他们身后，李达等陪同任弼时走来。任弼时对李达说："李达啊，你到二军团，一定当好贺老总的助手啊！"话音未落，他们便看到了正在耍威风的钟子明，于是停住脚。

那边，钟子明突然抬手给了刘小仓一记耳光："滚回去！把鸡给老子炖了吃！"

李达等人气愤了，想冲上前，任弼时抬手示意他们不要动。那边，刘小仓捂着脸，回过头，丧气地对战士们道："回！我们回！"钟子明骑上马，哼着小曲远去了。任弼时皱起了眉头，有人提议马上报告贺龙，任弼时不同意，说再等等看。

尽管任弼时暂时瞒住了这事，但钟子明破坏两军团结的恶劣行为还是很快被贺龙知晓了。

罗扬把钟子明叫到军团部，他们进来时，贺龙正用力吸着长烟杆。关向应、卢冬生在座。钟子明站在一旁，想打报告，又发现气氛不对，没敢吭声。

贺龙突然把烟杆子丢到桌子上："钟子明！"

钟子明立正："到！"

贺龙逼视着他："知道为什么叫你来吗？"

钟子明小声说："知道。"

贺龙强压住火气："说说！"

钟子明心一横，道："老总，我们辛辛苦苦打下的地盘，这才过几天痛快日子？他们说来就来了。能容纳他们就不错了！你还像贵宾似的待他们，看他们脸色，把自己都舍不得吃的、用的，一个劲儿送给他们，弟兄们有意见！……"

没等他说完，贺龙猛地一拍桌子："屁话！是你自己没觉悟！你仗着参加过南昌暴动，算是个老资格，仗着给我当过几天警卫员，打过几个胜仗，你就敢叫板！你睁开眼睛瞧瞧，人家六军团给我们的帮助有多大？！六军团把司令部、政治部大部分有工作经验的人员都调拨给了我们二军团，这是多大的帮助？"

钟子明渐渐低下了头。

不知何时，任弼时、萧克、王震、李达站在了窗前。他们是来找贺龙研究重要事情的。

屋内，贺龙又道："钟子明，别的事情我都可以饶你，这次决不轻饶！"关向应使个眼色："钟子明，赶紧回去写检讨！"钟子明想溜。贺龙冷冷地哼一声："别慌走。你那个团长，我看先别当了。卢冬生！"

卢冬生立正："到！"

贺龙道："给他安排一下，让他当营长，以观后效。"卢冬生道："是！钟子明，你就到二营。"钟子明沮丧地出门，与任弼时等人对视一下，红着脸走开了。

这时，贺龙等人发现了任弼时他们，赶紧迎出来，贺龙热情地说："你们几位，快到屋里坐嘛！"任弼时道："贺龙同志，刚才这是？"贺龙哈哈一笑："没事！钟子明破坏团结，不好好收拾他，他不长记性！弼时同志啊，有啥重要情况？"

见贺龙换了话题，任弼时只好说："中央有电报来，我们碰个头。"

众人坐下，贺龙一使眼色，罗扬等人退出，关上门，在门外警戒。

任弼时严肃地说："中央否定了我们两个军团应集中行动的建议。"贺龙一愣。任弼时又说："中央要求，二军团继续留在黔东，命令六军团单独去湘西的乾城、凤凰一带建立根据地。贺龙同志，你看怎么好？"

贺龙低头吸烟，思索一会儿，摇头："乾城、凤凰是'湘西王'陈渠珍的老窝子，他这个人就想当个湘西土皇帝，他很怕老蒋、何键吞掉他。我们不主动打他，他是不会拼出血本和我们打的。我们若到他的老窝里捅上一刀，他当然要拼老命喽！依我看，到那些地方活动很困难，六军团只有三千多人，是打不赢的！"

萧克神色严峻："依贺老总之见呢？"

贺龙走到地图前比划着："如果两个军团去湘西北的桑植、大庸、永顺、石门、慈利一带，情况会好得多！这些地方我熟，那里群众基础好，敌人力量也薄弱。把陈渠珍的人马从他老窝里引出来，也好对付！"

王震频频点头。任弼时等人却沉默不语。贺龙道："我插一句：中央红军现在到什么地方了？"任弼时道："正与敌人苦战于湘、粤、桂边境，他们动作很缓慢。"贺龙叹气："我猜测，中央现在处境很不好……"

任弼时点头："是啊！他们离开中央苏区，下一个目的地是哪里呢？会不会也来找你贺龙？"贺龙眉毛一耸，眼睛一亮："如果来，当然好！可是，蒋介石会拼上血本堵截他们的。我们出兵湘西北，可以牵制住湖南、湖北一大批敌人，就能够策应中央红军。"关向应补充道："我们打好了，自然就能减轻中央红军的压力。"

任弼时问："去了，打得赢吗？"

贺龙口气坚定地说："一个军团去，不行，两个军团一块去，一定打得赢！"

任弼时、萧克、王震对视一阵，他们的眉头渐渐舒展开了。

第五章

山脚下的一片开阔地上，数百名红军士兵在练习拼刺杀。贺龙、任弼时、关向应一边观看一边交谈。任弼时看上去心情很好，脸红扑扑的，他说："给中央的电报发走了，但愿中央能够理解我们的一番苦心，同意我们两个军团暂时不分开，打一两个胜仗以后再相机行事。"

贺龙欣慰地说："弼时同志，你们来了以后，我这心里踏实多了！"

关向应道："弼时同志，不瞒你说，这两个晚上，胡子的呼噜打得格外响亮！"

三人笑起来。任弼时道："哎，我想问贺龙同志一个问题。听说你很小就留胡子？"

贺龙道："十几岁吧，就开始留了。"

任弼时道："是不是你官当得大，却又怕别人欺你年轻，才有意留胡子的？以求显得老成。"

贺龙大笑："不对不对！那时我见很多有钱有地位的人留胡子，我就想，穷人为什么就不能留胡子？我就开始留了。"

任弼时大笑："哈哈，这便是你贺胡子的性格，从小就敢跟有钱人叫板！"

贺龙道："这也是我为什么要参加共产党的一个原因吧，因为共产党是替穷人出气的，我贺龙最看不惯的，就是人间的不公平！"任弼时频频点头。突然想起什么："哎，光说你的胡子了。你们二位看，我们离开这里后，把哪支部队留下来好？"

贺龙思忖一下："新组建的黔东独立师。怎么样？"

关向应道："师长是王光泽，政委是段苏权，该师有七百多人，主要由伤病员和地方游击队组成。"

任弼时道："我看可以。"

贺龙说："那好！我们明天就起程，开展湘西攻势！"

次日天未亮，队伍就离开南腰界，浩浩荡荡向前开进。贺龙站在大路边，依依不舍地望着后方。任弼时走过来："老贺啊，是不是有点舍不得离开啊？"

贺龙点点头："真有点舍不得呢！我还是旧军人时，就曾两次驻防黔东，对这里的山山水水都很熟悉。黔东还是我最好的战友、我参加革命的引路人周逸群同志的故乡；在红三军最困难的时候，又是在这里创建了黔东根据地，黔东人民给了我们很大支援。"任弼时赞同地点点头："设想一下，如果没有这块根据地，六军团就没有目标可找，结果是不可想象的。所以呀，六军团的同志也应该感谢这块土地！"

说完，他们上马。几匹马顺着队伍行进的方向，迎着晨曦，奔驰而去……

途中，贺龙、任弼时、关向应、萧克一起骑在马上行军。离开南腰界不久，李达就骑马追上来，说是中革军委又有急电。任弼时下马，接过电报，认真地浏览一下，神色严峻，沉默不语。贺龙是个急性子，当即就问："弼时同志，中央有什么新指示？"

任弼时道："他们还是不同意我们合兵　处，指出：二、六军团合成一个单位及一起行动，是绝对错误的！"

贺龙一惊，勃然变色。任弼时道："还说，二、六军团仍应单独地依中央及军委指示的活动地域发展，受中央及军委直接指挥。六军团应速去乾城、凤凰一带，勿再延迟。"

萧克说："口气很严厉啊。"

李达说："怎么办？"

贺龙沉默了。他不好对中央说三道四，毕竟自己和中央的联系不多。

李达问："是不是停止前进？"

任弼时点点头。

李达面对行军的队伍，大声宣布："停止前进，原地待命！"

队伍停止前进后，几个人来到一片树林里，商量对策。除了萧克不吸烟，其余人都是拼命地吸烟，小树林里像着了火一般。贺龙仍旧沉默着。关向应犯愁地说："这都出发了，怎么办？朝令夕改，部队怎么想？"任弼时望着贺龙："贺龙同志，说说你的看法吧。"贺龙把烟袋杆往一棵松树上用力一砸，道："我还是那句话：不能分！只有合兵一处，才能打开局面！否则，就很难说了。"

任弼时紧张地思索着："萧克同志，你的意见呢？"萧克道："他们这个复电和甘溪之战前给我们的电令一样，既不符合战场实际，又不采纳下级的合理建议，我认为不可行。所以，我同意贺总的意见。"

贺龙满意地看一眼萧克。任弼时又问关向应，关向应道："我赞同贺龙、萧克同志的想法。"

任弼时渐渐理出了头绪。贺龙信任地望着他说："弼时同志，你下决心吧！不能犹豫啊！"任弼时一咬牙："好！我们先打一个胜仗再说！"

气氛顿时轻松了。贺龙道："那就命令部队，加快速度，向酉阳开进！"

李达道："是！"他上马离去。

不久就到了酉阳城外。去湘西北，须经过酉阳城。贺龙心想，去湘西北之前，在酉阳休息、补充一下是必要的。任弼时估计要打仗，就说："老贺啊，酉阳城怎么打，我们是不是研究一下？"

贺龙道："酉阳城是川军独二旅旅长田冠五把守的，他是我当年的部下，我先写个信去，叫他让开一下，我们借用几天，过后再还给他。好借好还嘛！"

任弼时和萧克狐疑地对望着。贺龙把罗扬叫过来，口述了一封信，罗扬记录下来。贺龙命令马上把信给田冠五送去。罗扬骑马去了。过了两顿饭的工夫，李达兴奋地骑马过来，大声说："贺总、任政委，田冠五果然带领部下弃城跑了！"

任弼时和萧克似信非信地对视一下，都觉得贺龙简直太神了！一封信就得到了一座城池。关向应看出来了，说："同志们，这很正常啊！在这块地盘上，贺胡子可说是要风得风，要雨得雨。"贺龙笑说："田冠五这是聪明，他不让开，我们攻他，他还不是鸡蛋碰石头？过两天我们把县城再还给他，他一点亏没吃嘛！"

众人大笑起来。李达请示下一步怎么办，贺龙说，什么怎么办，进城休息去呀！

贺龙一打马，朝前跑去。众人笑着打马追他。

凤凰，是湘军第三十四师师长、人称"湘西王"的陈渠珍的老巢。豪华的官邸里，陈渠珍身着便装，在和三位花枝招展的姨太太打麻将，他们插科打诨，浪笑声不断。这回，陈渠珍又输了，但他并不沮丧，把面前的一堆光洋豪爽地推给三个女人。他身后的女侍者帮他点上雪茄烟。

陈渠珍美美地吸口烟："输给你们，老子心甘情愿，输给别人，老子就不那么痛快了！"

最受他宠爱的三姨太说："爷呀，有道是赌场失意，战场得意嘛！下回呀，爷该打胜仗了！"

另外两个女人跟着附和。陈渠珍得意地道："有道理！有道理！这样的话，老子最爱听！如果共匪敢到咱湘西来，定叫他有来无回！"

就在这时，他的副官进来，走到陈渠珍耳边低语了几句。陈渠珍一惊，站起来："到司令部！"

陈渠珍在湘西盘踞多年，就连蒋介石、何键都敬让他三分。贺龙离湘入黔后，他过了一段时间的好日子。没想到，贺龙有可能又要打回来。

来到司令部作战室，手下的几个旅长、团长已在等候，陈渠珍装出一副镇定自若的样子，喝口茶，问："贺龙、萧克，有多少人马？"

身材矮小的旅长周燮卿一挺胸："报告师座，不过五六千人。"

陈渠珍心里稍稍踏实了些，毕竟他有三万人马，而红军不过五六千人。他说："各位，红军都是些穷凶极恶之徒，五千人抵得上五万人！蒋委员长手下几十万精锐国军，剿了他们几年，不也是剿不干净吗？贺龙跑到贵州，我们这才过了年把快活日子，他要是返身回来，谁他妈也没好日子过了！"

副官再次进来报告，红军主力往四川酉阳县城方向去了。陈渠珍吩咐："大路朝天，各走一边。他们去酉阳，我们不管他，只要他们不到咱们家门口来，就不要招惹他们。从今日起，乾城、凤凰两地全城戒严！然后再给长沙何主席发电报，让他火速派兵！"

布置完以后，他却没有心思再打麻将了。

二、六军团的会师，更是牵动了蒋介石的神经。他是在庐山上得知这个消息的。何键一日三电，说贺龙、萧克确有向湘西进犯的迹象，请求派兵阻止其入湘。蒋介石心想，这都是未能阻止萧克与贺龙合股带来的祸端，不合股，他们是流寇，合股了，他们就形成了拳头。透过各地发来的急电，他判断，江西红军主力的意图很有可能是步萧克的后尘，过湘江到湘西北来，与贺龙合股。于是，他对属下说："让萧克过湘江，就是个失策，无论如何，不能让共匪主力再过湘江。这才是我们的重中之重！"

侍从室主任晏道刚请示："何键那边怎么答复？"

蒋介石道："何键应该清楚，我已调集二十五个师在湘江一带布防，不可能再给他一兵一卒了，让他看着办吧。"

长沙，何键焦躁地在客厅里踱步。老蒋不派兵，他着急也没用。他的参谋长进来，看着他的脸色，小声道："老总，卑职判断，贺龙、萧克合股后，十有八九会窜入湘西北……"

何键感叹天下赤匪，莫过湘省。江西共匪主力进入湖南，大战在即，又冒出个贺龙、萧克，想到我的后院来点火，可我又无力两顾。

参谋长说："只能让陈渠珍先顶住。那个湘西土霸王整天抽大烟，推牌九，讨小老婆，装神弄鬼，占卜算命，还没见他干过点正事呢！他那两万多人对付共匪五六千人，总能坚持个十天半月吧？"

何键道："那好，给陈渠珍打电报，就说蒋委员长不给我一兵一卒，我也不给他一兵一卒，让他看着办！如果共匪在湘西北闹大了动静，让他吃不了兜着走！"

参谋长转身欲走，何键叫住他："慢！那个共匪十八师的师长龙云，怎么样了？"

参谋长道："是个死硬分子，不管怎么用刑，就是不招。"

何键道："才二十出头，不知道珍惜自己的命……看来共匪的骨头就是硬呀。"

参谋长道："老总，这个龙云，怎么处置？"

何键坐到太师椅上，闭目片刻："既然他不配合，那就送他到他该去的地方吧。"

何键轻轻做了个杀头的手势。

陈渠珍接到何键的电报，深感这回不能装熊，明摆着，老蒋、老何不给派一兵一卒了，如果他再坐视贺龙不管，湘西的地盘就不姓陈了。于是，他连夜在凤凰召开军事会议。他慷慨激昂地说："长沙何长官连电命令我部主动出击，将共匪挡在省境之外，如果抗命，共匪一旦入境，对上对下都不好交待，不如趁他们立足未稳，吃掉他们。且不说是为党国建功，从我们自己的利益出发，也不允许共匪来我们的地盘上扎根生蛋！"

旅长周燮卿站起来："师座！你下手谕吧！兄弟愿意打头阵！"

陈渠珍高兴地伸手示意周燮卿坐下："本座也已经找高人掐算过，此次用兵，我们胜算极大！大师甚至说，此次我们很有可能再现湖北九宫山之大功。"

众人不解："九宫山？"

个子十分矮小的周燮卿说："对！当年叛匪李自成兵败，流窜至九宫山，不就是被地方武装干掉的吗？我们如果干掉贺龙、萧克，别说是长沙何主席，就连南京蒋委员长，都得把我们捧上天！"

众人连声欢笑。陈渠珍站起来："本座宣布，成立剿匪指挥部，委派龚仁杰、周燮卿两位旅长为正副指挥官，率八个团立即出动！"

二人站起来："是！"

陈渠珍道："周旅长，人人都叫你周矮子，你打败贺龙，你就是顶天立地的大英雄啦！"他边说边弯一下腰，装着变矮，扬脸往上看，"我们都得这样看你！"

众人哈哈大笑。

在酉阳的一处古色古香的小院里，贺龙、任弼时、萧克、关向应也在盘算怎样对付陈渠珍。贺龙的意思是，必须把他的部队调动出来。萧克问，怎样调动他？贺龙说，占他一块地盘，他就会心疼。

任弼时说，那我们即刻出四川，进军湘西北！

指挥部采纳了这个建议，两军团离开酉阳，向湘西北开拔。途中，侦察兵报告，敌人已经从永绥、保靖、永顺等地出动，向我们扑来。贺龙与任弼时满意地点头。贺龙得知敌人到了招头寨附近，命令部队立即调头东进，乘虚占领湘西北的咽喉要地永顺县城！

果然很顺利地占领了永顺，众人均感兴奋。晚上，供给部门为两军团的首长准备了一桌丰盛的饭菜，贺龙、任弼时、关向应、萧克等入座，正要开吃，王震抱着一个酒坛子进来："哪位要酒？"

任弼时抢先道："我是不要。不打一个胜仗，我是不会喝的。"贺龙劝道："可以少喝一点，打了胜仗再好好地喝一场！"

任弼时道："你们喝你们的，我是不喝。"

贺龙道："既然弼时同志不喝，我也不喝了，先攒着，打了胜仗再喝！"

王震爽快地说："好，说定了！通信员！"

一个小战士应声进来，王震道："把这坛酒保护好。"小战士抱着坛子离开了，王震吧唧几下嘴："即使是为了喝上这一坛子好酒，也得打个胜仗！"

众人边吃边笑。任弼时道："哎，夏曦同志怎么没来吃饭？"关向应说："他说没胃口。"任弼时放下筷子："他是有情绪呀……"

部队在永顺休整了好几天时间，这是一座物资丰富的古城，各部队借机购置物品，把过冬的衣服都准备好了，人人都像过节一样开心。

这天，贺龙和任弼时在小城的街道上散步，他们边走边谈。罗扬带着几个警卫员远远跟在后面。任弼时说道："关于夏曦同志的问题，在南腰界时，以我、萧克、王震的名义给中央书记处发过一个电报，请求中央尽快做一个结论，可能是中央红军一直处于运动状态，中央来不及研究这个问题，因此，没有回音。"

贺龙说："夏曦同志的问题，不是小问题，解决不好，会影响二军团的战斗力。"

任弼时说："老贺你放心，我会选择适当时机，专门解决这个问题。"

贺龙说："弼时同志，我对我们二、六军团会师后的状况，很满意。"

任弼时说："所以你才下结论说，这是一次模范的会师！"

二人舒心地笑。任弼时说："老贺你看看，我们到的这个地方多好啊，永顺，永顺，永远顺利！"

贺龙道："嘿，还是你们这些文化人会联想！"

二人又笑起来。这时，在十字路口，李贞、何梅等几个女兵跟着一辆大马车走过来，她们停下给贺龙、任弼时打招呼。见车上装得满满的，贺龙说："嚯，什么好东西呀？"

何梅道："老总，是棉花、布匹。敌人的仓库里堆得满满当当的！"

罗扬与何梅飞快地对视一下，又都移开了目光。

任弼时说："看来进了永顺，真发财了呀！"

李贞道："可不。大家都在忙着做冬装，打草鞋，洗澡、理发，真是焕什么一新了，何梅？"

何梅忙说："焕然一新。"

李贞说："对对，焕然一新！老总、政委，你们也该换套新衣服了。"

贺龙说："可不，我们还没顾上呢。"

何梅说："首长，我们走了啊。"

罗扬痴痴地望着何梅，何梅回头望一眼罗扬，急忙低下头。李贞察觉了，轻轻捣了她一下，二人笑着远去。

贺龙说："罗扬，她们笑什么？"

罗扬道："可能是……可能是笑你们衣服破旧。"

任弼时道："那我们也回去换套新的。"

在街上溜达了一会儿，他们回到临时指挥部，刚进院子，李达就迎上来："两位来得正好，中央书记处刚刚来了重要电报。"

任弼时提议，立即召开师以上干部会，传达中央的电报。任弼时说："中央书记处的电报主要有两个方面的内容。一是关于夏曦同志的问题。由于敌情紧急，夏曦同志的问题只能留待以后解决。第二个内容，为集中与加强对于湘川黔苏区的领导，中央决定创立湘鄂川黔边省委，任弼时为书记，贺龙、夏曦、关向应、萧克、王震等为委员。同时组建湘鄂川黔边军区，贺龙为司令员，任弼时为政治委员。二、六两军团共同行动时，由贺龙、任弼时统一指挥。"

众人鼓掌。夏曦起初紧张，继而缓解了，他起劲地鼓掌。任弼时示意大家安静，说："同志们，要打仗了，请贺龙同志谈谈看法。"

贺龙站起来，扫一眼会场，说："同志们，两军会师，首要的任务是打仗。眼下，陈渠珍的万把人已经逼近永顺城，我的想法是先撤出县城，让他一步，叫他狂够狂足，我们再回过头来收拾他！"

众人笑起来。贺龙严肃地说："这是我们两个军团会师后的头一仗，关系到我们能不能在湘西北站住脚，能不能有力地支持红一方面军。我们六千多人，大家团结得像一个人，要怎么走就怎么走，要怎么打就怎么打。一定要打好，要打个歼灭战！"

任弼时带头鼓掌。

要打仗了，贺龙却出人意料地要去钓鱼。他带上警卫员，骑马来到县城外的一条河边。他一边钓一边盯着河上那座木桥出神，他其实是在打这座木桥的主意。

罗扬骑马匆匆赶来："老总！鱼都咬钩了，你咋不起竿？"

"你去问了吗？这桥值多少钱？"贺龙答非所问。

"找人估算过了，顶多值五百块大洋。"

"去！赶紧去供给部领五百大洋，送到商会会长那里。"

"为什么？"罗扬不解。

"我要烧桥。"

"烧桥？"

"对！烧了桥，敌人更会以为我们是狼狈逃窜，他们就会更张狂嘛！"

罗扬笑了。示弱于敌人——这就是贺老总的高招之一。

贺龙叮嘱道："记住，无论如何也要让商会会长把钱收下，打完仗，再把桥修起来。"

罗扬答应着，骑马离开了。贺龙收起鱼竿，把那条咬钩的小鱼顺手丢到河里，自言自语："我贺胡子要钓的，是大鱼！"

一个时辰后，部队全都撤退到了城外。贺龙、任弼时、关向应等人骑在马上，听罗扬讲送钱的过程。罗扬说："商会的那个老会长死活不收钱，说，老朽活了八十四岁，见过各种各样的军队，哪个官长、小兵不是见钱眼开？你们不搜刮百姓就算很不错了，还要掏钱打仗，真是旷古未闻呐！"

众人笑起来。关向应问："你是怎么说的？"罗扬道："我说，老人家，我们是红军，你不收钱，我们就不能烧桥了，让白狗子来了，搜刮百姓，我们可就不负责了。他听我这么一说才把钱收下了。"

众人又笑起来。

红军刚撤出城，周燮卿、龚仁杰就带着大队人马赶来。有传令兵跑来报告，说共匪弃城跑了。周燮卿有些不相信："跑了？"传令兵说："他们往城北跑了。"

71

周燮卿立马高兴坏了，一推帽子，叫道："他奶奶的！共匪是害怕老子了，传令：马上进城！"

进了城，果然不见了红军的踪影，周燮卿、龚仁杰带队往城北的方向追，到了城边，见烧过的木桥已经坍塌，桥头还在冒浓烟。河边丢弃着一堆堆红军的破烂衣服和草鞋之类的杂物。

湘军一边放枪一边追击，在断桥处停下，用机枪隔河射击。对岸的红军小分队放了一阵枪，故作慌乱地撤退。周燮卿用望远镜注视着，他笑了："妈的，几个毛贼。传令：继续追击！"

周燮卿骑马往前冲，在断桥处停下，他欣喜地嘀咕，共匪连桥都烧了，怕老子追你们呀。他大声命令："工兵连，立即给老子架桥！"

在周燮卿的督促下，只一顿饭的工夫，工兵连就架好了桥。周燮卿生来个子矮，只有一米五的个头，人称周矮子，是陈渠珍栽培他，才使他混到了旅长的宝座，讨上了如花似玉的老婆，所以他感激陈渠珍，发誓要打个大胜仗，给陈渠珍争光。

木板桥架设好后，周燮卿督促部队快速过桥。龚仁杰站在桥头，有些犹豫，道："燮卿老弟，共匪不放一枪一弹就放弃县城，不会有诈吧？"

周燮卿说："仁杰兄，你看他们这丢盔弃甲的样子，像是有诈？"

龚仁杰道："共匪人少枪少，经不起折腾，所以他们鬼点子就多，就狡猾，咱们兄弟不得不防啊！"

周燮卿道："我们人比他们多一倍，枪比他们多一倍，他们就是再狡猾，我们怕他个屎！"

龚仁杰道："老兄，我建议，先给陈师座报告一声，再追不迟。"

周燮卿满不在乎地说："等你报完告，黄花菜都凉了！要是怕，你就留下，兄弟先走一步，将来论功行赏，你可别眼馋噢。"

周燮卿说完就上了马。那龚仁杰是个没多少主意的老好人，他不想让周燮卿独享头功，就说："哎哎，老弟，等兄弟一下嘛。"

龚仁杰打马追上周燮卿。周燮卿讥讽道："老兄你不怕共匪有诈啦？"龚仁杰道："嗨，追着看吧。不过，还是小心点为好。"

撤退的路上，贺龙叮嘱萧克，告诉担任后卫的部队，别跑得太快，太快了，周矮子就追不上我们了。又说，沿途要多丢东西，以麻痹敌人，同时给敌人引路，给敌人壮胆，增强他们的信心。

离城约六七公里远的地方，有一个小山包。贺龙和任弼时、萧克、李达爬上小山包，往县城的方向张望。远处响着零星的枪声。李达建议道："这地方地形不错，可以考虑设伏。"

贺龙放下望远镜："离城是不是太近了点？敌人大队人马并没有完全离开县城，在这里动手，他们容易回缩固守，我们是没有能力攻城的。"

任弼时点头："老贺的意见很对，继续北撤吧！"

他们下了山，继续往前走去。

又往前走了一段，在一个名叫吊井岩的地方，他们又停下来。这是一个狭窄的山谷，便于设伏。他们爬上山坡，观察着附近的地形。贺龙说："这个地方地形也不错，但就是太狭窄了，顶多打两个营。"

任弼时说："战场容量是小了点，不利于更多地消灭敌人。"贺龙说："我们还是继续撤吧。耐心寻找，打仗的好地方，相信会出现的！"

任弼时忧虑道："敌人追没追上来？"

李达说："一直咬着我们的屁股呢。"

贺龙说："还得告诉后卫部队，不要小气，丢一些枪支什么的，让敌人的脑袋再昏一些。"

罗扬说："老总，我们红军战士枪不离人，人不离枪，要战士丢枪，那还不要他们的命呀！"

任弼时说："告诉同志们，大胆地丢几支枪，这一仗要是打成了，有几千支枪等他们去捡。"

贺龙说："听见了吗？就按弼时同志说的办。"

追击途中，周燮卿、龚仁杰骑马并行。这二人是陈渠珍的哼哈二将，平时谁也不服谁，这回都想趁机露一手。周燮卿大包大揽，吩咐传令兵："告诉前面的弟兄，遇到小股共匪不要理睬，大胆追击，老子要逮鱼就逮大个的！"

龚仁杰说："燮卿老弟，还是要稳扎稳打，切勿冒进。"

周燮卿道："仁杰老兄，你的胆子越来越小了，送给你个女人，你都不敢要了吧？哈哈……"

周燮卿一打马，甩下了龚仁杰。龚仁杰很是不满："老子是正指挥官，你是副的，凭什么被你牵着鼻子走。"

周燮卿回头："我早说过，老兄你可以回去。可你想过没有，你消极避战，放跑共匪，要是报到何老总、陈师座那里，你可得担责任啊！我是看在我们多年兄弟的分上，替你着想。"

龚仁杰变怒为笑："老弟，还是追着看吧。不过，小心一点还是很有必要的嘛！"

他们再次骑马并行，彼此亲近了几分。

后来，几个士兵把红军丢弃的一些炊具和枪支丢到路边，周燮卿、龚仁杰追来后，周燮卿道："老兄你看到了吧？共匪把吃饭的家伙都丢了。枪是他们的命根子，也丢这里了。这说明什么？"

龚仁杰笑了："老弟，这回兄弟我相信了。命令部队，加快速度，不给共匪喘息之机！"

周、龚二人追得急，贺龙等人跑得也快。到了黄昏，红军大队人马来到一个叫做十万坪谷地的地方。贺龙、任弼时、关向应、萧克、王震、李达等人爬上周围最高的山头，望着面前的十万坪谷地。王震感叹："老天爷！这可真是一个打伏击的好地方！"

李达汇合了侦察兵侦察到的情况，报告说："这里离永顺县城四十五公里，这片谷地南北长约十五公里，东西最宽处约两公里，谷底平坦，村庄较多，可以容纳大量敌军。两侧山坡平缓，树木茂盛，利于我军隐蔽，也利于出击。"

任弼时兴奋地说："李达，不用说了，这样的好地方，简直是苍天保佑我红军！老贺，你作部署吧。"

贺龙蹲下，几个人都蹲下。贺龙用马鞭子在地上画个椭圆，指点着说："这样，二军团司令部和四师摆在这里，六师埋伏在正面的这一带山林里，堵住谷口；六军团的三个团埋伏在这一侧的山林里，挡住敌人去路。你们看，怎么样？"

任弼时说："我看可以。"

众人均表示同意。贺龙道："部队连夜埋伏好，等敌人明天一早来上钩。每个人都用树枝伪装好，不准点火，不准讲话，没有命令不准开枪。"

任弼时道："还要做好疏散群众的工作。"

　　贺龙站起来："说到底，我们这是张开了一个大口袋。这个口袋的口子，在那个地方。"他用手指着远处的一个地方。李达说："那个地方叫官庄。"贺龙道："对，官庄！王震同志，你带四十九团就在那块，等敌人全部进了口袋，你就把口子紧紧扎住，关门打狗！"

　　王震兴奋地点头。六军团西征以来，没打一个像样的胜仗，他的心早就痒痒了。

　　贺龙又道："还要告诉大家，今晚可以放心睡个好觉，养足精神。明天打冲锋时，要突然、迅速，一下子扑到敌人跟前，插到敌人堆里，打得越猛越好，让敌人措手不及！"

　　静静的夜里，各部队按时来到设伏地点，进行了很好的隐蔽。黎明时分，贺龙爬到山顶上，站在一颗大树下，用望远镜观察着战场，他露出了满意的笑容，对警卫员说："这里避风，请任政委、关副政委他们过来吧。"

　　警卫员答应着下山了。

　　王震带四十九团隐蔽在谷口的树林中，他们是凌晨上来的，可是等太阳升到了半空，还不见敌人的影子。有人沉不住气，小声说话，王震低声喝道："不要说话！"众人赶紧噤了声。

　　话音未落，就看见远处冒起尘土。果然是敌人来了，不一会儿，大批敌人开到，通过谷口，涌进谷地。

　　周燮卿、龚仁杰骑着马耀武扬威地钻进谷口，周燮卿举起望远镜观察一下，叹道："这地方可真是打伏击的好地方呀！"

　　龚仁杰道："是啊。是不是命令部队停止前进，提防共匪在此伏击啊！"

　　周燮卿道："龚兄别疑神疑鬼了。你看共匪如此狼狈地逃窜，怎么可能在此设伏？走，继续追击共匪！"

　　龚仁杰道："哎，追击共匪，你打算追多久？"

　　周燮卿道："追多久？打上为止啊。"

　　龚仁杰道："打不上呢？"

　　周燮卿道："最起码把他们赶到湖北徐源泉的地盘上去，何老总、陈师座还不照样高兴？"

　　二人狂笑一阵。龚仁杰命令："传令各部，加快速度！"

这个时候，在山顶的那棵大树下，贺龙的望远镜里，敌人正源源不断地涌进来。时候差不多了，贺龙放下望远镜，与任弼时、关向应对视一下。任弼时抑制着怦怦乱跳的心，对贺龙说："老贺，赶紧下命令吧！"

贺龙从腰间拔出小手枪，举枪朝天射出一颗子弹："打！"就在这一瞬间，十万坪谷地，枪炮齐鸣，震耳欲聋的枪声响彻了整个山谷。

谷底，湘军顿时乱套，马匹四散奔逃。龚仁杰大叫："他妈的！到底中埋伏了！"

周燮卿挥枪叫嚷："冷静！冷静！妈的给我顶住！……"湘军阵形大乱，大片大片地倒下，部分人卧倒还击。龚仁杰极其不满地吼道："你还顶个鸟！快他妈撤吧！"

周燮卿哀叫一声："撤！"

他们在卫兵簇拥下，惊慌地打马往回冲，队伍丢下也顾不上了。

谷口的山坡上，王震指挥重机枪封锁住谷口，在他面前，敌人成片倒下。有一股敌人试图冲过来，战士们猛甩手榴弹，爬上山坡的敌人一次次被打退……

第六章

　　战斗很快进入尾声。萧克放下望远镜，站起来，清脆地喊道："同志们——出击！"

　　谷口这边，王震站起来高喊："同志们！冲啊！"

　　顿时，红军的冲锋号响起，四面山头上，到处红旗飘动，喊杀声惊天动地，整个谷地被枪声、喊杀声笼罩……

　　贺龙的望远镜一直没离开眼睛，他看到，王震骑着大白马冲锋，气势逼人。他还看到了老丁的儿子丁天娃，那小子挥舞着大刀片子冲锋，左杀右砍，十分勇猛。后来，他竟然看到了丁顺清，老丁是来送饭的，他放下担子，从地上捡起一支步枪，跑向河谷……

　　贺龙不由得乐了。

　　战斗持续了两个小时，钻进河谷地带的敌人，除了周燮卿、龚仁杰等拼死冲出去的几百人之外，全部被歼或投降。贺龙派罗扬去告诉萧克，让他亲率红六师十八团和红十七师五十一团，迅速地追击敌人。

　　谷底，枪声渐渐稀落下来，胜利的欢呼声响彻了整个战场。贺龙、任弼时、关向应等下到谷底，兴奋地巡视着激战后的战场……

　　打扫战场时，一匹枣红马在战场废墟上狂奔，几个红军战士跑上前想拦住它，被它踢倒，它在四处冒烟的战场上嘶鸣着兜圈子，一个战士跳上去，很快被它摔下来，战士叫骂着倒地翻滚，又一个战士挽挽袖子，大喊一声："看我的！"飞身上马，但没几下子，又被枣红马摔下来……

丁天娃冷冷地望着这场面，他在等待时机。果然，枣红马矫健地朝他跑过来，他瞪着它，扔掉手中的大刀片子，脱掉上衣扔到地上。

枣红马越来越近，丁天娃瞅准时机，飞跑几步跳到马背上。这时，贺龙带罗扬走过来，他们被丁天娃所吸引。贺龙一指："罗扬，你看，那不是丁天娃吗？老丁的儿子……"

罗扬惊喜地："还真是他！"

枣红马奔腾、扭动、仰天长啸。不少战士上来围观，贺龙赞叹："真是一匹好马！"

丁天娃死死地贴在马背上。突然，他被甩了下来，人们发出惊呼。但就在丁天娃触地的瞬间，他又一个腾空，飞临马背上，居然稳稳地坐住了。

贺龙赞叹："好身手！"

枣红马终于被他制服了，它收起四蹄，温顺地打着响鼻。贺龙望着丁天娃的背影出神……

当晚的饭桌上，摆放了几样简单的菜肴，几双筷子一起伸进盘子里，贺龙、任弼时、关向应、王震、李达、甘泗淇等人兴奋地吃饭，王震突然想起什么，用筷子拦住大家的筷子："差点忘了个事，各位先别慌吃。"

众人都望着王震。任弼时说："王胡子，又搞什么名堂？"王震喊："通信员！"

一个小战士应声进来。王震道："我上次让你保管的那坛子酒，藏哪儿了？"小战士得意地冲身后一挥手，另一个战士抱着酒坛子冲进来。王震笑了："好家伙，倒上！"

战士打开坛盖，把酒倒进几个碗里。任弼时却用手盖住碗："哎哎，我不喝我不喝。"

王震一瞪眼睛："怎么不喝？"

任弼时道："我想等再打一个胜仗，再喝！"

王震道："你看你这人，说话不算数。先喝一碗，喝了再去打仗！"

众人附和，任弼时豪爽地说："好，恭敬不如从命，倒上！"酒倒进了他面前的大碗。众人一齐举起碗，齐吼："来！为十万坪大捷，干杯！"

他们仰脖灌下。

两碗酒下肚，众人已有醉意，罗扬进来说："我又给首长们送来了一坛子酒。"见罗扬空着手，众人疑惑不解。王震不耐烦了："罗参谋，酒呢？"

罗扬晃晃手中的一张纸片："在这里。"王震道："你小子喝醉了不是？"

罗扬道："刚刚得到的消息：萧克军团长率十八团和五十一团，连夜追击敌人，在把总河一带，又歼灭了敌人一个旅！"

众人兴奋地叫好。罗扬道："这是不是顶一坛子酒？"

李达道："顶八坛子都不止！"

罗扬笑着离开。关向应说："乖乖，打了这一仗，我们就在湘西北站住脚跟了！"

王震说："自从五次反围剿以来，我们六军团还没打过这么痛快的仗呢！"

关向应说："二军团也是好几年没这样打仗了。"

任弼时说："我也觉得，这是恢复和发展湘鄂川黔苏区具有决定性意义的一仗。靠我们红军战士的勇敢，靠老贺的正确指挥，我们大获全胜啊！"

贺龙谦虚地摆摆手："弼时弼时，你别夸我啊，靠的是我们大家嘛！"

王震说："跟着贺老总打仗，真他娘的痛快！我敬老总一碗。"贺龙谦虚地笑着，二人把酒喝下。贺龙说："同志们，要说功劳，我认为任政委功劳最大。"

任弼时一顿："老贺，你喝多了是不是？"

贺龙道："喝多？差得远呢！同志们你们想想，如果任政委非要坚持贯彻执行中革军委让我们两个军团分开行动的指示，会怎么样？就不会有这场胜利！肯定不会有！是不是？"

众人频频点头称是。贺龙站起来："我提议，我们一块敬任政委一杯！"众人都站起来，大家碰了一下碗，都愉快地一饮而尽。贺龙道："弼时同志，这一仗呢，已经打完了。下面，我们两个军团是按军委的指示分开呢？还是继续统一行动？"

任弼时想了想，坚定地说："统一行动！"

周燮卿、龚仁杰狼狈地逃回凤凰，几乎是屁滚尿流地进到陈渠珍的司令部，二人跪在陈渠珍面前，痛哭流涕。陈渠珍也是泪流满面："……三个旅，几千人，几千条枪，这说没就没了？……"

龚仁杰边哭边狠狠地瞪周燮卿："师座！全怪他周矮子一意孤行……"

周燮卿反驳："怪老子？你是正指挥官，老子是副的，还不是你狗日的想抢头功！"

龚仁杰气得眼睛冒火："周矮子你血口喷人！"

陈渠珍咆哮道："住口！一对王八蛋，你们把老子的家底折腾光了！你们把老子的心肝给挖去了……你们是魔鬼！是灾星！滚！再不要叫老子见到你们！"

周燮卿、龚仁杰连滚带爬地离去。

呆愣了好久，陈渠珍往自己脸上扇了一巴掌，骂自己："你他妈也是昏了头，非要和贺龙斗。来人！"

传令兵进门，双脚一并："有！"

陈渠珍狂吼道："传令：以后没有老子的命令，谁也不许再招惹共匪！"传令兵退了出去，陈渠珍从兜里拿出一串念珠，捻着："共匪呀共匪，你们扰乱了天下太平，搅了老子的好梦，你们是魔鬼，是灾星！蒋委员长、何主席啊，快派大军剿灭他们吧……"

自此以后，陈渠珍一蹶不振，再也不敢和红军硬碰硬了。

清晨，枣红马静静地在草地上觅食青草。丁天娃背着背包走过来，他上前，爱惜地抚摸枣红马。昨天夜里他接到罗扬的通知，让他今天出太阳时，务必携带个人物品来军团总指挥部报到。他当时愣是没明白这是为什么，连长刘二威悄悄告诉他，贺老总选他去当警卫员。

他简直不相信自己的耳朵，兴奋得一夜没睡觉。要是母亲和妹妹晓得他当上了贺老总的警卫员，肯定会激动得跳起来……身后有动静，他回头，见是罗参谋，急忙敬礼。罗扬还礼："小丁，东西都带来了吗？"

"带来了。罗参谋，贺老总真调我当他的警卫员？"

"那还有假！"

"我怎么老觉得像做梦一样？"丁天娃抚摸着额头。

"是想不到吧？走，见见贺老总去。"

罗扬带他进入一座农家小院，贺龙正在小院里踱步。丁天娃有些腼腆地进门，给贺龙敬了个标准的军礼。贺龙上下打量着他："你这个丁娃儿，进步可不小啊！"

贺老总叫他丁娃儿，显得多亲切！丁天娃不好意思地说："老总，哪里呀！要说变化，我是比以前开心了。跟着红军，就是开心！"贺龙道："是打了胜仗才开心，打了败仗，就没法开心了。"

"老总，照这样打，每次都能打胜。"

"是呀，照这样打上个十年八载的，老蒋就得完蛋，江山就是我们共产党的。"

几人憧憬地笑起来。贺龙突然想起什么："丁娃儿，你爸爸他怎么样了？"

"他在六军团十七师当炊事员。"

"他怎么跑六军团去了？"

"黔东会师的时候，我们二军团不是支援六军团吗？六军团缺炊事员，我爸他就报名过去了。"

贺龙赞赏道："顾全大局，他做得对！下连以后，你们爷儿俩见过面吗？"

"见过。前两天在永顺时，我爸出来买菜，碰到我们练习战术，他眼馋得不得了，说：'都怪贺老总偏心眼，让我儿子扛枪，让我扛扁担！'"

贺龙哈哈大笑。丁天娃道："老总，我爸他也很开心。我听见他一边走路，一边唱家乡的小曲儿。他也显得年轻了，不像没当红军那时候，像个老头子。"

贺龙点头："哎，有你妈妈和妹妹的消息吗？"

丁天娃摇摇头。贺龙若有所思地说："我也是啊，离家久了，就音讯皆无了……"

简单吃罢早饭，部队就上路行军。丁天娃牵着枣红马，跟随贺龙、任弼时、关向应、罗扬等一起徒步行军。部队沿着山路行进，士气高昂。丁天娃悄声地问罗参谋，我们这是去哪呀？

罗扬小声告诉他："去桑植。萧克军团长带兵又占了永顺城，王胡子政委去攻打大庸了，我们是四面出击呀。"

丁天娃摩拳擦掌："又要打？"

罗扬道："估计呀，打不成。"

丁天娃问："为啥？"

罗扬道："敌人可能会望风而逃。"

丁天娃道："罗参谋，我当了警卫员，以后就没法冲锋了，是吧？"

罗扬道："你的责任是保护好首长。"

丁天娃琢磨着罗扬的话，明白了自己的责任就是保护首长，哪怕献出自己的性命，也得保护首长。

途中休息时，贺龙一眼看到枣红马，叫道："丁娃儿！把枣红马牵过来，我骑上试试。"

丁天娃答应着，牵来枣红马。贺龙打量一眼，抬腿上去。丁天娃有些紧张地说："老总小心，它性子烈。"

贺龙没吭气儿，骑着枣红马跑向远处。丁天娃悬着一颗心，罗扬安慰道："小丁，不用担心。老总不会有事的。"

众人缠着罗扬，让他讲讲贺老总和马的故事。贺龙身边的人，都知道贺龙最喜欢马。罗扬架不住众警卫员的嚷嚷，忍不住讲了一段，他说："说起对马的了解，我就没见过有谁比得了贺老总。你们知道吗？贺老总十三岁时，就当上了骡子客。骡子客可不是那么好当的，那得常年在山险水恶、盗匪出没的山路上出生入死……"

这边，众人听罗扬讲故事；那边，山脚下的一片空地上，贺龙兴奋地骑着枣红马平稳地驰骋……

罗扬继续道："有一回，在川东赶骡马市，一个云南客牵着匹好马来了，贺老总看了一眼，忍不住连声称赞：'好马！好马！'云南客就对只有十几岁的贺老总说：'你要敢骑上跑两圈，这匹马分文不要白送给你。但我有言在先，你要是摔死或者摔伤，可是跟我不相关！'"

罗扬故意卖关子，不讲了，众人催他快讲。

丁天娃急问："后来呢？"

罗扬道："后来？贺老总制服了那匹烈马。"

众人轻松地一笑。这时，李贞、何梅等几个女兵背着背包赶上来。她们站在罗扬身后，故意不出声。罗扬丝毫没察觉，又道："还没完呢，你们不想听了？"

众人都说："想呀！"

罗扬道："好！那个云南客大手一挥：'这匹马，送你了！看得出，小老弟你不是平地上卧的人！'"

众人发出赞叹。罗扬觉得不对劲，猛回头，看见了何梅她们，愣了。李贞说："罗参谋，下次摆故事，叫上我们啊。"

"贞姐，你们动作好快啊！"罗扬有些不好意思了。

"是何梅着急，老想来抢什么。"

众人哄笑。何梅捣了李贞一下："贞姐！我叫你乱说，还不是你急着赶路……"

罗扬换个话题："哎哎，老总回来了，准备行军！"

贺龙骑着枣红马跑过来，他下马，把缰绳扔给丁天娃。李贞、何梅等女兵与贺龙打招呼。贺龙笑道："你们看看，我们是不是走得太慢了？让女娃儿都追上来了。"

罗扬道："那就加快速度！"

李贞叫道："哎哎，罗参谋，也别太快啊，太快了我们何梅就追不上你了。"

众人又笑起来。何梅羞红了脸，故意不搭理李贞。丁天娃看了一眼何梅，又看了一眼罗扬，觉得他们真是郎才女貌的一对……

一条宽阔的河水哗哗地流淌，河水清澈见底，浪花飞溅。这便是有名的澧水河。黄昏，在通往河边的道路上，贺龙、任弼时、关向应等骑马慢行。贺龙、任弼时行在最前面。突然，贺龙兴奋地叫起来："前面就是澧水了，我都听到河水的声音了！"

关向应叹道："在胡子眼里，澧水是一条母亲河啊！"贺龙打心眼里承认，关向应说得对。他觉得他和关向应的默契越来越好了。任弼时道："老贺啊，这里离你老家不远了吧？"贺龙道："二十五里地。"任弼时道："很近了嘛。老贺，抽空回家看看吧。"贺龙微微摇头："不回了。"任弼时不解："怎么？"贺龙道："家里没什么人了……房子、祖坟，都被敌人烧过、挖过不知多少回了……"

众人都噤了口。前面是一片宽阔的河滩，贺龙不由催马加快了步子，奔至澧水河边，他下马，深情地凝望着夕阳下波光粼粼的河水……

任弼时、关向应等在他身后不远处下马，无言地望着贺龙的背影……贺龙脱掉草鞋，挽挽裤腿，踩着鹅卵石，一步步走到水里……河水没到了他的小腿肚，他停下来，深情地凝望着……

在他身后，枣红马喷着鼻子饮水。众人来到河滩上，丁天娃刚要张口喊"贺老总"，罗扬用手势制止了他。任弼时不解地望着河水中贺龙凝固的背影。许久，关向应沉痛地告诉大家，就是在这片河滩上，贺龙同志最心爱的小妹，被敌人剥去衣服，竹签钉入十指，活活残害致死……

任弼时等人震惊地望着关向应。关向应又说："贺龙同志的大姐贺英、二姐贺戊妹是 1933 年春天被敌人杀害的。算起来，为了革命，贺家前前后后共有七口人被敌人杀害……"

蓦地，任弼时的眼睛湿润了，关向应、罗扬、丁天娃的眼睛也湿润了。任弼时感慨不已地说："贺龙同志一家，把所有的一切都献给革命了，他们一家是革命的榜样啊……"

贺龙站在水中，就那么久久地凝望着……他的耳边，由远到近，响起小妹的欢声笑语……他的眼前，渐渐闪现出小妹可爱的身姿……两颗硕大的泪珠，从他眼里滚落下来……

他慢慢地弯下腰，掬起一捧清水，洒在脸上……

入夜，贺龙又来到岸边，他默默地坐在一块青石上，吸着烟斗。水边，有红军战士在洗衣、戏水，远处有民间艺人在吹箫，一曲缠绵悱恻的湘西小调缭绕于河上。

丁天娃站在不远处警卫，任弼时悄悄来到贺龙身后，贺龙急忙站起来。任弼时道："老贺，当心着凉啊，毕竟入冬了。"贺龙道："没事，就我这体格，病痛不会来找我的！"

二人在岸边踱步，抽烟。贺龙问："中央那边有消息吗？"任弼时摇摇头："他们肯定很困难。一想到他们，我就想起三个月前我带六军团西征时的情景，敌人重兵堵截，千山万水阻隔，无后方作战，十分凶险……"

贺龙道："中央若是来找我们，那就太好了！"

任弼时道："我判断，是很有可能的。"

贺龙道："那我们必须尽快打出一片天地来，以迎接中央的到来。"

任弼时点头："刚才接到报告，王胡子已经拿下大庸了。"

贺龙道："王胡子够利索的呀。这样子，我们手里就有永顺、桑植、大庸三个县了。"

任弼时道："老贺，我们要在湘西北建立根据地，你看，省委和军区机关放在哪里好？"

贺龙想了想："既然大庸已经到了我们手里，暂时放在大庸吧。"

任弼时道："好。我们明天一大早就出发。"

次日，他们快马加鞭赶到大庸县城，在一座古宅门口，挂起一块写着"中共湘鄂川黔边临时省委"的牌子，罗扬、丁天娃还燃起了鞭炮，有很多当地群众赶来围观。

就在这个古宅院里，大树下，围着几张拼起来的桌子，两个军团的主要领导听任弼时宣读一封中革军委的电令。电令是以朱德的名义发来的。电令如下——

我西方军已过潇水，正在向全州上游急进中，你们应利用最近几次胜利及湘西北敌情的空虚，坚决深入到湖南的中部及西部行动，并积极协助我西方军。首先，你们应前出到湘敌经济命脉之沅水地域，主力应力求占领沅陵。为巩固新苏区，留下二军团一部分及随六军团行动的党的干部来完成这一任务。二军团主力及六军团全部应集结一起，以便突击遭遇的敌正规部队。

任弼时念完，关向应抢先道："这么说，中革军委终于同意我们两个军团统一行动了！"

任弼时道："是同意了，电报上说得明明白白。"

萧克道："这说明我们坚持统一行动，完全正确嘛！"

众人附和。任弼时道："这个问题是解决了。按照军委的电报精神，我们两军团接下来有两项任务，一是攻打沅陵等地，吸引敌人回援，减轻正在途中的中央红军的压力，二是搞好湘西北根据地建设。大家议一议，哪些同志去打仗，哪些同志留下来。"

王震站起来："我先提议，王震同志去打仗。"

众人被他逗得大笑。笑闹了一阵，争执不下，任弼时只好说，贺龙同志，你点将吧。贺龙就说，他打算和萧克、向应、李达同志带二军团主力和六军团五十一团出击……

王震急了，站起来："贺老总，还有我呢！"

贺龙道："这回没你的事！"

王震只好坐下了。

贺龙道："我们大踏步地进攻沅陵、常德、桃源等地，策应中央红军。"

任弼时道："好。那我留下来，和夏曦、王震、张子意同志率六军团的第四十九、五十三团，二军团的第十六团留在后方，发动群众，开展根据地建设。"

众人都表示同意，只有王震不吭声。散会了，王震又拉住贺龙和任弼时，说："你们听我说两句，行不行？"任弼时说："你说吧。"王震说："还是让我去打仗嘛！"任弼时说："你的意思是，根据地建设不重要？"王震说："我不是这个意思，主要是，几天不打仗，我这手就痒痒。"任弼时说："那你问贺老总吧。"

贺龙却不吭气。王震急了："老总，你发个话嘛！"

贺龙这才道："王胡子，你想想，我们两个胡子，总得留下一个才行吧？弼时同志是中央政治局委员，是我党在二、六军团的最高领导，不留下你王胡子这员猛将，我如何放得下心？王胡子，仗有得你打的。目前这个情况，你看也分不出什么前方后方，四面都是敌人，后方也许一眨眼就变成前方了呢。"

王震渐渐被说动了。贺龙用力一拍王震的肩膀："王胡子，你责任很重啊，对不对？"

王震终于信服地点点头。任弼时笑着一指两人："这两个胡子，有意思……"

在大庸县城的一个十字路口，何梅带着一个小战士，在往一面青砖墙壁上刷标语。何梅用自制的排笔写下：中华苏维埃万岁！李贞路过这里，打量着何梅写的字，又仔细打量一阵何梅，说："何梅呀，你写的字我是越看越爱看，和你一样漂亮。"

何梅嗔怪道："贞姐！你别逗我开心好不好？"

"抽空你得教我练字啊。"

"行啊。"

何梅面向小战士："小王，你再去提一点石灰浆来。"

小战士答应着，提起木桶走了。何梅说："哎，贞姐，你这是干啥去？"

李贞说："来找你啊。"

"找我？"

"你不知道吗？贺老总他们要去打仗了，罗扬肯定跟着去，我们一块去送送他们吧。"

何梅犹豫着："我还是不去了……"

"为什么？"

"不为什么……反正不想去。"

"是不是要分手，心里边不好受？"

何梅脸红了："贞姐！你老是开我玩笑。"

李贞叹口气："何梅，我是说真格的。其实我看出来了，你是心里边搁不下。你们认识以后，还没分别过呢，对不对？"

何梅点点头。

"罗扬那个小伙子真不错，大姐眼力不会差的。其实……其实大姐也挺羡慕你们的……"

"贞姐，你就别为我操心了。你老大不小了，多想想自个的事吧。"

李贞指着自己鼻子："我？"

"是啊！"

"嗨！我都有过婚姻了，算是个不幸的人吧，谁能看上我……"李贞小时候当过童养媳，后来参加革命，摆脱了那桩婚姻，又嫁给了一位革命同志，谁知新婚不久，他就被当成"改组派"关押，惨遭毒打，死活难料，在别人动员下，她忍痛又和丈夫分了手……想到这里，李贞像万箭穿心一般难受。

何梅却突然说："贞姐，有人看上你了。"

李贞一愣："谁？"

"甘主任。"

"哪个甘主任？"

"六军团政治部主任甘泗淇呀！"

李贞打了何梅一下："哎哎，别瞎猜啊！"

何梅认真地说："真的，我看出来了，上回甘主任给我们讲课，他眼睛老是往你身上瞟。"

李贞脸红了："死丫头又瞎说。好了，我得去送行了，你到底去不去？"

何梅一咬牙："不去！"

李贞又说："有什么话，要我捎给罗扬吗？"

何梅支吾一下："嗯，你就说，让他好好跟着贺老总，事情想得周全一点，还有，要多多保重，早打完仗，早回来。"

李贞走远了，何梅愣着出神。后来，她终是忍不住，丢下排笔，往南城门跑去，她气喘吁吁跑到城门口，正好看见贺龙、关向应、萧克、罗扬、丁天娃等人的坐骑绝尘而去。她飞快地爬到一个小山包上面，久久地望着远去的马队出神……

古城沅陵的外围，到处都是铁丝网和纵横交错的壕沟工事，湘军严防死守。红四师在师长卢冬生指挥下，从白天到深夜，反复冲锋，无济于事，敌人火力猛烈，把冲锋的红军压制住，红军战士一次次败下来。

这一晚，他又连续组织了三次冲锋，毫无进展，白白牺牲了五十多个同志。他生气而无奈地坐在椅子上，决定停止攻击。

红二军团指挥部内，指挥员们也是忧心如焚。萧克说："沅陵的敌人早有防备，城池坚固，我军没有重武器，想打开它，我看很难。"

关向应说："都打了快一个礼拜了，几乎没什么进展。我们打不痛何键，就没法把敌人调动过来，也就没办法协助中央红军减轻压力。"

贺龙使劲吸着大烟斗，喷吐着浓烟："我看沅陵不能再打了！"李达说："可是，中革军委的电报上写着，我们的主力应力求占领沅陵。"

贺龙把烟斗往桌上一扔："何键眼里，沅陵并不是必争之地。你看，我们打了一个礼拜，他没往这调一兵一卒嘛！况且，凭我们这点力量，想攻占沅陵，毫无把握。说句心里话，我从一开始，就对打沅陵没什么信心。"

关向应说："老贺，你都没信心，这仗怎么打？那你认为我们应该怎么办？"

贺龙指着地图："顺沅江东下，乘虚进击常德、桃源！"

萧克一惊："打常德、桃源？"

贺龙说："对！常德有十万人口，是湘西的政治、经济中心，水陆交通枢纽，我们去攻常德，何键一定会担心我们攻下常德后，南渡沅江，进取益阳、安化，逼近长沙。何键那个老狗必定会向老蒋告急，要求调兵增援。老蒋从哪里调兵？自然要从围堵中央红军的部队里面往外调嘛。"

萧克心头顿感轻松了："贺总说得对！我认为可行。"

于是，按照贺龙的部署，部队连夜全部撤出，立即转向常德、桃源方向开展攻势。应该说，这样做，贺龙是担了风险的。

前线的将领为了打仗，可以说是绞尽脑汁，后方的将领为了创建根据地，也是没日没夜地干。大庸的一座普通民宅里，夜很深了，任弼时仍然在伏案写文章，他不停地吸烟，也就不停地咳嗽。他的烟瘾是有了名的，尤其熬夜时，几乎不停地吸烟。他身后的墙壁上张贴着列宁像和一张地图，桌子上放一部电话机，墙角的炉子上，在熬着一罐中药。自从会师后，他的身体时好时坏，药就没停过。

陈琼英披衣过来，把中药罐端下火炉，把熬好的药倒进碗里，吹一吹，放到任弼时面前，心疼地说："弼时，我怎么觉得你比任何时候都忙？少抽两口吧。"

任弼时把烟锅放下，扳着手指头："是的。这里是新开辟的根据地，你看，打土豪，分田地，发动群众，建立地方政权，征兵，剿匪，组织新兵训练，办学校，事情太多太多了。"

陈琼英说："还不止这些呢。你心里还牵挂着另外两头。"

任弼时说："我对贺龙、萧克他们倒不担心，担心的是我们的首脑机关。中央机关和一方面军，快到湘江边了，苍天保佑他们能顺利渡过湘江，来这里和我们会合。"

陈琼英把药碗端起来，递给丈夫，看着他默默喝下去。她有些兴奋了："他们如果真来了，我们这里，不就变成另一个瑞金了？"任弼时也感到高兴："但愿吧。琼英，这段时间你要坚守岗位，一有重要的电报，立即报告。"

陈琼英点点头。任弼时又说："琼英，你快去睡吧，我把这份《分田工作大纲》写完。"

他埋头写作，陈琼英悄悄退出了房间。

创建根据地的工作千头万绪，甘泗淇领导下的政治部任务尤其繁重。这天，他布置完工作，又鼓动说："同志们，就按我刚才布置的办。都加把劲啊！根据地建设搞好了，我们的后方稳固了，前方的同志才能放心地打仗。"

这时，王震风风火火进来，端起一杯水咕咚咕咚灌下："哎呀，我怎么就觉得比打仗还忙还乱，脑袋都大了。你们听着，大庸、桑植、永顺各县苏维埃政府，都办起了干部培训班，都想请我们派得力的干部下去讲课。甘主任啊，你派几个同志去吧。"

甘泗淇说："讲课我们政治部不怕。哪位同志愿意去？"

何梅想了想，站起来："王政委，甘主任，我去吧。"

甘泗淇说："行！小何带几个同志下去。"

王震说："还有呢！妇女们参军的热情，还没发动起来，我们红军又需要女同志，我看你们要派一些女干部下去宣传宣传，把根据地妇女的革命热情给掀起来！"

李贞理了理齐肩的短发，爽快地说："这个事情交给我！"

甘泗淇愣了一下，没表态。王震看了看甘泗淇，又看了看李贞说："甘主任，你是不舍得？"

甘泗淇忙说："哪里！我是想等等看，还有哪个同志愿意去。"何梅伸伸舌头，调皮地说："甘主任，干脆你跟贞姐一块去得了！"

众人大笑起来，甘泗淇抹把脸，说："这个小何，没大没小的。"

人们哄笑着散开了，甘泗淇心里却像吃了蜜一样甜。他是湖南宁乡人，原名叫姜凤威，参加革命后改成了现在的名字。他也曾留学苏联，毕业于莫斯科中山大学，在队伍里，他算是个大知识分子了，但他这个人很低调，为人和气，不显山不露水。这年他三十一岁了，还是独身一人。在军团组织部当部长的李贞性格热情、活泼、开朗，干工作风风火火，深得他爱慕，但他又难以把自己的想法说出口，这让他感到烦恼。

在沅江边上行军，眼望水流湍急的沅江，贺龙等人的心里也跟着激情澎湃。这天傍晚，李达报告了一个重要情报："蒋介石的嫡系，独立三十四旅，刚刚从湖北的黄陂坐轮船赶到常德、桃源一带布防。该旅旅长叫罗启疆，这个旅弹药充足，装备精良，深为蒋介石信任，所以才把它派来与我们决战。"

萧克说："罗启疆很狂是不是？他把他的三个团，分别放在常德外围的三个点上，这三个点分别相距数十里，不利于相互支持，利于我们各个击破。"

关向应说："中央军，又是老蒋的嫡系，历来都很狂。"

贺龙说："敌人越狂，弱点暴露得就会越多。我就喜欢打这样的敌人。他不是据守三个点吗？我们先选一个，敲掉它！"

李达指着地图："桃源北面的浯溪河，是罗启疆的第七〇一团在防守，这个团位置比较突出。"

贺龙语气坚定地说："那就先搞掉他！再乘胜把那两个团吃掉！"

萧克说："我提议今夜行动。"

贺龙说："好！李达，命令部队，要以夜行百里的速度，于夜间赶到浯溪河敌人阵地，赶到后立刻展开攻击！"

入夜，却下起了雨，山道上泥泞不堪，部队于泥泞中艰难行军。贺龙、萧克、关向应、李达等人披着斗笠，在泥水中行走。罗扬追上来报告："有电报，任政委转来的。"

众人停下了，萧克接过电报，看一眼，严肃地摇摇头。贺龙问："说什么了？"萧克说："中革军委命令我们向沅江上游运动，不同意我们的主力东出常、桃。"关向应接过电报看着，贺龙烦躁地说："这下又麻烦了。"

几个人紧张地思索着。关向应说："是打，还是退？"贺龙问："罗参谋，弼时同志是什么意见？"罗扬说："任政委说，前线的事情，由贺总指挥临机决断。这是原话。"贺龙心里一热："谢谢弼时的信任啊。"

他转身面向大山，犹豫、思索着。萧克催促道："军情紧急，贺老总，你得赶紧拿主意啊。"

贺龙回身，凛然道："我看——还是接着打吧！"

众人都期待地望着他，贺龙说："军委离得远，对这里的情况没有我们清楚。我们不执行军委命令，可能要挨板子。但打了胜仗，挨点批评也划算！"

众人信服地点头。贺龙提高嗓门，坚定地说："我看，怎么对斗争有利，怎么能把敌人多引点过来，就怎么做！"

萧克道："老总说得好，本人同意。"关向应说："本人也没意见，同意贺老总的决定。"李达说："那就继续前进吧？"贺龙斩钉截铁地说道："走！"

贺龙带头往前走去。队伍在茫茫夜雨中艰难而急速地行进。

第七章

　　浯溪河敌人的主阵地静悄悄的，敌人做梦都想不到，红军会冒雨来袭。红四师十二团借助黎明前的黑暗，隐蔽地向敌阵地接近。一个指挥员一挥手，战士们一跃而起，发起攻击。

　　敌人发现了，一阵惊惶之后，开始还击。在激烈的枪声和手榴弹爆炸声中，红军战士向前冲锋，一举突入敌人阵地，在红军奋勇攻击下，敌人纷纷退却。

　　但是好景不长，红十二团一举突入敌人西山阵地后，敌人很快发现突入阵地的红军兵力不多，便集中兵力进行反扑，战斗非常激烈，十二团没有站住脚，便撤了下来，敌人进行更加疯狂的反扑。

　　消息传到贺龙那里，贺龙皱皱眉头："敌人的主力离开阵地了？"卢冬生回答："离开了。"贺龙厉声道："你立即抓住敌人脱离阵地的有利时机，马上组织部队向敌人反冲击。没有后续部队，把我的警卫连拉上去！"

　　贺龙身后的丁天娃挺了挺胸，他是多么想上前线露一手啊。

　　卢冬生却为难了，因为这时候，后续部队还没有赶上来，他无论如何也不敢动用贺龙的警卫连。就在这时，有人来报告，师里的后续部队赶了上来，卢冬生大喜，辞别贺龙，带着部队反冲击去了。这一仗战况惨烈，多次出现肉搏的场面，打得天昏地暗，激烈程度远非上一仗可比。关向应感叹，老蒋的正规军，就是比杂牌军难啃。贺龙认为，把正规军啃下来，我们的士气不就更高了吗？于是他命令罗扬，马上去告诉萧克、李达、各师、各团，要不惜一切代价，打掉老蒋的这个嫡系。还要告诉他们，不要留预备队，部队都拉上去。他这一回是豁出去了！

战斗持续了一整天。在后方的任弼时一直牵挂着前方的战事，如果此仗打不好，将直接影响到全局！

傍晚，他接到了来自前线的电报，只看一眼，他就释然了。他拿着电报，兴冲冲来到王震、甘泗淇面前，大声说道："好消息！老贺、萧克他们在常德的外围，歼灭老蒋嫡系部队一个团和两个营，击溃一个团，敌人全部退入常德城内，红军占领桃源，包围了常德！"

甘泗淇乐了："打得很顺手啊。"

王震搓着大手："我要在那多好！"

任弼时说："还没完呢。敌军独立第三十四旅的旅长罗启疆，在常德外围，被打得连小汽车都丢下了，扯掉中将肩章，逃回了常德城。"

他们笑开了怀。但他们仅仅高兴了一袋烟的工夫，龙科长又送来了中央的电报。任弼时只看了一眼电文，神情立即变得极其严肃起来。王震、甘泗淇面面相觑，王震问："弼时同志，怎么了？"

任弼时把电报递过来："你们看看吧。"

王震接过电报，看到上面只有一句电文："战斗异常激烈。"

他们都沉默了，谁都知道，中央那边，很危险呐！而且一定是在湘江……

何键近来春风得意，他的部队在湘江重创红军主力，好多年了，他都没这么高兴过。

这天中午，他在官邸的豪华餐厅内，摆了两桌丰盛的宴席，宴请湖南省党、政、军高层人物。宾主入座后，他的参谋长先代表他致辞："诸位，今日我们很荣幸地在何老总的家里聚会，庆祝湘江大捷。何老总被南京蒋委员长尊奉为'剿共先锋'，这是何老总的荣耀，也是三湘父老共同的荣耀！"

众人热烈地鼓掌。

参谋长又说："此次湘江大捷，几乎全歼江西共匪主力，何老总称得上是居功至伟！来，让我们一起，同敬何老总三杯！"

众人起立，举起酒杯。何键拱起双手："谢谢各位的赞誉。何某能有今天的收获，一是得益于南京蒋委员长的英明领导，二是得益于在座诸位的精心辅佐，三是得益于本人坚定不移的剿共信念。酒，一定喝，来，干了！"

众人碰杯，然后仰脖灌下。

侍者过来斟酒，何键却把杯子扣了，众人大惑不解。何键说："何某只能喝一杯。实在对不起诸位了。"

一位看上去德高望重的老者，他是省政府的参议长，他站起来说："何老弟，你酒量在三湘是有了名的，正逢湘江大捷，该当是一醉方休啊，怎么能只喝一杯？"

众人跟着嗡嗡议论，何键叹口气："诸位，我就据实通报吧：半个小时之前，我刚刚得到报告，共匪贺龙、萧克所部包围了常德。"

众人发出惊讶的声音，何键抱拳："你们喝，你们放开了喝！何某要赶去处理点公务，失陪了，失陪了。等到再取得一次这样的大捷，就在这里，我再与诸位一醉方休！"

众人与何键道别，参谋长陪同何键离开了。他回到办公室，立即口述电报内容，参谋长做记录。何键沉吟片刻，道："南京蒋委员长钧鉴：共军围攻常德甚急，势难固守，请飞兵救援。何键。"

参谋长把本子交给何键，何键签上字："立即发出！"

参谋长刚要离去，何键又喊住他："再等等。立即电令追击共匪一方面军的第十九师、六十二师、十六师，兼程北进，回援常、桃。"

参谋长问："老蒋那边，还用打个招呼吗？"

何键道："打了招呼就调不回来了，先斩后奏吧。我们湘军这三个主力师若是走得太远，就不好控制了。快去！"

参谋长走了，何键坐到太师椅上，点燃一支雪茄烟，猛吸两口，内心复杂地自语："湘江大捷，令人大喜。可是常德被围，又给老子泼了一瓢冷水……"

湘江之战大败后，毛泽东等人痛定思痛，敦促中央政治局在黎平开会，做出决定，改变中央红军原定与二、六军团会合的计划，向贵州进发。

任弼时接到这一电报，对王震等人说："其实他们不来我们这里也好。估计老蒋早就发现了这一意图，硬往这边来，要吃大亏的。"

王震说："我们还得继续把声势搞大，多吸引敌人过来，不能让老蒋无所顾忌地追击中央红军。"

任弼时说："王胡子，你说得对。"他立即让龙科长把这封电报转发给在常德前线的贺龙。

此时，贺龙等人已到了桃源城下。萧克感叹："这就是传说中的世外桃源啊。"贺龙道："水淋淋的常德，粉扑扑的桃源，都这么说。"关向应道："现在这个世界，压根就没有世外桃源。只有把那些作威作福的贪官污吏消灭，人民才能过上好日子，才可能创造出世外桃源。"贺龙点头赞许道："向应说得对。我们提着脑袋闹革命，就是为了建造世外桃源，让老百姓过上好日子。"

这时，李达骑马追来，他送来了任弼时转来的电报，贺龙一看，立即明白了。他吩咐道，目前我军应在常德地区积极行动，以便调动湘军，策应中央红军西进。具体方案是，我们死死围住常德，在这里多呆几天，大造声势，使劲吓唬何键那个老王八蛋，多多的吸引敌人。

众人表示赞同。交待完毕，贺龙赶到野战医院，看望受伤的罗扬。中午，罗扬到常德城外传达贺龙的命令，到达后正赶上敌人拼死反扑，他端起一挺轻机枪就和敌人干上了，不幸右肩负伤。好在伤势不重，没有生命危险。贺龙留下丁天娃在医院照顾罗扬，就回指挥部了。

后来的事实证明，幸亏红军在常德地区闹腾一阵子，才拖回了湘军的几个主力师，减少了中央红军屁股后面的压力，使中央红军得以顺利西去。

红二、六军团主力在常德一带战斗，贺炳炎也不甘寂寞，在后方跟着闹腾。这一阵子，他郁闷啊！他头上"改组派自首分子"的帽子仍然没人帮他摘掉，人们似乎都忘记了他，就连最喜欢他的贺龙，好像也把他忘到脑后了。

他现在的身份，仍然是二军团司令部的管理科长，负责司令部机关的吃喝拉撒睡。没有仗打，对于他来说，简直是要命！

这天，在大庸的一座大宅院里，郁闷的他躺在大树底下睡觉。后来，一帮炊事员干完活，闲得无聊，就玩起摔跤来了。

贺炳炎睡不着，干脆爬起来，黑着脸，脱了棉袄，说，谁来和我试试？一个大个子炊事员望着个子不高的贺炳炎，心想你虽然是科长，摔跤未必行。贺炳炎二话没说，上前搂住大个子，一用巧劲，当即就把他摔倒在地。

又上来一个，又被贺炳炎摔倒。

贺炳炎更来劲了，指着两个人吼道："来啊！你们两个一块上。"

那两个炊事员上前，贺炳炎寻找机会，先摔倒一个，然后把另一个狠狠地扔出去，两个炊事员在地上哎哟叫唤。

人们都不敢再上了，悄悄议论起来。有个人说："贺科长情绪不对呀。"

又有人说："他是捞不着上前线，心里窝火。"

第三个小声说："谁叫他是改组派自首分子，听说他的问题一直没结论。"

……

贺炳炎瞪着血红的眼睛，转着圈子叫阵："谁还上？哪个还敢上？老子还没摔够呢！"

就在这时，余秋里陪同任弼时进来了，人们注意力全在贺炳炎身上，没发现任弼时进来。任弼时便不做声，躲在一边望着众人。

那个大个子炊事员捂着脸，实在忍不住了，说："贺科长，你把自己同志当成敌人了吧？"

贺炳炎道："你什么意思，你怀疑老子是钻进革命队伍的坏人？"

大个子炊事员说："贺科长，我可不是这个意思。我是说，你对自己同志，下手不能这样狠，你看那个小张，脸都让你摔青了。"

贺炳炎道："这可是他愿意和我摔跤的，怪不得老子。"

又一个炊事员说："贺科长，我们是看你闲得难受，才愿意陪你摔两下的。谁知你来真的？要不，我们去替你找首长求情，让你上前线，行不行？老是这样憋着你，把你憋出毛病不说，说不定哪天你把我们都给吃了。"

贺炳炎冷静下来，冷笑一声："本人是改组派自首分子，小辫子在别人手里攥着，用不着你们替我求情，我手心痒痒的时候，发点脾气骂个人打个人什么的，你们别见怪就行。各位兄弟，对不起啊。"

这时，人们发现了任弼时，纷纷给首长打招呼。贺炳炎却装作没看见，捡起棉袄，搭在肩上，扬长而去了。余秋里追上他："贺炳炎同志……"

贺炳炎头也不回，出了院子。任弼时望着贺炳炎的背影，陷入沉思。

又过了几天，余秋里来通知贺炳炎开会，见贺炳炎又躺在那棵大树下面的青石板上睡觉，脸上盖一张报纸。余秋里走近，叫道："贺炳炎！贺科长！"贺炳炎不动，余秋里掀起报纸，贺炳炎闭着眼睛道："干什么？"

余秋里说："省委和军区机关要搬到永顺县的塔卧去，这不，要搬家了，任政委组织大家开会讲事情，请你参加一下。"

贺炳炎没再说什么，起来跟着余秋里走，他们来到临时省委办公的院子，看到任弼时、王震、夏曦、甘泗淇坐在两张桌子拼起来的主席台上。贺炳炎突然停下不走了，他冷冷地望着主席台上的夏曦。

夏曦似乎也看到了贺炳炎，但他装作没看到，头扭向一边。贺炳炎仍旧冷冷地逼视着夏曦。

余秋里问："贺科长，咋了？"

贺炳炎冷哼一声，扭头朝外走。余秋里追上来："贺炳炎，你到底咋回事呀？"贺炳炎说："那种人也配坐主席台，老子坚决不和他打照面！"

他气哼哼地走远了。坐在主席台上的任弼时，也看到了这一幕，他望着贺炳炎的背影，再次陷入沉思。

贺龙他们从常德往回撤时，临时省委机关已经搬到了塔卧。

这是一个较繁华的集镇，街上，到处喜气洋洋，人来人往，热闹异常。

任弼时带王震、甘泗淇等亲自到镇外的大路口迎接贺龙他们，何梅和几个女兵也跟在任弼时等人身后，她们也要凑凑热闹。

两拨人在分别了半个多月后，终于又会合了，大家互致问候，都很高兴，场面异常的热烈。贺龙道："我们的湘西攻势，打了两个月，算是告一段落了。"关向应道："我们两军团队伍也壮大了，现在有一万两千多人了。算是一支战略力量了，变化很大，真有点做梦的感觉。"任弼时的脸上难得地挂着笑容："根据地也巩固了，我们打下的这块地盘南北长二百多里，东西宽四百多里，这在中国苏维埃运动发展史上是具有极大意义的！"

何梅躲在人后，有些紧张地望着众人。她没有发现罗扬，她有些不解，有些慌乱。罗扬，你干什么去了？怎么不陪着贺老总？……

贺龙发现了何梅，主动和她打招呼。她上前给贺龙敬礼，眼睛仍在执着地寻找着什么。她想问问贺老总，罗扬为什么没来？可又张不开口。她想问问丁天娃，丁天娃跑前跑后地忙碌，她根本插不上嘴，直到人们都快走光了，丁天娃才悄声告诉她，罗参谋负伤了，住在东溪村的军团卫生部。

她愣了好一阵子，才明白过来，脑袋嗡嗡地响。东溪村离塔卧七八里远，她找不到马匹，也不想再耽搁时间，拔腿就沿着山路朝东溪村的方向跑去。她气喘吁吁地跑，路上摔了两跤，膝盖都磕破了，她也不觉得疼，半个小时后，她来到了位于东溪村北边山坡下军团卫生部。

她的头发乱了，小脸苍白，尽管天气很阴冷，她的脸上却挂着水珠，不知是泪水还是汗水。军团卫生部是由几十个野战帐篷组成的，显然这些帐篷是从敌人那里缴获的。这里有很多人进进出出，显得杂乱而且气氛压抑。

何梅神情紧张，迎着一个小护士跑过去，问道："同志，二军团司令部的罗参谋住在哪儿？"

小护士反问："罗参谋？"

何梅喘着粗气："叫罗扬。"

小护士摇摇头："这里有五六百个伤号呢。他是轻伤还是重伤？"

何梅道："我不知道。"

小护士说："那你自己找吧，这边是轻伤员，那边是重伤号。"

小护士走开了，何梅快要哭了。她有些迷迷怔怔地往前走，前面，一个挂着双拐，断了一条腿的伤员的背影很像罗扬……她一声惊叫："罗扬！"边喊边跑上去搀扶他，那人扭过头，却不是罗扬。

她尴尬地说："对不起，对不起……"又跑开了。后来，一位军医告诉了她罗扬所在的帐篷，她跑过去，到了帐篷门口，她屏住呼吸，看到罗扬肩膀扎着绷带，躺在病床上，脸朝墙壁，似乎睡着了。

她停顿着，仿佛在积蓄力气和胆量。罗扬感觉到有人来了，动一下，睁一下眼，小声嘀咕："我都要死了……真的要死了……"

何梅眼泪突然滚落下来。罗扬仍未回头："医生还是护士？告诉你们领导，赶紧让我出院，否则我真的要憋死了……"

何梅冲口而出："罗扬！"

罗扬一下子坐起来："何梅，是你呀！你哭什么……"

何梅奔到病床前："你说你要死了……吓死我了……"

罗扬笑了："你看我这样子，像要死吗？我是说我快要憋死了。好好，别哭了，让人看到，笑话你。"

何梅道："我不怕，笑话吧。"

罗扬道："擦破点皮，我又死不了，你还哭什么，快把眼泪擦了。"

何梅破涕为笑："我现在哭，不是难过，是高兴啊！"

罗扬道："这就对了。哎，你来得正好。"

何梅抹去眼泪："怎么？"

罗扬小声道："你去找军团卫生部的贺部长，贺彪，就是那个大块头，长相很凶的那个人。"

何梅说："我认识呀。找他干啥？"

罗扬道："你就说：贺部长啊，贺老总、任政委派我来通知你，因为工作需要，让罗扬同志出院。"

何梅问他："会听吗？"

罗扬道："他会的。他最怕贺老总。"

何梅道："那我现在去？"

罗扬说："现在去。"

何梅突然改变主意："不行！你伤没好利索，我不能去。"

罗扬说："我出院，伤会好得更快，你信不信？三年多了，我从没离开过贺老总一步。这都快半个月没见他了，你说我急不急？"

何梅这才同意："好吧，我去。"

中央红军西去了，湘西北一带也平静了许多。暂时没有仗打，贺龙就抽空和关向应下象棋，在棋盘上搏杀。他们二人爱下象棋是出了名的，为了争棋而弄得脸红脖子粗的情况也是有的，有时就像两个孩子那样顽皮。这天傍晚，他们二人在红二军团指挥部的院子里下了两盘，各胜一盘。关向应扒拉着棋子："咱们再来一盘。这一盘，谁输，谁就剃掉胡子，敢不敢？"

贺龙脖子一梗："有什么不敢的？小关，你那么有把握赢我？"

关向应道："没把握。如果我输了，二话不说，把胡子剃掉。"

贺龙道："我要输了，也剃！"

关向应道："真的？"

贺龙道："军中无戏言。"

关向应伸出手掌："咱可说好了啊。"

贺龙往他手掌上一拍："说好了。"

关向应道："不许悔棋。"

贺龙道："好。我先走？"

关向应道："让你先走。"

贺龙道："什么让我？要不你先来。"

关向应说："还是你先来。"

贺龙道："那好，我跳马。"

他们乒乒乓乓干开了。走了四十多步，贺龙明显处于下风，又走了十几步，关向应猛地把棋子一拍："将！哈哈，胡子，这回你就乖乖认输吧！"

贺龙摸着胡子："我输了吗？"

关向应道："你再看看，还往哪逃！"

贺龙泄了气："嘿，真叫你赢了。"

关向应兴冲冲地喊丁天娃过来准备剃刀，给贺老总刮胡子。丁天娃愣着，有些傻眼。谁敢刮贺老总的胡子？那不是太岁头上动土吗？

这时，任弼时来到了门口，他停下了，饶有兴味地望着像孩子一样兴高采烈的关向应，还有想要耍赖而又苦于无计的贺龙。他来找贺龙、关向应商量，怎样解决夏曦的问题。他透过贺炳炎的抵触情绪，发现夏曦的问题不能再拖了。前段时间忙着打仗，现在是时候了，不解决不行了。

见丁天娃站着不动，关向应故意板起脸："怎么，不听命令？"

贺龙道："丁娃儿，执行命令。"

丁天娃只好打开一只小皮箱，拿出剃刀，不情愿地递过来。关向应接过，放在桌子上，笑眯眯地望着贺龙胡子，怎么办？"

贺龙摸着胡子："嘿嘿，不就是刮掉胡子吗？刮就刮！"

关向应道："你要是不想剃，不妨说出来，本人可以放你一马。"

贺龙掂着剃刀："不用！我这胡子早就留够了，今天剃了它，以后就省事了。"

贺龙真的举起剃刀，比划着，眼看就要刮上了，关向应却急忙制止道："哎哎！等等！"

贺龙装作不知情："怎么了？"

关向应伸手拦住："不能剃，万万不能剃！"

轮到贺龙来劲了，他拨开关向应的手臂："哎，你这人，出尔反尔啊。让开，我剃了！"

任弼时羡慕地望着这二人。这是一种什么样的友谊啊？他看着看着就走神了。

关向应严肃地说道："使不得！千万使不得！"

贺龙道："不就是刮掉胡子吗？有啥使不得的。"

关向应道："你贺龙的胡子，可不是一般的胡子，你这胡子，天底下得有多少人知道它？没准蒋介石都梦到过它呢！它还是咱们红二军团的一种象征啊！贺龙要是没了胡子，你就不是贺龙了嘛！"

关向应夺过剃刀，递给丁天娃："快收好。"

贺龙嘿嘿一笑："这就不怪我了啊。"

任弼时忍不住大笑起来："你们这两个家伙，简直像小孩子一样啊。"

贺龙急忙迎上去，关向应搬过椅子，任弼时坐下，笑谈几句，任弼时表情突然严肃了，他喝着丁天娃递过来的开水，皱着眉头。

贺龙与关向应有些不解地望着他。贺龙道："弼时同志，有什么要紧的事情吗？"

任弼时放下搪瓷缸："老贺、向应同志，我琢磨来琢磨去，觉得夏曦同志的问题，该有一个明确的结论了。"

贺龙与关向应交换一下目光，郑重地点点头。任弼时道："我越来越感到，不解决他的问题，二军团的同志思想上总有个疙瘩，把他的问题解决好了，给同志们一个说法，就会极大地提高二军团同志们的革命干劲。"

贺龙站起来，因为过于激动，他的眼睛竟然渐渐湿润了："弼时同志，你这个提议很好。夏曦给湘鄂西根据地，给二军团带来的危害很大，不解决好，不但对不起根据地的人民，更对不起那些冤死的同志……"

关向应道："解决好了，就能清除他给二军团造成的严重后果，对夏曦同志本人也有好处，可以让他认清自己的错误，努力工作，以便弥补他给革命，给人民，给红军带来的重大损失。"

任弼时问："二军团团以上的干部参加会议，可以吗？"

贺龙道："我看可以。"

任弼时道："好，那我告辞了。你们接着下。"

贺龙、关向应二人把任弼时送到大门口，任弼时走了两步，回过头来："老贺，什么时候，我也和你下一盘？"

贺龙明白了什么，爽快地说："好啊！"

任弼时像小孩子一样，调皮地笑笑："先说好，谁输了，谁刮掉胡子……"

解决夏曦的问题的会议，是在大庸县的丁家溶镇召开的，简陋的会场里，坐着二十多名红二军团的团以上干部，任弼时、贺龙、关向应、夏曦坐在主席台上，会场的窗子外面，围了很多人。贺炳炎也来了，而且他站在窗外显著的位置，他倒要看看，怎么样来解决夏曦的问题。

会议开始后，贺龙、关向应、卢冬生先后讲了夏曦的很多问题，对他进行了严厉的批评，然后由省委书记兼红二军团政治委员任弼时作总结发言。人们都盯着任弼时，看他怎样给夏曦下结论，他的结论最重要，因为他某种程度上代表着中央。

任弼时偶尔看一眼发言稿，说道："同志们，刚才贺龙同志、关向应同志、卢冬生同志，都对夏曦同志所犯的错误，提出了严肃批评。首先我要说，红二军团过去有着光荣的战绩，在湘鄂西的时候，曾经粉碎了敌人无数次的进攻，取得了很多次伟大的胜利。但是，由于夏曦同志的严重错误，致使红二军团产生了许多的挫折。夏曦同志的错误主要有三个。一个最明显而基本的错误是看不见无产阶级和共产党在中国革命运动中的力量和作用，他不相信无产阶级和共产党的领导作用，认为共产党是可要可不要的东西，竟然公开地解散党和团的组织，取消红军中政治组织的工作，公开走上了取消主义的道路；二是夸大反革命力量，形成错误的肃反路线，认为部队中连长以上的干部，有百分之九十都是改组派，逮捕了两千人以上，很多人还被杀害了……"

任弼时讲到这里时，贺龙的眼睛湿润了，夏曦脸上挂着冷汗。会场里、窗外，都有人在轻轻啜泣……

任弼时停顿了一下，又道："三是由于不信任群众，不相信红军力量，在敌人进攻面前悲观失望，退却逃跑，没有决心创造苏维埃根据地，使红军长期过着流荡游击的生活……"

任弼时下的结论，基本上是得当的，贺龙频频点头。但贺炳炎觉得还不够，他认为夏曦犯下的错误，三天三夜也讲不完啊！

任弼时讲完后，主持会议的关向应问："夏曦同志，大家讲了不少了，你有什么想讲的吗？"

夏曦擦擦脸上的汗："我有。自到了湘鄂西之后，我一直是严格地执行党中央的方针和政策的，我可能执行时太机械了，灵活性不够……"

他是在试图狡辩，会场立即躁动起来。贺炳炎愤怒地瞪着夏曦，刚要发作，会场里面一位团长站了起来，怒吼道："夏曦！你狗日的一派胡言！你杀了多少无辜的好同志？还说你是执行中央政策，中央让你杀自己的同志了？你搞了四次肃反，你杀人不眨眼啊！"

会场内外，不少人情绪强烈地附和。贺龙一直冷冷地沉默着。任弼时也是一言不发。

贺炳炎终于忍不住了，一拳砸在窗台上："夏曦！你比国民党还狠，你把我们二军团害惨了！……"

关向应抬手说道："同志们静一静，让夏曦同志先陈述一下，你们再讲。"

会场稍稍静下来。夏曦又说："同志们，肃反是中央让搞的，不是我发明的嘛。我这有中央文件，不信你们看。我是不折不扣地执行中央六届四中全会的决议，我只是一个执行者嘛……"

窗外，贺炳炎身边的一个营长气愤地吼道："姓夏的，你还狡辩！你是丧心病狂啊！那年，你杀害段德昌师长，我只说了一句段师长不像是坏人，被你听到了，你就让保卫局的人抓了我，什么刑都用了，非逼我承认是改组派，是AB团……行军时，你们用铁丝穿进我的肩胛骨，拖着我走，肩胛骨化了脓，生了蛆，差点死掉啊，要不是贺老总找你求情把我救下来，老子早就被你折磨死了……"

很多人哭起来。又有一个干部猛地脱掉上衣，露出满身的伤疤："夏曦你睁眼看看，老子身上这些伤，不是白狗子打的，是你让保卫局的人打的……你的心好狠好狠呢！……"

夏曦捂着脑袋，也流泪了。

贺龙脸色铁青，一言不发。任弼时制止同志们道："请冷静一下……"没人听他的，会场乱了套。贺炳炎突然大叫："枪毙夏曦！给冤死的烈士报仇！"

众人响应——

"枪毙夏曦！给冤死的烈士报仇！"

"让这个刽子手偿命！"

"枪毙他！"

……

有人掏出枪，拍在桌子上。

会场真的乱套了。任弼时看一眼贺龙，贺龙腾地站起来，猛地一拍桌子，震翻了两个杯子。他怒吼："都给我住口！"

众人都愣了一下，住了嘴。贺龙逼视着众人："今天，我们是在批判夏曦同志的错误，帮助他认识错误，改正错误，而不是开审判会！你们想干什么？想报复吗？我们是红军！不是土匪！我们决不搞人身报复！你们还有没有组织纪律性？我告诉你们，谁再敢扰乱会场，我立刻把他抓起来！"

会场顿时静了。贺炳炎脖子仍然梗着，一副不服气的样子。贺龙伸手一指："贺炳炎你听到了吗？"

贺炳炎这才稍稍低下了头。

对于此时贺龙的表现，任弼时非常满意。如果没有贺龙，今天真要乱套。他站起来，欲说什么。贺龙道："都听任政委的。任政委，你请讲。"

贺龙坐下了。任弼时道："同志们，我理解大家的心情。夏曦的问题，组织上会有一个明确结论的，希望大家不要冲动，相信党中央和省委会把这个问题处理好……"

夏曦突然泪流满面，站起来："同志们，我夏曦是有罪的……我搞肃反，扩大化了，肯定冤枉了很多好同志……我对不起党，对不起红军，对不起湘鄂西的人民，对不起那些冤死的同志……我有罪，如果我还有时间，我一定好好反省，改正错误……"

他弯腰鞠躬。会场内外，很多人默默流泪……

散了会，贺龙和关向应骑马赶回塔卧。贺龙感慨地对关向应说："小关，我总觉得，弼时同志的到来，给我们增添了很大的力量，我心里也很高兴，真的是很久没有这样高兴了。"

关向应道："是啊，他使我们恢复了和党中央的联系，给我们带来了中央红军斗争的宝贵经验，使我们的许多重大政策问题得到了解决。"

贺龙道："这就使我们这个根据地的建设和部队建设，在正确道路上向前走，你看，部队的思想领导，政治工作，军事工作都更健全了，群众运动更加开展了，根据地迅速扩大了，这一切都与弼时的领导和深入细致的工作分不开啊。"

关向应道："弼时同志比你当初想象的，要好吧？"

贺龙一拍马背："好多了！"

枣红马向前疾驰。

到了傍晚，贺龙兴致很高地约任弼时到塔卧的青石小道上散步，贺龙说："弼时同志，夏曦的问题解决以后，我敢肯定，二军团同志的革命热情，会明显的得到发扬。"

任弼时意味深长地说："真正消除肃反扩大化带来的影响，光处理一个夏曦是不够的。全党是不是都需要反思？中央是不是也需要反思？但愿以后我们的革命队伍里，不再有这样的悲剧……"

贺龙郑重地点头："弼时，你这话说到根子上了。"

任弼时道："老贺，你看贺炳炎，是不是该让他出山了？"

贺龙思索着。任弼时又道："交给他一个主力团吧。我早看出来了，打仗，他是把好手。"

贺龙微微摇头："再憋憋他。那家伙是一只老虎不假，但性子太刚烈，再打磨他一下，既让他保持凶猛，又让他长点脑筋，长点韧性。"

任弼时赞同地说："好，就这么办。"

而这个时候，在镇子外面的河滩上，罗扬与何梅也在缓缓地散步。那天何梅去找卫生部长贺彪，假借贺老总和任政委的命令，果真把贺部长唬住了，他虽不太情愿，还是同意放罗扬回到贺老总身边养伤。罗扬的目的总算达到了。

罗扬出院后，何梅今天是头一回见他，她关切地问："全好了吗？"

罗扬点点头。

何梅又问："真的吗？"

罗扬活动一下右臂："你看，完全正常了。"

何梅欣慰地一笑："谁让你不好好守着贺老总，跑到战壕里逞英雄。"

他们一边说，一边沿着松软的河滩往前走。罗扬说："那天，我要是不死死拦着，贺老总就跑到战壕里去了。当时战况危急呀，敌人是中央军，战斗力强，疯狂反扑过来。我就对贺老总说，我带人上去。他有点不相信我，说，你能行吗？我说，怎么不行，不信试试，我不但能顶住，而且要把敌人赶回常德城里去。贺老总就同意了，结果，我们真把敌人打回常德城了！"

何梅道："结果，你也负伤了。"

罗扬道："男人嘛，负一次伤，就成熟一点。人家贺炳炎，负了五次伤了。"

何梅敬佩地望着罗扬，他们身后的沙地上，留下四行长长的脚印……

后来，罗扬有事先回去了，何梅留下来，一个人回望着那四行长长的脚印……她蹲下，目光停留在罗扬的一只大大的脚印上，她伸开手，去量那个大脚印，量不过来。于是，她走到一边，折下一根小树枝，然后仔细地丈量脚印的尺寸。然后，她把折好的树枝拿好，走向夕阳笼罩下的塔卧。

她要给罗扬做一双千层底的布鞋。

由于罗扬的受伤，罗扬和何梅的感情大大加深了一步。而甘泗淇和李贞的事情，也有了一点眉目。这天，甘泗淇正在他简陋的办公室里写文章，李贞手拿一份草稿，走到门口，喊了声报告。甘泗淇心中大喜，急忙起身迎接："李贞，快进来。"

李贞进来，给甘主任敬了个军礼。甘泗淇热情地让座，说："这次下去，辛苦了。"

李贞坐下，说道："妇女们参加革命的热情，虽然比以前高多了，但仍然对革命一知半解的，希望甘主任也抽空下去讲一讲。"

甘泗淇道："你参加革命早，是老革命了。做妇女工作，是你的强项，我听王政委讲，根据地里的妇女，凡是认识你的，不管老的，少的，都叫你贞姐。你行啊！"

李贞脸一红："不行不行……"

甘泗淇道："王震还说，由于你的努力，大庸县有五十多名妇女入了党，她们发动广大群众，半个月就为红军做了三千套军服，不得了啊！"

李贞摆摆手："甘主任，你就别夸我了。我觉得自己做得还不够。"

甘泗淇道："你的工作能力，比一般男同志都强。"

李贞更不好意思了："我从小家里穷，没读过一天书，参加革命后，上了文化培训班，学了点文化，水平也不高。甘主任，这是我结合妇女工作的情况，写了一点心得体会，想请你给看看。"

李贞把几页纸递给甘泗淇，甘泗淇接过来："好啊！我看看。"他扶扶眼镜，坐到桌子前，认真看起来，又拿起毛笔，在稿子上进行了修改……

过了好一会儿，他收起毛笔，把稿子递给李贞："你看看，我给你改了几个地方。"

李贞接过，读了几句："呀，甘主任，你这么一改，好多了！题目也点得好。你真不愧是到莫斯科啃过洋面包的大才子！"

甘泗淇谦虚地摆摆手。突然，两人的目光相遇了，他们都不由得慌乱起来……李贞忙起身："甘主任……我……我走了。"

李贞出了门，甘泗淇还望着她的背影出神。

第八章

　　湘江大捷后，在南京的蒋介石很是高兴了几天。但他想要得到第二个湘江大捷的愿望并没有实现，因为红军主力并没有钻进他预设的圈套，而是西往贵州了。他们跑远了，暂时对国民党构不成威胁了。而眼皮底下的贺龙，反而显得特别刺眼了！他决定集中兵力，对湘西北的贺龙、萧克展开一次大规模的围剿。

　　这天，蒋介石在自己的官邸召见陈诚，他对陈诚比较放心，一来陈诚是他的老乡，二来陈诚对剿共一直不遗余力，三是陈诚在军事上有一套，在国民党内算个人才。

　　陈诚在晏道刚陪同下进入蒋介石的官邸。蒋介石指指沙发："辞修，坐吧。"陈诚坐下："委座，朱毛已经离开遵义，渡过了赤水河。"蒋介石表示已经知道了，道："辞修，你看清了吗？在贵州的朱毛，与在四川仪陇地区的徐向前部，还有湘西的贺龙部，互成犄角。我们必须隔断他们，聚而歼之。"

　　陈诚欠欠身子："委座有何高见？"

　　蒋介石道："我得到何键的报告，说贺龙、萧克在湘西越闹越大。在长江以南，这一股共匪的势力最大。何键对我说，欲靖川黔，先靖湘西；欲除朱毛，先除贺萧。我琢磨着，他这个说法还是有一定道理的。"

　　陈诚道："指望何键去除贺、肖，那是办不到的。还有，何键与湖北的徐源泉，为了他们自个的利益争来争去，十分不利于剿匪大业，请委座明察。"

　　蒋介石点点头："但总的看，在剿匪问题上，何键比徐源泉卖力。我打算集中六个纵队，共八十多个团，十一万兵力，两队作战飞机，围攻湘西共匪。由何键担任一路军总司令，你亲自到宜昌督战，担任'剿总'总司令一职，节制何键、徐源泉。"

陈诚脸上显出得意之色，委座对他如此重视，他心里像吃了蜜一样甜。他觉得，委座拿出如此多的兵力，去围剿只有万把人的贺龙，胜券自然在握，这正是为党国立大功的机会，他当即起立："委座！卑职愿意前往。"

蒋介石满意地点点头。

不几日，陈诚乘专机到达设在宜昌的剿匪总司令部，顾不上休息，立即召集众将领开会。离开南京之前，他就和幕僚一起制订了作战计划，并报蒋介石批准。他在几位军官陪同下，气宇轩昂地穿过长长的庭院，走进"剿总"宽大的作战室。执勤官大喝一声："起立！"

数十位高级军官肃然起立，其中有李觉、陈耀汉、张振汉等。陈诚逐一与各位将领握手、问候，这些人除个别以外他大多数认识。

然后，执勤官威严地说道："请陈司令长官宣读作战命令！"

众将领"啪"地立正。

陈诚走到桌子中心的大沙盘前，拿起一根木杆，面无表情地说道："诸位，按照委员长的训示，国军编成六个纵队，步步为营，向匪区合拢。东南方向，以湘军为主，陈耀汉纵队从石门经江垭向大庸以北推进；郭汝栋纵队配合李觉纵队向大庸以东地区推进；南面，陶广纵队的主力向大庸以西的永顺地区推进；西北面，以鄂军为主，徐源泉、张振汉两个纵队以一部扼守乌江，其余的向龙山、来凤地区推进。国军要以匪区的中心大庸为总目标，迅速分进合围，把共匪主力压缩在狭小地区，陆空配合，聚而歼之！"

众将领热烈鼓掌，可以看出，他们对这次大规模的行动抱有乐观态度：在湘江，国军一举聚歼共军五六万人，贺龙、萧克这万把人，不过是些乌合之众，还能成什么气候？

在敌人的围剿即将开始之前，任弼时最先得到了一个好消息——中央书记处把遵义会议的决议用电报的形式发来了。他接过陈琮英递过来的电报，只看了一眼，眼睛一亮，立即站起来，叫余秋里去通知贺龙、关向应、萧克、王震他们到会议室开会。众人到齐后，任弼时兴奋地宣读了党的遵义会议的决议和有关情况。放下电报，他说："同志们，毛泽东同志又回到领导岗位上来，这是众望所归啊！"

王震摩拳擦掌："以前毛主席指挥我们时，仗打得多过瘾！"

萧克道："毛主席重新回来，红军以后就少走弯路喽！"

贺龙吸着烟："毛泽东同志我没见过，但他的许多主张，我觉得很好。他指挥红军，我们信得过他！"

关向应说："还有，他的文章写得多好啊！真是才华横溢，令人佩服！"

任弼时说："我提议，我们给中央发电，坚决拥护遵义会议的决议。"

众人均同意。任弼时又道："另外，敌人的大围剿又要开始了。我们机要局的小电台监听到，陈诚到宜昌成立了'剿总'。这回蒋介石把矛头指向了我们，敌人来势很猛，大家都琢磨一下，我们怎样粉碎敌人的这次围攻。"

首长们在屋里开会，丁天娃坐在一棵古树的树根上，若有所思，两匹马在他身边静静地站立。朦胧中，他的耳边隐隐响起母亲龙成英和妹妹小婉的声音……母亲说："娃儿呀，到了队伍里，你要好好干，听贺老总的话，千万不要给贺老总丢脸……"小婉说："哥，你先走吧，等过两年，我也到队伍里找你去。不要挂念家里，有我呢，我能照顾妈妈……"

自从离家后，他和父亲再也没得到母亲和小婉的一点消息。他当然不可能知道，这个时候，龙成英和小婉已经躲进了深山老林。红军开走后，白匪军来到苗寨杀人放火，凡是红军家属，格杀勿论。他家的房子被点着了，龙成英领着小婉，拼命地往村外跑，白匪军在她们身后开枪，龙成英和小婉跑上一座小木桥，突然从桥头窜出一个敌兵，横枪挡住她们的去路。敌兵逼过来，龙成英急中生智掏出一块大洋扔过去，敌兵犹豫一下，弯腰捡钱，龙成英靠上去，用力把敌兵推进河里。

龙成英拉起小婉往树林里跑，子弹在她们身边嗖嗖飞过……她们终于钻进了树林。

丁天娃坐在树根上，打了一会儿盹，他脑子里全是母亲和小婉。他牵挂她们，可又无可奈何。不知过了多久，贺龙走过来，丁天娃竟没有发觉，贺龙说："小鬼，想什么呢？"丁天娃一惊，急忙站起来："老总，开完会了？"

贺龙点头："走！"抬腿骑上枣红马，丁天娃也上马，两匹马顺着大路跑去。

到了一条小河边，贺龙下马，丁天娃随之下马。贺龙望着夕阳下的河水出神，丁天娃小心翼翼地问："老总，要打大仗了是吧？"贺龙说："敌人的兵力是我们的十倍，丁娃儿，你说我们和他们硬碰硬，行吗？"丁天娃琢磨一下："硬碰硬？那不行啊，要吃亏的。"

贺龙点点头："丁娃儿，我问你，小孩子和大人打架，怎样才能打胜？"丁天娃想了想："等大人睡着的时候，突然袭击。"贺龙赞赏地笑笑："有道理。刚才开会，我提出，我们的主力应该跳到外线去，果断地放弃根据地，同志们大都不同意，舍不得辛辛苦苦打下的这块根据地呀。"丁天娃急了："老总，那怎么办？"贺龙点上烟，猛吸一口："只能在根据地里打了。"丁天娃问："能打赢吗？"贺龙摇头："不好说，只能争取打赢。走，我们回指挥部。"

他们上马，两匹马顺原路返回。

此时，在塔卧的街口，余秋里背着背包，正与任弼时依依惜别。他要到部队任职，部队需要人，任弼时也有意锻炼他，让他到十八团去工作，先当营部书记。任弼时叮嘱道："小余，到部队以后，要和同志们搞好团结。"

余秋里说："首长，我会的。"

任弼时道："你要去的红六师十八团，是个主力团，打仗没说的，可就是存在着轻视政治工作的倾向，有些人不了解政治工作是红军的生命线。这些问题广大指战员没有责任，主要是夏曦取消政治机关造成的恶果。你对党忠诚，革命坚决，你去那里，正好发挥你的作用。"

余秋里道："首长，我都记住了。"

任弼时问："小余，还有什么要说的。"

余秋里眼圈一红："没有了，就是有点舍不得离开首长……首长，请多保重……"

任弼时拍一下他的肩膀："好了好了，以后想我了，可以回来看我。"他从警卫员手中接过马缰，递给余秋里："上路吧。"

"首长再见！"余秋里向任弼时敬礼，上马远去了。

反围剿开始后，仗越打越混乱，可以说，陈诚指挥下的部队所向披靡，红军损失惨重。

李觉的部队攻占了大庸县城，他骑着高头大马，率部入城。他得意地吩咐副官："马上给宜昌陈司令、长沙何老总发电报，就说我师歼敌数百，已经占领了大庸。"

副官答应着走开了。李觉在一座大宅院前下马，用马鞭子一指："这里曾是贺龙的司令部吧？"一位随从道："报告师座，这里曾是共匪湘鄂川黔边省委所在地。"

墙上，仍清晰地看到"打倒国民党反动派"等标语，还有镰刀、锤子等图案。李觉说："把这些东西都给我清除掉！"

在宜昌"剿总"作战室里，陈诚手里端着一杯酒，听部下宣读各部队发来的电报，当他得知李觉纵队攻占了大庸，陈耀汉纵队攻占了桑植，陶广纵队正顺利向永顺推进，共匪主力逐渐被国军压缩到狭小地区，郭汝栋纵队离共匪首脑机关所在地塔卧，只剩一日的行程时，哈哈笑起来。他没想到贺龙这么不经打。

陈诚把杯中酒一饮而尽："马上给委座发电，如实报告战况。"他说如实报告战况，是因为以前经常夸大战况，这次不用夸大了，因为战况的确喜人。他想，近来委座睡眠不好，看到我们的电报，委座可以睡一个好觉了。

针对第一阶段反围剿的失败，任弼时及时进行了总结，他说，省委提出，保卫大庸，保卫永顺等口号，政治上是正确的，但现在看来，从军事行动的策略上说，则是反映了从正面迎敌的消极防御思想，没有坚决采取转移到敌人之侧翼、后方，寻求打击消灭敌人的机动，因而在第一个阶段的作战中，战况很不好。

贺龙对任弼时的总结，比较满意。任弼时请贺龙说说想法，显然，他觉得仗不能那样打了。贺龙道："我还是原先的想法，不能正面迎敌，尽量打到外线去，只要能消灭敌人一两个师，就能打破敌人这次围攻。"

任弼时说："离开现有的根据地，须经中央同意。我们再请示一次？"

恰在这时，龙科长送来一封中央的电报。任弼时看过电报，说："中央认为，我们面临的敌情是严重的，因此在战略上，应利用湘鄂敌人指挥上的不统一与何键部队的疲惫，于敌人离开碉堡前进时，集结红军主力，选择敌人弱点，不失时机，在运动战中各个击破之。总的方针是决战防御而不是单纯防御，是运动战而不是阵地战……"

王震忍不住击掌："说得好！这好像是毛主席的风格，一定是他的！"

萧克、李达赞同地点头。贺龙心头的郁闷一下子烟消云散："这封电报太及时了！"

任弼时说："还有呢，请听：你们主要活动地区是湘西及鄂西，次是川黔一带。当必要时主力红军可以突破敌人的围攻线，向川黔广大地区活动，甚至渡过乌江，但须在斗争确实不利时，方可采取此种步骤。为建立军事上集体领导，应组织革命军事委员会的分会，以贺、任、关、夏、萧、王为委员，贺为主席，讨论战略战术问题及红军行动方针。完了。老贺，你看呢？"

贺龙猛抽两口烟："按照中央的指示精神，先不走远。但我们要集中兵力，机动作战，争取消灭敌人一部，转被动为主动。"

任弼时说："好！李达同志，注意收集敌人的情报。"

当天晚上，任弼时来到电台室。他有个习惯，有事没事爱到电台室走一遭，看有没有最新的情况。为了监听敌人的动向，他特地设立了专门搞侦听的电台，人称"小电台"，而且组织大伙绞尽脑汁搞破译。前段时间，曾经破译了几个敌人的情报，这更坚定了任弼时的信心，他指望"小电台"立大功。

滴答声中，龙科长、陈琮英等人在工作。见任弼时进来，龙科长等人起身相迎。任弼时说："你们忙你们的，我就在这待一会儿。"

其他人回到岗位上，龙科长悄声地说："政委，有个事向你报告一下。今天一整天，琮英大姐没吃没喝，她好像有什么心事……"任弼时愣了一下："我知道了。"龙科长问："到底怎么了？"任弼时点上烟缓缓地说："今天是我儿子湘赣一周岁的生日……"

龙科长马上明白了。

这时，陈琮英放下耳机，兴奋地走过来："弼时，有重要情报！"任弼时道："破译了？"陈琮英点点头："李觉给何键和陈诚发电报，他的部队后天渡澧水西进。"任弼时眼睛一亮："这倒是一个机会，我马上去找老贺、向应研究一下。"

他往外走，走到门口，突然想起什么，停下来："琮英，我这儿有点吃的。"他掏出两个煮鸡蛋递给陈琮英："吃吧，不要熬坏了身子。我也想儿子，但我还希望儿子的妈妈身体好好的，再生一个儿子。琮英，我走了。"

陈琮英噙着泪接过鸡蛋，望着任弼时消失在黑暗中。

任弼时把贺龙、关向应叫来，三个人关在一间房子里研究对策。贺龙指着地图："集结八个主力团，首先在后坪一带，于运动中歼灭李觉这个师。估计在李觉被吃掉后，周围其他的敌人不敢急进，然后红军主力转移到永顺这一带，寻机再打掉一股敌人，就能粉碎老蒋的这次围攻。"

任弼时说："如此说来，消灭李觉是关键的一战。"

贺龙说："对！"

关向应问："主战场在哪儿？"

贺龙说："一旦李觉渡澧水西进，红军主力就在一侧是武陵高山，一侧是滔滔澧水的狭长河谷里伏击它！"

任弼时一拍桌子："就这么定了！"

贺龙道："这一仗的关键，是牢牢守住鸡公垭高地！"

他们把守住鸡公垭高地的任务，交给了红四师。第二天下午，师长卢冬生在指挥所里给贺龙打电话说，他们师已经在后坪一带集结好了，守鸡公垭的部队，他们正在研究，一定派一支得力部队上去。

刚放下电话，十二团二营营长钟子明一身水淋淋来到门口，卢冬生这才知道外面下雨了。卢冬生其实打心眼里喜欢钟子明的那股子冲劲，他忙说："钟子明啊，快进来。"

钟子明向卢冬生敬礼。卢冬生递给他一块毛巾，他接过，擦一下脸。卢冬生又给他倒水，说："钟子明，喝碗热水，别感冒了。"

钟子明把碗推开："师长，我不是来喝水的，我是来请求任务的。"

卢冬生问："听到什么了？"

钟子明道："明摆着嘛，守住鸡公垭，就能把李觉这个狗日的关门打狗。"

卢冬生笑了："你小子，鼻子够灵的。"

钟子明道："还用说嘛！师长，我老钟好赖也是跟贺老总参加过南昌暴动的，大仗小仗也是打了几十次了，如果你们信得过我，把鸡公垭交给我们二营！"

卢冬生犹豫着。钟子明道："不相信我是吗？我立个军令状，守不住鸡公垭，愿提头来见！"

卢冬生道："好吧。带上你的部队，马上出发！"

钟子明欣喜地敬礼，冒雨回到了驻地。傍晚，他率部队冒雨登上鸡公垭，命令各连抓紧构筑工事。他心想，老子要在这里打个翻身仗。

战士们散开了，在山顶上构筑工事。入夜，雨仍然下着，钟子明和众人一起挖战壕。一个小战士说："营长，我们听说打完这一仗，就恢复你的团长职务，是真的吗？"钟子明嘿嘿一笑："这得问贺老总去。小子，明天好好打，打好了，功劳咱二营人人有一份。"

通讯员跑过来报告："营长，侦察员回来了。"

钟子明问："什么情况？"

侦察员道："报告营长，李觉的部队在三十里外住下了，看样子，一时半会不会过来。"

"准确吗？"

"绝对准确。"

"好。我就知道他们今夜不会上来。这么大的雨，这么黑的天，国民党的那些狗杂种，才不会受这份洋罪呢！"

钟子明突然打个喷嚏，他抬头看天："狗日的雨，下起来没完了。"

战壕里，不少战士冻得打哆嗦，几人一团靠在一起。有人往嘴里送红红的辣椒吃。

通讯员问："营长，你看怎么办？"

钟子明犹豫着："再坚持一下，看看再说。"

雨下起来没完。又过了一个多小时，钟子明想点火吸烟，就是点不着，他生气地把烟扔掉："他妈的！"

夜很深了，战士们冒雨蹲在战壕里，没有避雨工具，浑身水淋淋的，都很狼狈。这时，通讯员又跑来报告："报告营长，主力都撤了！"

钟子明问："什么主力都撤了？"

通讯员道："我们的主力啊。都撤到阵地后面十多里的龙爪关一带休息待命，准备明天早晨返回阵地。"

"真的吗？"

"那还有假！"

钟子明望着战壕里冻得发抖的战士，说："他妈的，这样冻一夜，把同志们冻病了，明天还打个什么鸟仗。通讯员，传令，全体到半山腰的山洞里躲雨，明天一大早返回阵地。"

通讯员沿着战壕跑去，边跑边喊："营长命令，全体到半山腰的山洞里躲雨……"

人们欢呼起来。

　　这个时候，在离鸡公垭三十里远的地方，李觉站在临时指挥部里，对着地图思考着什么。乔副官进来报告说，后坪一带发现红军行踪。李觉一惊："是大部队吗？"

　　乔副官道："尚不清楚。"

　　李觉道："司令部来电，说是共匪主力西渡澧水，往永顺方向逃窜……"

　　乔副官道："卑职判断，后坪一带的共匪，是他们的小股部队，目的是迟滞我军前进。"

　　李觉紧张地思索着，他命令乔副官把马灯拿过来。乔副官拿过马灯，李觉接过，高高举着，照着墙上的地图，仔细地察看着，突然说："老子想赌一把！"

　　乔副官问："师座的意思？"

　　李觉用力一指地图："即便他们的主力都在这一带，只要我们率先拿下鸡公垭，占领这个制高点，就可以放手跟他们搏一下！"

　　乔副官提醒道："师座，是不是先给长沙报告一声？"

　　李觉把马灯猛地往桌子上一放："命令三团，半夜开始行动，务必于明日拂晓前，占领鸡公垭！"

　　乔副官转身要走，李觉又叫住他："告诉三团团长陈子林，莫说是下雨，就是天上下刀子，也得按时给老子完成任务！"

　　正是李觉的这个突然的决定，改变了后来的战况。

　　次日清晨，雨停了，钟子明带着红军战士们朝山顶攀登，突然，山顶上枪声大作，子弹如雨射下，红军战士纷纷倒下。钟子明傻了眼，好在他很快镇定下来，他拔出手枪，命令号手："快，吹冲锋号！"

　　号手吹起了冲锋号，红军战士纷纷跃起朝山顶冲锋。山顶上各种枪声响成一片，红军战士一片片倒下……

　　鸡公垭落入敌手，一招不慎，全盘被动。消息传到师部，卢冬生差点晕过去，唯一的办法是，赶紧把鸡公垭夺回来。卢冬生二话没说，赶到山下，亲自带队冲锋。这时候，敌人的后续部队越聚越多，侧翼的敌人用机关枪朝红军战士们猛射，部队损失惨重。

　　几次冲锋，均告失败。后来，卢冬生也负了伤，警卫员扑到卢冬生身上，大喊："师长，师长。"卢冬生猛地推开警卫员，挺身向前跃起又跌倒。他的整条左腿血淋淋一片，警卫员赶紧给卢冬生包扎，卢冬生望着山顶，大叫："快冲，一定要拿下山头。"

这时候一切都晚了。要命的是，一大股敌人在胡旅长指挥下，直扑红二军团指挥部。山坡上，敌人满山遍野地冲了过来，敌军军官挥枪嚎叫着："打死贺龙奖大洋五万，活捉贺龙奖大洋十万，兄弟们给我冲呀！"

到处都是"活捉贺龙"的叫喊声。李达急得大叫警卫连一排："保护总指挥撤离，二排跟我留下掩护。"

好在任弼时不在这里，贺龙心里踏实了一些。他走到掩体外观察，见满山遍野的敌人十分猖狂，而红军主力都被卢冬生带去攻击鸡公垭了，附近的兵力很少，很难长时间抵挡敌人的冲击。

李达跑出来把贺龙拉了回来，他急切地说："老总，你快走吧，我留下来掩护。"

贺龙道："走，来不及了。我也不想走！"

李达朝丁天娃一使眼色，意思是让丁天娃把贺龙架走。贺龙瞪他一眼，丁天娃赶紧缩回手。贺龙并不担心，因为在他的司令部里，还有一员猛将，那就是贺炳炎。

贺炳炎在指挥所的地下室里睡得迷迷糊糊，听到有很多人呼喊"活捉贺龙"，他一下子醒过来，他妈的！白狗子们太猖狂了！他跳起来，拔出腰间的手枪就往门外冲。跑了两步，却又停下了。他只是个管理科长，贺龙、任弼时给他的任务只是搞后勤，不需要他打仗。他苦笑着摇摇头，正要回去继续睡觉，突然听到有人高喊："贺炳炎！"

是贺龙的声音，贺炳炎一愣。只有在最危机的时候，贺龙才用这样的嗓门喊他，他急忙跑出来，高声回答："贺炳炎在这里！"

他用眼睛的余光看到，满山遍野的敌人越逼越近了，形势异常险恶。参谋长李达组织警卫部队拼死守卫，有不少战士牺牲了。

贺龙目光炯炯望着贺炳炎，怒吼："贺炳炎！给我上！"

贺炳炎盼望这个命令，已经很久了。他笑了笑，立即把司令部所有的勤杂人员集中起来，什么警卫员、炊事员、通信员、传令兵、电话兵、马夫，统统列队，他指着一个尚未被敌人占领的小高地，脱掉上衣，光着膀子，瞪圆了眼睛，说："所有人跟我往那里冲！"

他抱着一挺机枪，带头冲出去了。

那天上午十点左右，贺炳炎硬是带领几十名勤杂人员，坚守在那个无名高地上，他一会儿用机枪射击，一会儿甩手榴弹，硬是坚持了半个多小时。后来，卢冬生一瘸一拐带领部队来增援，总算把敌人打了下去。

战斗中，贺炳炎右腿被敌人的掷弹筒炸伤，贺龙听说了，心里隐隐地疼。这一仗打得窝囊啊！不但没伤着李觉，自己反而牺牲了七百多人，他的两名虎将卢冬生、贺炳炎也负伤了。贺龙不甘心，但也没办法，他抓住间隙，果断地命令全线撤退，这才避免了更大的损失。

李觉一战成名，钟子明命悬一线。

撤回到塔卧，任弼时、贺龙、萧克、王震、李达等人进行了简短总结，任弼时实事求是地说："这次战斗，没有达到预期目的，原因是多方面的，主要是，第一没有按时占领鸡公垭，致使全局被动；第二是在敌人占据了有利的阵地时，没有按照已经变化的情况迅速改变自己的作战计划，却不顾红军火力弱、地形不利等条件，强攻硬拼，若不是贺龙同志及时下令撤退，我军损失就更大了。"

李达报告敌情，说："目前塔卧的东面、南面是湘军李觉、陶广两路纵队，共八个师；西面和北面为张振汉、陈耀汉两路纵队，也是八个师。"

萧克说："李觉、陶广装备好、人数多，是湘军主力，多是湖南本地人，不易对付。张振汉、陈耀汉所部人数较少，多系江北人，不习惯山地作战，我看先打陈耀汉部。"

贺龙认为，塔卧地方狭小，不利于同敌人决战，红军应考虑暂时放弃塔卧，向西北方向运动，西北方的恩施、鹤峰一带原为我红三军老根据地，群众基础好。在运动中寻找机会，歼灭陈耀汉、张振汉部。把塔卧让给湘军李觉、陶广，这样我们就达到了丢开强敌，打击弱敌的目的。

众人都同意贺龙的意见。散会后，只剩下贺龙和任弼时，贺龙命令罗扬，把全身三处负伤的钟子明带进来，钟子明一见贺龙、任弼时，眼泪就下来了，连说，自己该死，希望马上枪毙他，算是为牺牲的战友"报仇"。

贺龙怒道："你贻误战机，致使我军全线被动，伤亡过千，枪毙你一百次都不解气！"

钟子明无地自容，痛哭流涕："贺老总、任政委，我对不起你们，请快点枪毙我，我一分钟也不想活了，我对不起死去的战友们啊……"

贺龙的眼睛也湿润了："你还有什么要求吗？"

钟子明说："有！"

贺龙说："快讲！"

钟子明："如果还有来世，下辈子我还跟你当红军……"

贺龙挥挥手，示意罗扬把钟子明推出去，执行纪律。任弼时突然发话："慢着！"

罗扬停下，望着任弼时。任弼时道："老贺，我来替钟子明求个情，好不好？"

众人都望着任弼时，他说："我早就听说，钟子明作战勇敢，打过不少恶仗，立过大功，他与叛徒内奸是有区别的，再给他一个机会吧，让他戴罪立功。"

贺龙不语。

任弼时又道："让他下连，当个普通战士。"

贺龙终于点了点头。钟子明泪流满面，突然他跪下，给任弼时、贺龙磕了一个头。贺龙不屑地扭过脸，任弼时急忙将他扶起来，劝慰了几句。罗扬搀扶着他，走了出去。

第九章

桑植县洪家关，是贺龙老家。陈耀汉的五十八师，抢先占领了这里。他的兵到处放火，数十间农房在烈火中慢慢倒下，其中就有贺龙家的祖宅。烧过房子，还不算，又想寻找贺家的祖坟。

陈耀汉费了好大的劲，才找到贺龙家的祖坟，敌军不少将领私下认为，贺龙之所以久久不能除，就是由于他家祖坟的原因，他的列祖列宗在保佑着他，在这之前，贺家的祖坟已不知被挖过多少遍，坟地里黄土这里一堆那里一堆，枯骨扔得到处都是，令人触目惊心。

陈耀汉坚信，贺家的祖坟虽然挖过多次，但"龙脉"并未挖断，只有真正挖断他贺家的"龙脉"，这条"祸龙"才能除掉。

可是，好大一片坟地，"龙脉"在哪里？

陈耀汉有办法，他花重金从汉口请来一位姓何的风水先生，据说这位风水先生本领高强，就连湖北省主席徐源泉都找他看过风水。在几十个卫兵簇拥下，一顶小轿把他抬来了。这人五十多岁，一身灰布道袍，头戴黑色的毡帽，眼窝深陷，目光迷离，鼻梁上挂一副金边眼镜，唇上留着两撇八字胡。风水先生下了轿子，先是对着苍天作了个揖，又对着脚下拜了拜，然后从随身带的皮兜里拿出一个稀奇的物件——有懂行的人说，是罗盘。

陈耀汉坐在坟边的树荫里，叼着老刀牌香烟，饶有兴味地望着风水先生。

风水先生走到坟地中央，嘴里咕哝着谁也听不清的话，嘴角上挂着白沫，手拿罗盘，四下里比划着，一副疯疯癫癫的样子。他折腾了一个多时辰，突然大喝一声，指着脚下："从这里开挖。"他用脚在地上划了一条十多米长的斜线，"挖到这里为止。"

这便是"龙脉"的位置了，陈耀汉大喜，他一挥手，几十个士兵拿着工具过来，呼哧呼哧地挖土，挖到两米深左右，风水先生示意停止，他下到沟里，从怀里掏出一张黄色的符，划火柴点着，从这头到那头疾步走了一个来回，符烧光了，几乎不见灰烬，他嘿嘿地一笑，甩甩手，爬上来，对陈耀汉说："陈将军，贺家的龙脉已断。"

陈耀汉得意地仰天大笑，吩咐副官："通令各部，就说何先生已把贺家的龙脉挖断，姓贺的气数已尽，以后再遇到贺匪，务必一鼓作气，将其全歼！这个功劳一定不能让湘军抢了去。"

这边，陈耀汉在洪家关挖贺家的龙脉，那边，李觉乘胜追击，湘军不费一枪一弹进入了塔卧。李觉在众军官的簇拥下，来到了中共临时省委的门口。他志得意满地对乔副官说："给宜昌陈长官、长沙老头子发报，就说我李觉已站在了共匪的首脑机关的门口。"

消息传到长沙，最高兴的当数何键，因为他的乘龙快婿李觉给他大大地露了脸，看你陈诚还能有什么话说？以前蒋系的人总是责怪地方军作战不力，湘军也跟着背黑锅，天地良心，在剿共上，湘军什么时候手软过？倒是湖北的徐源泉只图自保，很少和共军真刀真枪地干，这回，何键决定不能便宜了徐源泉那老奸贼。他问参谋长："徐源泉的部队有什么动静？"

参谋长说："鄂军五十八师虽占领了桑植，据说陈耀汉还装神弄鬼地请风水先生挖贺龙的龙脉，纯粹是要花招，他的部队并未与共匪主力交锋，战果哪能比我湘军显著。"

何键道："人说穷寇莫追，通电李觉、陶广小心慎重为妙。最好让徐源泉试试贺龙的本事。"

参谋长道："据侦察，共匪已北窜，但愿他们是想北渡长江。他们过了长江，徐源泉就没好日子过了。"

何键笑了："好！赶紧把这个消息告诉徐源泉，让他也忙上一阵子吧！"

武汉，徐源泉的指挥部里，忙成了一团，徐源泉也已察觉了贺龙、萧克的意图，他们如果真的过江，当年洪湖的那一幕又要重演，这是万万不可的！徐源泉只能硬着头皮下命令："命令陈耀汉部出桑植，搜索前进，阻住贺龙北上，坚决不能让贺龙北渡长江。"

夜间，北上的路上，贺龙、任弼时等人心里均很难过，不知这一去，什么时候再回到江南来？把这块辛辛苦苦打下的根据地丢掉，谁心里也不好过，战士们默默地行军，几乎没人说话。

正走着，前面突然传来密集的枪声。贺龙命令部队停止前进，就地待命。不一会儿，侦察员来报，说是先头部队与陈耀汉的部队遭遇。贺龙、任弼时、萧克、王震等人赶紧到路边僻静处开会，李达跑来说，前面是个名叫陈家河的镇子，从俘虏的口供得知，是陈耀汉五十八师的一七二旅，刚到不久。

任弼时惊觉地说："是他们发觉了我们北上的意图，赶来堵截吗？"

贺龙道："陈耀汉用兵历来慎重，这次他肯定以为我们被湘军打垮了，正逃窜，所以大着胆子上来了。"

萧克问："怎么办？前进的路只有一条，堵住就过不去了。"

王震说："敌人刚到，立足未稳，根本来不及修工事。我看哪，不如把送上嘴的这块肥肉吃掉。"

贺龙点上烟袋，猛抽两口："陈家河一带的地势，我了如指掌，这里道路狭窄，他们想逃跑和增援，都不那么容易。既然遇上了，那就是难得的战机，干脆打上一仗！"

众人都有些兴奋。任弼时说："打是对的，打完了呢？敌人既知道我们北渡的战略意图，前面就不止一个旅，肯定有重兵，我们得绕着走。"

贺龙一顿足："要走，也要打完这仗再走！不胜即刻走，小胜，就再看看，大胜嘛，老子不走喽！杀他一个回马枪！"

和陈耀汉的部队打一仗，就这么定下来了。李达赶紧按照贺龙、任弼时的意图调动部队。贺龙还把二军团组织部长廖汉生叫来，命令他组织一支督战队，就在战场后面的道路上堵着，不论谁擅自撤退，一律执行战场纪律！

贺龙是铁了心要打好这一仗。都好几个月了，红军没打过一个像样的胜仗，他这个总指挥心里堵得慌啊。

天微明时，罗扬向贺龙报告，陈家河镇外有一个土围子，可能是当地百姓用于防范土匪的，现在被敌人占领了，贺龙带上丁天娃等人，悄悄来到一个制高点观察敌情，他发现这个土围子不算小，围子里估计有敌人一个营。他心想，我们没有大炮，要短时间内拿不下这个土围子，陈家河镇就没法打。可是，怎么样拿下这个土围子？

贺龙问丁天娃："丁娃儿，你说说，我们怎样才能拿下这个土围子？"

丁天娃想都没想，就说："老总，给我一个营，一个冲锋就进去了。"

贺龙摇头："不行，你肯定冲不进去。"

丁天娃道："老总，那怎么办？"

贺龙道："不能硬拼，要把敌人牵出来，在围子外边消灭它。"贺龙给丁天娃出了一个主意，让他带几十个人，穿上破烂的衣服，去挑衅土围子里的敌人，同时命令罗扬，布置一个营在山口，把全团十几挺机枪集中起来使用，一旦敌人出围子，立即消灭，迅速占领土围子。

丁天娃喜气洋洋领命而去。十几分钟后，他带上一群穿着破旧衣服，提着破旧枪支的战士，突然出现在土围子外面，叫骂一阵，胡乱朝土围子里打枪。土围子里的敌兵也朝丁天娃等人射击，他们立即后退。退了一段路，见敌人不追击，又返回来，继续叫骂、打枪。

土围子里的敌人，果真有一营兵力，四百多人。这个时候，这个营的营长王大伍正在睡觉，他被枪声和叫骂声惊醒，翻了个身，骂道："他妈的，谁在捣乱？"营副进来说："报告营长，是共匪小股部队打枪。"王大伍问："多少人。"营副说："二十几个人。"王大伍挥手要他出去，翻身又睡去，咕噜道："昨天夜里，来几个共匪打几枪跑了，今天又来了，搅老了的好梦。"

土围子外面，丁天娃等人不依不饶，不时地放几枪，并且大喊："你们是哪部分的，老子们跑了一夜，饿死了，搞点东西来吃吧！不给的话，老子们就打进来了。"

土围子里面，王大伍刚睡着又被枪声和叫嚷声吵醒了，他非常冒火地翻身坐起来："来人！"营副进来了。王大伍道："告诉一连长，他妈的，二十几个共匪，怕什么？打掉他们。"

营副答应着，到土围子上找到一连连长，道："王营长叫你带人把这些共匪干掉算了。"

一连长说："怕有埋伏。"

营副问他们："喊些什么？"

一连长说："他们要吃的。"

营副说："肯定是那边被打散的共匪，窜到这里来了。他们看清我们没有？"

一连长朝墙垛口看了看："可能没看清，要不就是他们吃了豹子胆。"

营副把头对准墙垛口，冲丁天娃等人喊："你们有多少人。"

丁天娃一指后面："除了我们，连长带有几十个弟兄在那边，走不动了。你们有吃的就快点送下来。我们连长要是冒了火就打进来灭了你们。"

营副得意地对一连长说："看样子，他们以为我们是民团，伏兵不就是一个连嘛，我去报告营长。"

不一会儿，王大伍提着裤子，骂骂咧咧出来了，他爬到一连长站的地方，往外看了看，说："他妈的，一个连的饿死鬼，还想攻打老子一个营的正规军，简直活够了，全体集合，跟老子去灭了他们，免得吵得老子心烦，也让共匪尝尝我们鄂军的厉害。"

营副去集合队伍了。土围子下面，丁天娃又指挥众人朝土围子上打枪，转眼之间，土围子的大门突然打开了，从里面冲出大量的敌兵。丁天娃一看乐了，带人扭头就跑。他们一边跑一边喊："不好啦，是正规军来啦！快跑呀！"

王大伍骑着马，挥枪洋洋得意地喊："快给老子追。"

前面，丁天娃等人故意东倒西歪地跑，有人还把破枪丢掉了，敌人在后面猛追。山沟里，大群敌人渐渐逼近了丁天娃等人。

就在这时，罗扬一挥手，两边的山头上，红军的十几挺机枪刮风一般一齐射击，敌兵大乱，想往回跑，但道路已被封锁。埋伏在山沟里的红军杀入敌群，丁天娃等红军战士也返身冲入敌群。王大伍觉得面部一热，眼睛就什么也看不见了，一头栽下马来。

仅仅用了十分钟，这个营就报销了。

与此同时，埋伏在陈家河镇外围的红军号兵吹起了冲锋号，无数的红军战士纷纷跃出埋伏点，喊杀声一浪高过一浪……

战场周围的两条道路上，聚集着廖汉生带领的督战队。开始，廖汉生还有些紧张，担心有人贪生怕死往后退，那样的话，不开枪就是违背贺老总的命令，开枪吧，毕竟都是自己的兄弟，也是有点下不了手。他们倾听着前方不远处的枪声和喊杀声，个个都有点心里痒痒的，要是也能够亲手杀敌，那多过瘾，毕竟好久没打上仗了。

耐心等了一阵子，没见一个我方的逃兵。大家都议论起来，一个连长对廖汉生说："廖部长，干脆我们也上去吧，不然就没机会打敌人了。"

众人都跟着附和，廖汉生一咬牙："好吧，都上去，狠狠地打，把刚才耽误的时间夺回来！"

众人嗷嗷叫着，跟着廖汉生冲进了陈家河镇。

经过一上午的激战，陈耀汉五十八师的一七二旅被全歼。敌旅长李延龄带着一群敌兵突围出来，狼狈奔至镇子外的一条小河边，正碰上丁天娃那一拨人，双方一阵交火，肥胖的李延龄中弹倒地，其他敌兵见旅长倒下，纷纷举枪投降。

廖汉生从后面赶上来，走到敌旅长面前看了看，对丁天娃说："天娃啊，你们打死了一个少将。"

丁天娃说："这家伙要是投降，命就保住了。"

陈耀汉率领师部和另一个旅，前来救援一七二旅，他们刚进到桃子溪一带，就得到消息，一七二旅已经全旅覆灭。陈耀汉急得想哭，他一下子丢了一个旅，徐源泉即便饶他性命，挨顿臭骂是少不了的。他犹豫着，不知是该退，还是上前与共军拼一下。

这个时候，萧克、王震正带领红六军团迎上来，贺龙、任弼时命令红六军团伺机消灭陈耀汉的后续部队。他们快速行至一条河边，细心的萧克意识到什么，大喊："停下！"

前卫部队在河边停下了，萧克下马，来到河边。众人不解地望着他，他蹲在河边左看右看，惊喜地说："河水浑浊，显然有大部队刚刚过河，我判断，是陈耀汉的增援来了。"

王震点点头："派人向贺老总、任政委首长报告。要他们迅速增援我们。"

萧克道："前面就是桃子溪，敌人刚过河不久，就算他们到了桃子溪，估计连饭也没烧熟呢。他们此时立足未稳，我们不能等贺总指挥来了再打，我看兵贵神速，我们应先发起攻击。"

王震点头，二话不说，翻身上了大白马，高喊："同志们，前面就是陈耀汉的主力，我们去打垮他们，歼灭他们！冲啊——"

他一马当先过了河。红军战士被王震的豪气所感染，齐声叫喊："冲啊……"

刚刚进入桃子溪的陈耀汉正六神无主，他的参谋长献计："师座，一七二旅在陈家河已被共匪打散，据侦察，回桑植的路又被共匪掐断。我们应尽快向塔卧的李觉部靠拢。"

陈耀汉望着窗外，外面下起了大雨，他皱起眉头："现在已是下午四点，夜里行军遭到埋伏怎么办？我看还是明天再说。"

陈耀汉话音未落，就有猛烈的枪声和喊杀声传来。他一惊：莫非贺龙的主力又上来了？参谋长道："师座，我们是不是赶快向塔卧靠拢？"陈耀汉还算镇静："参谋长，命令全师就地展开，坚决顶住。"

参谋长想说什么，陈耀汉道："我们如果一撤，部队就被冲散了，就地展开，投入战斗，坚持一夜，明天清早再向李觉部靠拢。"

战斗的激烈程度比上午攻打一七二旅时有过之而无不及。乘胜追击的红军气势上来了，那是陈耀汉所不能阻挡的。战斗中，王震骑着贺炳炎送给他的大白马，挥舞着大砍刀，一马当先，带着红军战士猛冲猛打。突然，一颗流弹击中王震左臂，鲜血流下来，左手左臂热乎乎的，他在马上摇晃了几下，警卫员杨思根立刻上前，抱住王震，惊叫："首长，你负伤了！"

王震道："你小声点！快给我冲！"

王震简单包扎一下伤口，又上马往前冲去……

天擦黑时，贺龙率援兵赶来，一阵猛打猛冲，陈耀汉的部队大部被歼，只有几百人拼死护卫着陈耀汉狼狈逃了出去。

陈耀汉最后逃到了李觉的指挥部里，他浑身是泥，头发散乱，军衔符号也扯掉了，狼狈不堪，活活像个落汤鸡。李觉一愣，他简直不敢相信这就是堂堂的中将师长陈耀汉。

陈耀汉一进门就哭了起来。李觉伸手把陈耀汉扶到椅子上，让他坐好，惊愕地问："老兄，你的部队呢？"

陈耀汉嚎啕大哭："都被贺龙那条'祸龙'给吃掉了，老弟，我的部队全完了……"

李觉仍有点不相信："一个整师，说完就完了？"

陈耀汉一把鼻涕一把泪："可不就全完了，我怎么向徐源泉老总交待啊？……"

李觉心里也不是滋味，大家毕竟都是为了剿共，便说："陈师长不必悲痛，胜败乃兵家常事嘛！"

陈耀汉一把抓住李觉的手："李师长，我告诉你，以后遇见贺龙，千万小心，特别不能在雨天与他作战呀！他是条龙呀！"

李觉惊问："你看见什么了？什么龙？"

陈耀汉道："不光我看见，我的部下都看见了，昨儿傍晚，下起大雨，在雷电中，贺龙现了原形，金翅金鳞，龙须有一丈多长，呼风唤雨，吓死人了，我的部队都给它搅蒙了。要不是兄弟我跑得快，就死在他的龙爪子下面了。"

李觉不想再听陈耀汉乱说一气，以免扰乱军心，便让乔副官带他去换一身干净的衣服，弄点好吃的填填肚子。陈耀汉狼狈地走了，胡旅长过来，说道："师座，早听人说，贺龙是条雨龙，逢雨作战必胜。陈师长说的，是不是真有可能？"

李觉道："扯淡！什么雨龙火龙的，雨中作战，雷电交加，本有出奇之效，这有什么奇怪的。至于陈师长的话嘛，你相信？他一个师就这样完了，他没法向徐源泉交待，编个瞎话乱说一通，还可以挡一挡嘛。"

胡旅长诡异地笑了。李觉道："陈耀汉是个教训，我们要小心了，走一步，看一步。能打则打，不能打，决不硬干！"

胜利了，天晴了，桃子溪战场上一片欢腾，打掉了敌人一个整师，任弼时、贺龙、萧克、关向应、李达等人都格外兴奋。贺龙说："这回不用走了，我们可以放心地睡个好觉了。"

这时，罗扬报告王震负伤的消息，任弼时急问，要紧吗？罗扬说："是轻伤，左胳膊上钻了一个洞。"贺龙道："我们早说过，团以上的干部不要带头冲锋，你往后一点指挥部队，效果更好嘛！王胡子肯定又是冲在最前头。他那匹白马太显眼，敌人准会盯着他打。"

萧克说："一打仗，谁也看不住他。"

这时，王震左臂缠着绷带，右手拿着一把漂亮的手枪过来了。众人都盯着他。王震哈哈一笑："听说贺老总喜欢手枪，这把怎么样？它才配得上我们的总指挥嘛。"

贺龙接过王震手中的枪，端详了半天："真是支好枪呀！"

王震道："缴了不少的枪，这枪算是最好的一把。"

贺龙道："我不要。"

王震不解："怎么了？好枪配英雄，你怎么客气起来了？"

贺龙道："给我再好的枪，也堵不住我的嘴。你才是英雄嘛！你一个军团的政委，挥舞大刀冲锋，英雄气概十足呀！"

王震不好意思地嘿嘿笑着。贺龙道："当着任政委的面，你说怎么办吧！"

王震说："下不为例，下不为例。"

贺龙道："不够诚恳吧！这话听过多次了。"

王震诚恳地说："是的，我犯了纪律，一定改正。"

贺龙道："萧克同志，我看为了你的政委下次不再犯纪律，你得给他多配几个警卫员，我和弼时同志授权警卫员，打仗时看紧他，别让他又去舞大刀片子。"

众人大笑起来。

打扫战场时，十八团的战士缴获了两门山炮，很少见过大炮的战士们显得格外兴奋，纷纷上前又摸又抱。

但是，谁都不知道该怎么处理它们。

一个战士说："这家伙是厉害，可我们不会用啊。"另一个战士说："这么大，怎么带走。干脆丢手榴弹炸掉它算了，免得敌人又拿它来打我们。"

他们拿不定主意，连、营、团三级也不知怎么办好。贺龙、任弼时等首长走了过来。问明情况后，贺龙说："这么个宝贝疙瘩，我们花多少钱都买不来，怎么能丢掉炸掉？"

任弼时说："不管多重，也要抬着走。现在不会用，以后总会有用的，对不对？"

众人都点头。就这样，红二军团头一回有了大炮。

天渐渐暖和了，陈诚的围剿也收兵了，陈诚虽然占领了一些地盘，但没消灭多少红军的有生力量，要这么多地盘又有什么用。渐渐地，这些地盘又回到了红军手中，重新在江南站住脚的红二、六军团，面貌焕然一新。

这天，任弼时组织贺龙、萧克、关向应、王震等人开会，他说，中央红军五月八日已经渡过金沙江，我们配合中央红军牵制和吸引大量敌军的任务，已经告一段落。当前的中心任务是保存力量、恢复和发展苏区。他让大家都出主意，怎样达到上述目的。

众人的目光落到贺龙脸上，贺龙把烟斗端在胸前，沉思片刻说："我们从去年十一月进入湘西北后，一直坚持对湘军采取攻势，对鄂军采取守势的方针，现中央红军已渡过金沙江，我想我们的方针也该有所变动。"

任弼时道："老贺，你是军分会主席，军事上你要多拿主意。"

贺龙道："我们下一步对湘军采取守势、侧重打击鄂军，怎么样？"

萧克道："鄂军薄弱、分散，又不善于山地作战，可以利用鄂军的这些弱点，大量歼灭他们。"

他们兴奋起来，越议越明朗。对鄂军下手，需要选一个突破口。李达展开地图，最后大伙的目光都盯住了长江边上的宣恩县城。宣恩是战略要地，其位置能控制长江交通，十分重要，而且它处于敌纵深地带，敌人认为红军不敢打其纵深地带，因此宣恩只有鄂军一个团和地方保安团守卫。

打宣恩的目的是什么？大伙议论着。打宣恩，目的是吸引离此不远的敌四十八师张振汉部来援，最终的目的是消灭四十八师，这就达到了大量消灭鄂军的目标。

贺龙说："对宣恩围而不打，我们则在忠堡伏击敌人。忠堡是个打伏击的好地方，关键是我们什么时候设伏，设伏早了，怕张振汉有察觉，晚了，张振汉就退了回去。还有，敌人未必一定要走忠堡。"

李达说："忠堡离宣恩九十里，张振汉主力距忠堡五十里，我军主力离忠堡一百三十里，这个距离于我们不利。可是我们如果提前缩短这个距离，张振汉必有察觉，什么时候设伏，要选准时机才有效果。我远敌近，张振汉选忠堡这条路线去救宣恩也在情理之中。"

贺龙道："我看先打宣恩再说。战场是没有模式的，只有打起来，才能寻找机会。我建议，萧克同志率六军团一个师包围宣恩，我和弼时、向应、王胡子带两个军团主力寻机打援。"

就这么定下来了。

众人起身往外走，又被任弼时叫住："诸位，还有件事情，关于夏曦同志的问题。"

贺龙、关向应专注地望着任弼时。自从丁家溶会议对夏曦严厉批评后，夏曦就沉默了，部队行军他跟着行军，部队打仗他就躲在后方睡大觉，情绪很消沉，人们都快把他忘了。

任弼时说："中央来电，肯定我们批评夏曦是应该的，并指出，反倾向斗争的主要目的是教育犯错误的同志，而不应该处罚这些同志。还说，夏曦应继续在领导机关工作，在实际工作中纠正他的错误。"

王震、萧克频频点头，贺龙、关向应神情严肃起来。难道中央还会重用夏曦不成？那样的话，二军团的同志又要气不顺了。

任弼时道："根据中央的指示精神，我提议，甘泗淇同志由六军团调二军团，继续担任政治部主任，夏曦同志到六军团接替甘泗淇同志，协助王震同志工作。"

众人都望着贺龙。贺龙心想，这个安排，二军团的同志是会接受的，就把烟斗磕了磕，平静地说："中央的指示，是对的。弼时同志的提议，我完全同意。"

任弼时轻轻舒了口气，众人也都表示同意。

红二军团指挥部驻地的后山，是一座百十来米高的小山包，上面乱坟堆积，人们说那里经常闹鬼，平时没人敢上去。

下午四点多钟时，夏曦一个人沿着杂草丛生的小路走过来。荆棘遍地，不断地扯住他的裤脚，他费力地走着。

前方阴面山坡上，树林间，有十几座不起眼的荒坟，没有墓碑，没有任何标记。夏曦来到荒坟前，默立一阵，低头鞠躬致哀……几天来，这已经是他第三次来这里了。

就是在这个时候，任弼时进入了夏曦住处的小院，他问房东王大爷，夏曦同志呢？七十多岁的王大爷迎出来说，夏书记到后山去了。

任弼时问："去后山干啥？"

王大爷说："说是去扫墓。"

任弼时问："给谁扫墓呀？"

王大爷凑近任弼时耳边："任书记，我告诉你，后山那儿埋着十几个那年被夏书记枪毙的团长、营长……"

任弼时明白了，神色凝重地点点头。他告别王大爷，带着一个警卫员上了后山。爬到山半腰，就见十几座荒坟上的青草被拔掉了，夏曦往每一个坟头上添新土。任弼时示意警卫员停步，一个人走近跪地用手挖土的夏曦。

夏曦突然回过头，站起来："任……书记，是你呀……"

任弼时走近两步。夏曦拍打着手上的黄土，不知怎么办好。

任弼时道："夏曦同志，回去准备一下吧。"

夏曦问："部队又要出发？"

任弼时道："你到六军团去，担任政治部主任。"

夏曦惊愕地望着任弼时，一时说不出话来。突然，他流泪了，扭过脸去，克制不住地哭出声来，并抽泣道："我是个有罪之人……我越来越感到自己对不起党和红军……我有何脸面再去上任……"

任弼时和蔼地说："夏曦同志，请你克制一下。来来，坐下，我们坐下聊聊。"

任弼时扶夏曦坐下："夏曦同志，我也犯过错误。我们党太年轻，我们也都太年轻，犯错误是难免的，只要洗心革面，只要我们的心跟党一块跳动，党和红军会原谅我们的。"

夏曦抹去眼泪："弼时同志，我去。我一定好好工作，用自己的行动，弥补以前的严重错误，多为党和红军做事情……"

任弼时扶夏曦站起来，信任地望着他："快去收拾一下吧，到王震同志那里报到。"

夏曦一挺胸："是！"

清澈的河水潺潺流过，王震牵着大白马下到河里，捧起清水往马身上淋，然后用毛刷轻轻地给大白马打理身子。他和贺龙一样，都太爱马了。他左臂上的伤口已经痊愈，他又按捺不住了。

他的警卫员杨思根在一块沙石上磨一把大刀。那是王震的大砍刀，这把刀从湘赣时就跟着他，不知砍杀过多少敌人了。许久，王震牵着洗好的白马上岸，来到杨思根面前，杨思根把刀递给王震，王震用拇指试了试刀锋，说："不行不行，砍狗可以，砍人还差点火候。"

杨思根撇一下嘴："反正贺老总不让你冲锋了，要那么快的刀干嘛。"

"嘿，你这个小毛崽子，我有把快刀，又怎么了？慢工出细活，不要急，多磨一会儿，我先回去了。"

王震说完牵着马走了，杨思根望着王震和大白马陷入了沉思，跟这个不要命的首长当警卫员，杨思根格外地操心。又磨了一阵子刀，他便往回走。住处就在岸边不远处，他到了小院里，发现白马拴在树上，王震没了踪影。炊事员说，王政委到军团长那里商量事情去了。

　　杨思根突然有了主意，他跑到厨房里，哼着小调，在一口大锅的锅底刮了一小堆锅灰，用盆子端着，来到白马跟前，二话不说就把黑油油的烟灰往白马身上抹去，眨眼之间，一匹雪白的马，一匹刚刚被王震洗过的马，硬是被他抹成了一匹花马。

　　过了一阵，王震回来了，他一看白马不见了，就问："小杨，我的马呢？"

　　杨思根说："那不是嘛。"

　　王震急了："怎么成了花马？你搞什么名堂？"

　　杨思根说："花马好啊，别人认不出来。"

　　王震一把抓住他："你小子，到底要干什么？"

　　杨思根瞪一眼王震："要干什么？还不是为了你？！"

　　王震糊涂了："这话怎么说？为我什么？"

　　杨思根说："要打仗了，是不是？"

　　王震说："是啊！"

　　杨思根说："我知道，你改不了冲锋在前的毛病，贺老总的望远镜，早盯着你这大白马了，要是让他看见，还不得又训你一顿！"

　　王震终于搞明白了，嘿嘿一笑，一拳打在杨思根肩上："好小子，还是你了解我。"

　　寂静的夜，伸手不见五指。宣恩城外，红军在萧克的指挥下，秘密做好了战斗准备。时间到了，萧克把怀表装进上衣口袋，命令："开始。"

　　各种武器声顿时响成一片，黑色的夜幕撕开了无数的口子。

　　第一时间里，在汉口的徐源泉接到了电话，他刚刚睡下，宣恩方面就报告说，共军主力突然包围了宣恩城，守备兵力只有四十八师一个团和保安团，兵力薄弱，恐怕撑不了多久，请求支援。

　　徐源泉愣是不明白："哪里来的共匪主力，莫非贺龙、萧克是从天上飞过来的。"

　　电话里说，对方火力很猛；不像是小股部队，如果宣恩有失，就对不起总司令了。

　　徐源泉当然不能坐视不管，如果宣恩丢了，长江交通就会受到影响，他靠什么发财？于是，他起床，命令部下赶紧给四十八师师长张振汉发电报。

这个时候的张振汉，也接到了来自宣恩的电话。他在离宣恩九十里外的指挥部里，倒背着手，在墙上挂着的大幅地图前走走停停，时而凝视挂图，时而低头沉思。他的参谋长进来，把汉口来的电报呈上。

电报上说，共军主力突然包围宣恩，大有占领宣恩、恩施之势，宣恩失守将危及长江防线。命四十八师速援宣恩，不得有误。张振汉看完后，皱着眉头，又在挂图前走来走去。参谋长说："师座，共匪围城，意在打援，打谁？自然是我四十八师。"

张振汉说："我也这样想。他们打援，会利用有利地形。他们会在哪里打我们的埋伏？"

参谋长说："自然是忠堡。"

张振汉说："有道理。我们援宣恩的最好路线，是在忠堡结集，忠堡距我部五十里，而贺龙主力尚在一百三十里以外。忠堡虽地势险要，是个好伏击地点，但这要看谁先到。贺龙如到了，我们就撤退。贺龙不是最会跑么，我们也会撤退嘛！他埋伏得再好，我们不钻进去，他又能奈我何呢？"

参谋长频频点头："师座，我们肯定会比他们先到忠堡。我近敌远，等共匪知道我军走忠堡，他贺龙走得再快，他能快我两倍？"

张振汉："为防不测，我军分三路前进。一四四旅为西路，一二三旅为中路，我亲率师直属队和一二一旅为东路，明早九时准时出发，平行推进，预计中午到达忠堡。到忠堡结集后，合三为一，变为前、中、后三路。我前卫部队，凡逢山高密林之地，都严加搜索，若与贺龙相遇，就算我军没有他们跑得快，要撤退，我们还是来得及的。"

他们的这个计划定下来后，张振汉下令用电报的方式报给汉口的徐源泉。纰漏就是这时候出的。

入夜，卢冬生躺在简易医院的病床上，翻来覆去，一副很不安宁的样子。护士小李进来，卢冬生指着自己缠满绷带的腿说："把它给我拆了。"小李道："卢师长，医生说了，你的腿最少还要养十天才行。"卢冬生急了："十天？仗都打完了，我是师长，我命令你，拆了它。"小李说："师长同志，这里是医院，我只能听医生的。"卢冬生坐起来："好，你不听我的，我要见你们贺彪部长，你帮我通报一声总可以吧！"

没等通报，卫生部长贺彪进来了："冬生，你要见我，什么事嘛！如果是想出院，那就免谈。"卢冬生道："老贺，不出院，不出院，你叫人把我腿上的绷带拆了，天太热了，闷着难受，我怕伤口化脓。这总行吧？"贺彪道："这个理由还算可以，来，我先拆开看看。"

贺彪解开绷带，摸了摸卢冬生的右腿，说："伤口没有化脓，绷带可以不缠了，但还要养一段时间，伤筋动骨一百天，你才五十多天，急什么？"卢冬生嘿嘿一笑："我不急什么，我就急着见一见贺总指挥，总可以吧！"

说完，他跳下床就走，贺彪一把抱住他。他一用力，挣脱贺彪猛向前走了几步，发觉不对，停了下来，又急走几步，才发觉自己成了瘸子。

瘸子就瘸子吧，只要不躺在这医院里，让他干什么都行。他一瘸一拐往红二军团指挥部所在的小村子疾走。

指挥部设在一座农家小院里，凉棚下面，贺龙、关向应、王震、李达等人围着马灯，正在商量什么，卢冬生瘸着腿一头扎了进来，给在座的贺龙等人敬礼。众人都惊讶地看着卢冬生的腿，一时不知说什么。贺龙打破沉默："肯定是偷跑出来的。"

卢冬生道："卫生部长贺彪同意我出院的。"

贺龙指着卢冬生的腿说："胡说！你明明腿都还没好嘛！"

卢冬生平静地说："伤口是好了，腿永远瘸了。打仗不碍事。"

贺龙等人闻言，都沉默了。卢冬生又道："贺炳炎瘸了左腿，我瘸了右腿，干革命死都不怕，还怕瘸腿呀！"

贺龙望着卢冬生，想说点什么，嘴巴动了动，但最终没有说出来。卢冬生又道："打张振汉，我是一定要去，你们怕我瘸了，走不快了是不是？好，我走给你们看。"

卢冬生迈开大步在屋里来回走着，贺龙眼里闪烁着泪花，走过去握住卢冬生的手说："冬生，回四师吧！"

卢冬生咧嘴笑了，他正要给贺龙等人敬礼，任弼时兴冲冲闯进来："老贺！好消息！"

第十章

任弼时走到凉棚里，众人都站起来。

贺龙道："弼时啊，你今夜怎么了，把你高兴的。"

任弼时把手中的一张电报纸往桌子上猛地一拍："张振汉发给徐源泉的电报，我们的小电台给它破译了！"

众人高兴地围过来看，任弼时道："张振汉明天早上九时出发，走忠堡增援宣恩。"

贺龙一拍巴掌："太棒了！这样的话，张振汉就跑不了啦！"

李达说："明早九时出发，以他们的速度，下午四时可到忠堡。"

贺龙说："那我们半夜就出发，赶在张振汉之前到达忠堡设伏。也不能到得太早，先敌一小时到达最好。"

众人齐声说好，卢冬生要求带红四师作为全军的前卫，提前行动，贺龙和任弼时同意了。

卢冬生走了，贺龙一边嘱咐罗扬准备出发，一边念叨："弼时同志是厉害啊，居然这么快就破译了敌人的电报。小小电台，比一个团还厉害！"

这些日子，任弼时一直盯着小电台的工作不放，他让陈琮英、龙科长他们抓紧研究敌人来往的电报，摸清规律，此前已经破译过几份敌人的电报，只不过情报利用价值不大，这一回，算是钓到了大鱼！

主力部队连夜出发，往一百三十里外的忠堡急行军。崎岖的山道上，卢冬生带着前卫红四师深一脚浅一脚地奔走，两个战士抬来一副担架赶到卢冬生身边，要求抬着他走，被卢冬生骂走了。他的腿虽然瘸了，但还不到坐担架的地步。

天大亮了，红军已行军八十里，赶在了张振汉的前头。贺龙命令卢冬生，故意留下小股部队袭击张振汉的侧翼，为的是不断地麻痹他。

果然，张振汉听到枪声，问他的参谋长，有什么情况。参谋长报告说，前面部队传来消息，发现有零星共军袭击，部队就地展开战斗队形后，共军又不见了，反复数次，搞不清共军的意图。

张振汉骑在马上，拿望远镜观察一下："贺龙离此地有一百三十余里，我不信，他的主力能赶到这里来打我的埋伏。"

参谋长道："共匪不断派出零星部队袭击我们，会不会意在迟滞我军行军速度？"

张振汉道："传令下午四时，部队必须全部到达忠堡，天黑以前，做好防御准备，明早北进增援宣恩。"

参谋长道："师座，我以为，共匪不断袭击我们，又跑掉，这看似诱我深入，其实不然，这种简单的诱战，只有小孩子才会上当。且不说贺龙主力赶不来，即使赶来伏击我们，也不是这种诱战法。我断定，这里绝无共匪主力。徐老总催我们加紧救援宣恩的电报又到，我想事不宜迟，应该连夜向宣恩挺进。"

张振汉："不可，小心为妙啊！贺龙善于打夜战，即使他的主力不可能来，我们也要以防万一啊！"

张振汉的部队如期钻进了忠堡。

下午三时多，张振汉三个旅全部到达忠堡后，即加紧构筑工事。早已埋伏在山坡上的贺龙察觉后，思索着对策。他想："张振汉用兵就是过于小心，他怕我晚上打他，老子偏不打他。三个旅集中了，火力又强，要我攻坚，我贺龙没这么傻。等他放松警惕的时候，再一举吃掉他！"

王震看出贺龙的意图来了，说："我们先不打他，让他多活一天。"

贺龙道："谁说不打？要打，只是小小的打，你不打他，不吵得他睡不着，他还会怀疑我军主力在前面伏击他。如他拼死往回一窜，我们掐断他退路的十七师一个师是挡不住他的。我们布下的网就撒空了。"

李达爬到他们身边，说："萧克同志率第六师已到了预定位置，留在宣恩的一个团继续佯攻敌人，迷惑敌人。"

任弼时说："好呀！我们两个军团的主力都上来了，明天黎明时分大干一场"。

贺龙道："是场恶仗，张振汉在鄂军中是比较难打的。"

王震摩拳擦掌："各尽其责，张振汉的一四四旅，我王震不会让他跑掉一个。"

贺龙一拍王震肩膀："好，一四四旅就交给你了。"

下山的路上，贺龙告诉任弼时，这个张振汉是他多年的老对手，当年在洪湖多次打交道，这个人难斗得很，他喊叫要活捉我贺龙，喊了足足五年了。这下子，他贺龙也该喊一声活捉张振汉了。

任弼时明白了贺龙的意思，吩咐罗扬，马上通知各师、团，并传达到全体战士，明天一定要活捉张振汉。

次日黎明，战斗正式开始前，贺龙在前线临时指挥所里，突然感到身体不舒服，额头上冒出大颗大颗的汗珠，他连忙背靠在茅屋支柱上。任弼时看见他这副样子，着急地问："老贺你怎么了？"贺龙摇摇头："没什么，有点不舒服，一会儿就好。"

任弼时执意劝贺龙下去休息。贺龙说："人吃五谷杂粮，哪有不生病的，不要紧的！"任弼时见他眼色蜡黄，不断地冒汗，吩咐丁天娃，马上把卫生部长贺彪叫来。贺彪急忙赶来，给贺龙检查体温，发现体温三十九度，是劳累过度，又受了凉所致。

贺彪也建议贺龙到后面卧床休息。贺龙急了："不行！马上就打响了，我能休息得了吗？如果到后面，看不见战斗的情况，不能随时指挥战斗，那我更会急出大病来。"

在贺龙强烈要求下，贺彪给他服了药，任弼时才同意他留在前线指挥所，但要躺着不动。贺龙勉强答应了。

战斗终于打响了，漫山遍野响起的枪炮声席卷了大地。自红二、六军团会师后，这一仗的规模堪称最大。

战斗最激烈的当口，红四师十八团政委余秋里把电话打到前沿指挥所，说是团长负重伤下去了，请求速派团长。十八团的阵地位置十分重要，张振汉正想从那儿撕开一个口子，如果张振汉的想法得逞，那么他就突围出去了。

必须派一个得力的团长上去。任弼时对贺龙说："老贺，把贺炳炎派上去，怎么样？"

这一回，贺龙痛快地答应了，他说："贺炳炎这只老虎，是该出山了。"

二人会意地笑笑。任弼时对罗扬说："他在哪里？快把他叫来。"

贺炳炎又在指挥所的墙角里睡大觉，罗扬推醒他："老贺，有重要任务，快跟我来。"

贺炳炎揉着眼睛，瘸着左腿来了。任弼时严肃地说道："贺炳炎同志，我和贺老总商量过了，你即刻去十八团接任团长。"

贺炳炎冷冷地一笑："当团长？我不去。"

任弼时一怔："你不是天天叫喊要打仗吗？为什么不去！"

贺炳炎道："我是改组派自首分子，哪有资格当团长，给我一挺机枪，我上去打他狗日的就是。"

任弼时摇摇头："贺炳炎同志，你的问题早已经不存在了，如果以前党让你受了委屈，那么，我代表党向你道歉。你现在仍然是一名党员，在党需要你的时候，你应该明白，怎么做，才是一名真正的共产党员！"

贺炳炎嘿嘿地笑了起来："政委，我做梦都想上战场，哪能不去呢？保证完成任务！"说完，他给任弼时、贺龙敬了一个军礼，转过脸去，两行泪水从他的脸上缓缓流下。

十几分钟后，贺炳炎骑马来到十八团的阵地上，此时的十八团已经伤亡过半。余秋里欣喜地迎上去："贺炳炎同志，欢迎你呀！你来了，我心里就踏实了。"

十八团的人听说贺炳炎来当团长了，个个来了精神，红二军团人人知道贺炳炎能打仗、会打仗，他来了，十八团的阵地就不会有问题了。贺炳炎在阵地上走了一圈，对余秋里说："老余，敌人马上又要冲锋，我们把全团所有的机枪集中起来使用，就放在这个口子上，等狗日的走近了，再狠狠地打！"

人们立即行动，贺炳炎抱过一挺机枪，脱了上衣，战士们学着团长的样子，都把上衣脱了，全都一副拼命的架势。团长都不怕死了，你还能怕死吗？

山坡上的临时指挥部里，贺龙的身体好多了。仗打得比较顺，眼看要进入尾声，他的病自然就不算什么了。李达报告，红四师成功地阻截了张振汉的拼命突围，仗打得很艰苦，特别是处在正面的十八团，在贺炳炎、余秋里的指挥下，死死地卡住敌人，使敌人不能越雷池一步。

贺龙关心地问："卢冬生，怎么样了？"李达说："只要上了战场，他就没事。"任弼时说："萧克已解决了张振汉的一二三旅，王震拿下了一四四旅的旅部。现在就剩张振汉的师部直属队和一二一旅尚在拼命顽抗。"

李达说："张振汉的炮火给我们造成了很大的伤亡。"

贺龙点头："这家伙是学炮兵的。"

李达说："可惜，我们的山炮不会用，不然也放几炮炸一炸他们。"

贺龙说："张振汉现在是插翅难逃了，不用大炮，照样收拾他。总攻时间到了没有？"

李达看了看怀表："可以开始了。"

贺龙接过罗扬递过来的电话，命令道："全线出击，不要放跑了张振汉，一定活捉他！"

贺龙和任弼时跑到一个高一点的地方，举起望远镜观察。任弼时的眼睛不好，而贺龙的眼睛却好得很，他突然发现一个人挥舞着大砍刀，很像王震，就说："弼时你快看，那个骑马冲锋的人是不是王震？"任弼时看了半天，摇摇头："不是，那人骑着大花马，王震骑的是一匹白马，我知道王震，他不会骑别人的马。"

贺龙摇摇头咕哝："这就怪了，明明像王胡子嘛……"

此时的张振汉已经到了穷途末路，在漫山遍野"活捉张振汉"的喊声中，他的参谋长和一群卫兵簇拥着他，躲在一块凹地里负隅抵抗。张振汉挥舞着手枪指挥部下作最后的抵抗。突然，一颗子弹击中他的右臂，他疼得叫起来。参谋长赶紧把他扶到石头后面包扎。参谋长惊惶失措地说："师座，我们今天恐怕是走不了啦。"

张振汉脖子一梗："走不了，就死在这里。"

这时，已有红军士兵冲到离他们几十米的地方，参谋长哭着说："师座，不要打了，我们没有多少人了。"

张振汉推开参谋长，站起来，挥着枪："不成功，则成仁……"

话音未落，就有红军战士冲过来，十几支黑洞洞的枪口对准他："缴枪不杀！"

张振汉停止挣扎，丢下手枪，理了理佩戴中将军衔的军服，一脸的无奈。

红军战士们齐声欢呼起来："捉住张振汉了！捉住张振汉了！"

张振汉被几个红军战士看押着，等待上级来人处理。

张振汉坐在一块石头上，伤口钻心地疼。他羡慕地望着那些领到路费即将回家的部下，他意识到，自己也许先是接受审判，尔后被枪决……他不敢想了。

张振汉走神的时候，贺炳炎黑着脸来到了他面前。贺炳炎打量他半天，说："你就是张振汉？"

张振汉站起来："敝人是张振汉。"

贺炳炎面带讥讽地说："你不是要活捉贺龙么？"

张振汉迟迟疑疑地说："你是？"

贺炳炎道："贺炳炎，红四师十八团团长。不用我们贺老总出手，老子就可捉了你。你胆子不小啊！还口出狂言，要活捉我们贺老总。"

张振汉不说话了，一脸的难堪，沮丧地坐下。

这时，贺龙骑着枣红马赶来，他下马，走到张振汉面前。张振汉低着头，一声不吭。贺龙望着他，说："张将军，我是贺龙。"

张振汉慌乱地站起来。他不敢相信，这个面色和蔼的人，就是传说中杀人不眨眼的大魔头贺龙。

贺龙哈哈一笑："张将军，我们虽未谋面，却也是老朋友了，老对手了嘛！打了这么多年，想不到冤家路窄在这里碰头了。"

张振汉擦一下脑门上的汗水："久闻贺将军大名，但各为其主，不得不战，请阁下谅解。"

贺龙道："谅什么解，不打不相识嘛！"

张振汉难堪地笑笑："贺将军，我斗胆问一句……"

"你说！"

"贵军不是优待俘虏吗？"

"当然，你也看见的嘛！这还有假？"

"不，我是说，我也一样么？"

"不会有两样。"

"那好。"张振汉欣喜异常，"我也是俘虏，希望也能和他们一样被遣返回乡。我打了这么多年的仗，厌倦了，想回去当个平民百姓，安度余生……"

贺龙点上大烟斗，美美地吸一口："张将军，我们可以放你走，但你现在受了伤，等你养好伤，我摆酒为你送行，好不好？"

张振汉不知该说什么了。这时，两个红军战士抬着一副担架从他们身边走过。贺龙招呼道："你们往哪里走，这里有伤员嘛！"

红军战士听到总指挥喊，立即跑了过来："老总，伤员在哪？"

贺龙一指张振汉："这不是吗？"

一个战士撇撇嘴："老总，他也配坐担架？一边去吧！"

贺龙正色道："张将军负了伤，把他抬到医院去。"

张振汉一怔。贺龙道："张将军放心，你好好疗伤，我还会来看你的。"

张振汉只好上了担架，被红军战士们抬走了。

张振汉住进了红军的卫生部。战士们用担架把他抬到后方，这里离前线远了，听不到枪声了。

他与三个红军伤病员合住在一间简易病房里，那三个伤病员伤势较重，但他注意到，他们从不呻吟，即便疼得浑身是汗，他们也不哼一声。他还注意到，尽管他们伤势重，大夫却不给他们打针，只是给他们的伤口敷上黑乎乎的药膏，臭烘烘的。

这天，他实在忍不住了，就问一个男护士："为什么不给他们打针？"

男护士说："贺老总要我们用最好的药治疗你的伤，这种药我们不多，只能给你用。"

张振汉不由得一怔。他们为什么这样对我？是在枪毙我之前，假惺惺地来点人道主义？

他想不明白。

张振汉的伤本来不重，很快就感觉不到疼痛了。他想出去走走，可是，病房门口有两个红军战士站岗，显然是防止他逃掉。他刚出病房，就意识到不对，赶紧又缩回去。

这天中午，他在睡午觉，听到门口有人说话，听声音是贺龙的。贺龙嗓门奇大，老远就能听到。只听他说："谁让你们在这里站岗的？"

一个战士回答："是团长贺炳炎让我们来的。"

"贺炳炎，吃饱了撑的。回去吧，这里用不着你们。"

"可是，如果那个家伙跑了，怎么办？"

"跑了？想跑就让他跑嘛，反正你就是看住了张将军的身子，看不住他的心，有什么用？"

张振汉心里一片慌乱。他有过逃跑的念头，可他知道跑不出去。逃跑无异于送死。哨兵走了，贺龙开门进到了病房里面，来到了他的床前，他急忙坐起来。

贺龙示意他别动："张将军，我听说，你的伤好多了。我很高兴。"

张振汉有些动容地说："感谢贺将军的关心。"

"听说，张将军以前是学炮兵的，是个难得的人才。"

"败军之将，谈何人才。"张振汉脸不由红了。

"胜败乃是兵家常事，张将军何必太计较。"贺龙哈哈笑着。

"振汉惭愧呀！"

"当年，我听陈赓说，蒋介石把黄埔一期学生叫来，大骂一顿。说人才都当了共产党，就剩下你们这群蠢材。这开头一句，蒋介石没有讲错，错在第二句，剩下来的未必都不是人才嘛！他蒋介石反人民、反革命，人才再多也是不行的。你不要因为打了败仗、当了俘虏就没才气嘛，我看我们红军就缺你这样的炮科专业人才。"

"敝人才疏学浅，才疏学浅呀！"

贺龙和他聊了一阵，就退出了，临走时说，你可以到处走走看看，在红军的地盘里，你是自由的。说完就走了。

张振汉起初不相信贺龙的话，后来实在憋得慌，忍不住就溜了出来，在小镇里的石板路上走了一段，前后看看，并没有人跟踪他。这反而让他不好意思了。共产党这么够意思，这是他做梦都想不到的。

他走过几处农家院落，看到有的红军战士在帮房东大妈挑水，有的帮着扫院子，军人和老百姓之间亲热得很，这在他的军队里是不可能的。他看在眼里，不由自言自语："难怪老百姓心眼向着红军。"

在一个晒谷场上，一个红军女兵在给一大群妇女讲课，妇女们热情地发言，人们都叫那女红军"贞姐"。他站在后面听，被妇女们察觉了，大家对他发出善意的笑声。他左右环视才发觉只有自己是男的，于是不好意思地走了。

在一面青砖墙下，有个漂亮的女红军战士在写标语，她写的是："红军是人民的子弟兵。""红军为天下的穷苦人打天下。"

张振汉看着标语出神。那个漂亮的女红军看见了他，跑到他面前，给他敬了个礼："张将军好！"

这可是第一次红军的人给他敬礼，他有点受宠若惊："哎，你怎么认识我？"

女兵说："大家都认识你，你是贺总指挥的客人呀！"

他又是一愣："客人？"

"对呀！"

"你叫什么名字？"

"报告张将军，我叫何梅！"

"何梅，何梅……"他念叨着，"你的字写得真好啊……"

何梅有点腼腆地一笑："张将军，听说你是保定军官学校毕业的，是学炮兵的，我们什么时候跟你学打炮吧。"

张振汉愣了愣："跟我学？好的，好的，我可以教你们……"

何梅高兴地笑了，她笑起来像迷人的花朵："谢谢张将军！"

张振汉突然想起什么，问道："你的家庭，是做什么的？"

何梅说："我父亲是南昌城里做木材生意的老板，虽然我家也很有钱，可我并不喜欢。"

"为什么？"

"因为我想当红军！"

"为什么当红军？"

"红军给老百姓办事，红军能让天下的老百姓都能过上好日子，所以我才来的。"

张振汉念叨着何梅的话，渐渐远去了……

开饭了，老炊事员单独把张振汉带到房内一张小桌旁。他注意到，人们吃的是糙米饭和青菜汤，而他的小桌上，有一盘炒肉，一盘炒鸡蛋，一大碗白米饭。这种事情已经多次出现了，他忍不住指着外面说："我们都是伤号，有的人还是重伤号，可为什么，我们吃的不一样？"

老炊事员想说什么，又忍住了。

张振汉把筷子一拍："你不说我就不吃了！"

老炊事员只好说："张将军，在咱二、六军团，上至贺老总、任政委，下到普通士兵，大家都吃一样的饭，只有你是个例外。你就慢慢吃吧。"

老炊事员走了出去。张振汉望着桌子上香喷喷的饭菜，眼睛突然潮湿了。

两天后，张振汉找到贺龙，说要和他谈谈。他们在山边散步，张振汉诚恳地说："贺将军，我为你的宽容和真诚，更为你们的信仰而感动。"

贺龙也动情地说："张将军，我三十岁就当上军长了，官不能算小吧？当年蒋介石派人捎话给我，要我倒向他，又封官又许愿。我不干，为什么？我对他们死心了。为了天下的百姓，我才决定冒死搞南昌暴动的。后来在红军里，虽然曲曲折折，可我从来没后悔过！"

张振汉眼圈一热："贺将军，如果你不嫌弃，就收下我这个老兵吧……我愿为红军出力！"

贺龙高兴地握住张振汉的手："好呀！我们的红军学校太需要你这样的教员了。谢谢你了张将军！"

几天后，李达把张振汉送到了几十里外的红军学校。坐在台下的都是红军的连营级干部，当几十个红军干部站起来，向他们的炮兵教官敬礼时，张振汉的眼睛再次湿润了。他说："同、同志们，今天我讲的第一课是：炮兵的基本常识……"

过了不久，任弼时掌握的小电台又破译了敌人情报：蒋介石又从江西调来了两个师，归徐源泉指挥。贺龙、任弼时等经过研究，眼睛盯上了八十五师。众人分析道，这个师新到鄂西，对当地的地形很不熟悉，师长谢彬自恃武器精良，很看不起鄂军，当然也没把红军放在眼里。这样的对手，容易被钻空子，俗话说，骄兵必败嘛。

结果，贺龙、任弼时、萧克指挥红二、六军团，在各路敌人的眼皮子底下出击，向纵深穿插，成功地在板栗园一带截住了不可一世的谢彬。

战斗打响后，进展顺利。最后发起总攻时，敌人的一个重机枪阵地拦住了冲锋部队的去路。贺炳炎组织了三次冲锋，牺牲了几十个同志，就是炸不掉它。阵地设置在一个孤立的山头上，上面有三挺重机枪，火力异常猛烈，红军机枪的火力压不住它，离得远，手榴弹根本丢不上去，战局就僵持在那儿了。

红军在打陈耀汉时缴获的两门炮，其中一门可能损坏了，打不响，只有一门可用。贺龙派罗扬带着唯一的那门山炮，赶到前沿阵地。罗扬对贺炳炎说：

"只有三发炮弹，瞄准了打。"他带来的两个炮手原是机枪射手，他们自告奋勇来操作山炮，二人瞄了好一阵，打出一发炮弹，打偏了；又打了一发，又偏了。

只剩下一发炮弹了。敌人的机枪仍在肆虐，冲锋的部队被压得抬不起头来。两个炮手双手哆嗦着，不敢再打炮了。就在这时候，张振汉呼哧呼哧地跑来了，他说是贺总指挥派他来的，贺总指挥从望远镜里看到了这边的情况。在众人将信将疑的注视下，张振汉亲自操作山炮，他定好射击距离，大声命令两个炮手："开炮！"

炮弹呼啸着出膛，像长了眼睛一样，果真朝敌人的重机枪阵地飞去，轰一声响，敌人的机枪哑火了。人们高兴地把张振汉抬起来，抛向空中，接住又抛。四周吹起了红军的冲锋号，整个山谷喊杀声惊天动地。

贺炳炎跑到张振汉面前，当胸给了他一拳："你行啊，老张！"

听到有人叫他老张，张振汉的眼圈不由得红了。

贺炳炎离开张振汉，左手提着驳壳枪，右手拿一把大刀，冲向了敌阵，接下来，他就干了一件令人咋舌的事情。他随众人冲进敌群，敌人纷纷举手投降。土坎下，敌师长谢彬腹部受伤，在地上呻吟。贺炳炎走到谢彬面前，厉声说："装什么死！你的威风哪里去了，起来！"

谢彬翻了一个身，不理睬他，继续呻吟。贺炳炎见他浑身是血，说："看来还真受伤了。"他一挥手："担架，担架！"两个战士扛着担架过来。贺炳炎道："抬他狗日的走。"

两个战士上前把谢彬搭上担架。谁知谢彬不肯走，侧身滚下担架。战士又把他提上担架，谢彬又滚下担架来。贺炳炎大怒，他拨开战士："让我来！"只见他手起刀落，猛地砍下谢彬的头，然后用谢彬的外衣包住了血淋淋的头，扭头就走。

走了不远，就遇到了贺龙等人。贺龙问："抓到谢彬了吗？"

贺炳炎道："抓到了。"

贺龙乐坏了，自从张振汉归顺后，他就开始打谢彬的主意。谢彬也是个人才啊，他是工兵出身，如果他也归顺，以后逢山开路，遇水架桥，就有老师了。

贺龙急问："谢彬在哪里？"

贺炳炎把谢彬的头往地上一扔："我带来了。"

贺龙当即傻了眼："怎么回事？"

贺炳炎嗫嚅道："这个狗杂种，不愿当俘虏，不肯上担架，我就给了他一刀。"

贺龙张口结舌，转而大怒："贺炳炎！你给我到号子里蹲着去！"

结果，贺炳炎被关了禁闭。

那天晚上，关向应副政委来到禁闭室里，他一番批评劝说，贺炳炎终于明白了，红军与白军的不同，就在于红军不能乱杀人，红军铁的纪律是胜利的保证，没有纪律，像国民党那样烧杀抢掠是没有希望的。

贺炳炎向关向应承认了自己的错误。也就从这时候起，那个只知道打打杀杀的贺炳炎脱胎换骨，真正地成熟了。

第十一章

　　蒋介石在陈诚、晏道刚等人陪同下，进入军委会作战室。执勤官轻喝一声："起立！"几十位将军整齐地站起身，用目光迎接蒋介石。蒋介石走到上座，双手下压："诸位，都请坐吧。"

　　蒋介石落座，众人这才坐下。这些日子，蒋介石心情不错，他最大的心头之患——共产党和红军的实力大不如前，渐渐由强到弱。但他不想就此罢手。他清清嗓子，威严地说："诸位！今天开会，就一个话题——剿匪！"

　　众人小声议论一阵，每个人都在盘算，不知委员长又要有哪些大动作。接下来，蒋介石说："自去秋以来，经过诸位共同努力，剿匪取得了巨大成功。眼下，朱毛残部流窜到陕北，已不足万人，缺衣少粮，灭亡指日可待。在四川的徐向前部，屡次遭到重创，实力大不如前，也已逃窜到偏远的西康高原，对党国构不成什么威胁了。"

　　众人均感兴奋，忍不住小声议论了几句。蒋介石挥手示意安静，又道："但是，在我们的眼皮子底下，贺龙和萧克匪部不仅没有被消灭，反而有坐大之势。他们横行在党国的腹地，对长沙、对武汉、对长江交通运输线，都是个很直接的威胁，他们是一颗插在我心里的钉子，必须尽快拔除！"

　　众人纷纷点头。蒋介石喝口茶水，道："辞修，你来讲讲吧。"

　　陈诚站起来，庄严地说："鉴于此，委员长决定，重新部署兵力，倾全力对湘鄂西的共匪二、六军团发动第三次进攻！这一次，以中央军为主剿力量，从江西、湘鄂边、鄂豫皖抽调汤恩伯、孙连仲、薛岳等部，总兵力达一百四十个团！"

众将领嗡嗡议论，陈诚续道："委员长还决定，在宜昌设立'行辕'，委员长亲任总司令，由本人担任参谋长，专赴宜昌，代委员长行使职权。当着委员长，当着众位将领的面，本人愿意立誓—— 一个月之内，占领贺龙匪部的司令部所在地——磨岗隘！"

蒋介石带头站起来，冲陈诚鼓掌，众人也都站起来鼓掌。陈诚向蒋介石等人敬礼，这个时候的他心里颇为得意，委员长把这么重的担子交给他，这样的荣耀，在座的，也就只有他才有。

当天下午，他就飞到了宜昌，乘小汽车直奔"行辕"大门口。路边警卫森严，可见何键、徐源泉对他的重视。到了门口，军乐队奏乐。他钻出车来，已经等候多时的何键、徐源泉率数十位高级将领上前与他握手问候。胖胖的何键说："辞修老弟，辛苦啦！"清瘦的徐源泉说："辞修老弟，欢迎啊！"

陈诚打着哈哈，抓起二人的手，三人一起进入院子。他顾不上休息，直接来到"行辕"作战室，众将领两厢陪坐。

寒暄几句，言归正传，陈诚道："共匪最喜欢玩的，就是捉迷藏。对付他们，最管用的一招，就是不跟他们捉迷藏。"

何键、徐源泉频频点头。何键问："辞修，具体有何高见？"

陈诚道："想办法压缩他们活动的空间，限制他，压迫他，逼迫他与我们决战。"

徐源泉喜滋滋道："辞修所言极是。"

陈诚道："本人制定的作战方案已得到委员长批准，那就是像当初在江西一样，大量地修碉堡，从四面八方向里挤压。共匪与我们决战之时，也便是他们灭亡的开始！"

何键、徐源泉带头鼓掌，众人跟着用力鼓掌。何键道："辞修，我和克成兄不日都要离开宜昌，这里就全仰仗你了！"

徐源泉道："是啊，委员长关心湘鄂两省的剿匪，把大批的中央军调来，尤其是派老弟亲来坐镇，我和何老总都是心存感激，一百个放心！"

三人大笑起来。陈诚道："今年本人这是第二次来宜昌了，上一回是总司令，这一回是参谋长，代委员长来坐镇。上一回没能聚歼共匪主力，留下遗憾，这一回，已无退路了。"

何键道："老弟，我和克成兄商量过了，湘鄂两省的部队，全部无条件地听从辞修老弟的调遣，如有抗命、作战不力者，无论辞修老弟怎样处置，我等绝不干预！"

陈诚满意地点头："好！有两位老总这句话，本人就没什么担心的了。"

陈诚到达宜昌的第二天，天上的飞机就多了起来，根据地的边缘地带，碉堡、铁丝网也很快连成了一片。一切都表明，这一回他来势汹汹，非同寻常。

秋日的磨岗隘，到处是灿烂的色彩。这是石门县境内的一个不大的镇子，上一次反"围剿"，红二军团指挥机关离开塔卧后，就没再回去，后来把大本营放在了磨岗隘。

这几天，任弼时进入机要室的次数格外多。这天晚上，他又来了，在发报机的声音中，众人起身相迎。没等任弼时发问，龙科长摇摇头："首长，仍然没有任何的消息……"

陈琮英道："弼时，这都一个多月了，机要科的同志每天数次发电报，白天黑夜都有人守着，可就是没有回音。"

龙科长道："可真把人急死了。"

任弼时道："继续询问，不放过任何的可能。"

龙科长点点头："政委，你回家休息吧，你都忙了一整天了。"

任弼时坐到墙边的一张行军床上，点火吸烟："今晚我就在这守着，你们该干什么就干什么，不要管我。"

不管龙科长怎么劝，任弼时就是不回去。他讷讷地说："我比你们还要着急啊……"

这一个多月来，他掌控的电台突然与中央的电台失去了联系，这可真是要了命，中央的指示无法得到，这边的情况又无法汇报，直把任弼时急得嘴上起泡，心里冒火……深夜，他太困了，就伏在小桌上睡着了。龙科长拿着一件大衣，轻轻披在沉睡的他的身上。

不知过了多久，鸡叫声传来，黎明前的黑暗一过，天亮了，任弼时揉揉眼睛，抬起头，探询地望着龙科长。龙科长仍是摇摇头。

任弼时洗了把脸，来到指挥部的小院内。过了一会儿，贺龙、关向应来了。他说："敌情空前严重，与中央的联络一直无法接通，真让人焦心呀！"关向应也是着急，他说："老贺，弼时同志，你们判断一下，中央那边到底出了什么麻烦？"

贺龙抽烟，不语。任弼时道："肯定是极不正常的……"

贺龙站起来说："弼时同志，这样的滋味我和向应体会太深了，现在你尝到了吧？"

任弼时道："是不好受，简直是心急如焚！"

贺龙道："要做最坏的打算，也就是说，在得不到中央指挥的情况下，我们自己要早做打算。敌人这回来势很猛啊！我还从没碰到过。"

关向应说："我同意。"

任弼时道："老贺，你重点琢磨一下，往后这仗怎么打。"

就在这时，龙科长兴冲冲进到院子，忘记了报告，也没敬礼，欣喜地说："首长！有消息了！"

三人急忙迎出来，任弼时接过电报纸，看一眼："来电询问我们二、六军团的情况。署名：豪。"

贺龙、关向应齐问："豪？什么意思？"

任弼时摇摇头。龙科长又说："首长，我们发现，这个电台的音调和报务员的手法，都很像中央的电台。"

任弼时急问："这么说，是一封明码电报？"

龙科长道："是的。"

任弼时急速地思考着："豪……豪……会不会是周恩来？"

关向应眼睛一亮："有可能！很有可能！弼时同志，你还记得吗？在上海时……"

任弼时接话："恩来同志曾化名伍豪！"

关向应说："对！"

几人兴奋起来。任弼时又皱起眉头："可是，他为什么发明码电报？"

他们又陷入沉思，贺龙说："不妨回封电报，问一问嘛！"

任弼时说："可以。但为了保险起见，我们还是用密码回电。"

他吩咐龙科长记录电文，龙科长掏出本子，他口述道："你们现在何处？久失联络，请于来电内对此间省委委员姓名说明，以证明我们的关系……"

他的意思是，考验一下对方，看他们是否回答正确，否则对方就很可疑。

贺龙、关向应对任弼时的细心感到满意。

这封电报是用密码发出的，中央的电台和张国焘控制的红四方面军的电台都收到了，但中央与二、六军团联系的密码被张国焘收走了，所以中央那边无法翻译，只能对着一组组的数字发愁。张国焘的译电员很快把这封电报译出来，交给了张国焘的心腹万秘书。

万秘书把任弼时的这封电报送交张国焘时，他们是在行军的路上，在川西高原明亮的阳光下。红军总政委张国焘骑在马上，把这封电报看完，起初他有些糊涂，发给周恩来的电报怎么让我们译出来了？愣一下才突然想到，密码在我们这里，周恩来当然收不到了，收到了也没用。

两匹马并排行进，万秘书问："转发给他吗？"

张国焘思考着，说："不用。以后，干脆就由我们来指挥二、六军团。记住，给贺龙任弼时回电时，绝口不要提毛泽东他们的情况。"

万秘书点头称是，又问："但以谁的名义发出？"

张国焘冷笑一声："以我和朱德的名义。"

任弼时拿着刚刚收到的电报，兴奋地念给贺龙、关向应听："……中央任命国焘为总政委……望你们以冲破敌人之'围剿'部署的英勇和经验来冲破新的'围剿'。今后我们应互相密切联络。朱张。"

贺龙、任弼时、关向应对望一下，似乎都感到味道有点不对。任弼时说："既然电报中准确地列出了湘鄂川黔省委委员和书记的姓名，说明他们肯定是自己人。"

贺龙吸口烟，徐徐吐出来："朱，肯定是朱总司令；张，自然是张国焘，噢，现在是红军总政委了。朱张联名，用的又是密码，还能有什么问题吗？"

任弼时欣喜地说："这可以确认，我们和中革军委已经沟通了联络。但是，中共中央和一方面军呢？电报上只字未提……"

关向应说："不妨再去电询问。"

任弼时点点头。

总算和中央联系上了，他们终于舒了一口长气。傍晚，任弼时放下饭碗，信步来到贺龙住处。此时，贺龙在小屋里抽着烟踱步、思索，他的妻子蹇先任挺着大肚子，坐在小院里，在缝一件小孩衣服。任弼时推门进来，说："先任同志，贺总呢？"

蹇先任费力地站起来："是任政委啊。云卿，任政委来了。"

贺龙出门，把任弼时请进屋，二人坐下。蹇先任过来给他们倒开水。任弼时问："快生了吧？"蹇先任道："还有一个多月呢。"任弼时指指贺龙："又要当爸爸了，够幸福的吧？"贺龙哈哈一笑："要是敌人不来围剿，就更幸福喽……"

蹇先任退出，轻轻掩上门。任弼时抽几口烟，道："敌人偏不听我们的啊……老贺，敌人的碉堡都快修到我们家门口了，你看怎么办？"

贺龙站起来踱步，吸烟。任弼时说："你从来都是快人快语，这会儿倒犹豫起来了……"

贺龙晃晃烟斗："事关重大，前所未有啊……"

"说吧，我想听听。"

贺龙走到桌子前，把烟袋杆放到桌子上，伸手到搪瓷杯里蘸点水，写了个大大的"走"字，然后说："中央西去北上以后，我们二、六军团牵制敌人，策应中央红军作战的任务已经完成，眼下的中心任务，是保存和壮大我们自己。可是在现有的根据地，老蒋下了大本钱，敌人重兵云集，我们再想长期坚持，不好办喽！"

任弼时郑重地点着头。

他们初步达成了共识，那就是：走！

第二天，又收到署名"朱张"的电报，电报上不客气地说："……你们现处地区很重要，应坚决在现地巩固和扩大苏区和红军，反对继续逃跑。"

他们都蒙了。逃跑，这从何说起？

这封电报同时也是发给一、三军团的。贺龙一拍桌子："说我们逃跑，简直是乱弹琴！"

关向应道："电报措辞严厉。难道说按遵义会议精神，在不利条件下为保存有生力量作必要的转移是逃跑？不可思议！"

任弼时铁青着脸，一个劲地吸烟。

这样一来，要想走，就得慎重了，弄不好落下个逃跑的名声。任弼时决定再等一等，但敌情异常严重，不能拖太久。这简直是对任弼时等人的煎熬，他们几个早就养成了一个习惯，那就是没有极特殊情况，坚持执行中央的命令。

这个时候，在数千里外的川西高原，一个叫卓木碉的地方，还有一个人也在饱受着煎熬，他便是红军的总司令朱德。黄昏，他气哼哼地坐在荒山边的一块大石头上，心里既难过又痛苦，因为他担心的事情终于发生了——张国焘另立了党中央！

山上很冷，他心里更冷。后来，张国焘在万秘书、警卫员陪同下走过来，皮笑肉不笑地说道："总司令！当心着凉啊。"

朱德一动不动，像一个凝固的雕塑。

张国焘走近两步："你看酒都摆好了，就缺你了。"

朱德扭过脸去，哼了一声："你们摆酒，庆贺你的第二中央成立。我坚决反对！你的酒，我是一滴也不会喝的！"

张国焘点上一支纸烟："总司令同志！你要知道，我不是为了我个人，而是为党和红军的前途着想。毛泽东他们北上逃跑，我看是死路一条！四方面军南下，没多久就打垮了刘文辉、杨森，占领了绥靖、崇化、丹巴、抚边、懋功，这充分说明南下是正确的！"

朱德道："说一千道一万，你另立中央，是非法的。你开除老毛、恩来、张闻天、博古的党籍，太过分了。国焘同志，我相信你会后悔的！"

张国焘道："老总，先不说这个了，喝酒去！你看我都亲自来请你了。"

朱德道："还有二、六军团那边，你数次以我们两个人的名义发电报，我好歹还是红军的总司令，可是，你连电文都不让我看一眼。"

张国焘像哄小孩子似的挥一下手："好好好，以后，二、六军团那边，军事上由你和刘伯承来搞，这可以吧？走走走！"

朱德摇头："国焘同志，恕我不敬，你的酒会，我是不会参加的，别因为我去，坏了你的酒兴……"

他站起来，往山坡上走去。张国焘有些恼怒地望着他的背影，嘴里挤出三个字："老顽固。"

天黑了，贺龙他们在红二军团指挥部的院子里闷头吸烟，没人说话。任弼时抽得最凶，不时咳嗽一阵。

贺龙到底是忍不住了，磕磕烟灰："弼时同志，你是政治局委员，湘鄂川黔边省委书记，有最后的决断权，走，还是不走，你尽快拿主意！"

任弼时与贺龙对望一眼，仿佛是下了最后的决心，他轻轻一拍小桌子，吐出一个字："走！"

贺龙与关向应赞赏地点点头。任弼时道："我建议，立即召开省委和军委分会联席会议，讨论怎么走，往哪里走？"

紧急会议是在桑植县的刘家坪召开的，时间是次日上午。贺龙、任弼时、关向应、萧克、王震、李达、甘泗淇、夏曦、卢冬生等领导，围坐在长条桌旁，气氛异常的凝重。关于是否突围，大家很快达成了一致。

可是，到哪去呢？北面是长江，东面有洞庭湖，河网密布，西面有乌江天险，南面有澧水和沅水，他们的处境，其实一直是很凶险的。一年以前，他们是从黔东过来的，任弼时认为，二、六军团还是应该到那里去，相机建立新的根据地。

王震说："中央红军也是走的贵州嘛，我们也只能去贵州。"

人们都没有异议。任弼时说："看来去贵州，同志们都同意。可是，要跳出敌人一百四十多个团的包围，不是一件容易的事。怎么个走法呢？"

会场静下来了，丁天娃提着一把大铁壶进来，往每人面前的大碗或缸子里倒水。

这天上午，陈诚也没闲着，他在宜昌"行辕"作战室里召集会议。正式开会前，他冲门外潇洒地一挥手，穿旗袍的女侍者款款进来，往每一位将领面前的高脚杯里斟上了鲜艳的红酒。

每人面前的杯子里都斟满了酒，但桌子上并没有菜。

陈诚兴致勃勃地站起来，说道："诸位将军！我这里没有菜，只有酒。酒嘛，是好酒！委员长派专机从南京专程运来的庆功酒！"

众将领发出议论，不知陈诚葫芦里装的什么药。陈诚道："半个月前，我给委座立下军令状，一个月内占领贺龙的司令部磨岗隘。目前，各部进展均顺利，虽还不到庆功的时候，但我今天愿意给诸位敬这杯酒，预祝我们成功！"他举起杯，"来！干了！"

众将领纷纷举杯，仰脖灌下。

陈诚挥手示意安静："喝了酒，你们也要给我立军令状，一是要限期攻进去，二是不要放跑了贺龙……"

他作了训示，进行了战役的安排，自认为万无一失了，就宣布散会。众人往外走，他突然看到了湘军的青年将领李觉，就叫住他。李觉急忙走到他身边："陈长官有何训示？"

"你的老泰山何老总，他十分关心这场战事，三天两头与我通话，他希望毕其功于一役，彻底清除湖南的匪患，好给三湘人民一个交待。"

"长官，何老总也是再三勉励属下，坚决听从陈长官调遣，不放过这次杀敌立功的契机。"

"很好。你的防线是在澧水、沅江一线吧？"

"是的。相信有这两条急流的阻隔，再加上卑职严密的布防，可保无虞。"

陈诚频频点头："可保无虞……好。你去吧！"

李觉敬礼，退了出来。

陈诚那边散会了，贺龙这边还在继续开，小小的临时指挥部里，烟雾弥漫，呛得人直咳嗽。

任弼时把信任的目光投向贺龙："贺龙同志，你先说说吧。"

贺龙猛吸两口烟："我估计，老蒋，还有陈诚这个狗崽子已经预料到我们会去贵州，所以他在西面修了大量的碉堡。即使我们突破敌人坚固的防线，直奔贵州，那么，我们屁股后面咬得很紧的十多万敌军，就甩不掉，到了贵州照样被动。"

众人发出轻轻的议论，萧克急问："贺老总的打算呢？"

贺龙吸口烟："你们晓得马队碰上大狼群怎么办？"

人们摇头，贺龙道："如果笔直地跑，不是马队累垮跌倒，就是让狼群追上咬死。只有两个办法，一个是点火，这要有条件才行。比如我们，中央红军和四方面军离我们很远，无法帮助我们，所以，这个方法我们用不上。"

王震问："还有一个办法呢？"

贺龙道："还有一个办法，那就是兜圈子绕弯子！把群狼搞昏了头，危险就减少多了！"

众人发出赞叹。贺龙站起来，走到挂在墙上的地图前，用手比划着："我看，我们也兜个圈子，往南走，先去湘中，那里地方大，好吃好用的东西多，先发点洋财再说！况且那里靠近长沙，我们造成奔长沙的假象，何键这个老王八蛋必定会惊惶失措，调兵去守长沙，这样一来，敌人的防线就会闪出口子，我们突然掉头向西，怎么样？"

众人热烈地议论开来，纷纷表示赞同，任弼时心里踏实多了，他由衷地赞叹道："这一招，四两拨千斤啊！大伙再往细处议一议……"

又讨论了一阵子具体的方案，任弼时宣布散会，大伙分头准备。与会者往外走，贺龙、任弼时、甘泗淇三人走在最后面。

在指挥部小院的门外，李贞、何梅两人哼着歌儿走过来，二人向贺龙、任弼时敬礼，并打了个招呼。贺龙注意到李贞飞快地瞄了甘泗淇一眼，然后急忙扭过脸去，就说："李贞啊，你先别忙走。"

李贞停下："老总，咋了？"

贺龙道："你怎么不给泗淇同志敬礼？他可是你的顶头上司啊！"

何梅咯咯笑，笑声清脆，甘泗淇也有点不好意思地笑笑。任弼时扶扶眼镜说："是吗？我怎么没注意到？"

贺龙道："你的眼镜片子太厚了，当然看不到。哎，李贞，你说说。"

李贞嗔怪道："贺老总！你又在取笑我。"

贺龙道："你不说我替你说，刚才你那眼神说明，你和泗淇同志的爱情成熟了！只有相爱的人，才会有那样的眼神！"

李贞脸一下子涨得通红，拔腿就走："老总！不理你了……"

她拉起何梅跑开了，任弼时望着她们的背影："哎哎老贺，你观察得很准呐！"

贺龙道："弼时，你说我的分析有没有道理？"

任弼时看一眼腼腆的甘泗淇："有道理。老甘，如果万事俱备只欠东风，那就赶快把喜事办了吧。"

贺龙一拍巴掌："对对！赶紧办！不然的话，大军一旦开动起来，就不知何处是个落脚点喽，你想办都办不成！"

甘泗淇拼命地摇头："纯粹开玩笑，这哪行啊！大敌当前，情况紧急，马上要突围，我甘泗淇偏偏这时候敲锣打鼓放鞭炮娶老婆入洞房，这不像话嘛！"

贺龙一瞪眼睛："有什么不可以的？结了婚，踏踏实实上路！古代就有头天娶老婆第二天上战场的大将军嘛！要离开根据地了，大家心里肯定不好受，办个喜事热闹一下，冲一冲嘛！"

"这事我做主，就办！"任弼时大包大揽地说。

"你做主那你入洞房算了！"甘泗淇赶紧走了。

贺龙指着他的后背："这个甘泗淇，娶老婆你都不积极，还有这样的人……这事非办不可，你跑也没用！"

任弼时想了想，说："这样吧，胡子，你继续做老甘的工作，李贞那边我负责。谁完不成任务罚谁的酒。"

"好，一言为定！"

他们在小路口分手，任弼时走向自家简陋的住处，刚进入院子，陈琮英就慌慌张张迎上来："弼时弼时，不好了不好了！"

"什么不好了？看你慌的。"

"弼时，我又……怀上了。"

任弼时兴奋了，盯着陈琮英的肚子："怀上了？好啊！"

"好什么好！马上要突围。你忘了，咱们的小湘赣……"陈琮英眼圈红了。

任弼时马上陷入伤感，叹口气："唉，既来之则安之吧……行军路上，最苦最难的是女人。琮英，抽空你去安慰一下蹇先任同志，她快临盆了，比你更不容易。"

陈琮英默默地点点头。任弼时又道："还有，你帮我去劝劝李贞，婚事就不要再拖了。"

各部驻地，人们都在进行突围之前的准备，按照军团首长的命令，带不走的粮食和生活用品都送给老百姓，带不走的武器一律深埋，每人只带三天的干粮、两双草鞋，尽量减少负担。

任弼时、贺龙、关向应穿过忙乱的人群，罗扬和丁天娃等警卫员跟在他们身后。贺龙道："你们二位说说，新组建的红五师，谁当师长合适？"

任弼时当即说道："还能有谁？贺炳炎，行不行？"

关向应说："我看行。突围以后，打仗是主要工作，这家伙打起仗来没的说。"

贺龙说："那咱们想到一块了。"

他吩咐罗扬，马上通知贺炳炎来一趟。罗扬领命而去，不一会儿，贺炳炎骑马来了，他下马，左脚一跛一跛地走几步，停住，向贺龙、任弼时、关向应敬礼。

任弼时严肃地说："贺炳炎同志，向你宣布一个命令。"

贺炳炎急忙立正。

任弼时道："军委分会决定，任命你为新组建的红五师师长！"

贺炳炎原本很紧张，听到任弼时的命令，终于憋不住，嘿嘿笑起来，挠挠头皮："我以为杀了谢彬，犯了错误，以后就捞不着带兵了……"

贺龙说："知道为什么让你当这个师的师长吗？"

贺炳炎道："知道。该师是地方游击队升格为正规军的，新兵多，底子差，首长们希望我把它带成一支能打硬仗的主力部队。"

任弼时、关向应满意地点一下头。贺龙说："你小子，脑瓜够聪明。看来，以后就不用我拿烟袋杆子敲你的脑壳喽！"

他们一块往前走着。关向应说："哎，贺炳炎，你这左脚不碍事吧？"

贺炳炎答道："报告！打仗不影响，可能以后会影响讨老婆。"

贺、任、关笑起来。贺炳炎说："嗨！现在顾不了那么多，有仗打就比什么都强。三位首长，我要去上任了，再见！"

他骑马离开了。

部队突围的前两天，何梅终于完成了一件大事：那双千层底布鞋总算做好了！

她从没做过针线活，在家时，她是资本家的大小姐，衣来伸手饭来张口，参加革命后，她是革命队伍里的"秀才"，整天忙得根本顾不上做什么针线活。为了给罗扬做这双布鞋，她的手上足足扎了好几十个针眼，多亏房东大嫂指点，她的活儿才做得还算不错，不至于让人感到太难看。

这天深夜，油灯下，何梅缝上最后一针，用牙咬断麻线。她把鞋捧在手里，细细端详，眼里竟又闪现出罗扬那双穿着破草鞋的大脚……

她陶醉地把鞋贴在胸口上，闭上眼。靠墙的铺上，睡梦中的小女兵赵娟翻个身，咕哝道："何姐，还不睡啊……"

"就睡……"她赶紧吹灭蜡烛，把鞋放在枕边，睡了。

任政委给李贞、何梅她们布置了新的任务，部队出发前，就近招兵。布告贴出后，没想到有那么多的年轻人来报名，她们在刘家坪街口摆下桌子，进行登记。人群熙熙攘攘，一群青年男子挤向何梅、李贞等人，争相要求入伍。

有个一脸调皮相的小男孩，个子不高，身体瘦弱，眼睛明亮，他像泥鳅一样挤到何梅面前，央求道："大姐！大姐！把我带上吧！我愿意当红军！走多远都不怕！"

何梅问道："你叫什么？多大？"

他说："我叫杨连根！十七岁。你看我这身板，多壮实！"

何梅望两眼杨连根单薄的身子骨，扑哧笑了："就你这身板，风一刮就倒，还说壮实！"

杨连根两眼一瞪："大姐！你别小瞧我啊。我会打弹弓，还会爬树，我本事多着呢！"

何梅摇摇头："下一个！"

杨连根急了："哎哎，我是真心想当红军……你不收我，我就……"话没说完，他"蹭"地一下跳到何梅面前的桌子上，再踏着桌子飞身爬上何梅身后的一棵大树。他蹲在树杈上："你不收我，我就不下来！"

何梅担心地说："哎哎，这孩子，真够调皮的。"

人们跟着起哄，看热闹。李贞说："要不收下他吧。"

李贞是她们的大姐，她发话了，何梅只好执行，就说："好吧，杨连根，让你的家长来，他们同意了，我们就收下你。"

杨连根摇摇头："家长？……他们生病了，来不了……"

何梅与李贞犹豫着，杨连根又说："大姐，我是真心想跟你们走……你们先把我登记上，我摁了手印，回头再让家长来摁手印，行不行？"

何梅道："那你快下来吧！"

她在一个大本子上登记杨连根的名字，杨连根得意地一笑，顺大树滑下来，在何梅递过来的本子上，在写有他名字地方，狠狠地摁了一个大手印。他望着自己发红的手指头，嘿嘿地笑了。

下午，在刘家坪的胡同里，一对白发苍苍的老夫妻，流着泪互相搀扶着，往前挪动。迎面，任弼时在罗扬等人陪同下走过来，任弼时望着两位流泪的老人，说："老人家，你们这是怎么啦？"

老头抹把泪："老总，我的孙子，他要跟队伍走……"

任弼时劝道："老人家，别担心，我们会照顾好他的。他叫什么？"

老头说："小名狗蛋，大号杨连根。"

任弼时念叨着："杨连根，杨连根……"

老头又道："这孩子，一门心思要扛枪……孩子大了，我们想拦也拦不住，就让他去吧，就是不知他啥时候能回来……"

老太太泪水横流，抽泣着背过脸去。任弼时觉得蹊跷，就问："老人家，孩子的父母呢？"

老头又抹泪："狗蛋两岁的时候，我儿子和媳妇就死了，是我们老两口把他拉扯大的。我们家算是三代单传了。唉，不管怎么说，孩子要扛枪，是他懂事了，有出息，我和老婆子虽舍不得，但也高兴！老总，我们走了……"

老头换着老太太，步履蹒跚地走了，任弼时揪心一般皱起了眉头，然后，他对着罗扬耳语了几句，罗扬便离开了。

一群老乡堵在指挥部门口，非要见贺龙。丁天娃出来说，贺老总正忙着，抽不出时间，老乡不依，坚持要见。丁天娃只得进去报告，贺龙听说乡亲们要见他，二话没说就推门出来，众人七嘴八舌叫着："贺老总……贺胡子……贺司令……"

贺龙说："乡亲们，都请进来说话吧。"

一位白胡子老者说："贺胡子啊，我们就不进去了，在这里说句话吧。你要走了，乡亲们真舍不得你走啊！……"

他的话引来一堆话——

"贺胡子啊，都说你不回来了，是真的吗？"

"贺胡子，这回要走很远吗？"

"你们这一走，白狗子来了，百姓又该遭殃喽……"

……

门前，人越聚越多，有人开始流泪。贺龙大声说："乡亲们！我贺龙也舍不得离开你们呐！相信总有一天，我们还会回来的！乡亲们，敌人来了，你们会吃一些苦头。为了红军，你们献出的太多了，将来，共产党得了江山，是要还这个债的！我贺胡子就先在这里，给你们鞠个躬吧！"

贺龙噙着热泪鞠躬，众老者急忙上前搀扶他，人们眼里都是泪汪汪的。不一会儿，老乡们就依依不舍地离开了。罗扬路过这儿，看到这个情景，心里也酸酸的，他知道，红军这一去，再想回到湘西北一带，几乎不可能了，这里的老百姓少不了挨敌人的报复，变成一片焦土也是很有可能的。他加快脚步，往街口的方向赶，来到参军报名的地方，看到人群已经散去，何梅、李贞，还有几个女兵，正在整理东西准备离开。

罗扬过来："贞姐！是不是有个叫杨连根的报名入伍？"

李贞看一眼何梅："罗扬，你怎么不问小何？"

罗扬道："你是她的领导嘛！"

李贞道："你这个理由不大充分。罗扬，你这个大小伙子，怎么比个女娃儿还害羞，我先走了，你爱咋问咋问。"

李贞真的走了，同时那几个女兵也笑嘻嘻地跟着走了，何梅急得直喊："贞姐等等我！……罗参谋，是有个叫杨连根的，怎么了？"

罗扬正色道："不能带他走。任政委的指示，特别指示！"

何梅问为什么。罗扬就把碰到那对老年夫妻的事情说了。她们边说边往住处走，来到一个胡同口，何梅感慨地说："罗扬，我明白了，明天杨连根来报到，不收他就是。"

罗扬点点头，目光炯炯望着何梅："何梅，你……"

何梅低下头："我怎么了？说啊！"

"……噢，你找机会劝劝贞姐。"

"劝她做啥？"

"赶紧嫁给甘主任得了！贺老总、任政委都在做他们的思想工作。"

何梅白他一眼："你呀！光顾别人，啥时候也顾一顾自己。"

罗扬愣在那里："顾自己？……"

何梅想起什么："哎，你先到河滩上等我，我去去就来。"

罗扬不解："去河滩干什么？"

"一会儿你就知道了。"

何梅跑开了，他痴迷地望着何梅远去，然后来到河滩上。不一会儿，何梅两手背在身后，向他跑来。他迎上两步："何梅，你慢点。什么事啊？"

何梅喘着粗气，停住，突然把那双千层底布鞋从身后拿出来："给！"

他愣住了。何梅说："拿着啊！"

他仍是呆愣着。何梅说："是不是嫌我手艺不好？"

罗扬摇摇头，有些动情地接过布鞋，捧在手里："何梅，谢谢你了……"

何梅故作调皮地说："罗扬同志，不用客气。"

"你怎么不给自己做一双呢？"

"我不需要，你跑上跑下的，更需要它。"

"一针一线总关情……何梅，我拿什么报答你呢？……"

"嗨！又客气了……罗扬，你的工作比我重要，只要能让贺老总、任政委满意，就算报答我了，好不好？"

"别提了，自从认识你之后，我老走神，出过好几回差错，挨过任政委的批评，也挨过贺老总的烟袋杆子！"

何梅弯腰笑："这可不怪我啊，都是你自找的，心不在焉！"

罗扬只知道傻笑，何梅停住笑："你还愣着干啥？把鞋换上啊！"

罗扬摇头："不行，穿上它太惹眼了。"

何梅固执地说："就要换！我就要你穿上它，走长征路！"

罗扬仍不动，何梅从他手里抓过布鞋，蹲下，就要脱罗扬的草鞋。罗扬这才说："我来我来。"何梅专注地望着罗扬换上布鞋。罗扬试探着走几步，幸福地望着何梅点头。何梅甜美地笑了。

罗扬心里涌起一股热流，他怔怔地望着何梅："出发那天，我再穿，好不好？我向你保证！"

何梅笑着点头说："我该回去了，要不贞姐又要到处找我。"

召开完突围之前的最后一个会议，贺龙突然想起什么，对任弼时说："你那边把新娘子的工作做通了吗？"任弼时敲敲脑袋："你不说，我都忘了。我老婆三次劝说李贞，但无效。"关向应道："应该先做老甘的工作嘛！你想啊，人家李贞就是心里边愿意，嘴上也不会答应嘛！她毕竟是女同志，害羞嘛！"

任弼时赞同："对！老贺，你抓紧做老甘的工作，不然就来不及了。"

贺龙当下就带上罗扬直奔甘泗淇的住处。这是一处简陋的小院，走到门口时，贺龙吩咐罗扬："我给你一天时间，找一个阔气点的院子，搞得漂亮一点，声势闹大一点。"罗扬心里没底，说："还不知道甘主任同不同意呢。"贺龙眼睛一瞪他："不同意，绑也要把他绑到洞房里！"

罗扬推开门："甘主任！贺老总来了。"

甘泗淇正在小屋门口整理东西，他放下手里的物品，急忙推推眼镜，迎过来："老总，你可是头一回到寒舍来啊！"

贺龙故意板着脸："甘泗淇，我来告诉你一件事情。"

甘泗淇摸不着头脑地问："老总，咋了？"

"李贞同志同意办喜事！"

甘泗淇一愣："不会吧？她刚亲口对我说过……"

罗扬压住笑。贺龙往甘泗淇耳边凑了凑："你要是同意呢，就马上给人家一个准话，别闪了人家姑娘；要是不同意呢，就一边稍息去，我立马再给她介绍一个。咱二、六军团看上她的，一个加强连都不止！"

说完，贺龙抬腿就要往外走，甘泗淇急了，上前抓住贺龙手臂："哎哎，老总，她真的同意吗？"

"你不信就算了！罗扬，咱们走！"

甘泗淇不好意思地红着脸说："哎哎，老总……嘿嘿，既然李贞同志同意，我还能有什么话说。"

"这不就得了！一言为定！你马上准备准备。"

罗扬捂住嘴，与贺龙对笑一下。甘泗淇推推眼镜，望着贺龙的背影，仍是半信半疑的样子。

第十二章

　　一座布置一新的青砖四合院显出喜气，时候一到，几串鞭炮凌空炸响，红军战士们敲起锣鼓，穿一身崭新军装的甘泗淇、李贞站在院门口迎候客人光临，何梅以伴娘的身份陪伴着李贞。罗扬忙前忙后地张罗。院门口，挤满了看热闹的红军战士。

　　客人们陆续赶来，贺龙和挺着大肚子的蹇先任最先出现，紧接着是任弼时、陈琮英夫妇，然后是萧克和漂亮的蹇先佛，关向应、李达、夏曦、卢冬生也赶来了，人们纷纷向新郎新娘道喜。

　　众人进入院子后，任弼时代表众人讲话，他说："今天，军团政治部主任甘泗淇和军团组织部长李贞同志成婚，我们特意赶来祝贺他们，祝他们夫妻恩爱，比翼双飞，白头偕老，子孙满堂！"

　　众人鼓掌叫好，气氛格外热烈。不知何时，罗扬与何梅目光突然相遇了，他们既渴望又羞涩地对望着，然后又都恋恋不舍地把目光移开了。

　　任弼时又说："因条件有限，今天不吃喜糖，不喝喜酒。先欠着，等我们二、六军团打了大胜仗，再给大家补上！"

　　众人大声叫好。关向应发觉罗扬眼神不对，碰碰罗扬胳膊："罗扬，你是看新娘子呢，还是在看小何？"

　　罗扬脸红了："首长，你怎么老盯着我啊。"他急忙躲开了。

　　关向应一把拉住他并小声道："看看也没啥嘛，你躲什么，还是心里有鬼。"

　　罗扬心想，关向应素来严谨，平时不和人开玩笑，看来今天他心情颇好。

人群中间，任弼时抓住贺龙说："你也是红娘之一，你也得讲两句。"贺龙手托大烟斗，乐哈哈地说："我就讲两句吧。甘泗淇、李贞，他们二位呀，堪称是两个模范干部，一对革命夫妻！"

众人叫好。贺龙道："他们办喜事，我们两个军团的同志都跟着喜兴，对不对？"

众人高声响应。贺龙又道："要打大仗了，我们痛痛快快高兴一回，改日就上战场去！"

却在这时，两架敌机突然飞临镇子上空，气氛骤然紧张。好在敌机越过头顶，飞走了。贺龙用烟袋杆子指指天空："龟孙子！也想来凑热闹，你们来晚了！"

众人开心地大笑。贺龙一挥手："敲起来！"

战士们得令，奋力敲打锣鼓。瞬间，锣鼓声震耳欲聋……

在这热烈的气氛中，何梅羡慕地望着佩戴大红花的李贞和甘泗淇。陈琮英凑到她耳边，小声说："小何，是不是眼热了？"

何梅嗔怒："大姐！"

陈琮英道："哪天我给弼时说说，给你和罗扬把问题解决算了。"

何梅脸飞红："大姐！不行不行……"她赶紧跑到一边去了。

闹腾了一阵，贺龙和任弼时从院子里出来，锣鼓声仍在他们身后咚咚作响。贺龙道："弼时同志，我们一切都就绪了。"

任弼时掏出怀表看一下："还有三十几个小时，就要走了。"

不知为何，他们突然都有些伤感，是的，马上要离开根据地了，谁能不难过呢？贺龙闷头抽烟，说："政委，我请半天假。"

任弼时有些不解地望着贺龙。

"我想回洪家关老家看一眼。"

"好啊！让罗扬陪你去。"

"不用，让他留下来协助你。我带这两个娃儿去就行。"

贺龙一挥手，丁天娃把枣红马牵过来。贺龙上马："我走了。"

任弼时道："路上小心！"

这里离洪家关不远，一会儿工夫就到了。贺龙推开破烂的木板门，只身进入院子，丁天娃在院门口警戒。贺龙缓缓走进自己的出生之地，这原本是一座挺阔气的院落，但此时满院荒草，正房门窗几乎烧成灰烬，墙壁上布满累累的弹洞……他站在院中，目光深沉地、感情复杂地掠过被敌人烧了不知多少次的家园……他的耳边，回荡起几个少年的欢声笑语，那是他和姐姐妹妹们的声音，倏忽之间，已经远去了……

离开老宅，他又来到村外的贺家祖坟。和老宅一样，祖坟也是多次遭劫。他挪动着一双穿草鞋的大脚，穿越荆丛，缓步走向几座很矮小的坟包。坟地里，被挖掘过的痕迹仍清晰可见。

他在中间一个小坟包前站住，久久地望着坟头。凭记忆，他知道那下面埋葬着的是他的父母亲，许久，他低沉地说道："……爹、妈，常伢子来看你们啦，我又要远走喽，你们好生安息吧……"

常伢子是他的小名，小时候爹妈最疼爱他，可是，他却没让爹妈过上一天好日子。他上前，弯腰抓起一把黄土，缓缓松开手，在夕阳的光辉里，黄土飘飘落下，洒在坟头上。然后，他退后两步，眼含热泪，对着坟头，连鞠了三个躬。紧接着，他毅然转身，走向枣红马，腾身上马。在他身后，丁天娃和另一个警卫员也腾身上马。

贺龙最后回望一眼祖坟，诀别一般拍马而去。在秋末的原野上，三匹马迎着落日的余晖，飘然远去……

黄昏时的刘家坪似乎听不到一点声音，听不到人声马叫，仿佛时间凝固了。从各个方向涌出的部队渐渐汇聚到一条大路上，大队人马在路边百姓们无言的注视下，神情决然地快步行进。没有人说话，甚至没有人咳嗽。只是队伍中，送行的人群中，有不少人在抹眼泪……

一双双穿草鞋的脚，踏着黄土奔走。罗扬的脚上，穿着那双崭新的布鞋，这使他感到有点不自在。入夜后，夜行军的队伍打着火把，不见首尾，浩浩荡荡。罗扬走着走着，趁别人不注意，蹲下，脱掉布鞋，从腰间解下一双新草鞋，换上，他爱惜地把布鞋上的灰土拍打掉，然后装进背囊，追赶队伍。穿上草鞋的脚，觉得自在了。

队伍过完了，没人会想到，小小年纪的杨连根竟从后面追了上来，他从路边折下一根树棍，模仿战士扛枪的样子，像尾巴一样，跟在队伍最后面。跟了大半夜，他想起应该找到当初答应带他走的那两个女兵，便加快步子绕到队伍前面，麻利地爬到路边的一棵大树的树枝上，藏在上面。

不断有人从下面经过。

黎明时分，何梅、李贞走过来了，杨连根瞅准时机，跳下去。吓了何梅等人一跳。他说："大姐！是我，杨连根。"

何梅吃惊地张大嘴巴："杨连根，你怎么跟来了？"

杨连根委屈地说："你们不收我，我就一直跟着你们走，一直跟到底！"

李贞说："你这个孩子可真淘气啊！小兄弟，我们首长有指示，你的爷爷奶奶年纪大了，不能没有人照顾。你还是回去吧，已经是离家很远了，你爷爷奶奶会牵挂你的。"

杨连根固执地说："大姐，是我爷爷奶奶同意我来的。"

李贞和何梅摇摇头。杨连根急了："我不骗人，你们看，爷爷给你们写了信。"

他从怀里摸出一张纸，递给何梅。何梅展开，上面是几行歪歪扭扭的毛笔字，最下面的署名上，还摁着一个大红手印。

李贞问："写了什么？"

何梅念着："老总，收下我的孙子吧，我和老伴真心愿意他跟着红军走，为咱们穷人打天下。杨道厚。"

她们没主意了，好在不久，任弼时、罗扬等人赶上来。李贞、何梅与任弼时打过招呼，任弼时问："你们这是怎么了？"

何梅说："首长，就是这个杨连根，他非要跟着走，怎么劝都不行！"

何梅把信交给任弼时，任弼时阅毕，明显受到触动，他郑重地把信收起，放到衣兜里。杨连根眼圈一红，道："首长叔叔，我离家，爷爷奶奶肯定难过，可是你们要是不带上我，我就这样空手回去，爷爷奶奶会更难过……"

任弼时说："杨连根，记住，不论到何时何地，都不要忘了你的爷爷奶奶。"

杨连根使劲点头。任弼时又动情地说："你的爷爷奶奶，送你当红军，等于是把命根子送出来了。说到底，他们是我们红军的恩人呐……"

说罢，任弼时向前走去。何梅追上："哎哎，政委，怎么办啊？"罗扬小声地对她说："傻瓜，还用问？"何梅明白了，笑一笑。罗扬大声说："杨连根，入列吧。"

杨连根高兴地跳起来，何梅和李贞也如释重负地一笑。杨连根说："大姐，我帮你们拿东西。"

他从何梅和李贞手中各抢过一个文件包，背上就走。

澧水河是一条百十米宽的河流，入夜，河的北岸，河边树丛里，红十七师四十九团团长王烈等人头戴树条编织的帽子，隐蔽地观察着对岸。师参谋长刘转连匍匐过来，靠近王烈："王团长，都准备好了吗？"

王烈点点头，刘转连轻声道："十点钟一到，你带一营开始佯攻，能过去当然好，即使过不去，只要把对岸敌人的火力吸引过来，就算完成任务。十点一刻，我带二、三营在下面的渡口实施强渡！"

澧水河防线是湘军李觉设置的第一道防线，湘军妄图借助这道河流堵截突围的红军，河岸所有的渡口都有湘军重兵把守。十点钟一到，王烈一挥手："突击队，上！"几十个战士们扛着竹、木筏子等渡河工具，扑进激流中，向对岸划去。

南岸的敌人很快察觉了，碉堡里，敌人的轻重机枪一起吼叫起来，一道道火光划过江面。这边河堤上，王烈指挥几挺轻机枪与敌人对射，掩护突击队渡河。敌人火力猛烈，河中，竹、木筏子上的战士纷纷中弹落水，没中弹的一看不好，跳下水便往回游。

王烈抓起头上的树条帽，狠狠摔到地上："他妈的！第二批，再上！一营长，你留下指挥！"

话音未落，王烈已跳到河边，冒着弹雨，抱住一根木棒，跳进激流中。一营长急叫："团长小心！"

这一次，战士们都学着王烈的样子，抱着木板、木棍等物，从河堤上翻过来，跳进水中，拼命向对岸游去。忽明忽暗的水面上，王烈突然头部中弹，立即沉入水中……

王烈是二、六军团突围以来牺牲的第一个团级干部。

在下游的渡口，南岸却静悄悄的，敌人的注意力被上游强渡的红军部队吸引去了。上游方向传来的枪声持续不断，刘转连看一下夜光表，吼道："二营掩护！三营，上！"

战士们抬着渡河工具下水，有的直接徒涉。到了河中心，南岸敌人仍未发觉。刘转连松了一口气："狗日的敌人都被一营吸引过去了，我们成功了！"

接下来，他们仅仅遇到了轻微的抵抗，弟兄们摸黑冲上去，比较顺利地到了对岸。上了岸，有人点起几堆火，刘转连吩咐，除留下警戒的人以外，其余的抓紧时间休息三个小时，天一亮就搭浮桥。

浑身湿淋淋的众战士哎哟叫唤着，倒地休息。这时，一个响亮的声音传来："同志们！现在还不能休息。"

是军团政委王震的声音，人们都愣了。王震从木筏子上跳上河滩，几步登上河堤。刘转连迎上敬礼："王政委，你来得好快。"王震还礼，道："刘转连，四十九团很好地完成了任务，同志们辛苦了！"

刘转连声音一变："首长，团长王烈同志牺牲了……"

王震一愣："我们六军团又少了一个好同志……你代理四十九团团长！"

刘转连立正答道："是！"

王震说："搭浮桥的任务交由后面的五十团来完成。我命令你团，立即出发，一鼓作气，急行军一百八十里，于明日夜间赶到沅江，夺取渡口。"

刘转连等人都愣了："这……"

王震望着面前疲惫的、全身湿淋淋的众战士说："同志们，我们六军团从江西出发时，就是先遣队，如今我们二、六军团从湘西出发，你们师，你们团打前锋，你们是尖刀。我知道你们已经一天一夜没休息了，还打了半夜的仗。可是，只有趁敌人不备，让他们做梦都想不到，我们这么快就能赶到沅江，我们才能夺下沅江渡口，大部队才能顺利渡过那条急流险滩！"

刘转连接过话茬儿："首长不必说了。四十九团，全体集合！"

战士们抖擞起精神列队，王震站到排头位置："我在前面带路。"刘转连道："首长，你……"王震说："少废话！出发！"刘转连吼道："出发！"

王震最先走下河堤，下到小路上。队伍急行军，跑步前进。这一天，数百战士连饭也顾不上吃，人们的动作显得很吃力，但都咬紧牙关奋力前行。

王震在后面的指挥部一直牵挂着前方。如果拿不下沅江渡口，一旦被敌人阻击在汹涌的沅江北岸，大部队想过沅江，势必要付出极大代价。沅江素来以险著称，所以李觉把沅江当作第二道封锁线严防死守。

但是李觉还是大意了，他和他的部下都没有想到红军这么快就突破第一道防线，更想不到红军这么快就来到沅江岸边。王震率四十九团一个偷袭，成功渡过沅江，成功地控制了对岸的渡口。

王震站在沅江南岸的碉堡前，看到东方出现曙光，黎明中江水发出汹涌的声响。刘转连从碉堡里钻出来说："电话线都割断了。"王震说："下一步是抓紧找船，迎接大部队过江。"

就在这时，江面上突然传来划船声，还有手电筒的光亮。王震命令："注意隐蔽！"

众人均隐蔽起来。桨声越来越响，侦察排长溜过来报告，有三条船，上面全是敌人。刘转连下令准备战斗，众战士进入射击位置。王震眼珠转动着，小声道："先不慌打，看样子敌人没发现我们，把他们引过来解决……找几个人，换上敌人的服装。"

刘转连会心地一笑，穿上从俘虏身上扒下来的军装。不一会儿，三条船显出影子，刘转连和三个化过妆的红军战士一拉枪栓："哪部分的？"

船上的手电筒照过来，中间一条船上，一个军官端着手枪，警惕地反问："你们是哪部分的？"

刘转连道："我们是李觉司令派来守渡口的！你们呢？"

"我们是来增援的。共匪过了澧水，离这边不远了，小心啊！"

刘转连收起冲锋枪："是自己人，快靠岸吧！酒都给你们预备好了！"

那个军官一挥手，船上的人放松了警惕，三条船缓缓靠岸。时机到了，刘转连一挥手，几十名红军战士端着枪冲上江堤："不许动！缴枪不杀！我们是贺龙的队伍！……"

三条船上的敌人全都傻眼了，那个军官骂道："他妈的，上当了。"他丢下手枪，举手投降。

天亮了，刘转连跑过来向王震报告，他欣喜若狂地说："王政委！王政委！我们不费一枪一弹，活捉了三百五十二个敌人……"

没人回答，王震倚靠着碉堡，睡着了。

宜昌"行辕"里，一下子乱了套，陈诚仰靠在太师椅上，几个军官毕恭毕敬站在他面前。一个说："陈长官，汤恩伯的部队占领了贺龙的司令部所在地磨岗隘。"陈诚眼皮都没抬一下。

另一个说："陈长官，据确切情报，贺龙、萧克的主力越过了澧水、沅水，全部窜往湘中……"

陈诚一拍桌子:"还有什么可说的?"

第三个说:"李觉将军率全部人马已追往湘中……"

陈诚冷笑两声:"李觉,李觉……他手里握着三个装备满员的师,守着澧水、沅水两条天然的封锁线,就这么轻易让共匪撕开一个大口子,还说可保无虑,使我聚歼共匪主力于湘西的计划泡汤……"

他突然暴怒,站起来又是一拍桌子:"我不管他是谁的女婿,他就是玉皇大帝的女婿,老子也要办他!给委员长发电报,建议对李觉撤职查办,让他上军事法庭!"

消息很快传到了长沙。何键最担心的事情,就是共军突往湘中,威胁长沙。他们果然来了。他的参谋长说:"而且屋漏偏逢连夜雨,共军突破的恰恰又是姑爷的防区……据我们在宜昌行辕的人透露,陈诚给老蒋发电报,扬言要严办姑爷……"

何键一跺脚:"他敢吗?"

"何老总,这个陈矮子仗着是老蒋的红人,飞扬跋扈,谁都得怯他三分,不得不防啊!"

"要说剿共,这普天之下,最积极的人,除了老蒋,就是我何某人。李觉知我心,也是从不敢懈怠。去年夏天,他从湘南追击萧克部,一直追到贵州,再追到湘西,然后又南下防堵朱毛的部队,至今一年有余,连趟家都没回,没有功劳也有苦劳吧?"

"何老总,显然是他陈矮子想杀鸡给猴看,是冲您来的……"

"老子才不怕他呢!我早就提醒陈诚,要防止共匪窜往湘中,他却判断,共匪最可能西去贵州,把主要力量放到西面,让李觉三个师布防澧水、沅水宽阔地带,兵力明显单薄,要说责任,他陈诚最大!"

何键气得胡子乱抖。参谋长劝道:"何老总,眼下最要紧的,是把姑爷保住。"

何键想了想,吩咐道:"你派人到南京去一趟,找一找老蒋身边的人,该花银子就花。我再给老蒋打个电话,替李觉说说情。"

一座很气派的四合院里,发报机的声音连续不断,红军战士进进出出。院中央的茶几上，铺着一张作战地图。贺龙、任弼时、关向应、萧克、甘泗淇、夏曦等人围着茶几。这是在湖南中部的溆浦一个大户人家的庭院里。李达指着地图向众人汇报，从 11 月 23 日开始，两个军团兵分三路，像三把尖刀插进湘中，遍地开花，先后占领了辰溪、浦市、溆浦、新化、兰田和锡矿山，控制了湖南中西部广大地区，筹措了大批物资，还扩编三千多人。

任弼时高兴地说："真是扬眉吐气啊！"

贺龙道："陈诚调动七个师，从我们屁股后面追，不过，要想追上我们，我看是不大可能喽。"

众人笑起来。

这个时候，在离他们几百里外的后方医院，贺龙的夫人蹇先任生下了一个健康的女婴，婴儿的啼哭声清晰地传到病房外面，在门外等候的李贞和何梅听说母女平安，激动地跳了起来。她们进到病房，看了一眼刚落地的婴儿，就离开医院，往宿营的地方走去，一边走一边兴奋地议论那个刚出生的女娃娃，突然有个洪亮的大嗓门在她们身后说道："有什么好事啊，看把你们高兴的。"

原来是王震带着警卫员从后面追了上来。何梅说："王政委，告诉你一个好消息，先任大姐生了个漂亮的女儿！"

王震说："是个丫头片子呀。"

何梅说："丫头片子怎么了？像我们这样，难道不好吗？"

李贞说："王政委，你有重男轻女的思想苗头！"

王震辩解道："我可没说不好……只要是革命的后代，我王震都喜欢！"

李贞说："这还差不多。"

何梅说："王政委，你上前线吗？"

王震说："上啊。"

何梅说："你上了前线，一定告诉贺老总，让他回来给孩子起个名字。"

李贞说："对对，孩子还没个名字呢。"

王震一摸脑门："起名字？我看没必要等贺老总回来嘛。红军打了胜仗，捷报频传，我看就叫捷生吧！"

李贞、何梅一齐道："捷生？……"

王震说："我马上就去给贺老总发个电报。"

他大步向前走去。何梅和李贞琢磨着王震给孩子起的名字，何梅说："贞姐，你别说，这个名字还不错呢！"李贞说："你是文化人，你说不错肯定就是不错，不知贺老总是不是喜欢。"

王震真的给贺龙发了电报，罗扬骑马把电报送到贺龙手里，任弼时一把夺了过来，说："我来念。祝贺贺老总喜得千金。"他抬起头，"嘿，真生了，老贺，我们也恭喜你呀！"

在场的关向应、萧克跟着道贺，贺龙咧嘴大笑："是丫头？好啊！闺女是父母的贴身小棉袄，我喜欢闺女！"

"还没完。"任弼时继续念电报，"我给她取名捷生，不知妥当否。王震。"

贺龙琢磨道："捷生？贺捷生？……"

关向应说："这名字还蛮有意思呢。"

任弼时赞赏地说："是不错，是不错！"

萧克道："这个王胡子，水平蛮高嘛！"

贺龙说："行！就依王震的，叫捷生，贺捷生！"

众人又议论了一阵孩子，任弼时换个话题："我们在湘中折腾得差不多了，休整几天之后，怎么个走法？老贺，你再说说。"

贺龙点上烟斗，猛吸两口，说："大批敌人追来了，我的想法是，我们再拖他们一阵。我们兵分两路向东南方向兜个大圈子，敌人就会以为我们奔长沙，这一大堆敌人就会全部被我们吸引过来，让他们跟在我们屁股后面追，弄得他们人困马乏，我们再突然掉头去贵州。"

任弼时赞许地点头，关向应、萧克也表示同意，任弼时总结道："好，就照老贺的意思，制定行军方案。"

贺龙却陷入沉思："捷生……贺捷生……"关向应说："胡子得了千金，晚上你该高兴得睡不着觉了。"贺龙微微摇头说："是睡不着觉喽……这丫头，给我出了个大难题啊……"

贺龙一个人向前走去。任弼时、关向应、萧克面面相觑，似乎意识到什么，神情都变得严肃了。

离开指挥部后，贺龙来到一条清澈的小河边，坐在河边吸烟，满腹心事的样子。丁天娃想了想，壮壮胆子靠过来。贺龙道："丁娃儿，看你无忧无虑的，多好！"丁天娃说："老总，很多同志知道你有女儿了，都挺高兴的。可是，怎么没见你高兴？"贺龙说："大伙为我高兴，谢谢他们了。"丁天娃纳闷地看一眼贺龙："老总，你有心事。"贺龙说："丁娃儿，你说对了。我是在为女儿犯愁啊。"丁天娃更纳闷了："为什么？"

停顿了好一会儿，贺龙才说："因为按照红军的规定，是绝不允许带一个刚出生的婴儿参加长征的。再说带一个这么小的孩子走远路，对孩子对大人也都是折磨……"

丁天娃急了："那怎么办？"

贺龙道："你听说过吗？任政委从江西突围之前，就把儿子寄养到当地老乡家了。"

丁天娃有些傻眼了。贺龙站起来："丁娃儿，趁这两天不打仗，你跟我赶回后方一趟，看一看孩子。"丁天娃默默点头。

贺龙带罗扬和丁天娃赶回后方，这时候他的夫人已经带孩子回到了住处，贺龙大踏步奔到她们母女住的地方，亮开嗓门喊道："孩子呢？我的宝贝闺女呢？快让我瞧瞧……"

他进了屋，蹇先任从床上坐起来说："云卿，你怎么突然回来了。"贺龙说，"回来看看孩子嘛。先任，你身体吃得消吗？"蹇先任说，"我没事。孩子也很好，能吃能睡。"贺龙把孩子抱在怀里，爱怜地哄着，他盯着女儿可爱的小脸，眼圈突然红了。

蹇先任一惊："云卿，你想什么了？"

贺龙无语，沉重地摇摇头。蹇先任预感到了什么，急忙背过脸去。

贺龙要把孩子送走的消息很快传到了何梅耳朵里，她先是傻了，然后就哭了。她跑到一棵古树下，扶着树干，难过地痛哭，很快就哭成了一个泪人。

丁天娃红着眼圈过来劝她说："何大姐，哭也没用。你再去劝劝贺老总吧，让他发发善心。"何梅摇头说："他认准的事，谁劝也没用。"丁天娃说："要不，你和李贞大姐一块去求求任政委，让他发个话。"何梅说："任政委还在前方，再说，就是任政委同意，贺老总也未必听。"丁天娃叹口气："蹇大姐都哭得昏过去了……我们红军的孩子，太可怜了呀……"

这时，罗扬走过来，丁天娃像是抓住了救命稻草，说："罗参谋，你来得正好，你看，何大姐老是哭，怎么劝也不行。"罗扬哄道："何梅，别哭了，你去陪陪蹇大姐，帮她给孩子收拾点衣物，啊？"何梅摇头说："你看我这样子，去了还不是更添乱。罗扬，我的心都快要碎了……"

她又哭起来。罗扬说："何梅同志，你冷静一下。"何梅说："罗扬，你整天跟着贺老总，为什么就不劝劝他？你们男人的心好硬好硬。"

罗扬瞪一眼何梅："谁说没劝？一劝他就发火，我刚才又挨了一顿骂。你以为贺老总心里好受？他昨晚一宿未睡，吸烟吸得嗓子都哑了。他说他是总指挥，不能带头违犯红军的纪律，不然，以后会被人指脊梁骨……"

何梅恨恨地说："要我说，要干革命，就不要结婚、生孩子，免得这样让人断肠！"

罗扬道："何梅，行了行了。好在这回贺老总打算把孩子送给一个亲戚，这样还好一些。"

罗扬说得没错，贺龙下午就给住在附近的一个远房亲戚捎了口信，晚上把孩子送去，对方也答应了，回话说一定把孩子保护好。入夜，贺龙身披大衣，默默地站在小院子里，丁天娃身上背着一个小包袱，陪伴着贺龙。透过窗户纸，他们看到蹇先任坐在床上给孩子喂奶，这是最后一次给孩子喂奶了，孩子的妈妈轻轻啜泣。

时候到了，贺龙从妻子手里接过襁褓，爱惜地抱在怀里，他在丁天娃陪同下出门，几个警卫员打着火把，正在门外等候，一个战士把枣红马牵过来，贺龙刚要上马，任弼时突然骑马出现了。

任弼时是急急忙忙从前方赶回来的，他听说贺龙要把孩子送人，当下就坐不住了，翻出一年多前买给儿子湘赣的那把银制的长命锁，马不停蹄赶了过来。

贺龙无言地等待着任弼时，任弼时无言地下马，走到贺龙身边，从怀里掏出那把长命锁，爱惜地挂在小捷生脖子上。

他们什么也没说，只是用眼神交流着，任弼时的目光透出爱怜与痛惜，贺龙的目光透出感激与坚毅。贺龙冲任弼时点一下头，便缓缓地上了马，丁天娃等人也上了马。在他们身后，任弼时望着远去的火把，眼睛渐渐湿润了……

那个亲戚家住在不远处的寨子里，山路崎岖，就着火把的光亮，五匹马小跑着行进，贺龙怀抱襁褓，目光坚毅，走在队伍中间，他怀里的婴儿甜甜地睡着了。几个警卫员都是泪流满面。

半个多时辰后，他们进入寨子，来到一处尚显气派的院落前，在汪汪的狗吠声中，贺龙等人下马，丁天娃举着火把上前，看到大门上赫然挂着一把大锁。

贺龙吩咐："丁娃儿，你到村子里找个人，问问刘老板一家去哪儿了。"

丁天娃去了一会就回来了，他报告说："刘老板一家外出了。"深更半夜的，没有办法再给孩子找个合适的人家了，贺龙只能硬着头皮打道回府。

次日上午，两个军团的主要领导专门为这个孩子召开了一次会议，任弼时主持。由于牵扯到自己，贺龙没有参加这个会。关向应先介绍情况，他说："本来老贺给他那个老表说好了的，把孩子寄养在老表家里。谁知去了后，发现老表一家都不在，打听了一下，说是傍黑时，一家人都躲出去了。显然是怕受连累。"

王震说："百姓们被反动派杀怕了。"

任弼时说："部队马上又要出发，贺龙同志明确表示，途中如遇到愿意收养孩子的人家，就随时将女儿寄养在老乡家里，绝不拖累大家。正好现在有空，我们几个议一议，这个孩子怎么办。"

众人都沉默着。王震发话："要我说，一句话：带上就是了！"

夏曦、甘泗淇、李达均表示赞同。萧克说："没有极特殊的情况，就不要再想着把这个孩子送人了。"

关向应说："是啊，孩子是无辜的。当父母的，为革命献出生命都不怕，可要是献出孩子比挖心挖肝都难受。"

关向应看一眼一直没表态的任弼时。任弼时突然鼻子一酸，他掩饰一下，取下眼镜擦拭。王震说："弼时同志身上发生的事情，就不要在贺老总身上再发生了。"

关向应问道："弼时同志，你的意见呢？"

任弼时嘴唇哆嗦着，一锤定音："同志们都谈了意见，我再补充一句：我们二、六军团，有能力把这个孩子带到目的地！"

众人都感慨不已地鼓掌。

会后，任弼时找到贺龙，把会议的决定告诉了他，贺龙很感动，噙着眼泪说："弼时同志，组织上决定为我破这个例，我贺龙谢谢你，谢谢同志们……但我还是打算，适当的时候，把这个孩子送出去。"

任弼时说："老贺，这个决定是经过集体讨论产生的，你不能违抗哟！我是政治委员，政治上总负责，你若胆敢违抗组织的决定，我可要狠狠批你！"

"可是……"

"老贺，不要再想这些了。我听说这么一折腾，先任同志都病了，你快去关心关心人家吧。快走啊！"

贺龙边走边道："弼时，那把长命锁，还是还给你吧。"

"不用不用，就让孩子戴着，也算是我这个当叔叔的，对她的一个良好祝愿！"

"这件礼物，太珍贵了。我知道你心里……"

任弼时伸手打断他的话："不要说了老贺，你的孩子就等于是我的孩子，她好好的，我心里高兴，真的高兴。"

贺龙回到住处，高兴地抱起女儿，说："女儿呀，你要跟大人长征去喽。你这算什么呢？你算是……最小的红军，对！最小的红军！"

蹇先任明白了，眼泪刷刷流下来，她说："云卿，把孩子脖子上的东西摘下来吧，我担心让弼时和琼英同志看到，他们会难过的。"

贺龙点点头，摘下长命锁，递给妻子："收好它吧，将来有机会，还给他们。"

何梅也是很快就得知了这一喜讯，自然是罗扬报的信。罗扬说："这下高兴了吧？"何梅眼里含着泪花说："本来嘛，就该这样。"

罗扬正色道："贺老总的压力不小啊，他刚刚还在叮嘱蹇大姐，一定要照管好女儿，特别是过封锁线时，宁可让孩子憋死闷死，也不能让她哭出声，否则一旦暴露目标，就可能遭到敌人的围追。"

何梅说："贺老总想得够细的。"

罗扬说："岂止啊！我听丁天娃说，贺老总还打算交给蹇大姐一枚手榴弹。"

何梅吃惊地张大嘴巴："啊？为什么呀，蹇大姐又不用打仗。"

罗扬说："贺老总的意思是，一旦危急关头，比如，她们娘儿俩被敌人包围而无法脱身时，就引爆它来结束自己的生命，不能因被俘而有辱红军的名声。"

何梅说："有我们在，她们娘儿俩不会遇到这种危急关头的。"

罗扬说："但愿吧。"

集合号声响起来。罗扬说："又要出发了，咱们快走吧。"何梅默默地望一眼罗扬，跑开了。

大队人马在崇山峻岭间的小路上行军，直属队的队列里，李贞、何梅等几个女兵抢着抱小捷生。她们轮流抱，亲得不得了。何梅从李贞怀里接过襁褓，爱惜地望着孩子说："真是乖孩子，一声都不哭。叫姑姑，叫啊，叫啊！"

李贞道："何梅你傻了吧，孩子这才生下几天，咋会叫姑姑。"

何梅眼望远方，无限向往地说道："也许捷生会说话的时候，我们就建立了新的根据地，就不这样东奔西跑了……"

第十三章

早晨，陈诚刚睁开眼，副官就进来报告说："贺龙、萧克的主力冒着大雪，一连九天向湘东南急进，我们七个师紧追不舍……"

陈诚急问："追得怎么样了？"

副官说："可是，他们突然掉头转向西北方向，把我们的追兵远远甩到了后面……"

陈诚瞠目结舌，恼怒地说："他妈的，我早就判断出，共匪往东南方向是虚晃一枪，他们的真实意图，还是往西。可是，何键那个老东西搬出委座来压我，追追追！这不是白追了吗？"

"长官，据报，这一回国军将士都是忠勇卖命，没有谁敢消极避战，之所以追不上，是由于共匪比我们更擅长跑路，这一点，在追击朱毛部队时，就得到了验证嘛。"

"追不上是预料之中的。他们往西北走，只能有两个选择，一是回到原来的地方，二是步朱毛后尘窜入贵州。"

"长官所言极是。"

"我们无论如何，不能让他们回到原来的地方！"

"是！"

"还愣着干什么？继续给我追！我们两条腿，共匪也是两条腿，我倒要看看，腿和腿差多少！"

"长官，空军是不是出动？"

"立即出动！"

陈诚的命令发布了两个小时，空军的飞机就在一片开阔地带追上了红军的主力。当时，红军队伍迎着呼啸的北风行进，贺龙骑在马上，目视前方。突然之间，六架飞机窜出，对着地面疯狂扫射，不断有人中弹，数十匹马和骡子四散逃奔，队伍顿时乱了套。贺龙大声命令："隐蔽！赶快隐蔽！"

罗扬跑过来："老总，你看这周围一片开阔地，连一棵树都见不到，无处藏身啊！"

贺龙看到，战士们只能趴在光秃秃的地上，不断有人被击中；几辆运送物资的马车被击中，浓烟滚滚升起。贺龙望望四周地形，再盯着天上肆虐的六架敌机，怒道："王八蛋！真会选时机啊……用机关枪打，给老子狠狠地揍它！"

丁天娃等人举起轻机枪，朝天上射出，敌机毫毛未损。突然，一架敌机对着贺龙的坐骑俯冲下来。敌机迫近，喷出火舌，机枪子弹哗哗射出，直指贺龙。离贺龙不远的地方，已经有人中弹倒地。罗扬惊叫："老总危险！"

这时，只见枣红马腾空而起，驮着贺龙奔向几百米外的小树林。罗扬等人顾不上隐蔽，惊恐地大叫。机枪子弹追着枣红马的屁股射击。枣红马左躲右闪，像闪电一样奔向小树林。终于，枣红马钻进了小树林，不见了踪影，罗扬等人长舒一口气，急奔过去。

小树林里，枣红马收住蹄子。敌机也飞走了，贺龙镇定地下马，感激地拍拍枣红马的脖子。不多时，罗扬、丁天娃等人叫喊着跑过来，罗扬说："老总，不碍事吧？"贺龙摇头："部队伤亡大吗？"

罗扬说："不会小。老总，你真的没事啊？"

贺龙说："我说没事就没事。走，快过去看看。"

丁天娃上前，亲热地搂住枣红马的脖子，说："老伙计，今天你救了贺老总，你可立了大功了！"

这匹枣红马是丁天娃缴获的，它和丁天娃也特别有感情，它救了贺老总的命，丁天娃自然从内心里感激它，从此对它更加地爱惜。

当晚，部队在一个小镇宿营，任弼时、贺龙、关向应、李达凑到一块研究行动方案，贺龙提出，下一步就该去贵州了。任弼时问："从哪儿入贵州？"

贺龙指着地图说："你们看，我们沿雪峰山西侧，经花园往前，直奔武岗与洞口县之间的瓦屋塘。那地方我去过，山高路窄，只要翻过去就是贵州。陈诚、何键的十万大军即使追上来，要想跟着我们钻山沟过去，也不太容易。他们退回溆浦走大路入黔，又要耽搁时间，会被我们甩得更远。"

关向应说："这么说，洞口的瓦屋塘，便是我们挺进黔东的跳板。"

任弼时脸带喜色："而且是一个理想的跳板。"

贺龙说："对！李达啊，洞口一带发现敌人没有？"

李达说："到目前还没发现有敌人重兵活动。"

贺龙说："告诉贺炳炎，让五师打先锋，控制瓦屋塘。"

当晚，贺炳炎就接到了命令，经过一番布置后，次日上午，他亲自带一个营到达瓦屋塘的东山下面，他举起望远镜观察路边的一座突起的山峰，山上没有什么异常。他命令营长，带人攀登上去，占住它，掩护后面的大部队经过。营长立即带二百多人往山上爬去。

然而，他们刚爬到半山坡，突然山顶上枪声大作，不少战士中弹滚落下来。营长一看不好，大声命令撤退，战士们急忙退下。营长气喘吁吁跑到贺炳炎隐蔽的地方，说："师长！我看清了，不是小股土匪，是敌人正规军。"

贺炳炎有些纳闷："他奶奶的，不是说没发现敌人吗？狗崽子们从哪儿冒出来的？……"

"师长，是不是报告总指挥部？"

"你马上派个人回去报告。然后重新组织力量随我冲锋。不把东山拿下来，就会打乱整个的部署。"

"师长！你在这指挥，我带人冲！"

贺炳炎劈手从身旁的一个战士手中夺下机关枪："少废话！重机枪掩护，剩下的都跟我上！"

他端着机关枪冲在前面，二百多人紧随着他，刚到半山腰，山顶上的敌人又开始猛烈地射击。山下掩护的部队用火力压制敌人，贺炳炎率众人呐喊着，一边射击，一边冲锋，他身边不断有人中弹倒地。

突然，一串子弹击中他的右臂，血珠猛地溅起……他一哆嗦，右臂缓缓垂下……机关枪砰地落地……鲜血顺着他破烂的袖管，顺着他低垂的五指，像泉水一样喷洒到地上……

他痛苦地缓缓倒地……

营长惊呼："师长！"随即扑过来，死死抓住贺炳炎的断臂，"师长，你伤得很重。"贺炳炎用左手抹去额头上豆大的汗珠，说："你快去指挥冲锋，不要管我，我要冲上去！"营长抱住贺炳炎："不行！卫生员！卫生员！快背师长下去！"

卫生员跑过来，要给贺炳炎包扎，贺炳炎火了，用左手从腰间拔出手枪，指着营长和卫生员，痛苦而吃力地说："不要管我，你们冲，再啰嗦，老子就毙了你们……"

话未说完，疼痛使他昏了过去。

站在临时指挥部里，远处的枪声隐约可闻。李达冲进来报告，已经搞清了，是陶广纵队的六十二师，他们提前抢占了东山，控制了制高点。贺龙说："听枪声就是正规军，狗崽子动作不慢啊。"任弼时说："陈诚、何键可能提前做出了判断。"

贺龙点点头，关向应焦急地说："夺不下东山，就去不了贵州。"贺龙断然道："既然敌人已有准备，我们只能放弃从这里入黔，而是继续北进。"任弼时遗憾地说："只能这样了。"贺龙说："赶快命令贺炳炎撤下来，主力部队即刻北进！"

李达匆匆走了。贺龙等人正要上马，罗扬又匆匆赶来报告，贺师长负重伤。贺龙、任弼时一愣，关向应问，"伤到哪儿了？"

罗扬痛惜地伸出左手，用力指一指右臂。

他们是在行进途中见到贺炳炎的。冬日的山间小路上，大部队冒着风雪行军，卫生部长贺彪逆着队伍行进的方向朝贺龙等人跑来，没等贺彪喊报告，贺龙就急慌慌问道："贺彪，我问你，贺炳炎伤得怎么样？"

贺彪摇摇头："是汤姆枪子弹打的，中了三弹，右臂这块大骨头断了，只剩几根筋和肉皮连着……"

任弼时忧心地问："会不会有生命危险？"

贺彪说："那倒不会。但右臂怕是悬了。"

关向应说："贺炳炎在前面吗？"

贺彪道："就在前面。"

贺龙说："我们快过去看看。"

他们骑上马，打马朝前面跑去，在一个山口，追上了卫生部门的队伍。贺炳炎躺在担架上，他处在昏迷中，点点鲜血，透过担架，洒在雪地上……

贺龙等人赶上来，担架停下了，几个人围上来，蹲下，久久地凝望着昏迷中的贺炳炎。贺龙掀开被子一角，看到右臂绷带上已被鲜血染红，他于是轻轻地盖上被子。突然，贺炳炎像是有什么预感，一下子睁开眼，看到贺龙等人，他想坐起来。任弼时示意他不要动。

贺炳炎居然眉头都没皱，说："老总、政委、关副政委，我没能拿下东山，打开西进的通道，我没完成任务，失职了……"

贺龙说："贺炳炎，不怪你，敌人重兵早有防备。"

任弼时说："炳炎同志，你伤得很重，要安心养伤。"

贺炳炎用力咬住下唇："政委，我没事的，不要担心我。"

关向应说："你流了很多血，就不要再说话了。"

贺炳炎挣扎着又笑一下："嗨，我的血，多着呢，流不尽的。狗日的敌人，子弹软塌塌的，打到我身上，没劲！"

几个人站起来，贺龙用手势命令担架员起身。担架抬起来了，任弼时叮嘱担架员："小同志，路上轻一点，平稳一点。"

担架员说："首长请放心。"

贺龙从身上脱下大衣，追着担架走几步，盖到贺炳炎身上。贺炳炎眼圈一红："老总……"

贺龙等人久久地注视着远去的担架。

自从红军突破李觉所辖的两道封锁线后，在长沙的何键心里一直忐忑不安，他尽管嘴上说不怕陈诚告状，其实心里还是惧怕老蒋真的处罚李觉。李觉既是他的女婿，更是湘军的一名青年才俊，多年来他用心栽培，指望他将来接自己的班，如果这个时候跌一跤，那是大大的不利。

这天早晨，何键拄着拐杖在后花园踱步，他的参谋长急急跑过来禀报，派到南京去老蒋身边活动的人打回电话，说是姑爷那事，国防部马上要有结论了。

何键急问："怎么处置？"

参谋长说："李觉将军防守不力，记两次处分。"

何键轻松地笑了。这等于是说，大事化小，小事化了啦！但他马上板起脸，作严肃状："给他个处分也好，让他记住，剿匪无小事，只要匪患不除，我们将永无宁日，唯有再接再厉，恪尽职守，为党国多多建功，方能不辜负我一片苦心。"

说完，又补充道："把我的话发给在前线的李觉。"

这时候的李觉，已经亲率湘军第十六师跑在了各部队的前面，也就是说，他离贺龙的部队最近。晚上，部队宿营，他把指挥部设在一处地主的宅院，召集几位旅长吃饭。白天，他接到了老泰山发来的电报，知道自己被蒋介石记了两次处分，对于这个结果，他能够接受，毕竟贺龙是从他的防线上跳出去的。

席间，李觉接到情报人员的报告：共军主力在洞口的瓦屋塘碰壁后，正兼程北进，我军被他们拉下大概三四天的路程。

李觉问道："友军在什么位置？"

他的得力干将胡旅长说："除了我们这个纵队的三个师之外，其余部队，包括中央军，都放慢了步伐。估计是被贺龙拖垮了。"

李觉道："我们不能垮。我们湘军比中央军能跑路，我们还是要紧紧咬住共匪主力的尾巴。"

见他们的指挥官一心一意剿匪，他的部下们想到他挨了老蒋的处分，纷纷打抱不平，胡旅长说："师座！弟兄们都对国防部处分你有意见。中央军贻误战机的事情多着呢，也没见哪个挨处分。南京那帮混蛋，就知道拿杂牌军出气。"

另一个旅长说："这一回，我们干脆就地休整，按兵不动算了，谁让他陈诚乱整人。"

李觉伸手制止："都不要说了！我们打仗，不是为陈诚，也不是为老蒋，是为我们自己。各部明早八时准时出发，谁动作慢，老子就处分他！"

李觉站起来，走了，众人不敢懈怠，赶紧放下筷子，回到自己队伍布置去了。

芷江县冷水铺，是一座古老的镇子，青石板铺地的街道，古老的木板屋，显得宁静而超脱。红军来了，往日宁静的冷水铺一下子热闹开了。1936 年的阳历新年，任弼时、贺龙他们就是在冷水铺度过的。不时有人燃放鞭炮，偶尔传来杀猪的声音，给这个新年平添了些许乐趣。

临近中午，任弼时在自己的临时住处写一篇有关根据地建设的文章。警卫员小徐提着一个小竹筐进来："首长，开饭了！"任弼时问："什么好吃的？"小徐说："白米饭，梅菜扣肉，辣椒炒腊肉，煎鸡蛋。"

小徐把东西摆到任弼时面前，任弼时抬头看一眼："这么多啊。"小徐说："今天是阳历新年嘛，炊事班多做了一点。"

任弼时端起米饭，夹了点菜，吃起来："你们有吃的吗？"小徐说："有，都一样。"任弼时点头。小徐又问："首长，香吧？"任弼时大口嚼着："好香，好香。"

吃到半饱时，罗扬匆匆赶来，说贺炳炎师长的伤不能再拖了，必须做手术，贺老总叫他过去，商量一下。任弼时紧吃两口，放下碗，站起来就走。小徐急得不行，说，"首长，你还没吃饱呢！"任弼时摆摆手，走了两步，又回头说："小徐，你把那两个没动的菜，送到侦察连去，让杨连根吃了它。"

杨连根前两天来找任弼时，坚决要求到侦察连当兵，说在侦察连干有意思。任弼时就把他调到侦察连了。说心里话，任弼时非常疼爱这个孩子，经常惦记着杨连根。他让小徐把菜送给杨连根，小徐却不同意："首长，还是留着，等你回来吃。"

任弼时板起脸："让你送就去送。今天过节，杨连根会想他的爷爷奶奶。当兵的，吃饱肚子就不想家了。"

他和罗扬来到红二军团临时指挥部，卫生部长贺彪也在场，他问贺彪："能不能保守治疗？"谁都知道，一个军人，丢掉了右臂，就不能打枪了，就不能算是一个完整的战士了。

贺彪沉重地摇头。贺龙闷头吸烟，说："我的意思是，尽量把他的胳膊保住。"任弼时说："我也是这么个想法。贺彪同志，是否进一步观察一下？"

贺彪表情困难地说："政委，老总，贺炳炎的右臂已经断了，留着不仅没用，反而还有生命危险。"

任弼时说："老贺，你拿主意吧。"

贺龙在屋子里踱步，突然他停下，咬咬牙："做！只要能保住他的命，就做！"

任弼时郑重地点点头。贺彪说："那我就去准备准备。"贺龙说："贺彪你先等等！"贺彪停住脚。贺龙道："贺彪同志，你是我们红军中的华佗，大伙都叫你神医……"

贺彪插话道："老总！你就别给我戴高帽子了。"

贺龙瞪他一眼："你少废话！"

贺彪立正："是！"

贺龙道："你听清楚喽，我和任政委，就把贺炳炎交给你这个神医了，他要是有一点闪失，我决饶不了你！"

贺彪愣怔着。贺龙猛一瞪眼："你聋了？"

贺彪咬咬牙："是！"

这时，一位医生模样的人急慌慌来到门口喊报告，贺彪说："梁医官，进来吧。"

梁医官进来，向贺龙、任弼时敬礼，然后表情为难地说："贺部长，麻药全用光了……"

贺彪一惊："什么？一支也找不到了？"

梁医官点点头："而且，也没有手术用的锯子……"

贺彪恼怒地说："乱弹琴！"

贺龙和任弼时表情凝重，大口吸烟。怎么办？过了好一阵，二人对望一下，然后用眼神示意贺彪，快去准备吧，不能再耽搁了。

贺彪便拉上梁医官冲了出去。

贺龙、任弼时二人在罗扬引导下，来到不远处的一处民宅，轻轻推开门。贺炳炎躺在床板上，处于半昏迷状态。也许是疼痛唤醒了他，他突然睁开眼睛，看到了贺龙、任弼时，他的脸色苍白如纸，额上挂着汗珠。任弼时上前，替他擦擦汗。他说："老总、政委，你们又来干啥，我没事嘛。"

贺龙说："贺炳炎，你要有个准备，你的右胳膊，保不住了。"

贺炳炎微微一愣："没了它，我还能上战场吧？"

任弼时说："能！怎么不能！古往今来，世界上独臂英雄有很多嘛。"

贺炳炎说："只要不影响上战场，截就截吧。"

贺龙道："贺炳炎，刚才你眉头都没皱一下，你确实是个硬骨头！"

贺炳炎不好意思地一笑："老总，你看，我就怕别人夸奖，你就别夸我了，以后少骂我两句就行了。"

贺龙说："以后不骂了。"

贺炳炎道："真的？"

贺龙说："真的！"

贺炳炎满足地笑一下。任弼时道："炳炎同志，实话告诉你……"

"政委，你说。"

"卫生部的同志说，没有麻药了……"

"没有了？"

"没有了。"

"没有也没啥，反正现在这样子也是疼。"

"你恐怕要多受一些罪。"

贺炳炎道："嗨！关云长那时候也没麻药吧？他刮骨疗毒都不怕，我怕什么？我不怕！"

任弼时与贺龙都欣慰地点一点头。贺龙说："挺过来，你贺炳炎就是当今的关云长！"

任弼时握住贺炳炎的左手："炳炎同志，我和贺老总等着你手术成功的消息。"

贺炳炎说："请政委、老总放心，别说锯一只胳膊，就是锯两只，我贺炳炎都不会皱眉头！"

任弼时感动得眼睛湿润了，他急忙扭过脸去。贺龙又安慰了贺炳炎两句，他们便告辞出来。

没有锯子，贺彪和梁医官只能到老百姓家里寻找，他们来到镇上唯一的一家木匠铺，看到一位老年木匠在锯木头。贺彪上前递上一根洋烟，说："老乡，忙着呢。"老木匠不敢接烟，有些慌乱。贺彪替他点上烟，说："老人家，别怕，我们来看看。"

梁医官上前打量着木锯。贺彪问："老人家，还有小一点的锯子吗？"老木匠说："有，有，你们看这个行不行？"老木匠把一把小一号的锯子从柜子里拿出来，递给贺彪。贺彪和梁医官仔细端详着，贺彪伸出拇指试了试它的锋芒："就是它了。老人家，我们用一下，用完就还你，好不好？"

老木匠连连说好，他们道过谢，就匆匆离开了。老木匠在他们身后纳闷地说："这当兵的，也做木工活？"

那座民宅的灶房里，正好有一口大铁锅，他们把木锯放到锅里煮，贺彪亲自往灶底添柴火。吸两支烟的工夫，水开了，煮了约五分钟，梁医官进来说：

"贺部长，可以了吧？"贺彪道："再煮五分钟。"

这时，四名身强力壮的战士在门口出现，梁医官说："贺部长，你要的人来了。"贺彪扭头打量他们一阵，满意地点点头，问道："你们填饱肚子了吗？"一个战士说："首长，不到开饭时间，不饿。"贺彪道："不行！梁医官，你赶紧弄一大盆白米饭来，让他们吃饱再说。"

木锯消过毒了，战士们也慌慌张张填饱了肚子。贺彪搬着一只木凳来到贺炳炎所在的正房，他问道："炳炎呐，感觉怎么样？"贺炳炎睁开眼，有些不耐烦地："贺神医，你老磨蹭什么？锯就锯呗！"

贺彪道："我比你都急，总得准备好啊！"

贺炳炎道："准备好了吗？我可等急了。"

贺彪道："好了，好了。"

贺炳炎道："像你们这样，磨磨蹭蹭的，要是上前线打仗，非误事不可！"

贺彪道："炳炎，你得配合啊，一会就完……"

贺炳炎道："又啰嗦。"

贺彪冲门外一挥手，梁医官提着那把木锯，带四个战士进来。贺彪把那只木凳放在贺炳炎床侧，一使眼色，四个高大的战士上来，分别按住贺炳炎的四肢。贺炳炎急了："狗日的，你们这是干什么？"

贺彪说："炳炎，你不能乱动啊，手术做不好我可负不起责任。"

贺炳炎说："让他们都滚开。"

贺彪说："必须让他们协助。"

贺炳炎说："你不如拿绳子来！"

贺彪说："绳子？"

贺炳炎说："对！把我绑上！免得他们碍手碍脚的。"

贺彪和梁医官用眼神交流一下，贺彪说："也行。梁医官你去找粗一点的绳子来。"

梁医官把木锯交给一个战士，叮嘱道："小伙子，拿好它，千万不能碰锯齿。"他跑出去了，一会的工夫，抱来一盘拇指粗的麻绳。贺炳炎咬着牙，用左手托起右臂，在贺彪协助下，将断臂放到木凳上。梁医官和四个战士用麻绳把贺炳炎五花大绑，死死捆在木板床上。

接着，贺彪从衣兜内拿出一块白毛巾，盖在贺炳炎脸上。贺炳炎说："不要捂我的眼。"贺彪严厉地说:"不行！"

贺炳炎火了:"贺神医,你就把手巾,塞到我嘴里！"

贺彪想了想,把毛巾团成一团,塞到贺炳炎嘴里。

梁医官拿过一把剪刀,把贺炳炎右臂的袖子剪掉,因为紧张,梁医官的手微微在贺炳炎眼前抖动。贺炳炎拉出塞在嘴里的毛巾打趣地说:"同志哥,我都不紧张,你紧张什么？你们就当是锯木头！"

梁医官敬佩而又惭愧地一笑。一切就绪了,贺彪从那个战士手里接过木锯。梁医官一挥手,四个战士退了出去,梁医官把房门闩上。贺彪把木锯放到贺炳炎臂膀处,选好位置,抬脚踩住贺炳炎的断臂,他和梁医官一人握住锯子的一头。

两只握木锯的手,越攥越紧。贺彪喊道:"一、二、三！"二人互相配合,开始锯起来,那把木锯在两双手的牵引下匀速运动,发出锯湿木头般的声音,令人毛骨悚然。

贺炳炎忍住剧疼,他满头满脸大汗,眉头皱成一个疙瘩,死死咬住嘴里的毛巾,喉咙发出轻微的可怕的吼声……

贺彪和梁医官也是满头大汗,一下一下拉动锯子。贺彪安慰道:"贺炳炎,你小子坚持住啊,快了,快了……"

梁医官扭过脸去,他不敢看贺炳炎那张扭曲的脸。贺炳炎脑袋晃动着,他渐渐昏死过去……

"咚"的一声,断臂落地了。

带血的木锯掉到地上了。

贺彪和梁医官气喘吁吁,满身大汗。贺炳炎面色苍白,已经昏死过去。贺彪蹲下,把断茬处包扎好,然后从贺炳炎嘴里一点一点拽出毛巾,他发现毛巾已被贺炳炎咬得稀烂。

手术算是成功了。傍晚,贺龙在贺彪陪同下,走到贺炳炎床前探望。贺炳炎仍处在昏迷中,贺龙定定地望着他那张瘦了一圈的脸,感到心里疼得厉害,良久,他蹲下,从口袋里拿出一条手帕展开,伸手捡了几块带血的碎骨,放到手帕里。

小院里,来了不少人,他们都是听说后自发赶来的,医生不允许他们进屋探视,他们就默默地站在院子里。贺龙手里捧着手帕出门,他缓缓走过众人身边,边走边道:"这是贺炳炎的骨头呀！这是共产党人的骨头……"

　　贺龙恭恭敬敬地捧着手帕，缓缓从人们面前穿过……

　　黄昏时，人们都散开了，夏曦却来了。值班的医生破例允许他进入，他轻轻走到贺炳炎床边，贺炳炎仍在昏睡，他敬佩、惭愧而又痛惜地望着贺炳炎已显消瘦的面庞……就是这个人，自己差点要他的命，而他是个多么坚强的汉子啊！这样的人，国民党那里没有，只有红军的队伍里，才有这样的人。夏曦心里说不出是什么滋味，他伸手到上衣口袋里，摸出三个煮鸡蛋，放在贺炳炎床头。

　　半夜，贺炳炎终于苏醒了，他伸出左手，试探着去摸右臂。右臂空空的，他喃喃自语道："狗日的胳膊，没有你，老子也不是吃素的……"

　　由于在冷水铺耽搁了几天，身后的敌军渐渐逼近了。在湘黔交界的便水河边，红六军团的后续部队被李觉的十六师的前卫部队咬住了。便水河是一条并不宽阔的河流，也没有什么名气，但河两岸地形不错，很适合打伏击。贺龙得知敌人就一个师，便和任弼时、萧克等人研究决定，集中两个军团的主力，把敌人挡在便水河以东，先打掉敌人这一个师。

　　如果此役获胜，后面的各路敌人势必停步不前，这样再进贵州，屁股后面就很清静了，就会为二、六军团到贵州后创建根据地赢得时间。

　　他们低估了李觉。

　　李觉的前卫部队，是胡旅长的一个团。双方交火后，胡旅长建议，为安全起见，先让部队撤下来。李觉问："为什么撤？"

　　胡旅长说："我们一个师，对付他们五个师，悬！"

　　李觉问："我们十九师和十四师，离这还有多远？"

　　胡旅长说："还有三百多里。"

　　李觉沉思一会，道："如果我硬要打这一仗呢？"

　　胡旅长力劝道："师座，必须等那两个师上来。"

　　李觉说："如果不等呢？"

　　胡旅长说："师座！这样很危险！"

　　李觉说："危险也不是一次了……再遇一次又何妨？"

　　胡旅长说："师座，是不是报告何老总？"

　　李觉厉声道："这儿我说了算！"

　　李觉严令手下的两个旅，务必紧紧咬住红军两个军团的主力，他说："他们上天，你们就上天，他们入地，你们就入地！决不能让他们跑掉！"同时命令后面的十九师和十四师，四十八小时内，务必赶到龙溪口地区投入战斗，谁贻误战机，他就革谁的职！

战斗打响后，异常激烈，李觉部队的炮火很是猛烈，便水河以西的几个重要阵地变成了一片火海。在红二军团的临时指挥所里，起初还很乐观的贺龙，越来越感到不对劲儿，他发现，李觉这回拼命了。更要命的是，二、六军团的部队老是协调不好。李达向贺龙、任弼时报告说，各部队进展都很缓慢，都乱套了，部队该上的上不去，该守的守不住；有的部队，你给他分配了任务，到头来，他竟然搞错了地方！……四个师用了二天时间，都不能完成对敌人一个师的包围。

贺龙内心里承认，客观上，这次的地形也不理想，不利于打歼灭战。任弼时也说："反正我总觉得，这回煮的是夹生饭。"

战斗持续成胶着状态。李觉正是利用这个时机，严令归他节制的另外两个师星夜兼程，拼命开进。两天后的深夜，李觉靠在椅子上打盹，副官进来报告，增援部队天亮即可到达。李觉兴奋地跳起来："太好了！他们一到，即刻投入战斗！"

计划打一个师，到头来变成了打三个师。这样的仗还能打吗？得知敌人增援部队即将投入战斗，任弼时在指挥部的山洞里召集师以上干部开会，他气愤地说："便水战役，从发起到现在，一直进展不顺，很不顺！而且伤亡巨大。我认为，是我们两个军团会师以来最窝囊的一仗！为什么会这样？表面上是两个军团协调不好，动作不齐，一连串地贻误战机，要我看，实则是游击习气、自由主义、山头主义在作怪！是在打乱仗！"

众人默默吸烟，有的低着头不敢抬眼看任弼时。任弼时越说越气，猛地一拍桌子："说到底，根子就出在我们在座的某些同志身上。有的指挥员自以为是，患得患失，各行其是，而且不敢承担责任！如果都这样打仗，我看我们这两个军团用不了几仗，就会被敌人消灭！……"

会议要结束时，罗扬进入，走到贺龙跟前，伏在他耳边耳语了几句。贺龙神情顿时严峻起来，他把任弼时、关向应叫到一旁，告诉他们，李觉的另两个师已经到了。情况很不妙，一个师都拿不下，再来两个，麻烦就更大。任弼时说："那只有走了？"

贺龙郑重地说："对！三十六计走为上啊！干脆到贵州喝茅台吃狗肉去！"

三人无奈地一笑。任弼时道："这一仗要是打好了，我们再入贵州，那是什么气派。现在只能算是仓皇撤入贵州。"贺龙同意，说："弼时，你刚才发火拍桌子，我可是头一回见你这阵势。"

任弼时沉重地叹一口气："恨铁不成钢啊！"

第十四章

冬日的石阡县城，原本是灰蒙蒙的颜色，这一天，却有了飘动的红色。一串串鞭炮凌空炸响，欢庆的锣鼓声震耳欲聋，红二军团大队人马迈着整齐的步伐进城。很多老百姓好奇地围观，人们兴奋地议论着，指点着，对面前经过的队伍品头论足。

人群里，一位小商贩打扮的青年男子喃喃自语："这是我的老部队吗？……你们又打回来了……"他边说边抹眼泪。

行进的队伍中，丁顺清背着一些炊具，牵着一头驮着铁锅等大件炊具的骡子，自豪地走过来了。这一带离他的家乡不远，自从和老婆龙成英、女儿小婉分手后，老丁一直没得到她们娘儿俩的任何消息。有一回，在行军路上遇到儿子丁天娃，老丁问娃儿，娃儿也说不知道。老丁入伍后，一直很快乐，不知她们是死是活，这是老丁快乐之余最挂心的一件事。

老丁走过去了，他做梦也想不到，他的妻子女儿这个时候已经进入人群背后的一条小巷里，龙成英几乎是拖着小婉，气喘吁吁跑来。大冷天的，她们却穿着破烂不堪的单衣，身上脸上显得很脏乱。小婉跌倒了，龙成英伸手把她拉起来："快快！队伍快过完了！……"

丁顺清随着队伍过去了。

母女二人终于来到大街上，分开面前的人，钻进围观的人群里，瞪大眼睛寻找着。小婉说："妈，咋看不见我爸我哥他们呀？"

龙成英眨巴着眼睛："不会过去了吧？我这眼睛，咋就觉得眼前的人都是一模一样啊……"

队伍继续源源不断地经过，龙成英、小婉焦急地张望着。骑兵队伍过来了，人们更兴奋了。突然，贺龙骑着枣红马出现，他不时地冲围观的人群招手。在他身后，是骑在高头大马上的罗扬和丁天娃等人。

小婉眼尖，先看到了贺龙和哥哥，她大声说："妈！快看，是贺老总，还有我哥！"她跳着脚，大声呼喊："哥！哥！贺老总！……"

龙成英一愣，眼泪奔涌而出："是你哥么？老天爷保佑，你哥还活着啊……"她模糊着泪眼，"你哥在哪？贺老总在哪？……"

小婉指给龙成英看。龙成英揉眼睛，开始怎么也看不清，后来终于看清了，她大声地叫喊："天娃！我的儿！……"

她们的呼喊声被嘈杂的声音所淹没。贺龙、丁天娃的坐骑从她们面前过去了，母女二人在人群里穿行，不停地呼叫着。身边的人望着这两个衣衫褴褛乱喊乱叫的女人，以为她们是疯子，有人取笑她们，她们什么也顾不上了。

眼看着丁天娃保护着贺龙等人进入了县城中心的天主堂，便没了踪影。龙成英领着小婉，跌跌撞撞来到天主堂大门口，持枪的哨兵伸手拦住了娘儿俩，任她们怎么说，人家就是不让进去，说这里是司令部，外人一律不准进入。

龙成英就和女儿商量，只能在大门口等了。

北风呼啸，天寒地冻，娘儿俩瑟缩成一团，睁大眼睛，望着进进出出的军人。哨兵看不下去，就劝道："老乡！大冷天的，快回家吧！"

龙成英、小婉固执地摇摇头。到了下午，在她们快要冻昏过去时，眼尖的小婉看到了哥哥，哥哥陪着贺龙在院子里出现了！小婉什么也不管了，拉起妈妈叫喊着就往里面跑，哨兵再次伸手拦住她们。娘儿俩跳着脚喊："贺老总！天娃！……"

里面的丁天娃一怔，激动地说："妈！小婉！……老总，是我妈和小妹她们，真是她们……"

贺龙也很惊喜："快请她们进来啊！"

哨兵这才收回手。龙成英、小婉跌跌撞撞跑过去，她们泣不成声，说不出话来，贺龙脱下大衣，披在小婉身上，心疼地说："孩子，冻坏了吧。"

丁天娃脱下棉袄披在母亲身上。贺龙道："丁大嫂，快进屋里说话。"龙成英抹着眼泪，连声地答应着，随贺龙进了一个点着炭火的大房子。进去后，贺龙叫丁天娃找来了干净的棉衣，让龙成英和小婉换上了，又端来一点吃的，让她们填填肚子。

龙成英的泪水止不住地往下掉，她眼睛红肿着，说："你们走了后，民团见了红军家属就杀，家里的房子被烧了，东西被抢光了，我和小婉跑得快，差一步没给他们抓着。我们娘儿俩躲到大山里，吃野菜，啃野果，在山洞里藏了一年多……好几次差点让野兽吃掉……以为再也见不到你们了……听说红军要来，我俩从昨晚下的山，跑了八十多里夜路……"

贺龙的眼睛也是湿润的，他说："大嫂，我家的房子不知道被反动派烧掉过多少次了！没关系，只要我们还活着，我们就跟反动派斗到底！你看，你的儿子天娃给我当了警卫员，他打仗很勇敢，也长壮实了不是？见了面，该高高兴兴！"

龙成英、小婉破涕为笑。丁天娃亲热地把小婉揽在怀里。

贺龙说："大嫂，忘了告诉你，你家孩子他爸也好好的！当了炊事班长！"

龙成英激动得眼泪又下来了，她频频抹眼睛："是吗？老东西当上班长了……"

贺龙说："丁娃儿，还愣着干啥，快去叫你爸来啊！"

丁天娃笑着答了声："是！"就跑出门去，骑上马，就往城外大部队的驻地跑去。

傍黑时，在三连住地，一口大锅"咕嘟咕嘟"冒着热气，一只大勺在锅里搅动着。丁顺清扎着大围裙，干得热火朝天。十几个兵围在大锅旁，不停地吸鼻子、舔嘴唇、挤眼睛，啧啧发出赞叹。丁顺清抬起大勺在锅沿上敲敲："躲远点啊！别把口水滴到锅里面！"

战士们嘿嘿笑起来，机枪手王大贵跑到丁顺清屁股后面："丁班长！晚上做啥好吃的？"

丁顺清头也不回："白米饭！猪肉炖山蘑菇！行吧？"

王大贵说："我说这么香，把馋虫都勾起来了，心里痒痒！"

丁顺清说："趁着休整，把你们喂得壮壮的，下面好打仗啊！"

人们都高兴地咧嘴笑。一个兵说："老班长，还不熟吗？"众人嚷嚷着要吃。

丁顺清说："开饭的号子不响，谁也别想喝一口汤。躲远点！"

丁天娃这个时候骑马来到三连，他下马，奔到伙房，丁顺清奇怪地问："天娃！你来做什么？"

没等丁天娃回答，王大贵说："丁班长啊，是你做的菜香，把你儿子都引来了！"

众人大笑，丁天娃有点难为情地小声说："爸，我妈我妹来了。"

丁顺清手里搅动的大勺停下了："她们……还好吧？……我咋夜里还梦见她们来呢……"话没说完，他的眼角就湿润了。

众人都安静下来，丁天娃点头："贺老总让你去。"

丁顺清抹抹眼角，不知怎么办好。王大贵说："丁班长！那就快去吧，去晚了，当心贺老总用烟杆子敲你脑壳！"

气氛又活跃开了。丁顺清解下围裙，对炊事员刘小毛说："再过一刻钟，你就起锅。一会再添两瓢水，千万别糊了锅！"刘小毛说："班长！你就放心快走吧！"

丁顺清答应着，整整衣服，神色庄严地跟在儿子后面往外走。进城的路上，爷儿俩骑在一匹马上，父亲在前，儿子在后，父亲一脸的陶醉和满足，儿子一脸的庄重和自豪……

儿子长大了，成熟了，父亲高兴。父亲也不再像过去那么窝囊了，腰杆子挺起来了，儿子也跟着开心啊！

到了天主堂，见到妻子和女儿，一家人免不了又流一回泪。黄昏时，罗扬亲自来送饭，他从一只竹篮里端出四盘菜，一盆米饭，又拿出四双筷子，一个酒壶，三个酒杯。他端起酒壶，往三个杯子里倒满酒，说："丁大叔，贺老总特意吩咐灶上给做的，说是让你们全家好好团聚一下。天娃，你今天好好陪陪妈妈和妹妹。大叔、大婶，小妹妹，你们慢吃，我先走了。"

老少四口人急忙站起来，无言地送罗扬出门。坐下后，一家人半天都没吭气，似乎谁也不知该说什么，后来，还是丁顺清有主见，他含着眼泪说："你们都亲眼看到了，贺老总对咱们一家太好了……我活了四十多岁，从来没像这一年多来这样高兴过，红军是咱们的救星，是红军使咱们穷人挺直了腰杆，不再像以前那样，被有钱人当成猪狗，任意欺负。咱老丁家大人孩子，无论到啥时候，都不能做对不起红军的事情！"他端起杯子，"来！咱们高高兴兴，干了这一杯！"

丁天娃端起杯子，龙成英抹抹眼角，也端起了杯子。小婉左右看看："还有我呢。"她端起一个茶杯。四只杯子碰在了一块，老少四口均是神色凝重地将酒饮下……

进入石阡后，部队进行休整。李贞、何梅她们几个女兵却是忙得不可开交。她们要搞宣传鼓动，还要负责扩编队伍，到处奔走，有时忙得饭都顾不上吃。这天，在临时办公的地方，何梅写标语，她纤细的手握着一支大号毛笔，在白纸上写下几个有力的大字：当兵就要当红军！

桌子上，地上，摆放着已经写好的标语，都是当时的口号。何梅放下毛笔，围观的人报以掌声。李贞说："何梅呀何梅，你的字真是越写越漂亮了！"

李贞吩咐女兵们赶紧把何梅写的标语张贴到大街上去，姑娘们兴冲冲地拿着标语往外走。这时，罗扬来了，他看了看何梅写的标语，说："字是不错，但还欠一点点火候！"

李贞不干了，说："罗扬，你怎么一点不知道谦虚，你来试试嘛！"

罗扬道："试试就试试！"他挽挽袖子，拿起毛笔，思忖片刻，在纸上写下：中华苏维埃万岁！

他的字笔力遒劲，确实非同一般，女兵们都围上来看，发出啧啧赞叹。何梅飞快地与罗扬对视一下，脸就红了。罗扬正色道："告诉你们，要不是因为参加红军，我就在武汉当大学教授了！"

李贞说："那你去当嘛！我们何梅给你当学生，要不要？"

众人发出哄笑，何梅推了李贞一把："贞姐，去！你少拿我取笑！"

李贞又望一眼罗扬穿草鞋的脚，叫道："哎，罗参谋，何梅给你做的布鞋呢？是不是舍不得穿，又收起来了？"

众人跟着追问，罗扬也脸红了，赶紧转移话题："贞姐啊，噢，该叫你嫂子了！嫂子，自从你嫁给我们甘主任以后，开朗多了，看来，结婚真能改变人啊。"

李贞道："那你也赶快结婚呀！"

众人跟着起哄，何梅脸上一片飞红，扭头想往外跑，罗扬却拦住她，说："哎哎，光开玩笑了，差点忘记正事。嫂子，何梅，任政委派我来叫你们，到他那里去一趟。"

李贞不信，说："你又想骗人是不是？"罗扬说："是真的，任政委正在办公室等你们二人。"这下李贞不敢耽搁了，马上拉着何梅到了任弼时办公的地方，那是天主堂二楼的一个小房间。

进去后，任弼时神色庄重地对她们说道："你们都还记得，前年秋天，短短半个月，六军团就在这一带损失了两千多人，牺牲、被俘、开小差的，约有两千左右，另外至少有几百人，是被打散的，或者是因病因伤掉队的。他们都是从湘赣跟着我们走过来的，是老底子。我时常牵挂这些同志，人生地不熟的，他们能活下去吗？部队要在石阡一带休整一段时间，李贞同志，小何，我给你们的任务是，想办法找一找，看能不能重新让他们归队。"

李贞被任弼时的话所打动，她说："任政委，我和何梅马上就去找。"

何梅说："我们派人到周围的村寨多张贴一些标语，把声势搞大。"

李贞又说："再给各部队交待一下，让他们在驻地多做宣传。"任弼时点头："找回几个是几个。我相信，他们也会牵挂老部队的！"

李贞、何梅告辞，任弼时站起来，把她们送到门外，说："部队休整，你们却不能休息，就辛苦一点吧。等我们有了可靠的根据地，我给你们放假！"

李贞、何梅感激地与任弼时挥手告别。她们离开天主堂，先商量了一下寻找老兵归队的事，李贞突然说："何梅呀，你和罗扬的事，干脆公开了吧！"何梅叹口气："贞姐，长征路上，千难万险，不知哪里是目的地，还有那么多工作要干，哪能顾得上自个的私事！"李贞张了张嘴，一副想要呕吐的样子："长征之前，我也是这么说的，可贺老总、任政委非逼着我和老甘办婚事……现在后悔也晚了。"何梅撇嘴："贞姐，你后悔啥呀？看你整天乐滋滋的，净说假话！"

这时，李贞奔到路边，蹲下呕吐起来，何梅帮她捶背："贞姐，你最近怎么老是呕吐？"李贞满眼是泪："何梅，你还不懂……"何梅立马明白了："贞姐！我明白了，你是……有喜了！"

李贞坐到路边的一块石头上，点点头："真要命，偏偏这时候添乱……何梅，先不要告诉老甘和任政委他们。等瞒不住了，再说。"何梅道："你看琼英大姐，肚子都挺了，也没啥嘛！"李贞严肃地说："何梅，任政委和琼英已经把一个儿子送人了，他们心里是很难过的，这回一定要顺顺利利生下来，好好养着……可是长征路上，女人最怕怀孕啊！"何梅摇头，仿佛是下定了一个决心："贞姐呀，结了婚，麻烦事就是多。我看还是一个人好！"李贞抹抹眼角的泪："我也是这么想，都怪贺老总和任政委。咱们快走吧。"

接下来的一个礼拜，李贞、何梅带着几个女战士，为了老兵归队的事情多方奔走，把通告贴到了石阡县的各个村寨，还派人敲锣打鼓四处放风。她们又在县政府的院子里设立了接待处。何梅亲手写下了一条横幅：热烈欢迎失散红军归队！李贞亲自把它挂在县政府大门口。起初，只有零零星星的人归队，到了第三天，来的人就很多了。

这天下午，在县政府院子里，不少老百姓跑来围观。已经有十几个失散的红军战士站成了一排，他们穿着各式服装，但腰板挺得直直的，神色激动而庄严。那位在红军入城时，一身小商贩打扮的年轻人也在队列中，他叫孙少海，江西人，是在甘溪遭遇战时失散的。

何梅和李贞脸上洋溢着激动的神情，围观的群众热烈地议论着。

李贞亮开大嗓门喊道："还有哪位同志要归队？"

话音未落，一个身材瘦小的小伙子，领着一位白发苍苍的老大娘，走过来："我！"

人们为他们闪开一条道。何梅说："同志，你是？"小伙子道："我叫陈华山！共青团员，是四十九团一连号手，在甘溪受伤后掉队的。"

何梅俯身，在面前的桌子上记录。李贞庄重地说："陈华山同志，请入列！"

陈华山挺胸，大声道："是！"他突然冲老大娘下跪，磕了三个响头，泪流满面地说："干妈！谢谢您老人家救了我，我走了……您多保重。打完仗，我再回来孝敬您老人家……"

老大娘眼含热泪，弯腰扶起陈华山，替他抹去眼泪："好孩子，去吧！干妈等着你回来……"

陈华山点点头，跑步入列，调整着脚步，自动与队列看齐。李贞和何梅的眼圈都是红红的。李贞又问："还有吗？"

这时，一个年轻的姑娘陪着一位英俊的小伙走过来，来到李贞等人面前，英俊小伙大声地喊道："报告！"何梅说："同志，你叫什么名字？"

英俊小伙道："我叫吴敬德！党员，五十二团四连的一名班长，在江口县境内被打散。"

何梅记录，李贞望着他，说："吴敬德同志！请入列！"

吴敬德答道："是！"他转身对年轻姑娘道："秋燕，我去了……忘了我吧，啊？"

年轻姑娘突然捂住脸，哭泣着跑开了。吴敬德眼圈红红地跑步入列，自动与队列看齐。何梅心里酸酸的，她悄悄抹去自己眼角的一颗泪珠。

这时，又有一个高大健壮的汉子，和一个怀抱婴儿的少妇挤过来。汉子喊声报告，说："我也来归队。"何梅嘴唇抖动着："同志，你……"何梅说不下去，李贞接话："同志，你叫什么名字？"汉子道："我叫冯大彪！五十一团机枪连重机枪手，共产党员，在乌江边夜行军时，摔下山崖，昏迷后掉队！"

何梅记录。李贞说："冯大彪同志，请入列吧。"

冯大彪立正："是！"然后他转身，把婴儿从妻子怀里接过来，亲吻一下，又递还妻子："春玲，你和孩子等我回来啊……"

少妇咬着牙含泪点头。冯大彪向妻儿敬礼，然后跑到队列中。在场的人，纷纷落泪。

这时，一位断腿的残疾人，拄着拐杖赶来了，他喊道："李贞同志！小何同志！"

李贞和何梅都是一惊。残疾人说："你们不认识我，我可认识你们。我是六军团供给部的陈春生，听李贞同志做过报告，听小何同志讲过文化课。我这样子，是归不了队了，我这里还有五发子弹，送给你们吧！让它们代替我跟着队伍走吧……"

他流泪了，颤抖着从怀里掏出五发金光灿灿的子弹。

李贞上前，郑重地接过来，递给何梅，何梅捧在手里。李贞说："陈同志，你还有什么要求吗？"

陈春生想了想："让我到队伍里站一会儿，可以吗？"

李贞大声地喊道："陈春生同志！入列！"

陈春生激动地向李贞和何梅行军礼："是！"

李贞、何梅还礼。陈春生拄着拐棍入列，调整着脚步，慢慢地与排面看齐，然后挺胸，庄严地目视前方。在场的人，无不动容，有人小声抽泣。

一滴泪，滴落在何梅手中的子弹上。子弹在阳光下发出耀眼的光芒……

当天晚上，李贞、何梅来到任弼时办公室，何梅眼圈红红地报告，到目前为止，一共有五十六名同志归队。何梅把陈春生和那五发子弹的事情讲了，她把那五发子弹拿出来，递给任弼时。任弼时拿在手里，久久地端详着，许久才道："有这样的战士，红军是不会被打垮的……"

他的眼眶渐渐湿润了。

平静的日子很快过去了，不几日，蒋介石、陈诚调动十五个师，朝石阡一带包抄过来。东面是李觉纵队，东北面是樊嵩甫、郭汝栋两个纵队，北面是陶广纵队，西面是郝梦龄纵队，沿乌江两岸防堵。他们的意图，显然是想把二、六军团消灭于乌江以东松桃以西地区，如不能得逞，则将红军向南压迫，迫使红军与桂军作战，以达到老蒋一石二鸟的目的。

在前敌会议上："贺龙说："敌人来得太快了，这都是便水战役没打好造成的。"任弼时说："如此看来，我们想在石阡地区创建新的根据地，已不可能。"关向应说："石阡地区客观条件也不利于我们长驻，这里粮食缺乏，居民稀少，山高路险，红军难以在此地进行运动战。"任弼时说："看来是非走不可了。老贺，你看，往哪个方向走？"

贺龙提出，只能是往西，想办法过乌江！

乌江能过得去吗？

这个时候的二、六军团，处境无疑是很凶险的，前面有汹涌的乌江及沿江布防的重兵，身后有大批追兵，稍有不慎就会陷入绝境。好在朱德还惦记着他们。朱德对红四方面军的事情插不上手，张国焘不给他任何机会，他就琢磨着对二、六军团用用脑子。

这天，在四川懋功的红四方面军指挥部，张国焘召集众将领开会，他大发其火，吼道："怎么搞的嘛！这仗怎么就越打越不顺？毛泽东、洛甫、周恩来他们跑了，我们要是不打几个好仗，怎么能堵住他们的嘴？怎么才能证明我们南下是正确的？回去都好好总结一下，争取尽快打个大胜仗，谁的部队要是再不争气，谁就把兵权交出来！散会！"

众将领默默离开了，张国焘坐在那里气哼哼地抽烟，他的亲信万秘书拿着一张纸进来，小心翼翼地说："周恩来又来电了。"张国焘恼火地说："是不是又敦促我们北上？不看！"万秘书说："是周恩来致电张主席，想把与二、六军团联系的密码要过去。"张国焘说："要密码？不给！"万秘书请示："那怎么给周恩来回电？"张国焘沉吟道："你就告诉他，我们对二、六军团各种情况甚为明了，完全可以帮助他们，勿念！"

　　万秘书领着张国焘的旨意退出，张国焘背对门，大口吸烟。这时，朱德进来了，苦笑一下："国焘同志，光发火也没有用，先消消气嘛！"张国焘不冷不热："是总司令啊，请坐。"

　　朱德在张国焘身边坐下："国焘同志，二、六军团那边，他们打算离开石阡地区，下一步，你有何打算？"张国焘说："你到过贵州，对那儿情况熟，先说说你的想法。"

　　朱德道："贵州大山太多，很多地方，大部队难以立足。一方面军长征时曾经路过黔西一带，那里地形和群众基础均不错，我认为，黔西、大定、毕节地区可以作为二、六军团的暂时根据地。"

　　张国焘问："乌江天险，他们能过得去吗？"

　　朱德伸出手指在水杯里蘸点水，在桌子上划拉着："他们早晚要过乌江，晚过不如早过，想办法把乌江守敌调动开，我看是可以过去的！贵州的核心是贵阳，敌人最怕红军打贵阳，如果威胁贵阳，敌人肯定会调兵增援，那样一来，乌江沿岸就会有空子可钻！"

　　"佯攻贵阳？"

　　"去年这时候，毛泽东就用的这一招，果真把敌人调开了。"

　　张国焘不悦地皱眉头："哼！就依你说的办吧。"

　　朱德站起来："国焘同志，你把中央与二、六军团联系的密码留下之后，二、六军团只能由我们来指挥了，他们要是有大的闪失，我们二人对党没法交待啊！"

　　张国焘也站起来："二、六军团那边，就请总司令多费点心思。万秘书，万秘书！"

　　万秘书进来，张国焘叮嘱道："你一会把总司令拟好的电文，以总司令和我的名义，速发二、六军团！"

　　部队就要出发了，贺龙回到临时住处收拾东西，他把手枪别好，把衣物装到一个皮箱里。丁天娃进来，吞吞吐吐告诉贺龙，他的母亲和妹妹又来了。贺龙说："那就请她们进来啊，也好告个别。"

　　话音未落，龙成英牵着小婉的手进了门。龙成英叫了声："贺老总！"小婉甜甜地喊："老总叔叔！"贺龙高兴地答应着："都坐下吧。"

没人坐。贺龙奇怪地问："丁大嫂，你想说什么？"龙成英欲言又止。贺龙说："丁大嫂，小婉子，别难过，我们还会打回来的！"

龙成英突然冒出一句："贺老总……我想跟着队伍走！"

贺龙猛地一愣，缓缓摇头不语。龙成英说："贺老总，我的针线活儿好，我可以给红军做军服。我还会打草鞋，一夜能打十几双。我能做很多事情呀！"

贺龙仍是沉默着，丁天娃紧张地望着贺龙。龙成英又说："老总，我可以不吃红军一口饭，我自己一边乞讨，一边跟着队伍走，只要让我跟着走就行……"

贺龙有些被打动了："丁大嫂，红军需要你这样的人。可是，你走了，小婉怎么办？"

小婉立即大声说："老总叔叔！我也要当红军！"

贺龙惊愕地说："你？"

小婉说："对！老总叔叔说过，要带我当红军的！"

贺龙感慨万千："小婉，老总叔叔是说过，等你长大了，一定带你走。可是，你还没长大啊！红军要走很远的路，天天行军打仗，你这个小女娃儿怎么吃得消啊！"

小婉说："老总叔叔，我不怕吃苦，能走路，能爬山，还会游泳，一点都不比大人差，吃得还少，省粮食，你就带上我吧！"

贺龙摇头。小婉快哭了："老总叔叔！我还会唱歌呢！要是你不带我走，我死也不离开，红军走到哪，我就跟到哪！"

龙成英恳求道："老总，我们全家，活是红军的人，死是红军的鬼！红军救了俺全家，俺的命就得交给红军……无论怎样，俺全家决不后悔，就是要跟着红军走！"

贺龙明显被打动了。小婉又说："老总叔叔！我听别人说起过——只要跟着贺胡子，走遍天下也不怕！"

贺龙挥挥手："娃儿啊！不是跟着我贺龙，而是跟着共产党走，我们都是跟着共产党走……娃儿，唱个歌吧。"

小婉眼里噙着泪水，点点头，唱起来——

当兵就要当红军，

处处工农来欢迎，

打倒土豪分田地，

来耕田来有田耕……

……

不知何时，窗外站满了人。人们静静地听小婉唱，全都被这歌声打动了。贺龙的眼里，也渐渐蓄满了泪水。

当晚，部队出发了，在行军的路上，贺龙的耳边，仍然不断回荡着小婉童稚的歌声——

当兵就要当红军，

处处工农来欢迎，

红军上下都一样，

没有哪个压迫人。

当兵就要当红军，

处处工农来欢迎，

买办豪绅反动派，

杀他一个不留情！

……

这一家子，为了红军，什么都不顾了，让贺龙，也让任弼时非常地感动。贺龙吩咐罗扬，让龙成英和小婉随军团部行动，并尽量让何梅、李贞照顾好她们母女二人，不能出任何差错。

收到朱德、张国焘的电报，是在离开石阡以后。朱总司令、张总政委完全同意二、六军团到黔西一带开辟根据地，而且也与他们佯攻贵阳的想法不谋而合，这让任弼时、贺龙、关向应深感振奋。关向应说："我们进不了贵阳城，到贵阳的郊区开开眼界，也不错嘛。"贺龙说："那咱们就马不停蹄，直奔贵阳。"任弼时吩咐参谋长李达："告诉部队，只准打到郊区，不准擅自攻城，只要城内能听到枪声，我们的目的就算达到了。"

红军离贵阳尚远，顾祝同在贵阳就感受到了空前的压力。他眼下的职务是重庆行营主任，应该说蒋介石是很看重他的，派他来协调西南地区的作战事宜，节制西南地区的各路军阀。红二、六军团突入贵州后，蒋介石为了一举把他们消灭在贵州境内，情急之下命令顾祝同赶赴贵阳坐镇。

顾祝同到贵阳的第一件事，就是严令国军各部队，抢在红军前面，沿乌江两岸严密布防，无论如何不能让红军渡过乌江。他认为，最关键的是要搞清红军从哪里渡江，这样才可一举而聚歼之。他在心里默念：乌江啊乌江，就指望你发挥神力了……

顾祝同的脑子里整天琢磨：共军会在哪个渡口出现？一旦有确切消息，他就驱赶各路部队扑过去。然而一天深夜，正在睡梦中的他却被一阵刺耳的电话铃声惊醒。他预感到大事不好，果然，电话里参谋长报告，共军主力奔贵阳来了，而且前卫离贵阳已不足五十里了！

他惊得坐起来问："他们会不会是经过？"参谋长回答说："他们仍在全速向贵阳挺进！"

他想了想，说道："赶紧命令九十九师和二十三师，立刻向贵阳收缩防守！"

这两个师是防守乌江的部队，他们的防地在乌江上游鸭池河，离贵阳不太远。这个时候，他只能保贵阳，而对乌江防线顾不了那么多了。

顾祝同余悸未消地放下电话，穿衣下床。共匪竟然趁着贵阳城防空虚，来攻城了，这还了得！黎明时分，全城响起刺耳的警报声，全城实施戒严。而此时，红军的前卫部队已到贵阳东郊，离城只有三十里了。

在指挥所里，顾祝同对眼前发生的事情仍然不大相信，他沉吟："贵阳兵力虽然单薄，但他们那么点兵力，敢攻城吗……"

就在这时，又有部下闯入："报告！南京急电，蒋委员长的专机一个半小时后到达贵阳机场！"

顾祝同几乎跳起来，不相信似的："什么？……"他用力擂桌子："委座啊！这个时候你来凑什么热闹！……"

此时，贺龙等人离贵阳也不远了，他们站在一座小山上，望着部队前进的方向。李达匆匆跑来报告，说："有个好消息，敌人在贵阳以西乌江上游防御的两个师，被我们调到贵阳来了！"任弼时一拍巴掌："太好了！我们可以乘虚西渡乌江！"李达又说："另外，根据我们截获的情报看，遵义方面的敌人的三个师，都有南渡乌江截击我们的迹象。"

　　贺龙突然一惊："李达！拿地图来！"

　　李达一挥手，两个参谋过来，把地图铺开。贺龙指着地图说："敌人这三个师如果渡乌江南下截击，我们仍然过不了乌江。"

　　关向应问："有什么办法不让他们南下？"

　　任弼时望着贺龙："老贺，必须把这三个师的敌人滞留在乌江北岸！"

　　众人都沉默着，不停地吸烟。贺龙沉思一阵，用手比划着说："我军主力先不急着往西，绕过贵阳往西北走，怎么样？"

　　任弼时眼睛一亮，指着地图："给敌人造成我们从这里渡江、北取遵义的态势，这三个师的敌人就不敢动了！"

　　贺龙说："是！然后，我们解除右翼的顾虑后，再往西，渡江！"

　　关向应击掌："老贺、弼时，这步棋很妙啊！"

　　任弼时赞同地点头："到了黔（西）、大（定）、毕（节），我们立即在该地区实施战略展开，创建新的根据地！"他让李达赶紧告诉萧克、王震他们，就按这个思路，给部队下达命令。

　　蒋介石说来就来了，顾祝同硬着头皮到机场迎接。他们钻进轿车，蒋介石和顾祝同坐在后排的座位上。车外，城区的警报声仍在似有似无地鸣响，路两旁，三步一岗，五步一哨，戒备森严。顾祝同竭力保持着镇静，说："真不凑巧，委座好不容易来一趟贵阳，却又赶上共匪前来袭扰……"

　　蒋介石镇定自若地说："去年我在贵阳，就赶上朱毛奔袭。今年，又赶上了！"他自嘲一般笑起来，顾祝同不知说什么好。蒋介石又道："我看呢，他们十有八九还是声东击西，这是共匪惯用的伎俩，不必惊慌！"

　　顾祝同小声地说："是。"

　　"贵阳城防有多少兵力？"

　　"为了护卫委座，我刚紧急调来两个师。"

　　蒋介石不易察觉地松一口气，闭目沉思片刻："两个师，足够了。"

　　很快到了顾祝同指挥部，二人单独交谈。蒋介石说："时下，三股共匪都到了穷途末路，逃窜到陕北的毛泽东，已不足万人，随时都有可能被剿灭；在四川的徐向前，屡战屡败，实力大为削弱；你面前的贺龙、萧克，从湘西夺路而来，也是疲惫不堪，能否抓住战机，在乌江东岸消灭他们，就看你的了！"

顾祝同说："卑职愿尽全力为党国效劳！"

蒋介石道："饭要一口一口地吃。顾主任，我把你从重庆调来坐镇贵阳，就是希望你能在贵州，率先解决三股共匪之中的这一股。如果你成功了，你就是党国的第一功臣！"

顾祝同心头暗喜："谢谢委座信任！"

蒋介石问："还有什么困难吗？"

顾祝同说："这个……兵力上尚显单薄……"

蒋介石沉吟片刻："那就把万耀煌纵队从汉中抽调入黔吧！"

顾祝同道："多谢委座！万耀煌在四川与徐向前部作战，屡屡得胜，他能到贵州来，我就如虎添翼了！"

蒋介石说："加上万耀煌纵队，你手下就有八个师，四十多个团了吧？而且都是精锐之师。再算上外围归你节制的部队，共八十多个团的兵力，对付贺龙、萧克，绰绰有余了！"

这时，电话铃急促地响起来。顾祝同看一眼蒋介石，蒋介石示意他接电话，他过去，拿起话筒。是他的参谋长打来的，口气焦急："顾长官！共匪主力向西北方向走了！他们会不会经息烽北渡乌江攻打遵义？去年朱毛共匪就是这么走的……"

话筒音清晰地传出来，蒋介石神色突然严峻了。顾祝同捂住话筒："委座，您看？……"

蒋介石挥挥手："这是你的权力，你下命令！"

顾祝同略略思索片刻，遂坚定地对着话筒说："你们听着，原打算调往乌江南面的三个师，一律不要动，在乌江北岸加紧布防，无论如何，不能让共匪再取遵义！"

顾祝同放下电话："委座，共匪之所以屡屡逃脱，卑职认为，他们就如同耗子一样，窜来窜去，机动能力极强，我军呢，仿佛是一头牛，虽有力气，却是动作太慢，有劲使不上啊！"

蒋介石赞同地点头："是啊，我希望国军里面，多出几只灵敏的猫！"

这时，门外有人报告。蒋介石道："进来。"

侍从室主任晏道刚进来，说："委座，飞机准备好了。"

顾祝同一愣，心想委员长还是对我这里不放心啊，忍不住就说："委座怎么不住一晚？"

晏道刚替蒋介石回答："顾长官！南京方面有要事，委座必须马上返航！"

顾祝同反应过来："好，好。"

蒋介石站起身，几人沿着长长的走廊往外走。蒋介石冷不丁问道："顾主任，你的胃病好些了吗？"

顾祝同说："还行。"

蒋介石道："要多保重啊！夫人从美国特意给你捎了一些药来，我给你带来了！"

晏道刚说："委座，已经交给顾长官的随从副官了。"

顾祝同感动地说："多谢委座和夫人……"

蒋介石来贵阳，只待了半天时间，却把顾祝同忙得团团转。把蒋介石送走，他才松了一口气，心想委座在贵阳的这半天，幸亏没出什么大娄子，如果共匪真的来攻贵阳，麻烦就大了。

夜里，他睡了一个好觉。天亮起床，刚走进指挥部内，就接到报告：共军今晨突然出现在乌江上游鸭池河。他惊愕片刻，感到大事不妙，疾步走到墙上的"乌江江防图"前观看，急问："是主力吗？"

副官回答："据报，是贺龙、萧克全部的主力……"

顾祝同思索一阵，脑袋一热，突然痛心疾首地长叹几声，继而发出大笑，笑毕，他说："妙！妙招啊！……他们佯攻贵阳，迫使我把九十九师、二十三师调往贵阳，贵阳以西的乌江防务就变得空虚了。他们怕我们拱卫遵义的三个师南下，又故意造成北渡乌江攻取遵义的态势，把我那三个师滞留在乌江北岸，然后突然西进，直奔鸭池河！一下子就把我苦心经营的乌江防线撕破了一个大窟窿，就这么简单！乌江，已经挡不住他们了……委员长这才刚走，我怎么向委座交待呀？……"

他把电报纸撕碎，一点一点丢到地板上，像小孩子玩游戏那样。他有些神情恍惚。副官劝他："顾长官，共匪确实狡猾，薛岳、陈诚、胡宗南他们，更是多次放走共匪，委员长也没怪罪他们呀……您不必多虑。"

顾祝同恼怒地说："不要再说了！"

他颓然坐下，良久不语。这个时候再补救，已经来不及了。但也不能坐视不管，他决定再把九十九师和二十三师从贵阳城里派出去，让他们重新回到鸭池河。

一天半之后，副官又报告说，九十九师和二十三师追到河边时，红军已经渡河完毕，浮桥也烧毁了。至傍晚，他们的前卫占领了黔西县城。

顾祝同烦躁地挥挥手，副官退下。发誓把共军消灭在乌江以东的顾祝同变得沉默了。

也不是没有好消息，第三天，又有人来报告，十三师师长兼纵队司令万耀煌将军从汉中来到贵阳。他猛地站起来，吩咐道："快！快去迎接！"

万耀煌是员猛将，在四川等地多次与徐向前的部队交手，收获颇丰，他能来贵州，下一步对追击共军自然有用，因此顾祝同不敢怠慢，立即去城门口迎接。

第十五章

到了黔西，大家的心情立刻变得轻松愉快了。晚上，在一间还算像样的餐厅内，两个军团的主要领导聚餐。说是聚餐，其实就在桌子中间摆一大盆热气腾腾的炖肉，外加一大盆白米饭。只要有肚量，足够你吃的。

七八双筷子同时伸向大盆，往外夹肉，贺龙、任弼时、关向应、萧克、王震、李达、甘泗淇、夏曦等人每人端着大碗，碗里盛着米饭，狼吞虎咽地吃着。王震摘下帽子，咕哝道："好吃！痛快！再多放点辣椒就好了……"

关向应说："这几年真是害苦了我这个东北人，跟你们这些南方人一块吃饭，我真受够了！"

众人笑起来，贺龙说："向应啊，我看你现在吃辣子的水平，不比我们差啊！"

众人又笑，关向应说："我是没办法！"

见大家笑够了，任弼时道："咱们边吃边议议，下一步怎么办。"

议论的结果是：任弼时、关向应、王震、夏曦、甘泗淇等人先行出发到大定、毕节，创建根据地，贺龙、萧克、李达等人留下打仗。次日上午，贺龙等人为任弼时等人送行，贺龙说："你们几位就放心地先走吧，争取把黔大毕地区创建成一个可靠的根据地！这边由我、萧克和李达来堵住敌人，不让你们分心！"

任弼时忧虑道："预计敌人重兵会很快追过来，你们的担子不轻啊！"

萧克说："已经好久没好好和敌人打一仗了，他们来了，正好解解馋！"

贺龙说:"创建根据地,工作千头万绪,很辛苦,你们要多保重!尤其是弼时同志,不要老是熬夜,把身体搞坏了,将来中央问起来,我贺胡子担当不起啊!"

任弼时说:"好!我们都多保重!老贺、萧克、李达同志,再见了!"

他们腾身上马,在一片告别声中,马队向前奔去。到了大定,任弼时、关向应留下了。王震、夏曦马不停蹄,率部往毕节而去。

迫于红军的强大,再加上地下党的配合,守卫毕节的敌人居然没作任何抵抗,就弃城出逃了。大军进城,群众夹道欢迎,气氛特别热烈。去年,红一方面军曾经在这一带活动过,当地群众对红军不陌生,他们欢迎红军的到来。

王震、夏曦骑在马上并排行进,他们自然十分兴奋。进入城门之后,王震说:"恐怕贺胡子、弼时、向应他们想不到,我们不费一枪一弹就进了繁华热闹、赫赫有名的毕节城!"

夏曦点点头,他的心情也很好。自从到六军团协助王震工作后,他正一点一点地走出过去的阴影。他说:"王政委!你知道吗,传说毕节就是古代夜郎国的国都!"

王震感兴趣地看他一眼:"是嘛!……夜郎夜郎;夏主任,我们啥时候都不要夜郎自大呀!"

夏曦点头:"是啊!王政委你看,这里的群众基础太好了!地下党的工作也开展得卓有成效,我们在这里创建根据地,真是选对了地方!"

王震道:"这都是去年毛主席率中央红军路过时,撒下的革命火种啊!哎,夏主任,你和毛主席还是同学吧?"

夏曦自豪地说:"我和润之是长沙师范学校的校友。我早就看出来了,润之是旷世奇才!"

二人赞叹着毛泽东,很快到达了驻地。

毕节是一座历史悠久的文化名城,是黔西、川南、滇西北的中心城市。红军刚渡过鸭池河,离毕节尚远,毕节街头就乱套了,有钱的人家争相出城躲避。国民党毕节地区专员莫雄还算冷静,他在出城前先想到了一个叫周素园的人,这人是贵州有名望的人士,莫雄想说服他出山,为党国效力。于是,他悄悄来到周素园家。

这天中午，五十七岁的周素园身穿长袍马褂，正在书斋认真读书，他不时用红毛笔在书页上进行批注。年老的管家进来禀报说："老爷，毕节专员莫雄来访。"周素园略一沉吟：他来干什么？

没等周素园找到答案，就有大笑声传来，莫雄已进至院中。周素园起身相迎，走到书房门口，抱拳拱手道："莫专员，稀客呀！屋里请！"莫雄也抱拳道："周老先生！打扰打扰！"

莫雄入室落座，管家亲自为其上茶。周素园心中揣度着莫雄来访的动机，道："请用茶。"自己抱着一只少了把儿的紫砂壶"咕噜咕噜"喝着，"莫专员日理万机，今番来敝舍，有何贵干呐？"莫雄摇头，语气诚恳地说："周老先生，共匪已经占了黔西、大定，正向毕节进犯。他们烧杀抢掠，十恶不赦，值此危难之际，莫雄想请先生出山，先生德高望重，为我黔西一带最有名望的贤达人士，先生登高一呼，必能带动全城人民共同抵御共匪……"

周素园打断莫雄的话："莫专员！据老朽所知，红军秋毫无犯，他们只是革所谓的土豪劣绅的命。你看，老朽是土豪劣绅吗？"

莫雄大笑："当然不是，当然不是！"

周素园道："既如此，老朽何必要跟红军作对？"

莫雄见周素园不愿意为国民党出力，他知道这个老头子的倔脾气，也就不再勉强。他叹口气："唉！先生不愿出山，莫雄就不勉强了。但先生是贵州名流，是党国的财富，共匪来了，必然会对先生一家动武，莫雄着实为先生担忧呐！不如先带着全家，跟我到别处暂避一避，免得……"

周素园打断他："莫专员！老朽既然不怕，就不走了。老朽还想奉劝你一句，赶紧撤走算了，你们也打不赢红军，贺龙当年就是闻名四方的虎将，你何必要拿鸡蛋碰石头？"

谈了一阵，莫雄见无计可施，只得告辞，回到专员府安排撤退之事。周家清静了好几天，周素园吩咐，全家人务必老老实实在家呆着，谁也不准乱跑。他打算先观察一下，他知道，红军会来找他的，如果红军还需要他，他也许会"出山"。他都这把年纪了，来日不多了，如果再不做点事，真的就是一辈子终老于此了。

他盼着来人，却没想到，这天下午，闯来几个红军的士兵。共有七个人，他们冒冒失失来到还算气派的周宅院门口，用力地拍门，吆喝着：再不开门就要开枪了。

拍门声传到后院，周家的一群衣着朴素的家人战战兢兢，有的在抹眼泪，有的在打哆嗦。众人都眼巴巴地望着周素园，周素园镇定地说："不要怕，你们该干什么，就干什么去！老范，你去开门。"

老范就是那个老管家，他跑出去打开门，那七个士兵冲进来，其中一个领头的说："我们来打土豪，都不要动！"

两个士兵站在大门口警戒，其余的飞跑进院子，进入各个房间。

那个领头的就是杨连根，他现在是侦察连的副班长。杨连根来到厨房，揭开米缸，发现只有一点点碎米。菜橱里，放着没吃完的素菜，有的盘里只剩一点菜根，还舍不得倒掉。他感到奇怪。

几分钟后，其他人陆续从各个房间跑出来，也都空着手，都很纳闷的样子。一个说："这家这么大的宅子，怎么啥值钱的东西都没有啊？"一个说："被褥都打了补丁的，哪像有钱人啊？"又一个说："杨班副，那个房间有好多书，有个老头在里面，金银细软什么的，会不会放在书柜里面？"

杨连根想了想："没准有鬼。我们去看看！"

他们来到书斋，周素园仍在看书，眼皮都不翻一下。杨连根打量着巨大的书柜，打开柜门，拿出一些书来，翻腾着。周素园终于抬起头来，清清嗓子，说："小伙子，别翻了，白费事，没听说书里面藏得下金银财宝的。我要是有钱人，还不早跑了？"

杨连根等人似信非信，一时不知怎么办好。周素园说："我家的钱，都买书了。若是想看书，你们可以拿一点走。"

杨连根问众人："你们谁认字？他这些书会不会是反动书籍？"

众战士均是摇头，杨连根就说："老头，这样吧，我们先借你几本书，拿回去让领导看看，要是没啥问题，我们再还回来。"

周素园说："请便吧。"遂低头看书。

杨连根吩咐道："找个口袋来！"

结果，他们拿走了一麻袋书籍。这些书层层上报，最后到了军团政治部主任夏曦手里。开始夏曦没把这些书当回事，以为是哪个穷酸秀才家的四书五经，当他拿到手里一看，吃了一惊。这堆书里面有《物种起源》《资本论》，还有孙中山、陈独秀、李大钊，甚至毛泽东的著作！他翻阅这些书，看到书的主人在每本书里面都作了大量的阅评，有些眉批还很精彩、独到，可以看出此人思想很进步。

夏曦坐不住了，抱着这堆书来找王震。王震翻了一阵，也感觉有意思，问道："这人到底是个什么人？"

夏曦道："我专门了解了一下，此人是贵州辛亥革命的元老，担任过贵州军政府行政总理和云贵川总司令部秘书长，在西南军政界很有威望。如果他肯出面为我们做事，那太好了！"

王震点点头，关切地拍一拍夏曦的肩膀："哎，夏主任，最近你可瘦多了！创建根据地，你们政治部工作最繁重，我听说你常常忙得饭顾不上吃，一夜只睡两三个钟头，这怎么行呢？还得注意身体呐！"

夏曦心里一热，眼睛不由湿润了，王震这么关心他，让他更觉得战友之情的可贵。他说："王政委，没关系！前几年我夏曦做错了很多事情，越想越后悔啊……现在只有拼命为党工作，才能让我心里好受一点……"

他们决定亲自到周素园家里看看，杨连根带路，一行人走进了周素园家的院子。听说是红军的高级领导来拜访，周素园急忙迎出来。王震抱拳施礼，道："周老先生，我是红六军团的政委王震，这位是政治部夏主任，我们还书来了！"

周素园抱拳还礼，朗朗一笑："王将军！夏将军！区区几本书，何劳跑一趟啊！快请进！"

几人进入周素园宽大的书斋，杨连根把书籍仔细放到书桌上，不好意思地冲周素园笑一下，做个鬼脸，退了出来。

坐下后，夏曦说："周老先生，昨天我们几个年轻战士不懂事，冒犯您了，请原谅！"

周素园道："我就喜欢年轻人，他们来寒舍，我高兴啊！"

王震笑道："周老先生，你当过大官呐，红军来了，你为什么不跑？"

周素园说："我当过大官不假，但没做过伤天害理的事，又没发过不义之财，除了这栋祖上传的房子，还有这些书，没有别的家产，两袖空空，何必跑？"

王震说："我不明白，你为什么对马列书籍感兴趣？"

周素园郑重地说："孙中山的革命失败了，如今的中国乱成这个样子，我总该寻找救中国的真理嘛！不瞒两位将军，我研究马克思列宁的学说足足有十年了！我认为马克思讲得对，所以我相信马克思主义。这和贵党、和你们红军是不是有点殊途同归啊？"

夏曦兴奋地说："我们的信仰完全是一致的！"

王震说："先生这是关起门来闹革命啊！"

周素园哈哈大笑："可惜人老了，只能纸上谈兵喽！"

王震说："不！先生完全可以出山，为抗日救国做些事情！"周素园一震："出山？"

王震就把他的打算说了，他说红军要在黔大毕一带创建新的根据地，需要动员人民群众支持红军，还需要招兵买马，扩大力量，如果周老先生能够出面为红军做些事情，那就求之不得。周素园当即表示，他愿意为红军做任何事情。王震、夏曦感谢一番，遂告辞出来。

几日后，任弼时、关向应等人从大定赶到毕节，王震把周素园的情况讲了，任弼时也很高兴，说："我看就让周素园担任贵州抗日救国军的司令员，以他的影响力来为红军扩大队伍，团结国民党上层开明人士。"

王震和夏曦就再一次来到周家，把任弼时的意见告诉周素园。周素园见推辞不掉，就爽快地答应了。他说干就干，暂时找不到合适的办公会所，干脆就把司令部设在自己家里。他择了一个阳光晴朗的日子，先在大门口放了好一阵鞭炮，又挂起一块崭新的牌子，上书：贵州抗日救国军总司令部。

那天，城里有很多人跑来围观，周素园脱掉长袍马褂，穿上了红军的服装，但未佩戴领章帽徽。他站在高处，向众人演讲，他慷慨激昂地说："各路英雄豪杰们！本司令吁请：一切抗日反蒋的武装队伍，不愿受蒋介石压迫而携械散在山林的白军官佐、士兵，及民间绿林好汉，不分政治派别，不论成分，一致联合起来，组成抗日救国联军，与红军携手，共同打倒日本帝国主义与卖国头子蒋介石，以扩大民族革命战争的力量。各路英雄，这里，就是你们的家！"

他又亲自率领众人到城中各处张贴告示，四处宣扬他的抗日主张。不几日，就有数百人从城外赶来入伙，为此，他的家里好不热闹。

根据地建设红红火火，在黔西的贺龙、萧克却遇到了很大压力。万耀煌率中央军十三师绕过红军的阻击部队，突然袭占了黔西，立即把被红军阻隔于鸭池河东的郭思演纵队两个师接应过河，现在这两部敌人齐头并进，贺龙和萧克只能在大定至毕节之间的战略要地——将军山拼死阻敌！

这场战斗持续了七天七夜，从一开始就呈现出白热化。每天，万耀煌的部队都数次拼死冲锋，万耀煌清楚，只有打下将军山，才能进逼毕节，于是，他亲临前线督战。山上山下，双方阵亡者的尸体横七竖八，到处都是。

萧克劝贺龙留在大定，他自己把指挥所设到离将军山很近的山林中。由于连日应战，顾不上休息，加上受凉，一天中午，萧克突然晕倒，指挥所内的几个参谋人员吓坏了，他们把萧克抬到一张行军床上，一个劲地摇晃着他，又给他灌了一点水，萧克才慢慢醒来。刚睁开眼睛他就想站起来，挣扎几下又无力地倒下。

赵参谋说："军团长，你发高烧了！烫得厉害！"

萧克说："没事的……挺一挺就能过去……"

赵参谋说："我马上报告贺老总！"

萧克伸手制止："不要！贺老总够忙的了，不要让他再为我分心了。哎，刘转连师长呢？"

"刘师长上一线了。"

"将军山各阵地，战况怎么样？"

赵参谋叹口气："敌人连续冲锋，有的阵地已经几次易手……"

萧克说："我们对万耀煌急进估计不足……扶我起来。"

不远处，枪炮声仍在激烈地响着。见赵参谋等人站着不动，萧克说："你们去找个担架来，我要到第一线看看。"

参谋们都愣着。萧克威严地说："执行命令！"赵参谋见军团长发火，只好去找担架。

就在这个时候，将军山下的一顶帐篷前，国民党十三师师长万耀煌正举着望远镜观察战况，镜头里面，他的部队与红军在山坡上激战的场面清晰可见。万耀煌放下望远镜，问左右："共匪在将军山坚持多久了？"

他的副官道："报告师座，已经坚守六天六夜了！"

万耀煌转过身来，对着团以上的众将领发表演说，他说："对付共匪，我只有一个办法：不给他们喘息之机！就像对付蛇，你不打死它，它回头就会咬你一口。眼下，他们已成强弩之末，我们应不惜一切代价，轮番冲击将军山阵地！"

众人连连称是。万耀煌又说："蒋委员长、顾长官对我十三师器重有加，我们在四川重创过徐向前的部队，贺龙、萧克的部队一样挡不住我们！只要占领将军山，打通西进的道路，他们就会撤出大定和毕节。弟兄们！我十三师唯一的使命就是——消灭贺、肖共匪于黔西山区，用胜利报效蒋委员长！"

众人挥起拳头响应。

又一轮冲锋开始了。将军山西侧的一个阵地，渐渐支持不住了，万耀煌的部队攀登上来，却未遇到阻击，显然是山上的红军全部阵亡。千钧一发之际，三连的炊事班长丁顺清挑着担子，快速爬上来了。快爬到山顶时，老丁高喊道："哎，同志们——开饭了！白米饭，猪肉炖山蘑——"

没有回应。

他不祥地摇摇头，继续往上爬。爬了几步，他傻眼了！战壕里，没有一点动静，他所在的三连七八十个人横七竖八地躺着，老天爷呀，所有人都牺牲了！

担子缓缓从老丁肩头滑落，竹筐倒了，向前滚动，饭菜洒了一地。而此时，敌人又嗷嗷叫着爬了上来，距山顶阵地只剩下几十米的距离。老丁霎时清醒过来，他大叫一声："狗杂种！"扑进战壕，抱起一挺轻机枪扣动扳机，但是打不响，他换上一梭子弹，再次扣动扳机，子弹一串串射出，敌人一片片倒下，他哈哈笑着，流着泪，笑声又像哭声……

突然，他左臂中弹，接着，胸部中弹。他咬紧牙关，继续射击……

他身上不知中了多少弹，顿时成了一个血人……

终于，在他身后，增援部队及时赶了上来，战士们跳进战壕，用猛烈的火力把敌人打了下去。枪声停止了，有人跑到丁顺清跟前，抱起他呼唤："老丁！丁班长！……"

不一会儿，两个战士用担架抬着萧克，上到山顶。人们迎上去，抢着说："军团长，多亏了老丁……"萧克挥手示意人们噤声。担架放下，赵参谋去扶萧克，萧克站起来，抬手打掉赵参谋伸过来的手，走到弥留之际的丁顺清身边，蹲下，轻声道："老同志！老同志！"

赵参谋说："老丁！你醒醒！军团长看你来了！……"

老丁终于吃力地睁开眼，用最后的力气道："军团长……请你转告贺老总……我老丁没有当孬种……"

说罢，老丁闭上了眼睛。萧克缓缓站起来，倒退两步，整整衣帽，向着丁顺清，向着满战壕牺牲的烈士，向着燃烧的战场，缓缓地举手敬礼。他的眼里渐渐蓄满了泪水……

人们自动站到萧克身后，也都举起手，庄严地敬礼……

毕节街头太热闹了，尤其是在临时搭起的征兵报名的台子前，很多青年围过来，要求当红军。当然，他们很喜欢小婉唱歌，小婉一遍遍地唱《当兵就要当红军》，嗓子都唱哑了，她还是努力地不停地唱。

小婉用她的歌声宣传红军，她的母亲龙成英更是闲不住。任政委要求供给部利用在毕节创建根据地的机会，为两个军团的每个指战员做一套新军装，龙成英和几百个姐妹一起，不分昼夜地赶制军服，她眼睛红肿，嘴唇干裂，左手被针扎得血迹斑斑，针孔一个挨一个，她也不觉得疼，干劲十足。

当然，这个时候，小婉和她的母亲并不知道，丁顺清已经牺牲了。

贺龙带着罗扬、丁天娃等人从大定来到毕节，第一印象就是毕节太热闹了，他们听到了小婉的歌声，看到了排着队要求当红军的各族青年，贺龙心想，把小婉带出来看来是对了。丁天娃对妹妹的表现更是满意。

他们还注意到，街道两面买卖兴隆，人群熙熙攘攘，叫卖声不绝于耳。贺龙饶有兴趣地望着面前的热闹场面。丁天娃凑上来，说："老总，我听说这里的根据地建设搞得很红火，老百姓非常拥护红军，我们的队伍又扩充五千人了，真了不起啊！"

贺龙道："黔大毕的人民为我们二、六军团做了大贡献呐！哎，小鬼，你这是听谁说的？"

丁天娃冲罗扬努努嘴。贺龙一指罗扬："是听何梅说的吧？"罗扬满脸冤枉："老总！自打离开石阡，我就没见过她！"

贺龙感慨地说："是啊！整天行军打仗，难得见一回面啊。"

罗扬说："老总不也是好久没见小捷生她们母女俩了。"

丁天娃道："老总，这回我们能在毕节长驻下去吗？"

贺龙神色突然严峻起来，微微摇头。就在这时，一位老者挡住贺龙等人去路："请问，你是红军的大官吗？"

贺龙道："老大爷，你找红军的大官，有什么事？"

老者颤巍巍拿出一张脏兮兮的票子："你看看，能不能给兑换兑换。"

罗扬上前接过，看一眼说："老总，这是江西中央苏区印发的一元票子。"说完递给贺龙。贺龙仔细看着，罗扬小声嘀咕："估计是上次中央红军路过这里时，因大洋不够，就把这些票子作为购物凭证给了群众。"

贺龙点头："罗参谋，你们谁身上有大洋？"

丁天娃说："我这有。"他掏出一块银元，递给贺龙。贺龙递过大洋："老大爷！我来给你兑换！"

老者颤微微接过大洋，十分感动地向贺龙鞠躬道谢。谁知，又有很多人围上来，他们举着票子叫道——

"我这里有三元！"

"我有一元！"

"我也有一元！"

……

罗扬、丁天娃等人焦急地望着贺龙，贺龙知道事情重大，当下答应老乡们，红军一定给他们兑换。他们加快脚步赶去见任弼时、关向应等人。一见面贺龙就把经过说了，他表示要给群众兑换，这不是小事。他说："这种票子如果被敌人发现，老百姓就有掉脑袋的危险，所以它不仅仅只是个经济问题。"

关向应说："六军团供给部的同志估计了一下，这种票子在这一带大约有一万多元。"

任弼时的态度也很明确，他道："告诉同志们，不要心疼，有多少换多少。"

贺龙说："一律用大洋去换，一块换一元，还要抓紧！"

吴向应："好！我马上去办！"

由关向应亲自出马，尽管不少人感到心疼，但这件事还是顺利地解决了，此举进一步密切了二、六军团与驻地群众的关系，群众更加信任红军，根据地建设蒸蒸日上。

也是到了毕节，丁天娃才得知父亲牺牲的消息，他呆愣了一阵，然后放声地哭泣。贺龙和罗扬的眼里也蓄满了泪水，贺龙抚摸着他的脑袋，轻声劝道："丁娃儿，记住你的父亲吧，他是一条英雄好汉呐！……你让我想起贺炳炎，他父亲牺牲的时候，他才十六岁，比你还小两岁呢。"

丁天娃哭着点头。贺龙突然想起什么："哎，罗扬，贺炳炎怎么样了？"

罗扬道："他还在军团卫生部养伤。"

贺龙说："贺炳炎他父亲牺牲后，他突然就长大了，懂事了，作战更勇敢了。这才几年，他就当了师长，成了有名的战将……没有了父亲，当儿子的就会感到肩上的担子更重，丁娃儿，你能挺住吗？"

丁天娃抹一下眼泪："老总，我能挺住，你放心吧！"

贺龙赞赏地点头，丁天娃一头扎进贺龙怀里，轻轻啜泣。贺龙像父亲那样，轻轻抚摸着丁天娃的后背，两颗硕大的泪珠，滚落而下……

有消息说，国民党十几个师正从四面八方向毕节包围，以毕节为中心的红军临时根据地，难以再坚持下去了。红军在毕节演的这一出大戏，该收场了。

连日来，周素园变得沉默了。他当了一个多月的抗日救国军司令，为红军纳了不少人才，红军要走了，他也动开了心思。这日在书斋，他仍旧穿着没有领章帽徽的红军服装，久久打量着巨大的书柜，喃喃地对管家说："老范，无论如何，都要把这些书保管好。"

老范说："老爷，我打算把它们运到乡下我的老家，藏到山洞里……"

周素园满意地点点头，念叨："没有它们，我周素园可能还在黑暗中摸索……"

他盼着红军方面能有人来跟他说事情。果然，这日王震和夏曦来了，他很高兴地把他们请进书斋。寒暄几句，王震说："周老先生，噢，我们的周司令！红军要进行战略转移，贺老总、任政委指示，你老的年纪大了，身体经不起折腾，就不要随队伍奔波了，打算把你转送到香港去，请你到那里继续为我党作统一战线工作。他们还指示，把一批黄金、大洋，送给你做活动经费和生活费！"

王震冲门外一招手，两个红军战士抬进一个沉重的箱子。周素园摇头，他也冲老范一招手，老范把一个皮箱提过来，放在他们面前。

周素园说："王政委，夏主任，这是我的行李，都准备好了。"

王震和夏曦满意地点点头。周素园却道："但我不是去香港，而是跟你们长征！"

王震和夏曦都有些发懵，周素园站起来，王震和夏曦也急忙站起来。周素园目光坚定地说："我周素园在黑暗社会里摸索了几十年，想为国家做些贡献却到处碰壁，现在遇到了红军，才找到了光明，这是我的福气啊！……请二位务必告诉贺总、任政委，我周素园就是爬着走，也要跟红军长征！我就是死，也要死在红军队伍里！"

王震和夏曦感动不已地望着周素园。这么重大的事，他二人做不了主，回到驻地后，立即向贺龙作了汇报。贺龙一掌拍在桌子上，激动地望着王震："我贺龙就佩服这样的人，有骨气！就是拿十八个人不去打仗专门照顾周素园，抬，我也要抬着他长征！"

王震也激动地捏紧了拳头。

红军说走就走，这天清晨，出征的军号声，在古城上空响起。

在毕节街头，一队队红军战士全副武装列队，待命出发。十字街口，周素园身穿佩戴了领章和帽徽的新军装，在几个卫兵护卫下，精神饱满地向前走来，后面跟着他的马匹，还有他的家人和仆人。

另一个街口，贺龙、任弼时、关向应及随从人员牵马走来。

他们都停下了。

周素园上前两步，庄严地举手敬礼："报告贺总、任政委、关副政委！老兵周素园前来报到！"

贺龙等人还礼。贺龙问道："老先生，都准备好了吗？"

周素园道："都准备好了！"

贺龙道："从今往后，我们就同患难，生死与共喽！"

周素园道："同患难，生死与共！"

贺龙道："好！丁天娃！"

丁天娃上前两步："到！"

贺龙道："我命令你，带一个班，负责保护、照顾周老先生！"

丁天娃答道："是！"他半转身，"警卫一班的，跟我来！"

他们成一路纵队，在丁天娃带领下，跑步到周素园身边。丁天娃向周素园敬礼："首长，请上马！"周素园感激地点点头。丁天娃像侍奉父亲一样，很有些动情地扶周素园上马。这边，贺龙、任弼时、关向应也相继上马。

周素园一脸肃穆地向流泪的家人和管家挥手："夫人！老范！你们都多多保重吧！等革命胜利了，我再回来！再见了！"他的夫人、管家及几个仆人哭了，他却没有流泪。

贺龙一挥手："出发！"

在告别声中，一匹匹马迎着霞光向前走去。在他们身后，队伍在十字街口汇聚，汇成一股洪流，向前，向前……

红军离开毕节的消息，马上就被贵阳的顾祝同知道了。顾祝同喜不自胜，他认为红军一定会全部钻进乌蒙大山中。他得意洋洋地对部下说："云贵高原之乌蒙山，层峦叠嶂，交通困难，人烟稀少，物资极度匮乏，加之眼下天寒地冻，多民族杂居而少数民族居多，民情格外复杂，他们钻进去，我有五个纵队前后左右围追堵截，兵力是他们的十几倍，看他们还能生存多久？"

副官接话："也许不出一个月，我军就能大获全胜！"

顾祝同摇头："一个月，太久了！我要在半个月内瓮中捉鳖，聚歼共匪主力于乌蒙大山中！传令各纵队，不惜一切代价，全速追击围堵！"

出毕节不远，红军就进了莽莽苍苍的乌蒙山区。到了七星关附近，萧克、王震、夏曦骑在马上行军，一位红军军官打马追上来，他行至萧克等人面前勒马停住，报告说，抗日救国军一支队司令席大明的队伍拉不动。

王震恼火了："什么？他不是说好随我们走的吗？"

军官说："可他临阵又变卦了，说他们这支队伍的枪支是当地苗族老乡凑钱买的，不能离开本地。地下党的同志建议，最好派一名职务高的首长再去说服一下。"

萧克、王震思考着派谁去合适，夏曦立即表示，他愿意去。萧克、王震犹豫着。夏曦说："席大明的队伍有一千多人和枪，不带走他们，太可惜了！我去试试看！"

没等萧克、王震发话，夏曦就和他的警卫员小郑调转马头，飞速驰去。他们二人在山下面一条平坦的道路上纵马奔驰，明丽的阳光照耀着他们远去的身影。前面一条小河挡住了去路，夏曦和小郑跳下马，小郑说："首长，怎么办？"夏曦说："看样子水不深，我们蹚水过去。"小郑问："马呢？"夏曦说："河那边就是席大明的驻地，我们把马拴在这里吧。"

他们把马挂在河边的树上。小郑说："首长，水太凉，我背你过去。"夏曦拒绝，说："不用，我自己来。"二人脱掉鞋子，挽起裤腿，下水了。小郑在前，夏曦在后，往水中走了几步，小郑尖声大叫："不好！有暗流！"

话音未落，小郑被水卷走了。夏曦正想着如何去救小郑，可自己也倒入水中，被水冲走，只见两人挣扎了几下，就被水淹没了。

岸上，两匹马腾空嘶鸣……

行军的路上，罗扬把夏曦牺牲的消息报告了贺龙和任弼时、关向应，三个人惊愕地望着罗扬。贺龙问："消息确切吗？"罗扬说："萧克军团长和王震政委派人来报告的。"

任弼时痛惜地说："他只有三十五岁，太可惜了！夏曦同志自从认识到自己所犯的错误之后，拼命为党工作，六军团的同志对他评价不低呀！"

关向应说："他是两头好，中间错。"

贺龙长叹一声："真是命运无常呐！……罗扬，你去告诉萧克、王震，买一口好棺材，把他葬在他牺牲的地方吧。"

任弼时说："再立个碑，将来，好让人们纪念他。"

红六军团的人按照贺龙、任弼时的指示，把夏曦葬在了河边的一座小山包上，坟前的木牌上写着：夏曦同志之墓。萧克、王震各自亲手在夏曦的坟前挖了一个树坑，分别栽上一棵小松树，这算是对夏曦最后的纪念。萧克等人离开后，坟前显得空荡荡的，只有两棵新栽的小松树在风中摇晃着。

一匹马从远处跑来。

近了，近了……骑在马上的是贺炳炎。他的右臂袖管空荡荡的。他默默地下马，立在坟前，目光复杂地凝视着坟墓。许久，他立正，缓缓抬起左手，用左手给夏曦——那个曾经的仇人的坟墓敬礼……

红二、六军团一头扎进莽莽苍苍的乌蒙山区之后，才知道那里面的道路是那么的难走，其实压根就不算正经的道路，只不过是一些羊肠小道而已。更要命的是，在各路敌人的封锁包围之下，根本就搞不到吃的，两个军团一万五千多人经常一天吃不上一顿饭。

红二、六军团迎来了长征以来最困难的时候。

几乎每一天，天空都阴沉沉的，红军在千回百转的山间道路上艰难行军，凉风呼啸，人们瑟缩着身子行走。周素园骑在马上，头和脖子包裹得严严实实，丁天娃亲自为他牵马。有丁天娃保护，周素园觉得有一些安全感。

在他们身后不远处，是女兵队伍。何梅和几个女兵搀扶着腹部已明显隆起的陈琼英和李贞行走。蹇先任背着小捷生向前走着。小婉倒是不知疲倦地跑前跑后，脚步轻快。她的母亲龙成英背着一大捆干草在行走，一阵风吹来，一团草掉落在地上。龙成英喊道："小婉！把它捡起来。这些草够打半只草鞋的！"

小婉听话地捡起那团草。

贺龙、任弼时、关向应基本上很少骑马，他们的马上驮着物资或重伤员。任弼时不时地咳嗽，他的气管有毛病，肺也不好，经常咳嗽。这天，贺龙突然说："弼时同志啊，这么转来转去的，部队是不是有意见了？"

任弼时据实相告："是有意见，但是不这么转，不行啊！"

关向应道："几个师、团的干部都提出来，找个机会好好打一仗，把屁股后面的敌人吃掉！"

贺龙道："敌人不光在我们屁股后面，我们前后左右都有！就怕吃不到敌人，反被敌人咬一口！"

任弼时说："对，只有不停地转，才能寻找到战机，才能摆脱敌人的反复合围，才能转到外线去！敌人巴不得我们的主力跟他硬拼呢！"

关向应说："我马上到几个部队走一走，把情况给大家讲清楚。告诉大家不要怕走冤枉路，我们走得越快，走的路越多，敌人越是拿我们没办法！"

贺龙、任弼时点头。做具体的思想政治工作，关向应最适合。

红军在乌蒙大山里狼狈不堪，国民党军也是一样。在崎岖的山路上，李觉率领下的湘军被拖得快走不动了，他的得力部将胡旅长说："师座，你看看这些大山，马没法骑，重武器没法带，连望远镜都用不上，远近除了山还是山，这是些什么鬼地方！"

李觉说："胡旅长，共匪最愿做的事情不就是钻山沟吗？他们进了山，就像鱼儿进了大海，想捉他们，难啊！"

胡旅长说："可他顾祝同一天一个电报，恨不得让我们不吃饭，不睡觉，不拉屎撒尿，拼上老命追击共匪，老子都快给拖死了！他们呢？在贵阳城里享清福！"

李觉说："胡旅长，好好混吧，等你混成个上将，也就用不着亲自跑到大山沟里捉共匪了！"

几人无可奈何地笑笑。这时，一个军官跑过来报告说："我们的前卫已经咬住了共军的后卫部队，是不是可以投入战斗？"李觉与胡旅长等人交换一下眼神，问："友军都在什么位置？"军官回答："他们离共军尚有一定距离。"李觉就说："我们一个纵队，没把握吃掉他们。先不慌打，等友军上来再定。"

就这样走走停停，一直没有发生大的战斗。

而在另一段崎岖的山路上，万耀煌的部队也在痛苦地行军，副官向万耀煌报告："师座！我们的粮食只够两天了。"

万耀煌说："顾长官不是说马上给运来吗？"

副官道："你看这路，暂时运不进来啊！"

万耀煌道："命令部队，每人每天粮食减半！"

副官为难："可是……"

万耀煌瞪起眼："少废话！老子带头减！"

副官见万耀煌来真格的，这才传令去了。

第十六章

　　贺龙右脚的脚后跟裂了一个一寸多长的大口子，裂口处有血水流出来，他拄着一根树棍，一步一跛地在石子路上走着，每走一步，他的身躯就微微颤抖一次，有时疼得他龇牙咧嘴。而他的枣红马上，却驮着一个伤员。伤员望着贺龙的脚后跟，无声地流着泪。

　　罗扬看不下去，叫来一副担架。贺龙头也不回地说："拿走！我贺龙好多年没坐担架了，你不要让我破这个例！"

　　罗扬不动，贺龙威严地吼："拿走！"

　　罗扬只好一挥手，两个担架兵只得扛着担架走了。贺龙一步一跛地往前走去……

　　途中休息时，贺龙坐在一块石头上，脱掉右脚上的草鞋，问警卫员小刘，还有油脂吗？小刘就从怀里掏出一个油纸包，打开递给他。

　　里面只剩下一小块猪油了，贺龙捏起油块，在脚后跟裂口处抹着，抹着。然后，他拿过长烟管，摁上烟叶，划火柴点着，猛吸两口，把烟管放到脚后跟裂口处，烧灼伤口。裂口处皮肉发焦，血止住了。最后他再用猪油抹一下。整个过程中他痛得咬住嘴唇，脸色发白，额角上沁出了汗珠。

　　警卫员们都不敢看，扭过脸去，贺龙却恶狠狠地说："痛快！痛快！"

　　这时候，罗扬跑过来说："卫生部贺部长来了。"贺龙哼一声，说："他来了也拿我脚上的口子没办法。"卫生部长贺彪不是为他脚上的口子来的，贺彪皱着眉头说："老总，任政委他……"

贺龙焦急地问："任政委怎么了？"

贺彪道："任政委可能患了肺病。"

贺龙焦灼地望着贺彪，心想这可不是个好消息，在这兔子都不拉屎的乌蒙山里得肺病，性命可能就在旦夕之间。于是，贺龙十分严肃地说："贺彪啊，你一定要想办法治好任政委的病！你们都晓得，当初要不是任政委带着六军团，带着电台，冲破敌人的封锁线和我们会合，说不定我们现在还是离群的孤雁呐！所以我告诉你们，任政委不能有任何闪失！"

贺彪说："老总，我们会竭尽全力的。"

不一会儿，任弼时的担架员小毛从后面跑上来，说："任政委就是不坐担架，他说怕影响战士们的体力，谁劝都不行，贺老总，你快去劝劝吧。"贺龙一听，丢下木棍，虽然一步一跛，但仍是快速地朝任弼时行军的方向走去。

果然，任弼时一边剧烈咳嗽，一边拄着木棍，虚弱而艰难地行走着。贺龙老远就说："弼时同志！你不能不听人劝呐！"

任弼时虎起脸："老贺，你跑来干什么？"

贺龙道："你就别打岔了！快上担架！"

任弼时道："我又不是走不动，你快好好走你的路吧，别费口舌了。"

任弼时继续往前走，贺龙指着他的后背："你这个人什么都好，就是太倔！"他冲罗扬招手，罗扬靠近，贺龙小声地说："向应、王震、李达、泗淇同志就在这附近吧？你快把他们叫来，一块劝劝这个老犟头。"

罗扬赶紧跑开了。不到一袋烟的工夫，那几个人都跑来了，大伙你一句我一句，又是批评又是劝，把任弼时弄烦了，他无奈地说："好好好，我坐我坐，行了吧？让你们劝得我心烦！"

罗扬等人急忙搀扶任弼时躺到担架上，贺龙、关向应、王震、李达、甘泗淇都欣慰地笑了。关向应说："你早坐上去，不就好了嘛！免得我们费半天口舌！"

众人说笑几句便散开了。贺龙陪着任弼时往前走，任弼时躺在担架上，贺龙拄着木棍一步一跛跟在一旁。气氛终究是太沉闷了，贺龙脑子一动，便要给弼时同志讲笑话，他说："给你提提神。你听着啊，从前，有父子二人，挑着酒去卖，雨后路滑，父亲一不小心摔倒了，酒坛子就摔碎了，酒洒了一地。儿子一看不好，趴到地上就猛喝一气，抬起头来时，见父亲仍在那里发呆，儿子就说："你还愣着干什么，难道等菜吗？'"

任弼时哈哈大笑起来："好你个贺胡子，你肚子里的笑话可真多啊！"笑着笑着，他突然看到了贺龙右脚跟上的裂口。裂口仍在流血。他不笑了，动情地盯着贺龙的脚后跟，渐渐地，他的眼睛潮湿了……

这是什么样的情谊啊？任弼时扭过脸去，悄悄抹去眼角的一颗泪珠。

这一阵子，在乌蒙大山里转来转去，人们都给转得晕头转向，疲惫不堪。每到宿营时，大伙往地上一躺，倒头便睡，也不知道饥饿和寒冷了。

这天晚上，侦察连在山坡上宿营，呼噜声响成一片。杨连根却睡不着，他见身边的连长翻身，好像也没睡着，就小声地说："连长，我们好久没打仗了吧？"

连长道："周围都是敌人，但具体敌情又不明，怕捅乱了马蜂窝，听说军团首长下不了决心。"

杨连根道："捉个舌头来问问，不就行了。"

"说得容易。"

"我去捉个舌头。"

"就你？别说梦话了，快睡，明天还要行军。"

连长睡着了。杨连根仍是睡不着。次日天未亮，他就悄悄爬起来，跑了一段路，然后钻进山坡上的一片树林。林子里很静，很远处好像有说话声，他想了想，左右看看，飞快地爬到一棵大树上，往远处张望。

真是该当他露脸儿——他看到，有三个人从另一个方向钻进了树林。他们慢慢近了，是三个国民党的士兵，倒背着长枪，这三个人边走边说，他们都是四川口音——

"妈的！格老子不想混了，我们干脆开溜吧。"

"要得，要得。"

"老子也干够了，要跑一块跑！"

他们走到杨连根藏身的大树下解手，杨连根眼珠转动着：怎样下手？他很快就有了主意，从口袋里掏出一块石头，朝一个方向甩出去。砰的一声，砸在一棵小树上，那三个人赶紧提上裤子，一个说："什么人？"循着声音，那个敌兵跑了过去。

杨连根又向另一个方向甩出一块石头，又有一个敌兵被吸引过去，树底下只剩下一个敌兵了，这个敌兵端着大枪，左右观望着。杨连根打量一阵，瞅准时机，从树杈上跳下，正好骑在那家伙的脖子上，他双拳用力一击那家伙的太阳穴，敌兵当即昏过去，他弯腰扛起他，一溜烟跑远了。

天大亮了，罗扬兴冲冲来到贺龙、任弼时、关向应面前报告说，杨连根一大早捉到了万耀煌部的一名逃兵，那家伙供称，万耀煌正亲自率领十三师，经得章坝向镇雄前进，离我们很近了。

贺龙等人兴奋地对视一下，他们马上都意识到这是一个歼敌的良机，如果把万耀煌这个骄狂的家伙一举敲掉，各路敌军就会驻足不前，就可击破顾祝同的围剿计划。

贺龙说："我要亲自审问一下，逃兵在哪儿？"

杨连根的声音传来："在这儿！"随着话音，杨连根神气活现地和连长一起押着那个逃兵走来。任弼时难得地哈哈大笑："杨连根呀杨连根，你立功了！"

这几天，任弼时的肺病明显减轻了，这么一来，他更是心情舒畅，病也忘到脑后了。

在山脚边一个僻静处，贺龙、任弼时、关向应、李达四人紧急磋商。任弼时咳嗽一声，指着地图："我认为应该当机立断，改变原定行军计划，去迎击万耀煌，打开我们南进的道路！"

关向应说："如果敲掉万耀煌，我们也许就能够跳出这乌蒙山区了！"

贺龙兴奋地一挥大烟斗："好！李达，命令卢冬生率红四师两个团，速向得章坝方向迎敌！命令郭鹏、廖汉生率红六师，在红四师左侧平行前进，准备侧击来敌！"

红十八团被派到得章坝正面打伏击。

这个名叫得章坝的地方，其实是个很长的干沟梁子。天气尚早，上面的小草还未转绿，凉风一吹，不时地有沙土扬起来。

红十八团隐蔽在最高的那一片山梁上。十八团的团长现在是成本新，他和政委余秋里配合，十八团保持了贺炳炎当团长时的那股子猛劲，每逢战斗，总是被指挥部赋予重任。

半晌午时，敌人大摇大摆进入伏击圈，成团长一声断喝："打！"战士们猛烈射击，敌人一片片倒下。残存的敌人跑到对面山坡上向这边射击。

成团长一挥手，号手吹响冲锋号，成团长站起来："同志们冲啊！"

站在他身边的余秋里，看清了对面朝这边射击的敌人，遂大喊："成团长！危险！"

余秋里跳起来，用左臂推开成团长。一串子弹射来，他左臂多处中弹，猛地震颤一下，五指立刻垂了下来。

成团长大喊："余政委！……卫生员！快扶余政委下去！"

余秋里讷讷地说："还好，是左手……我不下去！我在这里喊喊口号也好啊！"

战士们在冲锋，余秋里扔掉手枪，用右手托住左臂，随着冲锋的队伍高喊："同志们！活捉万耀煌啊！快活捉万耀煌啊！……"山下土路上的部队，正是万耀煌指挥部的人员，约有两个营。万耀煌望着乱作一团的部队，挥枪叫喊："给我顶住！给我顶住！"副官惊慌地说："师座！共匪直接冲进了我们的司令部，部队都被分割开了……"

"活捉万耀煌"的呐喊声清晰地传来。万耀煌四处看看，眼珠一转："孙副官，你带人往东面突围，我们的主力全在那个方向。"

孙副官朝身边的人大喊："你们跟我来！"带人往东面冲去。瞅准时机，万耀煌迅速脱掉军装上衣，扔掉帽子，只身钻进树丛中，朝相反的方向溜掉了。

万耀煌的指挥所虽然遭到伏击，但他的部队毕竟训练有素，在失去指挥的情况下，他的主力仍能够自行脱离险境，所以他的损失并不大。

仗打完了，继续行军。贺龙和任弼时、关向应骑马行进。好在任弼时的病已减轻许多。关向应叹口气："让十三师主力逃脱，我们没能歼灭更多的敌人，可惜呀！"

任弼时道："关键是南进的道路没打开。"

贺龙道："好歹也算是教训了万耀煌一下子，看他还敢不敢猖狂！"

任弼时道："下一步，还得在这乌蒙大山里转圈子，但愿能早一点转出去，拖久了，部队会拖垮的。"

贺龙、关向应都皱起了眉头。正在这时，罗扬骑马追上来报告说，十八团政委余秋里左臂负重伤。任弼时心头一震，忙问："要紧吗？"余秋里离开他后，他时时关注着那个颇有才干的小伙子。

罗扬沉重地点点头:"骨头打断了,神经也断了……另外,钟子明患伤寒病,医生说他快不行了。"

这天傍晚,红二军团卫生部的宿营地,人们都在谈论左臂负伤的余秋里和奄奄一息的钟子明,这两个人都是有名的人物,他们的生死牵动着大伙的心。

宿营地的一角,龙成英忙着打草鞋。进入乌蒙山后,罗扬遵照贺龙的指示,安排龙成英和小婉随军团卫生部行军,防止他们掉队,因为卫生部有不少骡马,实在走不动了,可以骑上走一段。

龙成英打好了一双,小婉拿起来,跑到钟子明的帐篷里。来卫生部之后,小婉总觉得这个大哥哥好可怜,他瘦得皮包骨头,可她听人说,他原本又高又壮,像头牛;还听说他犯过错误,差点被贺老总枪毙。小婉看不出他有啥毛病,只是觉得他可怜。

钟子明躺在帐篷里昏迷不醒,小婉来到他身旁,蹲下,久久望着他,然后,把草鞋仔细地穿到他的脚上。一名护士端来一碗稀饭,准备给钟子明喂饭。小婉就说:"大姐姐,让我来。"

护士把碗递给小婉就走了,小婉用小勺给钟子明喂汤。钟子明咽下两口后,似乎有了知觉,轻轻睁一下眼睛。小婉笑了。

外面,几个战士搀扶起吊着绷带的余秋里,让他坐在一块大石头上。他头上冒着冷汗,疼得不敢说话。他在帐篷里待不住,心乱如麻,伤口疼得钻心,出来坐坐,吹吹凉风,还好受一点。

贺炳炎从一顶帐篷里走出来,大大咧咧跟余秋里打招呼:"老伙计!没想到我们在这里见面了!"

一个战士说:"贺师长,余政委的胳膊,大夫说可能保不住了。"

贺炳炎一惊:"什么?"待明白过来后,他突然哈哈大笑:"老兄!这么说,我们两个都成一把手了!"

余秋里痛苦地咧咧嘴角,说不出话。贺炳炎笑着笑着,眼睛潮湿了。这时,几匹马驰过来,原来是罗扬、贺彪陪同任弼时来了,大家站起来迎接。任弼时搂住余秋里的肩膀,说:"小余,不要动。"

余秋里咬牙点点头,痛苦地说:"首长,幸亏不是右手,没关系……"

任弼时道:"小余,就不要说话了。"关切地用手替他擦去额头上的冷汗。

罗扬说:"秋里同志,贺老总给你安排了一副担架,任政委送给你一件皮衣挡寒，关副政委送给你一块油布遮雨。都给你带来了。"

两个身体健壮的战士把担架和皮衣、油布放到余秋里面前。这个时候，这些东西就算是最珍贵的了。余秋里眼角噙满了泪，因伤口疼痛而表情痛苦地、一字一顿地问道："首长，我想知道，谁接替我？"

任弼时道："红四师副政委杨秀山同志接替你担任十八团政委。"

余秋里满意地点点头。任弼时道："小余，安心养伤，啊？我们再去看看钟子明同志。"任弼时等人走了，余秋里望着任弼时的背影，眼角的泪终于滚落下来。

贺炳炎随着任弼时往前走，他说："任政委，我都好利索了，让我归队吧！"任弼时说："炳炎同志，这得贺彪同志说了算。"贺彪说："贺师长，你就安心在这住一段，到时候我会让你出去。"贺炳炎叹气："不能打仗，我都快急死了。"

贺炳炎停下不走了。

贺彪等人陪任弼时继续往前走。贺彪问："政委，你的身体好点了吗？"任弼时轻轻咳嗽一声："好得差不多了，贺彪同志，谢谢你和卫生部的同志们。"

贺彪领着任弼时等人进入一个帐篷，小婉刚刚给钟子明喂完饭。钟子明已经清醒了，任弼时爱惜地抚摸一下小婉的脑袋，小婉笑着跑了出去。

任弼时蹲在钟子明的面前，钟子明声音微弱地："政委……"

任弼时示意他不要说话："钟子明同志，贺老总很关心你，特地让我给你捎来一斤红糖，让你安心养病。"

罗扬把红糖放到钟子明枕头旁。两颗硕大的泪珠，从钟子明深陷的眼窝里滚落下来。任弼时伸出手，替他抹去眼角的泪。然后，握住钟子明的手："一定要挺住啊，坚持下去，就是胜利。"

钟子明含泪努力地点头。

帐篷外的大石头前，小婉脱下余秋里脚上的烂草鞋，给他换上一双新的。她冲余秋里甜甜地一笑。余秋里也咬牙笑了一下，伸出右手，抚摸一下她的小脑袋。这个小妹妹，伤病员个个都喜欢她。

没几天的工夫，龙成英身体就变得很虚弱了，行军路上，她一步三晃，眼睛发花。她蹲下，从乱草丛中拔出一棵细小的野菜，趁别人不注意，塞进嘴里，嚼几下就咽下去。小婉远远地看见了，走过来："妈，你的粮食呢，是不是又送给伤病员了？"

　　龙成英揽过小婉："孩子，红军战士和你的哥哥天娃是兄弟，他们都像是妈的儿子，都像是你的亲哥哥，是不是？"

　　小婉懂事地点头，龙成英叹口气："他们都还是孩子，还要打仗，妈是大人了，少吃两口没关系，要照顾好他们，对不对？"

　　小婉又点头，龙成英抚摸着女儿的小发辫："孩子，你快往前走吧，多陪陪伤病员哥哥们。"

　　"妈，那我走了。"

　　龙成英望着小婉往前走去。然后她蹲下，从草丛里寻找野菜。她拔下一棵，趁别人不注意，就塞进嘴里。这时的她瘦得只有六七十斤，给人的感觉是风一吹就能摔倒。

　　每到宿营的时候，小婉就闲不住，她跑来跑去，帮护士姐姐照顾伤员。她对余秋里和钟子明格外地好，余秋里的左手已经发黑变细，怪吓人的，但她不怕；钟子明似乎好点了，能吃饭了，眼睛也有神了，她对他说："你死不了。"

　　有时她还给伤病员们唱歌，使他们减轻伤痛。她最爱唱的一首歌，是她那年在困牛山下的烈士坟墓前曾经唱过的——

　　　　天凉了，

　　　　起风了，

　　　　离家的亲人噢，

　　　　你不要走太远……

　　　　天凉了，

　　　　下雨了，

　　　　远行的亲人噢，

　　　　你何时把家还……

　　伤病员都被小婉的歌声迷住了，很多时候，余秋里的眼角蓄满了泪，钟子明的眼角，有泪珠悄然滚落下来……

　　小婉还小，她只关心别人，没有去关心妈妈。这天夜里，龙成英走到了自己生命的尽头。在深夜的宿营地，人们都睡着了，远处有狗吠声隐隐传来。月光下，龙成英坐在那里，依靠着一棵树，仍然在吃力地打草鞋。她的面前，放着已经打好的几双草鞋。

她的眼睛睁不开了，手却停不下来。黎明时分，她的身躯僵硬了，她的手里仍然紧紧拿着一只未打好的草鞋，她的面前，整整齐齐地摆着十双已经打好的草鞋。

小婉醒了后，来找妈妈。她一步一步走过来，轻唤道："妈，妈……"

龙成英凝固在那里。小婉轻轻上前："妈，你累了，就别打了，快歇歇吧……"她轻轻地去拽母亲手里那只草鞋，却拽不动。这时，她才突然感觉不对，立刻就泪如泉涌，大声地喊："妈！"

小婉抱住母亲，撕心裂肺地哭。人们关切地围过来，所有人都明白了，大家都流出了眼泪……

卫生部的人把龙成英当夜所打的那些草鞋，送到了贺龙、任弼时、关向应面前。龙成英，这个普通的苗家女人，把贺龙等人感动得热泪涟涟。贺龙拿起那只未打完的草鞋，颤抖着说："老丁大哥牺牲了，丁大嫂也牺牲了，他们的一对儿女，还在我们的队伍里战斗……"

任弼时道："他们一家，堪称我们红军的楷模啊！"

关向应从贺龙手中接过那只未打完的草鞋，对罗扬说："罗参谋，你找一个同志，把这双草鞋打完吧……"

罗扬默默地接过，当下就找到了何梅。何梅流着泪，把那只未打完的草鞋续完了。她把一双草鞋捧起来，动情地抱在怀中。罗扬又把杨连根叫来，何梅看着他换上。当他知道这双草鞋的来历时，立即也哭了。他立正，向何梅和罗扬敬个礼，迈开大步跑走了。罗扬与何梅深情地望着对方，然后他们也挥手告别……

前面，还有很远的路要走。

钻进大山一个多月了，还没有走出去的意思。人们都是愁眉苦脸，牢骚声四起。有的说："我们在这大山里，要转到什么时候啊？真他妈要命！"有的说："是啊，不被敌人打死，也会被自己拖死。"有的说："走走走，不晓得要到哪里去。"

经常是走着走着，就有人倒在路边死去了。开小差的，更是不计其数。

敌人那边，情况一样不妙。万耀煌在得章坝大难不死，心劲却是大不如前，他害怕红军跟他拼命，因此不敢再冒进，而是和友邻部队行动一致。除了他战斗力比较强外，喜欢山地作战的湘军，也给拖得疲惫不堪。

李觉病了，躺在担架上，他面色枯黄，不停地咳嗽。胡旅长跟着李觉的担架走，说道："师座，我们在山里转了一个月了，被共匪给拖得疲惫至极，士气低落，全师已有近两千人开小差了。"

李觉沉默不语。

胡旅长又道："所幸包围圈已经缩得很小了，成功与否可能就在这几天。"

李觉摇一下头："胡旅长，对彻底消灭共匪，不瞒你说，我是持怀疑态度的。你还记得吧，自萧克从湘赣突围，我们就一路穷追不舍，从湖南追到贵州，再从贵州追到湘西，在湘西对峙了一年，他们又突围了，我们又追，从湘西一路追过来，基本上是他们跑多少路，我们就跑多少路，前前后后，总有一万多里了吧？他们叫长征，我们这叫什么？"

胡旅长苦笑。

"贺龙、萧克两股共匪，加起来不过万把人，我们多少部队在追？装备、供给不知要比他们好多少，可为什么总是不能一举消灭他们？这里面除了国军各自为政，以图自保的原因，还有一个原因，就是共匪有极强烈的信仰！你还记得困牛山他们跳崖的情景吧？他们简直就不是人，是神！他们就像这满山遍野的野草，你割了一茬，又冒出一茬，是永远割不尽的！而我们呢？我们有信仰吗？"

"有啊！三民主义啊！"

"屁！说得好听，本党有几个人不是为自己活着！共匪呢？他们好像不光是为自己活着吧？他们心里装着更多的人，他们无私，所以他们才不易战胜。唉！我们的蒋委员长真应该好好地反思一下！"

"属下承认，共匪确有许多让人佩服的地方。"

"我们都恨共匪，因为他们若是成功了，我们就会死无葬身之地！所以我们十分痛恨他们！为此，我的老泰山和我，在剿共上，应该算是很积极的。但是，痛恨归痛恨，积极归积极，我们也不想拿出全部的本钱和共匪去拼，我们拼光了，拼死了，蒋委员长不会为我们难过的！"

"师座，这回如果真打起来，我们怎么办？"

"我们不去抢头功，但我们也决不能让共匪从我们身边溜掉。还记得吧？去年底，他们从湘西突围时，陈诚以堵防不力为由，给了我两次处分。我不想再领处分了。"

说罢，李觉无力地闭上了眼睛。

傍晚，两个军团的主要领导都坐在石头上，中间一块大石头上摆着地图。气氛很沉闷，大多数人在闷头抽烟。刚才，参谋长李达报告，这一个月，光是掉队和开小差的，就在两千人左右。关向应感叹："离开湘鄂川黔根据地以来，这是我们处境最艰险的时候。"

任弼时说："部队怨气是很大，可是，只有多跑路，我们才能甩开敌人嘛！"萧克说："部队经过长时间连续行军，非常疲劳，机动能力已受到很大影响。"王震说："而且，敌人的包围圈越来越紧，我们可以回旋的地区越来越小。"

任弼时摊开双手："你们都说说，下一步我们怎么办。"

半天没人接话。任弼时道："大家可以设想，我们情况不妙，敌人情况更不妙，他们从湖南、湖北、四川让我们拖到这里，比我们更受罪。更重要的是，他们各个纵队只受顾祝同指挥，行动不一致，包围圈虽然小了，但漏洞还是有的。"

贺龙猛抽几口烟，拿烟杆子使劲在石头上磕几下，站起来："对！敌人对我们永远估计不足，这一个月转来转去，他们会以为我们垮得差不多了，也增加了他们的骄气。现在是时候了，我认为我们应该以迅雷不及掩耳的速度，隐蔽地从敌人的结合部钻出去，兼程进入云南，捅捅龙云这个马蜂窝！"

众人都兴奋地站起来，望着他。贺龙又道："这叫什么？这叫敌进我进！"

众人均同意他的设想。

第二天的深夜，红军果然巧妙地从敌人的结合部钻出去了，兼程进入云南。消息飞快地传到昆明，国民党云南省主席龙云急坏了，他焦急地在宽大的客厅里踱来踱去，他的副官刘文治急冲冲进来报告，红二、六军团确实进抵滇东一带。龙云颓然坐在沙发上，说道："天天喊狼来了，狼来了，狼真的来了！……刘副官，会不会是老蒋、顾祝同故意放他们进入我云南，然后，他们好'假途灭虢'？"

刘副官说："也是有可能的，贵州的王家烈就是前车之鉴，老蒋什么事都干得出来啊！"

龙云叹气："唉！我最担心的，就是老蒋照方抓药。我们要防共匪，更要防中央军。最好的办法，就是盼贺龙、萧克早点离开云南。去年朱、毛来云南闹了一场，后遗症还没消除，贺、肖又来了，我云南可真是多灾多难啊！"

刘副官问："龙主席，是不是命令孙渡将军马上进剿？"

龙云摆手："万万不可！我滇军兵力单薄，决不可单独冒进。先等等，看看南京方面有什么动静再说。"

等待的结果是，顾祝同奉蒋介石之命飞到了昆明。龙云马上就与顾祝同密谈。这回顾祝同很是客气，可能与他刚刚在乌蒙山放跑了共军不无关系。顾祝同说："委座这次是下决心把共匪贺龙、萧克所部消灭在金沙江以南。为此，组织了滇黔剿匪军总司令部。龙兄，你猜猜，谁来当这个总司令？"

龙云想都没想就说："自然是非顾主任莫属！"

顾祝同哈哈大笑："龙兄，这回你猜错了！"

龙云一愣，顾祝同从皮包里抽出一个信封："委座任命阁下为总司令！这是电报。"

龙云接过电报一看，也随着哈哈大笑："龙某多谢委座信任！"

"委座命令滇军及中央军四个纵队迅速追堵，并派本人到昆明代表委座督战！"

"好！顾主任来昆明坐镇指挥，我等就有了主心骨了！"

"龙兄，你有何打算？"

龙云略一沉吟，站起来，走到墙上地图前，顾祝同也跟过去。龙云指着地图说："龙某认为，共匪二、六军团从贵州窜入云南，其目的很有可能渡金沙江到四川，与徐向前部会合，那么，他们也就很可能沿朱、毛去年走过的路线，从元谋渡江。"

顾祝同赞同地点头。龙云道："去元谋，普渡河他们是绕不过去的。"他按了一下桌子上的一个按钮，随着轻柔的一声铃响，刘副官进来了。龙云道："命令张冲率滇军近卫第一、第二团、工兵大队和警卫营，马上从昆明出发，赶到普渡河铁索桥两侧防堵。命令孙渡纵队加速追击，配合张冲率领的部队，务必将共匪阻止在普渡河东岸！"

刘副官转身离去，龙云道："顾主任啊，你看看，我可是把我的家底都端出来了。"

顾祝同上前与之握手："顾某佩服。顾某一定把龙老兄对党国的一片赤诚之心，报与委座。"

"那就多谢了。"

"顾某相信，只要滇军和中央军精诚配合，全力堵截，共匪别说过金沙江，他们就是连普渡河都过不去！"

二人笑得都很甜蜜，很开心。

龙云和顾祝同在算计红二、六军团，康北地区的朱德、张国焘，也是一刻不停地算计着。这天，朱德在自己的临时住处沉思，他的妻子康克清进来说："刘伯承来了。"朱德急忙把刘伯承迎进屋里。

刘伯承是红军的总参谋长，同朱德一起被张国焘辖制。刘伯承坐下后单刀直入："老总！又在琢磨怎样跟那个人斗争，是吧？"

朱德哈哈一笑："这回你猜错了。"

"老总，快说说。"

"伯承啊，我是在想二、六军团。"

"二、六军团？"

"是啊！贺龙、弼时、向应同志发来电报，说他们打算在滇黔边创建根据地。我和张国焘商量了一下，给他们发了电报，建议他们做好渡金沙江的准备。他们又来了电报，请示行动方案。我琢磨着，云南毕竟不是久留之地，还是明确让他们渡江北上为好。"

"老总啊，你说得对！如果贺龙、弼时同志他们来了，我们两人就不会感到孤单了，对不对？"

朱德点头："是啊！他们来了，我们气就壮了！北上就有把握了！"

刘伯承脸上放光："那就明令他们渡江！"

朱德摇头："但是，中央并没有这个指示。发报机控制在张国焘手里，也没法向中央请示。"

"老总，你下决心吧！北上是大局，渡江北上是不会有错的！"

"伯承同志，我也是这样考虑的。事不宜迟，我现在就去找张国焘。"二人起身往外走。

这个时候，张国焘正站在一条河边，面对滔滔河水，抽着烟，听他的心腹万秘书汇报。万秘书说，红二、六军团虽说经过乌蒙山回旋战的大量减员，但还具有相当于从湘西出发时的实力，并且在运动战中得到了锻炼和提高。

张国焘丢掉烟头："连我都没想到，他们居然能比较顺利地钻出重围。二、六军团现在仍然是一支战略力量，如果他们和我们紧密团结起来，自然会增加我们和毛泽东、洛甫、周恩来他们较量的砝码。"

"如果他们肯听命于张主席，我们四方面军就会如虎添翼！"

张国焘点头："所以，我和朱德在上一封电报中，倾向于让他们过金沙江与我们会合。"

这时，警卫员跑来报告："张主席，朱总司令来了。"

不一会儿，朱德大步走来，张国焘笑眯眯迎上去："总司令！你怎么大老远跑这里来了？"

朱德说："国焘同志！贺龙、弼时、向应同志来电，对我们上一回发给他们的电报，可能是吃不准意图，又来了电报，想进一步问问我们的想法。"

"总司令的意见呢？"

"我还是觉得让他们尽快北渡与四方面军会合为宜。"

"好啊！我支持！"

朱德满意地笑了。张国焘吩咐万秘书，马上发电报，他们口述一遍电文，万秘书去了。朱德说："从全国形势来看，让他们渡江，与我们一同北上抗日，是大势所趋嘛！当然也符合党和红军眼下的战略方针。"

张国焘突然有些不快了："先别提北上，等他们与我们会合再说！"

朱德也不快地扭过脸去。

二人各打各的算盘，不愉快是难免的。好在大家都不说破，也不至于争得面红耳赤。

龙云的判断没错，红军果然想要从元谋渡金沙江，但横在他们面前的普渡河却是怎么也过不去。龙云设置了重兵，还有飞机助战，敌机飞临红军阵地上空轰炸扫射，红军伤亡严重。敌机飞走，满山遍野的滇军呐喊着冲锋，红六军团在普渡河东岸严重受阻，伤亡较大，被迫退出战斗，已经渡过普渡河的红四师，被迫又折返回来了。

龙云这回把血本都拼上了。贺龙和任弼时等人商量，显然龙云已经判断出红军要在元谋渡江，所以才提前防堵，在这种情况下，有没有必要改一下渡江方案？贺龙说："你们想想，龙云把老本都掏出来押在普渡河，他那个云南省会，是不是变成了空城？"

李达说："据侦察，昆明只有四个团守卫。"

贺龙说："他唱空城计，我们又不是司马懿，没那么胆小，我们就打昆明！"

任弼时当下就觉得有道理。这样一来，龙云必然调兵去保昆明，他的防线就会出漏洞。关向应也认为，这的确是上策。王震说，这和我们佯攻贵阳如出一辙嘛！

关向应说："把敌人调开后，我们从哪里渡江好呢？"

贺龙指着地图："我们甩掉敌人后，到石鼓、丽江过金沙江，怎么样？"

任弼时说："我看可以。"

众人均是同意。贺龙高兴了："就是嘛，江是死的，人是活的，何必一定要经过普渡河到元谋过江呢？"

任弼时说："同志们！就这么定了，我们佯攻昆明。老贺，你赶紧下命令吧！"

佯攻昆明，打前锋的仍然是红十八团。只不过这时候杨秀山担任了十八团的政治委员。他们选择了昆明郊区的富民县城，一个冲锋就把富民县城拿下来了。

龙云只高兴了没几天，就被富民的枪声弄懵了。刘副官慌慌张张跑来报告："据可靠情报，共匪两个军团的主力，已全部到达昆明城郊，他们摆出了攻城架势。龙主席、顾长官，你们听听这枪声……"

龙云惊慌不已："这下糟了！我什么都想到了，怎么就是没想到共匪会打到我的家门口？顾主任，赶紧给南京发电报求援吧！刘副官，马上电令孙渡他们火速回来救昆明！"

刘副官急忙跑开了。

顾祝同却有些不以为然："龙老兄！当初在贵阳，朱德、毛泽东和贺龙也曾两次发兵威胁贵阳，结果呢？虚惊一场！这回会不会又是故伎重演？"

龙云烦躁而坚定地说："顾主任，无论如何，昆明是丢不起的！只要昆明受到了威胁，我就没有别的选择，必须拼全力来保护它！何况你我还在城里，我龙某人不想当共匪的俘虏，也更不希望看到你这位中央大员有任何的闪失！"

顾祝同只好说："好吧！守城为重！"

结果，守卫普渡河的部队给调回来了。

几天后，在富民城外，得知敌人上当，贺龙等人心花怒放。贺龙、任弼时、关向应、萧克、王震、李达、甘泗淇骑在马上，七匹马围成一个圆圈。他们开心地笑着。贺龙说："敌人中计，就好办了！从今天起，我们两个军团分为左右两路，马不停蹄，一路往西，直奔金沙江！"

关向应说："他们再想追上我们，除非插上翅膀！"

众人大笑。任弼时说："我们两个军团比一比，看谁走得快！"这时候他的病全好了。

萧克道："行！那我和王胡子先行一步了！"

王震抱拳道："咱们金沙江畔见！"

在与众人道别声中，萧克、王震策马而去……

数日后，两个军团的主力越过普渡河，先后逼近金沙江。这日傍晚，贺龙等人骑马来到金沙江畔，他们看到滔滔江水奔涌而下，两岸石壁参天，怪石丛生，实为凶险。红四师师长卢冬生已在等候他们，任弼时说："冬生同志，军委分会研究决定，你们红四师为前卫首先渡江，你们准备好了吗？"卢冬生说："准备好了。黄新廷已经率十二团占领了对面滩头阵地，并找到了两条船。"

贺龙和任弼时、关向应满意地点头。任弼时说："对岸的敌人据点都拔除了，后面的敌人离我们还远，我们可以放心地渡江了。"关向应指一指天空："如果蒋介石派飞机来呢？"

贺龙和任弼时都望着卢冬生，卢冬生说："我们是这样安排的，船只从对岸返回之前，部队一律隐蔽在江边树林里。船靠岸后，再分批过来，快速上船。这样就确保江边空地上没有什么人，目标只是江水中的几条船。目标就小多了。"

贺龙说："很好！"

快到金沙江了，伤病员们的心情也跟着见好。这时候天气暖洋洋的，再也不像在乌蒙山时的阴沉与凄冷。路也好走了，经常在开阔地里行军，五颜六色的野花在艳阳下迎风招展。

伤病员有的步行，有的坐在担架上行进。小婉离开队伍，跑向野花盛开的开阔地，她飞快地采集野花，采几朵便扎成一束。

余秋里和钟子明都躺在行进的担架上昏睡。小婉怀抱花束，轻盈地追上担架队，她在每一个担架上放一束鲜花。

一束花落在余秋里耳边。余秋里睁开眼，感动地冲小婉笑一下。

一束花落在钟子明耳边。钟子明睁开眼，也冲小婉笑一下。小婉冲他甜甜一笑，又朝前面跑去……

黄昏时，在一条小河边宿营。小河异常清澈，水底的鱼儿看得清清楚楚。小婉蹲在河边看鱼儿游来游去，没想到钟子明来到了她身后。钟子明有些虚弱地摇晃着，手里拿着那束野花，轻轻叫了声："小妹妹。"

小婉高兴地站起来："大哥哥！你好了吗？"

"小妹妹，我好了，全好了……"

小婉眼里突然涌出了泪水："大哥哥，他们说你不行了，我说你能行，你不会死的，你看，这不是全好了吗？"

小婉抹一下眼睛。钟子明眼里也噙着泪："是的，大哥哥挺过来了……大哥哥不会死的，大哥哥以前犯过错误，大哥哥要是死了，就没有戴罪立功的机会了，是不是？"

小婉点头："大哥哥，你以后要像我爸爸那样勇敢。"

钟子明说："行！"

小婉想了想："你要像我妈妈那样能干。"

钟子明说："行！"

小婉又歪着头想了想："你要像我哥哥天娃那样机灵。"

钟子明说："行！"

小婉又说："你知道吗？贺老总老夸奖他。"

钟子明说："我也争取让贺老总夸我！"

小婉高兴地笑了。她一回头，看到很多伤员，手里托着野花，微笑着向她走来。她不知怎么办好。余秋里被一个战士搀扶着，走到小婉面前。他用那只好手，把一朵鲜红的花朵插在小婉头顶。

大家一齐朝小婉有节奏地鼓掌……

仅仅几天之后，伤病员们就面临着不同的命运。在丽江的一个古老的山寨，卫生部长贺彪严肃地向几位军医交待事情，他说："根据总指挥部的决定，过江之前，要把那些一时无法治愈的重症伤病员留下来，寄养在当地老乡家里。请大家尽快确定哪些人留下。"

军医们都很为难。其实，伤病员们都已经知道了这个消息，他们很有情绪，都想跟着队伍走。贺彪说："但是不可能啊！就地安置伤员，这也是我们红军的传统，为了保持部队的机动性，这样做是必要的，对那些留下的同志来说，也可以少受些罪。另外，留下的同志，每人发给五块大洋。"

事情是秘密进行的，以防止留下的伤员被敌人杀害。一天夜里，愿意收留伤员的当地百姓，到卫生部的驻地来抬伤员。担架上的伤员神色悲凉，甚至有些绝望。

小婉站在路口，也是柔肠寸断。借着还算明亮的月光，她目送着那些朝夕相处的伤员们，每过来一副担架，她就往担架上放一个铜板，同时嘴里念叨着："……十四、十五、十六、十七……"

又一副担架过来，小婉说道："十八。"

但是手里的铜板没有了，她摸摸口袋，是空的。躺在担架上的余秋里伸出右手，小婉也伸出小手，握住余秋里的大手。

余秋里平静地说："小妹妹，再见了……"

小婉眼里亮晶晶的，点点头："大哥哥，等你伤好了，再来找我们，啊？我叫小婉，你记住了吗？"

余秋里吃力地说："记住了，小婉。"

担架往前走了，小婉含泪挥挥手，跑开了。

第十七章

天刚亮，罗扬骑马来到红二军团卫生部驻地，他跳下马，贺彪迎上来。他问，余秋里呢？贺彪说，余秋里？他已经被老百姓抬走了！怎么了？罗扬说，贺总指挥、任政委有令，余秋里要过江！

贺彪说："那我们赶紧把他找回来。"罗扬说："要快！"他翻身上马，跟随贺彪去村寨里寻找余秋里。幸好，很顺利地把他找到了。余秋里听说贺总指挥、任政委专门为他下达的过江的命令，他当即就哭了。罗扬叫来两个战士，用担架抬上余秋里就往江边赶。两个战士抬着担架，罗扬牵着马，跟在后面。担架上的余秋里眼望蓝天，泪流满面……

离石鼓渡口尚远，他们就看到有飞机从头顶飞过。

江边，部队正一刻不停地过江，但是船只太少了，进展缓慢，尤其是不断有敌机来袭，影响了渡江的速度。

滔滔江水中，一条小船靠岸。岸边，一位红军指挥员吹响哨子，丁天娃搀着周素园，另外还有十几个人钻出树林，涌向小船。他们匆匆地登船。一位船工喊道："起航了——"

小船驶向深水中。就在这时，一架敌机突然窜出来，对着小船俯冲扫射，机枪子弹在江水中掀起一排排浪花。丁天娃用身体护住周素园，不幸左臂中弹。周素园大叫："娃儿！"丁天娃说："首长，不要紧！"

敌机从空中折返，再次俯冲。丁天娃抬头望天，对身边的几个人说："不好……你们一定保护好周老！"话音未落，他纵身跳入水中，奋力往回游。他爬上岸，从岸边拿起一杆红旗，挥舞着向前奔跑。

敌机被丁天娃吸引，对着他俯冲扫射。丁天娃身上多处中弹，他扑倒，又爬起来，继续挥舞红旗往前跑。敌机追着他扫射。

行驶中的小船上，周素园失声地大叫："娃儿……"

岸边，又一串子弹射向丁天娃，他缓缓倒地。临终的瞬间，他用最后的力气，把那面千疮百孔的红旗插入地上。

敌机终于飞走了。行驶中的小船上，众人紧紧抱住失魂落魄、泪流满面的周素园。岸边，那面千疮百孔的红旗随风摇摆……

人们把丁天娃的尸体运过江，在对岸的山坡上为他树起一座坟墓。贺龙、周素园、罗扬等人站在坟前，和丁天娃作最后的告别。贺龙的眼前不断闪现丁天娃往昔的身影，他仿佛又看到被批准入伍后，丁娃儿和父亲一起向自己敬礼的样子，还有他挥舞大刀冲锋，以及制服枣红马的镜头……贺龙满眼的泪水滚落下来。

周素园更是呜咽不止，他颤抖着手，抓起一把黄土洒在坟头上："娃儿啊，为了救我一个老朽，十八岁的你，去了……白发人埋黑发人，让老朽肝肠寸断呐！……"

贺龙上前搀住周素园，深沉地说："周老，节哀吧。你老哭坏了身子，丁娃儿地下有知，会难过的。像丁娃儿这样的战士，红军队伍里多得很呐！正因为有许多这样的战士，红军才打不垮、打不散、打不倒，对吧？……"

周素园郑重地点头。贺龙说："我们最后再和丁娃儿告个别吧。"

他们都戴上军帽，缓缓地向着没有墓碑的黄土，举手敬礼。

离开丁天娃的坟墓，贺龙突然想起一件事情，吩咐罗扬马上把钟子明叫来。钟子明精神抖擞跑到贺龙面前，行军礼。好久没有见到贺老总了，钟子明心里格外激动。贺龙望着钟子明，满意地点点头，随即严肃地喊道："钟子明！"

钟子明一挺胸："到！"

贺龙说："我给你布置一项任务。"

钟子明突然有些动情："老总，我做梦都盼着，你给我布置任务呐……你就下命令吧！不管刀山火海……"

贺龙挥手打断钟子明："你听着，不让你上刀山，也不让你下火海，我只让你带几个人，什么也别干，就给我保护好小婉。"

钟子明有些纳闷："保护小婉？"

贺龙道："记住，如果她有任何闪失，你永远不要再来见我！去吧。"

钟子明明白了贺龙的用意，敬个礼，嗓音深沉地说："是！"他跑步去找小婉。能够带领小婉往前走，是他的幸福，是他的造化，他简直太高兴了。

石鼓渡口的傍晚，突然变得清静了。滔滔江水仍在咆哮，渡口安静如初，水鸟在翻跹飞舞。岸边，遗下一大片破旧物品，诸如草鞋、烂衣服等等。红军不见了踪影，岸边石壁上，写着大幅标语：来时接到宣威城，走时送到石鼓镇，费心，费心，请回，请回！

红军走了，一支滇军队伍急行军赶来了。骑在马上的指挥官用手枪挑一下军帽，沮丧地对着石壁念："来时接到宣威城，走时送到石鼓镇，费心，费心，请回，请回！他妈的！老子来晚了，回撤！"

滇军乱哄哄折返。

没追上红军，远在昆明的龙云居然比追上还要高兴，他哼起一支家乡的山歌，唱完了，仰天大笑。刘副官不解地望着他。傍晚，龙云吩咐道："刘副官，备车！我要去过桥园！"

"龙主席，您去过桥园干啥？"

"去吃那里的过桥米线呀！"

"为什么？"

"共匪过金沙江了，我料定他们不会再回来了，我云南大地，可保平安喽！所以我要吃他三大碗过桥米线庆贺一下，不可以吗？"

刘副官笑了："龙主席高见！好，我马上去叫车。"他走几步，又停下，"龙主席，顾长官怎么办？"

龙云略一沉吟："共匪一走，就用不着他在这里指手画脚了。他爱去哪去哪吧！"

当下他们来到过桥园，这里是昆明有名的食府。一桌子人兴高采烈吃过桥米线，龙云吃得满头大汗。刘副官问："龙主席，你说共匪过了金沙江，会去哪儿？"

龙云放下碗："他们呀，只有一条路，去四川与徐向前合股。"

众人均赞同。龙云又说："不过，要去川康，那几座雪山，可是不好过的。

你看我们热得满头大汗，他们呀，说不定正冻得发抖呢！"

龙云为红军渡过金沙江而高兴，远在康北地区的小城甘孜，朱德和张国焘也是高兴得红光满面。朱德猛地把双拳擂在桌子上，大声说："好！贺龙、弼时同志他们了不起啊！"

张国焘兴奋地道："以这么小的代价，就过了金沙江真是没想到啊！"

朱德说："国焘同志，我提议，马上给他们发个电报祝贺一下。"

张国焘说："很好！万秘书！"

万秘书应声进来，张国焘说："你记录。"他踱步，斟酌着措辞，"金沙既渡，会合有期，捷报传来，全军欢跃……"

朱德接上说："谨向横扫湘黔滇万里转战、所向无敌的红二、六军团致以热烈的祝贺和革命的敬礼！怎么样？"

张国焘大笑："很好啊！万秘书，马上发走！"

万秘书答应着，转身走出去。张国焘意犹未尽："总司令啊，今天高兴，晚上好好喝两杯。"

朱德话里有话："好久没这样高兴了，是该好好喝两杯！"

晨曦中，巍峨的玉龙雪山脚下，十几口大铁锅"咕嘟咕嘟"冒着热气，锅里煮着辣椒水，每一口大锅前，都有战士排队，往水壶里灌辣椒水，气氛很是热闹。卢冬生来回走着，大声地喊道："同志们都听着！不到关键时候，谁也不能随便动一口！"

不远处，贺龙、任弼时、关向应仰望直入云霄的苍茫雪山，神色严峻。李达介绍说，这一带是青藏高原的南延部分，我们头顶的这一座山，叫玉龙雪山，海拔五千三百多米，山高谷深，终年积雪，素有"关山险阻，羊肠百转"之说。任弼时忧心忡忡地说："我们的敌人，已经变成了这座雪山。"

关向应道："部队穿着单衣过雪山，一定会造成不少的伤亡，我们能做到的，只能是每人发一壶辣椒水，和两块包脚的布。"

贺龙沉默不语，不停地吸他的大烟斗。

太阳升起后，队伍分成几路向上盘旋攀登，蜿蜒不见首尾，阵势极为壮观。到了半山腰，就有很多人开始吃不消。关向应和卢冬生站在一个雪堆上，望着气喘吁吁的战士们。有人要停下，关向应喊道："同志们！只能攀登，不能停留；

只能向前，不能回头！"

卢冬生说："快把关副政委这两句话，往后传达。只能攀登，不能停留；只能向前，不能回头！"

人们喘着大气，往后传达着这两句话："只能攀登，不能停留；只能向前，不能回头……"

何梅和几个女兵搀扶着挺着大肚子的陈琼英和李贞走过来。关向应迎上两步："何梅啊，你们能行吗？"

何梅喘着粗气，用力点点头。关向应说："你们看，琼英、李贞同志，肚子里藏着的，是咱红军的后代，是未来的小红军，无论如何要保护好她们！"

何梅说："关副政委，你放心吧！"

关向应说："冬生同志，我们两人的坐骑，都献出来吧。"

卢冬生说："好！"一挥手，警卫员把两匹马牵过来。关向应吩咐："让琼英和李贞同志骑上。我跟你们一块走。走啊，同志们！"

他带头往前走去。

上山途中，周素园、张振汉一块行动，几个战士拖着气喘吁吁的周素园艰难往上爬。张振汉拿过水壶，喝一口辣椒水，拧上壶盖，递给战士小张："你们不用搀我，我自己能行。"

张振汉拄着木棍，独自前行，追上周素园，喘着粗气："周老啊，你没见过这么大的雪山吧？"

周素园摇头："要不是跟着红军，一辈子都不会爬这样高的雪山。红军让老朽开了眼界啊。"

张振汉道："我也是越来越感到，红军真是无所不能啊！"

周素园道："正是。张将军，你没觉得吗？红军有一股神力。"

张振汉道："神力？"

周素园点头："快爬吧，天黑前要是翻不过去，我们报销在这雪山上，以后可就见不到红军的神力了。"

张振汉吃力地笑："好！"

他们奋力往上攀登。

在他们前面不远处，是贺龙以及他妻子等人。贺龙一手怀抱女儿的襁褓，一手拄着木棍，深一脚浅一脚，往上爬。罗扬搀扶着蹇先任，和几个警卫员一起，跟在贺龙身后。

终于，他们爬到了山顶最高处，停下喘口气，每个人喝两口辣椒水。冷风吹来，透心凉，由于缺氧，人人满脸涨红。贺龙回望，爬山的队伍凌乱成一大片，缓慢地往上蠕动着。他抬头，天近在咫尺。他低头，对着襁褓，感慨万千地说："女儿啊，你才几个月，就上了这么高的山，了不得呀！长大了，你一定是个勇敢的战士……"

这时，太阳突然被阴云笼罩，大团的云雾飘来，视野里一片白茫茫。贺龙大口喘息着："不好，我们快下山！"

冷风呼啸而至，雪团飞舞，雪花飘落……

下山途中，雪花仍在飞舞。任弼时在两个警卫员搀扶下，缓慢下行。前方，几个战士走着走着，突然坐在雪地上不动了，凝固一般。任弼时等人赶上去，看看还有没有活着的。他俯身，把手伸到一个战士鼻端，随即摇摇头。警卫员小刘蹲在一个小战士身边，伸手试了试，说："首长！他还有气。"

任弼时奔到那个有气的小战士面前，不由分说，脱下大衣，蹲下，把他捂住："小刘，再给他灌点辣椒水。"

小刘拧开水壶盖子，往任弼时怀里那个小战士嘴里灌了一口。片刻之后，小战士动了动，睁开眼睛。

任弼时欣慰地笑了笑。小刘说："首长，你快把大衣穿上吧。我来搀着他活动活动，就好了。"

任弼时突然伤感地说："小刘，你们几个先把这些牺牲的同志简单埋一下。"

自从接受护送小婉的任务后，钟子明起初觉得很轻松。他，还有三个身强力壮的弟兄，四个大人护送一个小女孩，还能有什么问题？就是背，也要把她背到目的地。

然而他很快发现，事情不是那么简单。刚上山不久，小婉就病了，浑身冰冷，牙齿咬得格格响。四人轮换背着她往上爬。小婉咳嗽着，昏昏欲睡，有时还说胡话。钟子明不停地说："小妹妹，不要睡着，啊？睡着了，你的病会更厉害。"

本来随着大部队一块走的，谁知来了暴风雪，视线受阻，人们就都走散了，这就加大了危险性。好不容易翻过雪山顶后，满以为往下就顺利了，钟子明亲自来背小婉，小婉伏在他身上，他觉得自己后背上驮着一块冰。他要求那三个战士，把辣椒水留一半给小婉预备着，他自己则一口舍不得喝。走着走着，他一口气没上来，脚下一绊，摔倒在地，小婉被甩了出去。他气喘如牛，挣扎几下，才爬起来。

小婉却清醒了，而且不知从哪儿来的力气，居然利索地爬起来。战士小黄要背她，她推开小黄的手："我自己走……当兵的时候，我给贺老总说过的，我能爬山，不用你们背……"

小婉跟跟跄跄往前走，钟子明等人急忙跟上，他喊道："小婉，你慢点啊……"

话音未落，随着一声惊叫，小婉不见了！原来她掉进了雪窟！钟子明扑上去大叫："小婉！小婉！……"

下面有小婉微弱的哭叫声传来。钟子明惊恐地往下看，似乎隐隐看到了小婉的影子，他松口气："还好，不算深……小婉！你等着，我下去救你。"

他对三个战士说："快，解绳子。"说着，他解下绑腿上的绳子。那三个战士也解下来递给他，他飞快地把绳子连接起来，对那三个战士说："你们拽紧这头，我下去。"小黄说："钟班长，还是我下去！你在上面指挥。"他想了想，说："也好。小黄，一定把小婉救上来呀。"

小黄点头，把绳子系在腰上。另两个战士从后面抱住钟子明，钟子明一点一点把小黄放下去。小黄随着飘落的雪团下到窟底，小婉哭着一把抱住他。小黄一边解绳子一边劝："小婉别哭，小黄哥哥救你来了。"

小婉懂事地不哭了，小黄把绳子系在小婉腰上："小婉，闭上眼睛。"然后对着上面大喊："钟班长！往上拉吧！"

钟子明的声音隐隐传来："好……"

小婉离地了，越升越高，小黄欣慰地笑了。

地面上，钟子明小心翼翼往上拉绳子，终于，小婉露头了。钟子明等人一齐用力，把小婉拖到安全处。小婉紧紧抱住钟子明。钟子明的眼里也溢出泪水："你没事就好，小婉……快松开手，我还得救下面的小黄哥哥，啊？"

小婉赶紧解下腰上的绳子，递给钟子明。钟子明小心翼翼走到雪窟边，把绳子丢下去："小黄！看到绳子了吗？"

小黄的声音传上来："看到了……"

钟子明问:"准备好了吗?"

小黄的声音:"好了班长,拉吧。"

钟子明和另两个战士一齐用力,突然,绳子断了!钟子明等人猛地后仰,噗通倒在地上。与此同时,大团大团的雪块从雪窟口滑落,眨眼之间,雪窟被填平了!钟子明等人绝望地叫喊:"小黄!……"

没有回音。

小婉哭着上前:"小黄哥哥……"她跌倒了,昏迷过去。钟子明一把抱起她。这时,狂风又起,雪团飞舞。钟子明见状,也顾不得雪窟中的小黄了,赶紧把小婉抱到雪山的一个避风处。小婉躺在钟子明怀里,仍处于昏迷中。钟子明用力摇她:"小婉,你醒醒,你醒醒……谁还有辣椒水?"

冻得浑身发抖的战士小于递过水壶,钟子明往小婉嘴里灌了一点,但是不管用,小婉丝毫没有苏醒的意思。钟子明吓坏了,小婉要是没了,他怎样向贺老总交待?他还不如死了好!好在这时,他的脑子还算清醒,他撕开军装,从衣服里抽出一丝的棉花,两个战士见状,也撕开军装,从里面往外抽棉花,一会就抽出了一大团棉花。

钟子明问:"你们谁有火?"

两个战士摇头。

钟子明说:"小于,你来抱着小婉。"

小于揽过小婉,钟子明摸出一粒子弹,塞进嘴里,用力咬掉弹头,压进驳壳枪里。然后,他困难地站起来,趔趄着拿着一小团棉花走到一旁,举起驳壳枪对准棉花团,扣动扳机,一团火苗窜出来,棉花团点着了。两个战士兴奋地望着钟子明。钟子明捏着冒烟的棉花团,坐回到雪地上,揽过小婉,把那一团微微燃烧的棉花放在小婉胸前:"小婉,快来;烤火,一会就好了……小婉!小婉!"

小婉微微睁了一下眼睛。

小于却闭上眼睛:"钟班长,我走不动了……"

钟子明异常吃力地说:"小于、小田,你们往这边靠靠,我们给小婉挡挡风……"

三个人往跟前挪动一下,把小婉挡在中间。

狂风夹着雪花袭来,棉花团燃尽了。三个男人围住小婉给她挡风,从高处看，仿佛是一朵盛开的莲花……

不知过了多久，贺龙拄着木棍，罗扬等人牵着枣红马急急赶过来。这时候风也停了，太阳悬在西天，丝毫没有温度，像一个冰冷的圆盘。罗扬指着一个方向说："老总，他们在那边！"

贺龙说："我们快过去。"

他们奔了过来，突然地，几个人都惊愣在那里。

钟子明、小于、小田三个人把小婉围在中间，几个人都成了雪雕！

贺龙扔掉手中木棍，一边脱大衣，一边上前。罗扬用力掰开钟子明的胳膊，把小婉抱出来，送到贺龙怀里，贺龙蹲下，用大衣紧紧捂住小婉，兴奋地说："还有救！小婉！小婉！好孩子，你醒醒……"

贺龙接过罗扬递过的水壶，给小婉灌水。罗扬伸手一试探钟子明等三人的鼻息，他冲贺龙摇摇头，然后指挥战士们掩埋烈士。贺龙说："等一下！"

罗扬不解地望着贺龙，贺龙又道："让小婉再看一眼这些大哥哥们……小婉！小婉！你醒醒！"

片刻过后，小婉真的睁开了眼睛，她一下子全明白了，嘴唇哆嗦着，泪水夺眶而出。贺龙沉痛地说："小婉，给三个大哥哥唱支歌吧。"

小婉点点头，含着泪，轻轻吟唱——

> 天凉了，
> 起风了，
> 离家的亲人噢，
> 你不要走太远……
> 天凉了，
> 下雨了，
> 远行的亲人噢，
> 你何时把家还……

在小婉的歌声里，贺龙、罗扬等人用手捧雪，掩埋了三位烈士。枣红马仰天长啸，仿佛也在为烈士们送行。三座雪坟垒起来了，小婉扑到一堆白雪上哭泣，罗扬抱起她，放到枣红马上，和贺龙等人一起下山。

　　小婉的歌声久久不散，在苍穹和雪域高原之间激昂地回荡……

　　这个时候，在雪山的一隅，任弼时、关向应站在几十座刚刚垒起的雪堆前，掏出手枪，对天连开三枪。而在雪山另一侧山坡上，萧克、王震也面向几十座刚刚垒起的雪堆，缓缓举枪，对天射击。

　　张国焘近来态度有所转变，他私下里透露，北上也是可以的。这天，他和红四方面军总指挥徐向前、政治委员陈昌浩联合主持召开师以上干部会，他发表了书面讲话，其中讲道："现在和二、六军团的会合迫近了，这将要更大地增强我们的力量。我们已派罗炳辉同志率三十二军前往接应。同志们，我们四方面军和二、六军团没有任何政治上的分歧，我希望在卧薪尝胆的时期，我们更加团结起来，坚决与敌人斗争到底！"

　　徐向前神色严峻地听着，陈昌浩的神色较为平静。张国焘继续道："关于北上问题，最近大家议论较多，我今天给你们透个底：北上，我看是可以的！"

　　众人兴奋地议论起来，张国焘示意安静："但是，我们四方面军北上，不是去陕北和老毛他们凑热闹，我们要单独到甘肃，夺取河西走廊！"

　　众人大都疑惑不解地互相对望着，徐向前神色愈显凝重。张国焘又说："河西走廊将是未来西北抗日局面的交通要道，正是我们可以大显身手的地方，而且也不致与一方面军挤在一块，再发生摩擦……再说，建立西北抗日根据地，也有吸引陕北红军采取配合行动的可能。时间将会证明，谁对谁错……"

　　朱德没有参加这个会，但是张国焘把会议精神给他讲了。傍晚，朱德回到住处，康克清兴奋地迎上来："老总，听说张国焘同意北上了？"

　　朱德摇头："克清，他所说的北上，并不是到陕北与中央会合，而是到甘肃去。显然，他分裂党的野心并没有死……我和伯承同志怎么劝都不行，他召开会议，我们两个连参加的权利都没有啊……"

　　"那怎么办呢？"

　　"我就盼着二、六军团快点来呀，他们来了，情况或许就会有变化……"

　　徐向前也着急，他借召开军事会议的机会，也发表了关于团结问题的讲话，他说："同志们，红军是一家人，我们和一方面军，二、六军团的关系，好比老四与老大、老二之间的兄弟关系。上次，我们和老大的关系没搞好，要接受教训。'兄弟阋于墙，外御其侮'，吵架归吵架，团结归团结，不能分家。现在老二就要上来，再搞不好关系是说不过去的。每个部队都有自己的长处、短处，方针是互相学习，取长补短，加强团结，一致对敌！"

他的讲话博得了热烈的掌声。可以看出，绝大多数红四方面军的高级干部是拥护中央的。

种种迹象表明，张国焘加快了行动步骤。一天深夜，他又在住处召集陈昌浩、万秘书秘密交谈。张国焘说："最近呢，在和老毛、周恩来、张闻天他们的斗争中，我们是落了一点下风，但这只是暂时的，我是不会轻易低头的。你们看看，在陕北方面，现在有八个中央委员，七个候补委员，我们这边有七个中央委员，三个候补委员，差不多嘛！更重要的是，我们的兵力，仍有四万多，实力在各支红军中，仍是最强的！我将建议，在陕北方面设中央的北方局，指挥陕北方面的党和红军工作，此外，他们当然还可以指挥白区的上海局、东北局。我们则成立西北局，和他们一样，统统直接受共产国际的指挥！"

他仍然是想与中央分庭抗礼。陈昌浩沉默不语，万秘书频频点头。张国焘有些不满地望着陈昌浩："昌浩，最近朱德、刘伯承、徐向前都说什么了？"

陈昌浩顿一下："张主席，他们只谈团结和北上的事情，别的嘛，没说什么。"

张国焘抽烟："要当心他们把二、六军团抓到手。我们这盘棋现在是有点走不动了，二、六军团这枚棋子如果投进来呢，这盘大棋或许还会走活的！"

陈昌浩面无表情，万秘书喜形于色。张国焘继续道："万秘书，我让你印刷的《干部必读》，怎么样了？"

万秘书说："全都印好了。"

张国焘道："好。二、六军团一到，我们就派工作组过去，把《干部必读》发到他们每个干部手中。"

差不多同一时刻，朱德的住处，朱德在和刘伯承、徐向前交谈。朱德说："他张国焘宣布取消他的第二'中央'，这是他往前迈出的很好一步，但事情不会马上完结。"

刘伯承说："他是被迫的，并非心甘情愿，所以他不会善罢甘休。"

徐向前赞同地点头。

朱德又说："在他的心目中，党是一个股份公司，红军是他个人的资本，谁资本大，谁就应当占有多大权力，不讲原则，没有是非，这样的人，能让党和红军放心吗？"

屋门外，康克清坐在小凳上，警惕地守望着院门。

徐向前小声说："他早就在打二、六军团的主意……"

朱德与刘伯承点头。

朱德说："中央北上以后，老毛、洛甫、恩来同志十分关心二、六军团，多次来电报询问二、六军团的消息，并几次提出收回与二、六军团联系的电报密码，但是都被他张国焘断然拒绝了。他对二、六军团，只字不提中央和一方面军北上到达陕甘的消息。他为什么这样做？很显然，他是想把二、六军团拉过去，增加他与中央对抗的砝码。"

刘伯承说："但愿二、六军团的同志，能够看清他的本质。"

朱德说："我了解弼时同志，我相信他会听党的话。还有贺胡子，他放着国民党的中将军长不当，在革命最低潮的时候，带领他的部队参加南昌暴动，这样的人，跟党会有二心吗？不会！"

朱德一拳擂在桌子上。

徐向前兴奋地说："这就好！"

屋外，康克清隔着门缝小声提醒："老总，你轻点儿。"

朱德站起来，压低声音："二、六军团离我们越来越近了，我打算去迎接他们。"

刘伯承和徐向前也站起来。刘伯承道："老总，我也去。"

朱德道："好！向前同志，你抓紧组织四方面军，做好北上准备。"

徐向前神色坚毅："好！我明天就动身到炉霍去。"

朱德伸出手来："同志们，现在又是一个关键时候，我们一定要顺利度过它！"

三双大手握到一起。屋外，康克清会心地一笑。

雪山已被甩在身后，部队走在怪石林立的山间小路上，在原始森林间缓慢行进。贺龙、任弼时、关向应骑在马上行军，他们无言地望着远方。山坡上，偶尔出现一栋具有藏族标志的房屋，屋顶的长木杆上，经幡迎风飘扬。

进入藏区，人烟稀少，语言不通，最大的问题就是粮食问题。红军没来之前，当地反动当局欺骗藏族百姓，说红军青面獠牙，杀人放火，破坏寺院，还说红军的女人奶子都搭到肩膀上，伤风败俗，因此就有不少藏民上当，一面坚壁清野，一面配合藏族反动武装，沿途利用地形不断地袭扰、杀害红军。红军行动受阻，进展缓慢，有时一天只能行军二三十里。

过雪山后，红二、六军团是分头行动的，为的是筹粮方便。由于饥饿，士兵抢夺老百姓食物的事情时有发生，开小差的更是每天都有。

这天，红二军团路过一个较繁华的藏族村寨，当地百姓听说红军要来，全跑光了，部队进驻后，搜索到了一点粮食，按照军团首长的指示，取走粮食等物品时，一定留足银元，还要留下张纸条说明情况，对主人表示感谢。

这阵子余秋里遭了老罪，由于条件不具备，无法给他做手术，他只能硬撑，一路上他没睡过一个安稳觉，经常疼得全身打颤。进了寨子后，他让负责照顾他的警卫员找来一只大水缸，往水缸里装满清水，然后他来到水缸前，挽起左臂的袖子，弯下身子，把发黑发硬的左臂猛地伸进冰冷的水中，疼痛顿时减轻了，他一脸陶醉地闭上眼睛……

这种冰镇疗法确实管用，他美美地享受了片刻。

不一会儿，负责照顾他的卫生员小黄兴冲冲跑进来，老远就喊："余政委！余政委！"

余秋里睁开眼："小黄，怎么了？"

小黄把藏在身后的一块腊肉突然举到余秋里面前："看！香喷喷的腊肉！余政委，你都好久没吃肉了，我马上煮煮，给你补补身子。"

"小黄，哪来的？"

"……从一个老百姓家……拿来的……"

"付钱了吗？"

"那家没人……"

余秋里把断了的胳膊从水缸里提出来，说："小黄啊，这里是藏区，我们吃了群众的腊肉，不仅违犯了群众纪律，也违犯了党的少数民族政策，我不吃腊肉是小事，违犯纪律是大事啊！快给人家还回去！"

几句话就打动了小黄，他乖乖把腊肉送回去了。正是由于像余秋里这样秋毫无犯，藏族群众才慢慢转变了对红军的看法，有的人偷偷把粮食拿出来卖给红军，有的寺庙帮助红军筹集粮食和物品，到后来，红军的日子相对好过了一些。

这日行军途中，贺龙与任弼时、关向应骑马行进在茂密的森林间。任弼时说："你们发现没有？藏民们不怎么怕我们了，愿意给我们提供方便，和我们作对的人也少了。"

关向应说："有那么多的人帮助红军，这是红军最大的优势啊！"

贺龙说："只是藏区居民稀少，而且群众都太苦了，把家底都拿出来，也没法保证我们的给养，部队严重缺粮，每天连一餐饭都难以吃上，行动缓慢，大量减员，早一天会师，我们就能够早一天减少损失。"

关向应说："是啊，真是做梦都盼着会师。弼时同志，我和胡子在湘鄂西、在黔东的时候，做梦都盼着与中央联系上，后来你带着六军团来了，我们两个军团会师，这才重新建立了与中央的联络。现在呢，过不了多久，我们就能够见到中央各位领导同志了，毛泽东同志、洛甫同志、恩来同志，当然还有朱总司令、张总政委，一想起他们，我这心里就热乎乎的。"

贺龙说："向应说得对，我们离党中央越近，我这心里越踏实……真恨不得明天就会师！"

任弼时难得一笑："胡子，看你急的！"

途中休息时，人们大都疲惫地躺在地上打盹，贺龙、任弼时、关向应等领导围坐在一块。任弼时念叨说："不知萧克、王震同志率六军团到达什么位置了？"

贺龙就问罗扬："有六军团的消息吗？"罗扬说："没有新的消息。他们的速度比我们快，估计应该比我们先与中央会师。"

恰在这时，机要科的龙科长拿着一封电报兴冲冲跑来："报告！六军团在甘孜以南的理化，与罗炳辉军长率领南下接应的三十二军会合了！"

贺龙、任弼时等人兴奋地爬起来。任弼时接过电报看一眼："真的会合了！我们与中央会合的日子，已经不远了！"

贺龙挥一下大烟斗："太好了！告诉部队，加快行军速度，尽快与中央会师。"

关向应说："还要告诉同志们，到达甘孜，吃的穿的，应有尽有，千万不要撑破了肚皮呀！"

众人欢呼起来。贺龙说："趁着高兴劲儿，赶紧上路！同志们，看谁先到甘孜啊！咱们比赛比赛！"

众人热烈响应。罗扬对一位号手下令："吹行军号！"

霎时，号声在洪荒之地此起彼伏地响起，队伍集合上路了。

第十八章

理化，这座甘孜以南的小小城镇成了欢乐的海洋。红六军团进城，街道两旁的建筑物上站满了欢迎他们的红四方面军官兵，双方人员友好地握手拥抱。欢迎的人群载歌载舞，气氛异常热烈。街两旁的建筑物上贴满了大幅标语——"欢迎横扫湘鄂川黔滇康的二、六军团！""欢迎善打运动战的二、六军团！"等等。

红六军团的队列中，战士们接过四方面军官兵递过来的大油饼等食物，狠狠咬一口，无限香甜地吃着。有人大口喝着热气腾腾的茶水。盛大的欢迎场面感染了在场的所有人。萧克、王震等领导骑着马来了，他们望着眼前热烈的场面，面露大喜之色。有人扔给王震一张大饼，他伸手接过，狠狠地咬一大口，顾不上细嚼就咽下去，噎得他难受了好一阵。

在甘孜，张国焘把全部精力放在了二、六军团身上，他随时关注着事态的进展情况。万秘书说："六军团已进驻理化，用不了十天半月，二军团也该到了。"张国焘问："我们的工作团呢？"万秘书说："都按预定计划，派出去了。"张国焘说："好，留给我们的时间不多了，能否把二、六军团拉过来，就看这几天！"

他所说的工作团，其实是"瓦解团"。

红六军团进驻理化的当天下午，几名红六军团的干部牵着两匹马，来到临时指挥部。王震看到马背上驮着大麻袋，以为又送来什么好东西，赶紧迎出来。几位干部报告说，是四方面军派人送来的书籍。

"书籍？好啊！既送物质食粮，又送精神食粮，四方面军的同志想得真周到啊！"王震咧开大嘴乐。

"王政委，四方面军的同志太热情了！"孙参谋说。

"天下红军是一家嘛！孙参谋，快把麻袋打开，我瞧瞧。"

几人把麻袋打开，王震拿过一本，他边翻边念：《干部必读》……反对毛、周、张、博……"王震顿时警惕起来，"毛、周、张、博率一方面军北上，是右倾机会主义的逃跑路线……"

王震愣住了："这是怎么回事？"他的脑筋飞速转动着，他似乎嗅到了一股杀气，意识到这是天大的事情。于是，他命令："孙参谋！你们把麻袋里的书统统给我倒出来！"

孙参谋等人把麻袋里的书倒在地上，王震弯腰翻看，全是《干部必读》。他异常暴怒地把帽子摘下来，甩在地上，吼道："烧掉！统统烧掉！立刻烧！"

就在这时，有人远远地喊道："慢！"随即，一名四方面军的干部带着几个人大步进入："王震同志吧？"

王震不冷不热地："我是王震！"

来人说："王政委，我是总政工作团的马团长。"

王震不解地："总政工作团？"

马团长道："对！是张国焘总政委亲自派来的，到六军团指导政治工作。"

王震道："怎么指导？说吧！"

马团长道："王震同志，也许你们六军团的同志还不清楚，红军第五次反围剿的失利，主要是毛泽东这个乡巴佬的农民意识和逃跑主义造成的，而张国焘同志则是博学多识的政治家与军事家，是能够挽救红军于危难的领袖！一年前，毛泽东等人带着一方面军连个招呼都不打，就逃跑北上了……"

王震打断他，努力克制着："马团长，你们所谓的总政工作团就来六军团讲这个？"

马团长道："正是。工作团要求你们尽早把这些小册子下发到连队，保证干部人手一册。"

王震断然地说："不行！一本也不能发！"

马团长推推眼镜："王震同志，我提醒你，不下发小册子就是反对张国焘总政委！"

王震道："我也告诉你，我六军团只执行中央的命令！没有中央的命令，一本也不能下发！而且还要烧掉！"

马团长气急而无奈地指着王震："你……"

王震不再理睬他，而是命令孙参谋："烧掉！立刻烧！"

孙参谋立即找来火柴，把小册子点着了。王震几乎是在咆哮："我们六军团，是拥护毛泽东的！狗娘养的才反对毛主席！"

马团长脸涨成了猪肝色，哼一声："看来你王胡子的胡子就是硬……好吧，咱们走着瞧！"

那几个四方面军的人灰溜溜地走了。

甘孜城外荒凉的草原上，晚风强劲，夕阳一片血红。一阵杂沓的马蹄声过后，朱德带几个警卫员骑马奔来了，他下马，急切地望着前面。

对面不远处，贺龙骑着枣红马，带罗扬等几个警卫员纵马飞驰。贺龙行在最前面，他刚理过发，修过面，显得英武精干，一路上的疲惫一扫而光。

朱德深情地打量着渐渐而至的贺龙。贺龙纵身下马："老总！"

朱德伸出手来："贺龙同志！"

二人快速上前，突然驻足，深情地互相凝视，然后紧紧地拥抱。瞬间，他们的眼睛都湿润了。贺龙嗓音颤抖着："老总，自打南昌暴动分手，我们这都九年没见了！"

朱德也是声音发颤："是的，都九年了，日子过得好快……"

"老总，我好想念你呀……"

"贺龙同志，我也好想念你……终于把你们给盼来了……你瘦了，瘦多了，记得你原来多壮实！"

"我这一百多斤是属于党的，我要一斤一斤地还给党。"

朱德回味着贺龙的话，感慨万千地："贺胡子啊，你这话说得多好啊……"

"老总，你还好吗？中央的同志呢？"

朱德叹气："唉，一言难尽！……"

贺龙不由皱起眉头。朱德问："哎，弼时和向应同志呢？"

"他们马上就到。"

不大一会儿，又有几匹马远远地出现，荒地上，任弼时、关向应、李达、甘泗淇等人一脸兴奋地纵马奔驰。罗扬向远处一指："总司令！他们来了！"

朱德期盼地说："都来了就好啊……"

任弼时、关向应等人走近了，纷纷下马。朱德激动地迎上："弼时同志！"任弼时上前敬礼："总司令！可见到你了！"

他们互道一番思念之情，又把众人介绍给朱德，便一同来到沟坎下的一个避风处。罗扬带人在四周警戒。任弼时急切地问："中央的同志好吗？"朱德说："中央不在这里。"

此言一出，众人无不惊愕，任弼时愣了好久才说："搞了半天，中央原来早就北上了……可我们还蒙在鼓里……"

朱德说："确切地说：你们与中央失去联系已达十个月之久！"

贺龙等人面面相觑。朱德说："虽然没有中央的指挥，但你们二、六军团的路，没有走错！"

贺龙与任弼时、关向应等欣慰地相视一笑。朱德气愤地说："错的是他张国焘！"

贺龙、任弼时、关向应等均是一惊。朱德道："你们仔细听我讲。去年一、四方面军会师以后，他张国焘拒不执行中央北上抗日的方针，不仅反对党中央，而且另立'中央'，阴谋分裂党和红军。你们看！"他从随身的皮包里拿出一摞文件，递给贺龙与任弼时，"这是中央政治局两河口会议、毛儿盖会议的文件和中央严令张国焘率部北上的电报。"

贺龙与任弼时表情严峻地翻看文件。朱德又说："由于张国焘的错误，四方面军南下以后受到严重挫折，最后不得已退到这康北的甘孜一带。经过党中央一再批评、督促，共产国际的斡旋，以及我、刘伯承、徐向前、陈昌浩及四方面军广大指战员的努力，他才被迫取消了他的非法中央，同意北上。"

贺龙、任弼时这才松了一口气。朱德的脸色却并未好转，他道："同志们，张国焘的问题，目前仍然是党和红军最大的隐患。"

贺龙等人有些不解地望着朱德。朱德继续道："他虽然同意北上，但骨子里还是反对毛泽东、张闻天、周恩来等中央主要领导人，他反对中央的问题并没有完全解决。"

听到这里，贺龙气愤地往石头上磕了磕大烟斗："张国焘这个人，南昌暴动时，他作为中央代表来到南昌阻止起义，我曾经跟他拍过桌子，这回恐怕还得跟他拍桌子。看来不是冤家不聚头啊！"

朱德提醒道："但是这次要变变方法，不能硬吵。"

贺龙等人点头。任弼时问："总司令，我们二、六军团怎么办？"

朱德道："你们要多做团结工作，也就是想办法推动他，尽快起兵，北上陕甘与中央会合！"

贺龙等人郑重点头。朱德意味深长地说："还有一点，都不要被他拉过去，这是很关键的！他蒙蔽了很多人啊……"

朱德是在委婉地提醒大家。任弼时与贺龙交换了一下眼色，任弼时斩钉截铁地说："总司令，今天当着你的面，我代表贺龙、向应同志表个态，我们二、六军团这支队伍是属于党的，不属于哪个人，我们只听党的话，只按党的指挥行动！"

贺龙接过话："我贺龙的心里只有一个党！我虽然没见过毛泽东，但是，我拥护他，因为这些年，我越看越清楚，他的路线正确嘛！他的文章我也读过，很佩服！"

朱德感动地点点头，眼里闪着泪光："弼时、贺龙同志，你们说得好啊！这下我心里彻底有底了！你们一来，我和伯承同志的气就壮了，北上与中央会合，就指日可待了……"

任弼时说："总司令，这一年来，你身处逆境，受委屈了。"

朱德道："为了团结，我个人受点委屈算什么！如果我开始时不忍耐，就不能取得以后在四方面军工作的地位。那个人另立中央，理不直，气不壮，拿我也没多少办法，就因为我一直在警告他，开导他，制约他，他不敢把事情做绝……哎，光顾说了，你们长途跋涉，都太辛苦了，走，咱们进城休息去！"

当下，他们进城休息。这次见面，实在太重要了，彼此心里都有了底。

而红六军团的工作，主要是由刘伯承去做的。王震把张国焘送来的小册子烧掉之后，刘伯承就去见他和萧克了。刘伯承把前后过程一讲，说："同志们，这下你们都明白了吧？中央在前面，不在这里！"

王震说："一会师我就觉得气味不对。记得以前关向应同志曾经说过，张国焘这个人不正派，一贯搞阴谋，在莫斯科、上海都是如此。"

刘伯承说："他早就打你们六军团的主意喽！要防止他把你们拉过去，部队更不要让他指挥。这对你们是个很大的考验！"

王震说："请刘总参谋长转告朱总司令，我们六军团坚决听党中央的命令！"

刘伯承满意地点头："但是要记住，要讲策略，对张国焘不能冒火，冒火就要分裂。"

他们到了甘孜的第二天，张国焘终于亲自出马了，他先传下话来，找任弼时谈话。

张国焘住在一栋藏民楼的二楼，万秘书带任弼时沿着木板楼梯一级一级地上楼，一步一晃。张国焘站在二楼微笑着望着下面，任弼时快要上到楼梯口时，张国焘走下两级台阶，热情地伸出手："弼时同志，辛苦了！欢迎欢迎！"

"国焘同志，你好啊！"任弼时也伸出手，两双手热情地握到一块。

"弼时，咱们到房间说话。"张国焘挽着任弼时的手，进入一个房间，热情地让座，并亲自为任弼时倒上奶茶，"弼时啊，你尝尝，很新鲜的奶茶。"

任弼时端起茶盏，尝一口："是不错。"

张国焘递纸烟给任弼时。任弼时晃晃他的小烟袋："我还是吸这个。"

二人大口吸烟。张国焘开口说："弼时啊，自从1928年我们在上海分手，转眼都八年了，你还好吗？"

"我还好。国焘同志也好吧？"

"好，好。唉，我只是为党和红军的前途担忧啊！"

"只要搞好团结，党和红军的前途就错不了！"

"是啊，是啊……可是，弼时你不清楚，去年一、三军团连个招呼都不打就北上，完全是毛泽东等人的猜忌太多！"

"国焘同志，过去的分歧不必多谈了吧。一切向前看，啊？""对！向前看！我是朝思夜盼，盼着你们快来会合，你们来了，我高兴。放眼中国，红军的主力不是在陕甘，而是在甘孜嘛！我们这里，就有两个方面军了！"

任弼时沉默下来，闷头吸烟。张国焘又说："眼下，我们两军首先应该取得一致！"

"一致？我没意见！"

"那好啊！"张国焘喜出望外的样子。

"但唯有在中央瓦窑堡会议决议的基础上寻求一致！"

张国焘苦笑着摇摇头："弼时啊，我们召开一个党的会议好不好，研究一下会师后的行动方向。"

任弼时思忖着："开党的会议？我觉得没必要吧？行动方向中央已经给我们指明了，那就是北上嘛！况且你开会，报告谁来做？是你、朱总司令，还是我？如果有争议，结论怎么做？国焘同志啊，我看就算了吧！"

张国焘尴尬地笑笑，未置可否。他低头在房间里踱步，许久，才道："弼时，我还有一个想法。"

"国焘同志啊，你的想法可真不少。请说嘛！"

"弼时，你是政治局委员，但却只是担任一个军团的政治委员，明显低了点嘛！不如调整一下，我向中央建议，让你到我这里来，担任更高一些的职务，具体嘛，可以商量。另外，关向应，还有二、六军团几个师的政治委员，也可以和四方面军交流一下……"

任弼时断然地说："国焘同志，不是我不给你这个红军总政委面子，这么重要的干部调整，应该由中央书记处和中革军委研究决定，尤其是关系到我们两个部队，更要慎重，对不对？你呀，考虑得太多了嘛！"

二人心态各异地笑。张国焘说："弼时，我听说你们二军团和六军团有些矛盾？……"

"要说矛盾，肯定有！"

"不如把六军团交给我指挥。我可以从四方面军给你拨一点部队，你的实力并未削弱嘛！"

"把六军团交给你？当然是可以的……"

张国焘眼睛一亮。

任弼时却道："但得有中央的命令啊！你老兄把命令拿出来，我就同意。"

二人笑两声，然后又都是闷头抽烟。张国焘突然有些感慨地说："弼时啊，我忍不住想说说你。"

任弼时一笑说："说我？好啊！本人洗耳恭听！"

张国焘道："在我的心目中，你原是一个富有青年气味的小弟弟，可是这次相见，发现你经过许多磨炼，已显得相当老成。看来，以后不妨叫你任胡子！"

任弼时哈哈大笑："任胡子？我可是第一次听说。有意思啊！国焘老兄，谢谢你的夸奖。"

张国焘一筹莫展的样子。任弼时又道："哎，国焘兄，光听你说你的想法了，我还有一个想法呢。"

"你说吧。"

"我们二、六军团听你张政委和朱总司令指挥，有十个月了，总得让我们和中央联络一下吧？"

张国焘犹豫着。任弼时微笑着伸出一只手来："密码，拿来吧！"

张国焘愣了一阵，终于答应交还密码，这让任弼时心头大喜，能和中央联系上，是他朝思暮想的事情。现在，这个愿望终于实现了。任弼时拿到密码，当即就来到红二军团机要室，要求龙科长马上接通与中央的电报联络。

机要人员全都笑逐颜开。

在甘孜的那几天，张国焘把朱德、刘伯承、任弼时、贺龙、关向应全都安排在那栋两层的藏民楼上居住，他自己也住在上面。贺龙多了一份警惕，把罗扬找来，吩咐他一定做好警卫工作，不能出任何意外。

夜里，贺龙又把罗扬叫到自己房间，说："张国焘这个人我了解，他人多，我们人少，我们又不听他的，得防备他脸色一变下狠手。所以我才向他争取，这里的警卫由我来安排。"

罗扬说："老总，你放心，警卫员每人两支驳壳枪，子弹充足得很。"

贺龙满意地点头："你个罗扬，和我想到一块了。他想搞分裂，我们搞团结，可是我们对搞分裂的人不得不防啊。这样一来，他人多有个大圈圈，我们人少，但搞了这么个小圈圈，他就是真有歹心，也不敢下手！"

贺龙的意思再清楚不过，只要你敢动手，我就先下手立刻控制你。罗扬领会了贺龙的意思，他白天睡觉夜里值勤，时刻警惕着。幸好，没有发生什么意外。

张国焘又会见了贺龙，他对贺龙心里打怵，一见话不投机，赶紧住口了。而且还被贺龙顺手牵羊，要走了一支部队。

贺龙回到红二军团临时指挥部，讲了事情的经过，他道："我说，国焘同志，我们二军团经过半年多的转战，实力大大受损，能不能支援一点人枪啊？给一个师也好啊！他不吭声。我又说，三十二军原来是人家一方面军的九军团，又不是你的老部队，干脆拨给我吧，虽然他们只有一千多人，我贺龙不嫌少。他想了想，居然答应了！"

众人为此笑开了怀。任弼时击掌道："这下，我们的力量又增强了！"

　　从任弼时、贺龙那里打不开缺口，张国焘不死心，又盯上了王震。他把王震叫到一块草地上。那里，四匹漂亮的战马在悠闲地吃草，他吸着烟，望着它们出神。王震被万秘书领来后，张国焘丢掉烟头，热情地伸出手："年轻的王胡子！你好啊！"

　　王震略显拘谨地敬个礼："总政委好！"

　　两人握了握手。张国焘说："王震同志，你看看，这几匹马怎么样？"王震打量一下，赞叹道："好马！"张国焘道："如果喜欢的话，就送给你了！"王震忙说："不不，还是总政委留着用吧。"

　　张国焘点上纸烟，用力吸两口："不要客气嘛！虽然我们以前没见过面，但我还是很欣赏你的，早就知道你是红军的一员虎将，能打仗，会打仗，勇敢无畏！红军就缺你这样的年轻将领！"

　　"总政委过奖了。"

　　"你呀，当一个只有区区几千人马的小军团的政委，有点委屈了！适当的时候，我会力荐你的！好好干，啊？"

　　王震微微摇头。张国焘正色道："王震同志，我真诚地希望你认清毛泽东等人的错误，积极投身到正确的路线上来……"

　　王震打断张国焘的话："总政委！恕我直言，我们六军团来自于井冈山，是毛主席领导成长起来的，不能反毛！"

　　张国焘面带愠色地转过身去，过了一会儿，他挥挥手，把王震打发走了。王震回到红六军团指挥部，说起此事，刘伯承道："王震啊，他送给你马，你就收下嘛！"

　　王震一摸脑门："对啊，我怎么没收下呢？"

　　众人开心地笑了。刘伯承说："他送马给贺龙，人家贺龙就照单全收了。还对他说，马可以收下，中央却不能反对！"

　　众人又笑起来。王震说："我看出来了，他想瓦解二、六军团。贺老总、弼时、向应同志是老旗帜资格，他扳不动，就打我和萧克的主意，认为我们是娃娃，想把我和萧克收买过去。"

　　刘伯承说："看来他这个算盘又打错了！"

　　众人更加起劲地大笑。

　　两军会师，总要开个会庆祝一下。会场设在城外的草原上，四方面军和二、六军团的部队分别盘腿坐在草地中，几张桌子搭起的主席台上，坐着张国焘、朱德、刘伯承、贺龙、任弼时、陈昌浩、关向应。贺龙与张国焘紧挨着。会议由陈昌浩主持，他先请红军总司令朱德讲话。朱德在掌声中站起来，即席说道："二、六军团的同志们！我祝贺你们战胜了雪山，也欢迎你们来与四方面军会合。但是这里不是目的地，我们要继续北上！要北上就必须团结一致，不搞好团结是不行的！此外，在我们前进的道路上，还有荒无人烟的草地，我们要有充分准备，克服一切困难！"

大家热烈鼓掌。朱德又说："我还要告诉大家一个好消息，中央去年带着一方面军胜利地通过草地，到达了抗日前哨阵地——陕甘地区。现在，陕甘边根据地巩固、扩大了，红军也壮大了！"

掌声响成一片，有人喊起口号。张国焘面露不悦之色，贺龙悄悄观察着他。朱德坐下了，陈昌浩接着请红军总政委张国焘讲话。

就在张国焘要站起来时，贺龙忽然凑到他耳边，小声道："国焘啊，只讲团结，莫讲分裂，不然，小心老子打你的黑枪！"

张国焘一愣，然后尴尬地一笑，站起来，咳嗽两声："二、六军团的同志们，欢迎你们来这里会师，我们两军首要的事情，啊啊，就是要搞好、搞好团结！然后我们，一致北上……"

他果然没敢讲不利于团结的话，贺龙等人均是舒了一口气。

散会后，贺龙讲起这个小插曲，惹得众人哈哈大笑。这样的话，也只有贺龙讲得出啊！贺龙说："我这是兵不厌诈！哪敢真打他的黑枪哟！"

朱德说："我看张国焘是有点怕你。你这个贺胡子，真有你的！"

众人大笑。朱德又说："弼时同志，国焘对你也是害怕的。"

好消息接踵而至。不几日，中革军委颁布了关于组织红二方面军及干部任职的命令。军委决定，以红二、六军团和红三十二军组成二方面军，任命贺龙为总指挥兼二军团军团长，任弼时为政治委员兼二军团政治委员，萧克为副总指挥，关向应为副政治委员，李达为参谋长，甘泗淇为政治部主任。陈伯钧为六军团军团长，王震为政治委员。罗炳辉为三十二军军长，袁任远为政治委员。

命令是朱德宣读的。宣读完毕，他又把两个方面军分作三路北上的行动路线讲给了大家听。他说："北上，北上，念叨了一年，这下子我这心里总算踏实了！你们都立了大功呢！"

　　朱德的眼睛湿润了，他平静一下，又道："我还要向国焘同志建议，弼时同志随红军总部行动。目的呢，是要弼时以中央政治局委员和二方面军政治委员的双重身份，过草地途中，亲自去做张国焘、陈昌浩、徐向前、傅钟、李卓然等同志的工作，广泛交谈，多了解情况，努力增强团结。"

　　任弼时道："我同意。"

　　朱德道："伯承同志随二方面军行动，负责教练打骑兵的战术。"

　　最后，朱德表情凝重地对贺龙说："贺龙同志，你和向应同志的担子也不轻啊！在我们面前，是茫茫千里的水草地，荒无人烟，沼泽密布，杀机四伏，尤其是没有粮食。四方面军两过草地，他们比你们有经验，而且你们断后，前面的部队把能吃的都吃了，你们更困难啊！"

　　站在屋门口的罗扬听到了朱老总这段话，他的眉头紧皱了起来。

　　见到别人都是喜洋洋的，张国焘心里却不是滋味。要出发了，几个警卫员来到他的房间，小心翼翼地收拾东西，他们吓得不敢出声。张国焘坐在太师椅上，落寞而沮丧地大口吸着烟。后来，他的目光落在墙上那张"四方面军南下作战示意图"上，他挥手示意警卫员们出去，自己搬过一把椅子，站上去，要取下那张图。

　　万秘书冲进来说："张主席，我来我来。"

　　张国焘挥手无言地制止他，亲手把那张地图取下，放在桌子上，仔细地折叠好："万秘书，你把它放到我的箱子里，留个纪念吧。"

　　万秘书接过地图。

　　张国焘颓然坐下，喃喃地说："我们妥协了……到底是北上正确，还是南下正确？只好让后人来评说了……"

　　万秘书道："张主席，您别难过，妥协只是暂时的。"

　　张国焘道："北上，北上，遂了毛泽东的心意了，我们的好日子，以后还有吗？"

　　万秘书道："我们四方面军的力量仍然是最强的，毛泽东等人照样奈何不了您……"

　　张国焘苦笑着，那意思分明是说，但愿如此吧。

　　人们好久没见贺炳炎了。出发的前一天，他在罗扬陪同下，跛着一条左腿，右臂袖管空空荡荡地晃动着，一脸庄严地来到红二方面军指挥部的小院子。这时候任弼时随红军总部走了，屋子里只剩下贺龙和关向应。关向应亲热地把他引进屋，他用左手分别向贺龙、关向应敬礼。贺龙上上下下打量着他，他不好意思了，说："总指挥，看我干啥？"

贺龙道："自打你少了一条胳膊，我怎么看都觉得不顺眼。"

贺炳炎说："我也觉得别扭。"

贺龙说："你一只左手不方便，以后见面就不用敬礼了。"

关向应问："伤口好利索了吗？"

贺炳炎道："早好了！"

贺龙说："贺炳炎，知道为什么把你从红五师调换到红六师吗？"

贺炳炎道："知道。草地行军，六师担任后卫。"

关向应道："炳炎同志，四方面军走前面，我们二方面军走后面，你们红六师走在最后面。作为后卫，你们不但要完成自己的行军任务，还有一项重要任务——收容掉队的同志。不光收容二方面军的同志，还要收容四方面军的同志，可以说是全军的一个总收容队。"

罗扬一边专注地听着，一边思索着什么。

贺龙说："前面的部队有人掉队了，后面的可以收容他，而从你们这里再掉队，那就永远跟不上了，因此，你们红六师的责任特别重。这也是我和弼时、向应同志研究后，特意把你调到红六师的原因。"

贺炳炎说："请总指挥、关副政委放心，打仗我贺炳炎不皱眉头，担任后卫，我们照样完成好任务！"

贺龙说："好，去吧！"

贺炳炎走了，关向应也下部队去检查工作，屋里只剩贺龙一个人，罗扬觉得是时候了，于是，他就把自己的想法说了。他说："老总，我要下连。"贺龙惊讶地抬起头来："为什么？"

"老总，总指挥部要求精简机关，机关人员尽量下到一线连队。过草地不打仗了，我下连去，更能发挥作用。"

贺龙吸着大烟斗，不吭声。

"老总，我想了好久了，让我去吧，让我带一个连也行啊！"

贺龙放下烟斗，仿佛下了决心："好吧，走出草地以后，你再回总指挥部。"

"是！"

罗扬敬个礼离去，贺龙恋恋不舍地望着他远去的背影。罗扬跟他，有几年了？他觉得有好多年了，罗扬简直就是他的一个影子，这一离开，心里怪不是滋味的……

罗扬要求下连的事很快就传开了。当时机关很多人不愿意下连，罗扬算是起到了一个带头作用。

下午，罗扬回到自己的住处收拾东西，打算次日一早就到贺炳炎任师长、廖汉生当政委的红六师报到。他把何梅给他做的那双布鞋拿出来，想了想，脱掉草鞋，穿在脚上，在小屋里走了几个来回。他心里很甜、很美，虽然有好几天没见何梅了，但何梅在他的心里，比什么都强。

没想到杨连根溜了进来，这家伙像鬼一样机灵，他说："罗参谋，好漂亮的鞋啊！"罗扬说："杨连根，听说你在侦察连当排长了，进步挺快啊！"杨连根撇撇嘴："嗨！实在没人了，领导不嫌弃我。罗参谋，你把我也带去吧！"罗扬一愣："带你去哪？"杨连根说："还能去哪？红六师啊！我跟着你干。"罗扬想了想，说："可以考虑。"

这时，一个小战士来到门口说："罗参谋，有人找你。"罗扬问："谁找我？"他刚一回头，就见何梅来到了门口，她手里提着一只小包袱。二人目光突然相遇，罗扬颇感意外地说："是你啊……"

杨连根和那个小战士扮个鬼脸往外走。何梅叫他们别走，他们笑着跑开了。二人久久相望着，何梅看到他脚上的新布鞋，想到长征出发前逼他换上这双鞋的情景，心里暖暖的。许久，她开口说："看你，衣服破了，也不知道缝缝。"

罗扬说："没顾上，走出草地再补吧。"

何梅打开手中的小包袱，拿出一件七成新的上衣："给！"

罗扬惊讶地："哪来的？"

何梅抿嘴一笑："忘了？"

罗扬接过，幡然醒悟，这是二、六军团会师那天，他送给她御寒的，没想到都快两年了，她还保留着。他突然有些感动，捧着衣服，鼻子酸酸的。何梅说："物归原主，快换上吧！"

何梅转过脸，罗扬脱下破旧的军装，换上这一件。何梅回身，帮他系好一个扣子，拍打两下，退后两步，打量着他，欣慰地笑了笑，目光落到他脚上：

"这双鞋还那么新，真没舍得穿呀？"

罗扬诚实地点点头。何梅说："等到了陕北，再给你做一双。"

罗扬又点头。何梅突然想起什么，又从包袱里拿出一只鼓鼓的粮袋："快，把你的粮袋拿过来。"

"你干啥？"

"我刚刚领的青稞粉子。见一面，分一半，来！"

"这是你过草地的口粮，你吃什么？我不要！"罗扬急了。

"我饭量小，吃不了那么多。你是个大男人，吃得多，就算你帮我减轻负担吧。"

罗扬站住不动，何梅不由分说，从小桌子上拿过罗扬干瘪的粮袋，将一半青稞粉倒了进去。罗扬一把抓住何梅的胳膊，何梅眼圈红了，温情脉脉地望着他："罗扬……我真的想跟你，一块过草地……"

他们猛地拥抱在一起，但又很快分开了。

第二天一大早，在路边，罗扬与何梅无言地挥手告别。罗扬和杨连根一起，迎着初升的朝阳，向红六师驻地走去，何梅深情而忧郁地望着罗扬的背影许久许久……

行军号声响起来了。

半个时辰后，罗扬全副武装来见贺炳炎、廖汉生。廖汉生握住罗扬的手说："罗参谋，欢迎你啊！"贺炳炎用左手捣罗扬一拳："你小子，还真来了啊！说吧，想去哪个部队？"

罗扬问："哪个连走最后？"

贺炳炎道："十八团一营一连。"

罗扬说："贺师长，廖政委，我就去一连！"

贺炳炎与廖汉生对视一下，都沉默着。罗扬说："怎么，不相信我啊？"

廖汉生说："罗扬同志，一连的任务肯定是最艰巨的，你能去，我和贺师长最放心不过，只是，辛苦你了。"

罗扬说："政委，师长，要是怕辛苦，我就不来了。"

贺炳炎说："好吧，你就到一连当连长。走出草地之后，你再回贺老总身边去。"

罗扬说："好！我们师什么时候出发？"

廖汉生摇摇头："我们师在甘孜没有找到粮食，移师朱俄喇嘛寺筹措，也没得到多少。主力已经先后进入草地，时间不容我们再找粮了。"

贺炳炎说："全师每人只携带一天半量额的青稞粉子，马上就要出发。"

罗扬说："那我立刻去一连报到。"

第十九章

　　一望无际的水草地，在阳光下显得死寂而苍茫，五颜六色的野花开遍了原野。湛蓝的天空下，团团白云悠悠飘动。伴随着悠长的军号声，大部队进入草地，长长的队伍在军旗引导下，分几路纵队，缓缓地向草地深处进发。

　　任弼时随红军总部行动，使他有机会接触红四方面军的领导人。途中，他抽空和张国焘、陈昌浩等人简单谈过，又找四方面军总指挥徐向前了解情况。见面后，不能停下来，他们就拄着木棍，深一脚浅一脚地往前走，边走边聊。任弼时说："向前同志，我们这是头一回见面，俗话说一回生二回熟，你有什么想法，就请直说吧。"

　　徐向前见任弼时坦荡磊落，就对他说了实话，他说："弼时同志，有些话在我心里憋了很久了，今天不妨说出来。我一直认为，中央和毛泽东同志的北上方针是对的，自己当时没有跟中央走，是不想把四方面军分成两半，而且主力部队也不是一个人能带得动的。"

　　任弼时频频点头："有道理。"

　　徐向前说："事情弄成这样，国焘同志当然要负主要责任。他取消了他的'中央'，是好事。我建议，北进期间，最好不谈往事，免得引起新的争端。"

　　任弼时说："我同意。"

　　徐向前叹口气："我想起一年前，一、四方面军会合时，我们大家都很高兴。但当时中央有的同志说四方面军的某些指挥员是军阀呀、土匪呀、逃跑主义呀、政治落后呀，等等，有些话真的太过分了，伤害了四方面军同志的感情，我和四方面军许多指战员都想不通。"

任弼时道："向前同志，任何事情都不是偶然的。党和红军出现那么大的裂痕，我认为，所有同志都应该好好反思一下。但最终的目的应该是捐弃前嫌，团结为上。弱小的党和红军如果不团结，就会被蒋介石轻易地各个击破。我将建议中央召开六中全会，来消除分歧，加强团结，使我党担负起当前艰巨的历史任务。"

徐向前信任地望着任弼时，频频点头："如果所有同志都像你说的这样，心中想的是团结，党和红军的壮大便是指日可待了……"

天空中，太阳隐去了，瞬间，乌云四合，电闪雷鸣。任弼时抬头望天看："啊，又要变天了！"

徐向前此前曾经两过草地，对草地的天气比较熟悉，就说，这很正常，我们头顶的天就像小孩的脸，说变就变。

霎时，雨点纷纷落下。警卫员们上前，帮任弼时、徐向前撑起雨伞，他们冒雨，在泥泞中继续前行……

进入草地不久，二方面军的人就认识到，草地确实凶险，而没有进来之前，有些同志觉得草地里面又没有敌人，有啥好怕的。

粮食很快就要吃光了，饿着肚子行军，身体弱的人就难以坚持，经常是走着走着，就有人突然倒下，人们上前，把手伸到他鼻端试试，如果牺牲了，战士们只能依依不舍地离去，有时连战友的尸体都顾不上掩埋。

草地上，水洼中，能看到一具具的尸体。有的死者嘴里含着青草，他是饿急了，吃着草就死了。

更要命的是沼泽地，不断有人陷入沼泽中，只能无声地挣扎，越陷越深，最后一串水泡冒出来，一切又归于平静。

罗扬、杨连根带领收容连的人缓慢行走，他们收容的人既有二方面军的，也有四方面军的。身强力壮的战士肩上都背着两支枪。

一堆白骨在面前出现，罗扬停了下来。杨连根问："连长，怎么了？"

"这一定是去年过草地时牺牲的同志，掩埋一下吧。"罗扬说。杨连根默默地点头，用铁锹挖一个坑，罗扬蹲下，把白骨放入。片刻之后，一个小小的坟头堆起来了。

又行了一阵，人们看到一片水洼里，有一只手赫然露在水面上。罗扬停下，慢慢靠近水洼，他跳下，伸出手，与那只僵硬的手握一下，道："无名的同志，你安息吧……杨连根，拿点草来。"

杨连根回身把一团青草递给罗扬，罗扬用青草盖住那只死亡者的手。他们能做到的，只能是这些了。

担任两个方面军的收容队，粮食又极度紧张，这让贺炳炎和廖汉生愁眉不展，以前打仗时，也没这么愁过啊！廖汉生说："据各团报告，粮食都所剩不多了。"贺炳炎说："得想个办法。"廖汉生摇头："在大草地上，一粒粮食也找不到啊！"贺炳炎说："上级会给我们调拨一点的。我们自己，也要从内部想想办法调剂。"廖汉生说："怎么个调剂？"贺炳炎说："命令各连队把每人剩余的粉子集中起来，各级首长亲自到连上帮助分发粉子，防止多吃，每人每顿只准吃一把粉子。"廖汉生眼睛一亮："这个主意好，还要加上一条，组织检查队在途中检查有无随便吃粉子的现象。"

这个办法施行了两天，就出了一件事：有个叫李正田的指导员多吃多占。

傍晚，几个战士押着那个叫李正田的指导员来到贺炳炎、廖汉生跟前。战士报告说："师长、政委，人带来了！"贺炳炎一挥手，几个战士退下，他严厉地对李正田说："知道为什么带你来吗？"

李正田低着头："知道……给全连发粉子时，我偷偷给自己多拿了一把……"

廖汉生道："李正田同志，你身为一个连队的指导员、一个政治工作干部、一个共产党员、一个参加红军多年的老兵，你只有带领全连同志向饥饿作斗争的权力，绝没有为个人谋取一点私利的权力，哪怕仅仅是一把青稞粉子。"

李正田流泪了："政委，师长，我错了……"

贺炳炎道："你的错误师里研究过了，决定撤销你的指导员职务。"

李正田说："我接受……回去我要向全连同志做检讨，以后当好一个普通士兵，跟大家一起向饥饿作斗争。"

廖汉生说："那你回去吧。"

李正田抹一把泪，立正，敬礼，转身离去。

廖汉生望着那个消瘦的背影，说："我们是不是太严厉了？"贺炳炎说："出了草地，再给他恢复职务。"廖汉生点点头。

不久，草地前方有一座大山横在了他们面前，廖汉生问："贺师长，前面那叫什么山？"

贺炳炎说："地图上叫麻尔柯山，去绒玉必须攀过它。"

廖汉生说："那就命令全师，今天一鼓作气翻过它。"

命令下达了，从下午开始，全师翻越麻尔柯山，走到山上即下起大雨，跟着又下大雪。师部和两个团滑下山后，天已经全黑了，后续部队却没来得及下山。贺炳炎和廖汉生带上人和骡马上山接应，摸了几次都没能上去，到天亮时才把人接应下来。这一夜，山上又无火烤，风雪一夜未停，全师有近二百位同志连病带冻而永远留在了山上……

消息报到贺龙、关向应那里，贺龙说："雪山、草地，比拿枪的敌人还凶险啊！"

关向应说："老贺，红六师的担子太重了，我想到那里，和他们一块行军。"

贺龙同意了。

关向应赶到红六师时，贺炳炎、廖汉生二人眼里含着泪，仍然沉浸在悲痛之中。廖汉生告诉关向应："那个前天刚刚被撤职的指导员李正田，他用自己的口粮救活了一名战士，自己也在昨夜冻死了。"

关向应说："将来，在红军长征的英名录上，应该记上这样一位曾经为多吃一把粉子而被撤职的指导员，一位被饥饿和草地夺去生命的红色士兵……"

沿途找不到粮食，只能吃野菜。草地里很多野菜人们叫不出名字，其中有不少是有毒的，红六师已经有几十人因误吃有毒的野菜而死去。

傍晚，到达一个宿营地后，关向应溜到没人的地方，拔了十几种形状各异的野菜，他拿起面前的一种，仔细观察一阵，塞进嘴里，尝试着，小心地咀嚼，一边咀嚼一边回味，吃下后没有反应，他就放到一边，接着再品尝另一种……

一个多小时后，他的警卫员小曹找到他时，他正跪在地上呕吐。他面前的野菜分成了两堆，显然一堆是能吃的，一堆是不能吃的。

见小曹来了，关向应抬起头来。此时，他的嘴唇肿了，眼睛通红，鼻子在流血。小曹扑过来，惊恐地抱住他："首长！首长！你怎么了？……你中毒了是吗？"

"小曹，我没事……"

"首长，你是中毒了……我去喊医生。"小曹吓哭了，拔腿就往回跑。

"小曹，你回来！"

小曹站住了。

"不要声张，我不会有大事的。小曹，你快拿着这些野菜，到那边找贺师长和廖政委。告诉他们，这几种是有毒的，不能吃；这几样是没毒的，可以吃。"

"首长，你没事吧？"

"嗨！我说过我没事，你快去吧！这关系到人命，千万别弄混。"

小曹答应着，把两类野菜分别抱在怀里，踉跄而去，关向应痛苦地坐在地上，又呕吐起来。

回到住地，贺炳炎、廖汉生狠狠地把关向应批了一顿，说如果你出了意外，我们怎么向贺老总交待？贺炳炎一着急，第二天硬是把关向应送回了贺龙身边。

贺炳炎最惦记的是罗扬带领的一连。他们走在最后面，担子是最重的。他骑上马，逆着队伍行进的方向，往回走，想到一连去看看。远远地就看见几十号人围成一堆，不知发生了什么事。

原来是一名受伤的小战士躺在泥水地上，死活不走了。他绝望地说："同志们，我实在走不动了，不如让我死了，你们走吧……"

罗扬分开众人，来到他身边，蹲下："小杜同志，快起来，我背着你走，行不行啊？"

那个叫小杜的战士哭着说："罗连长，真的不要管我了，我自己的身体我知道，我走不出草地的……等革命成功了，你们别忘了我，给我烧几张纸钱就行……"

小杜哭出了声，很多走不动路的战士跟着哭泣。

这时，贺炳炎牵着一匹马赶了过来。有人喊："贺师长来了。"贺炳炎问："怎么回事？"罗扬说："师长，这位战士是红五师的，我们前天收容的他，他没有力气了，不想走了。"

贺炳炎望一眼小杜和哭泣的伤兵们，激昂地说："同志们！都别哭！红军的眼泪从来不是随便流的！"

有人点头，想努力止住哭。贺炳炎蹲到小杜面前，和蔼地说："小同志，爹妈给我们这条命，不能随便丢掉，对不对？只要还有一口气，就要往前走。来，我扶你骑马走。"

贺炳炎在罗扬帮助下，把小杜扶到马上，贺炳炎亲自帮小杜扶鞍认镫，他用左手费力地把缰绳套在肩膀头上，喊道："出发！同志们，都跟上！"

大伙跟着他们的师长往前走，贺炳炎用左手牵缰引路，他跛着一条腿，晃动着一只空荡荡的袖管，满头大汗，深一脚浅一脚，异常吃力地走着。他脖颈、胳膊、小腿上的伤疤也是清晰可见。

坐在马上的小杜望着师长战伤累累的身躯，再也控制不住，泪水无声地涌了出来……

何梅和女兵队一块行军。说是一块行军，走着走着就有掉队的，到后来人就越来越少了。

进入草地深处后，何梅的身体愈发虚弱，她咬牙坚持往前走。上面指派身体强壮的女兵夏春华帮助她。小夏发现，何梅经常停下来，往来路上久久地回望。

小夏忍不住就问："何梅姐，你望什么呀？"

何梅不语。小夏说："你一定是惦记罗参谋。"

何梅诚实地点点头："但愿他们都能跟上来……哎，小夏，也不知贞姐，还有琼英大姐她们怎么样了。"

小夏说："她们跟随朱总司令和任政委，在我们前面呢。"

何梅说："贞姐、琼英大姐，都是身怀六甲，她们才是要多难有多难……"

何梅惦记罗扬，也惦记李贞和陈琼英。李贞和陈琼英随红四方面军行动，她们早就走在了前面。

泥泞的草地上，李贞、陈琼英挺着大肚子，在别人搀扶下，吃力地行走。陈琼英说："李贞啊，我最担心一件事。"李贞说："啥事？"陈琼英指指肚子："千万别生在草地里。"李贞说："我还早呢。就看你了，你一定咬牙挺住啊，出了草地再生。"陈琼英向往地说："真要能挺住就好了。"

这话说过没两天，李贞摔了一跤，当晚就有了小产的征兆。那天夜里，电闪雷鸣，暴雨如注，李贞躺在一顶帐篷里痛苦地挣扎。甘泗淇急忙叫来卫生部的黄医生，黄医生进去后，甘泗淇戴着斗笠，披着蓑衣，焦急地站在雨中。

李贞揪心的叫声频频传来，甘泗淇忧心如焚，痛苦极了。结婚后，两人在一起的时间加起来不到半月，他没给李贞幸福，却让她挺着大肚子在这该死的草地里受罪，也不知孩子能否保住……

叫声渐渐地减弱了，黄医生掀开帐篷门，甘泗淇迎上两步急问，怎么样了？黄医生难过地摇头："甘主任……李贞同志早产，孩子落地后就……不行了……我无能无为……"

甘泗淇惊愕地呆愣一阵，然后冲进帐篷里。李贞虚弱地躺在小小的行军床上，满脸是汗。甘泗淇上前，握住她的手："你受苦了。"李贞流泪了："老甘，真是对不起……"

甘泗淇替她擦去泪水："只要你好好的，就行。别想那么多了，啊？"

李贞痛苦地说："老甘，医生说，我以后可能再也不能生育了……"

甘泗淇怔了一下。李贞道："你还记得吗？我们结婚时，任政委祝福我们，夫妻恩爱，子孙满堂……"她边说边痛苦地摇头。

甘泗淇说："李贞，只要我们夫妻恩爱，子孙满不满堂，不重要了。"

李贞说："老甘，真的对不起你，我不是个合格的妻子啊……"

甘泗淇说："不！这不怪你，你是一个好战士、一个好女人，你做得都很好。没有孩子，我们就养别人的，你想想，很多烈士的孩子，不都是我们的孩子吗？我们就养活他们，好不好？我们照样子孙满堂……"

又过了几日，陈琮英也生了。草地的早晨，难得见到一轮朝阳，可是这天，一轮朝阳从东方的地平线上蓬勃升起。然而任弼时一脸焦急，站在一顶小帐篷外面抽烟，离他稍远的地方，几个警卫员也焦急地等待着。

突然，一阵婴儿尖锐的啼哭声传来，任弼时于是长舒一口气，战士们互相看着，笑着围上来："首长！生了生了，你听……"

任弼时突然又一下子收回脸上的笑意，一副心事重重的样子。警卫员们面面相觑。接生的医生出来后，任弼时进入帐篷内，他慈爱地、久久地望着婴儿。出生的是个乖巧的女儿。他的面前渐渐幻化出儿子湘赣憨态可掬的模样，耳旁回荡起湘赣嬉笑啼哭的声音……他的眼睛湿润了。

陈琮英疲倦而幸福地说："弼时，我们终于又有了一个孩子。"任弼时蹲下，握住陈琮英的手："琮英，我谢谢你了！"

"净说傻话。弼时，你快给女儿起个名吧！"

"好……就叫远征吧！"

"远征？"

"对，远征！用以纪念我们这一次伟大的行军！"

"弼时，这名儿起得好。这孩子出生在草地里，将来一定像那些五颜六色的花儿一样漂亮……"

"将来？……"他突然变得严肃起来。

"弼时，你怎么了？"

沉默许久，任弼时转过身去，一声叹息："这孩子，来得又不是时候啊……"

陈琮英一愣，下意识地、惊恐地抱紧襁褓。她意识到，丈夫又想把这个女儿送人，这让她心如刀割。

任政委又要把孩子送人的消息传出后，反应最激烈的要数李贞。她头上包着毛巾，拄着木棍，气呼呼来到任弼时面前。任弼时关切地说："李贞同志，你要保重。"

李贞头一扭："哼！我不保重！"

任弼时一愣，以为李贞因为流产而痛心，便道："你的情况我都知道了，请不要难过。"

"我难过！"

任弼时又是一愣。

"我是为小远征难过！"

任弼时全明白了，沉默不语，咳嗽着吸烟。

"任政委！你真的打算再把小远征送人？"

"是有这个打算，因为这是在长征路上。前面如果遇到合适的老乡，就……"

李贞疯了似地打断他："要送你送给我吧！我养着她！"

不断有男女战士围过来，任弼时劝道："李贞同志，你冷静点。"

李贞流泪了："任政委，我想说，你这个做父亲的，也太……狠心了吧……"

任弼时痛苦地闭上眼睛。李贞又道："你不要孩子，我要！"人们纷纷说——

"任政委，你不要我们要！"

"任政委，我们就是豁上性命，也要把小远征带出草地！"

"任政委，把孩子带上吧，求求你了，她多可怜啊……"

"任政委，带上小远征吧，我们替你背着她，不用你管。"

李贞指着众人，愤然道："任政委，你都亲眼看到了，你要是再一意孤行，我们……我们就找朱总司令告你的状去！"

众人积极响应，一片要告状的声音。任弼时感动地说："同志们，我任弼时

279

谢谢你们了……既然如此，孩子就带上吧。"

此言一出，众人发出欢呼声，几个女兵拥抱在一块，李贞含着眼泪笑了。

草地的夜晚，寒冷刺骨，人们点起一堆一堆的篝火，围着篝火入睡。深夜，篝火徐徐燃烧着，红军战士们在酣睡，有的背靠背坐着打盹，有的干脆躺在潮湿的草地上。

离他们不远处，王震躺在一块油布上，盖着大衣也睡着了，他长长的胡须盖住了前胸，十分显眼。突然，王震醒了，他望着满天的星斗出神。

有顷，他爬起来，巡视着面前昏睡的红军战士。一个小战士躺在地上，蜷缩成一团，王震轻轻上前，脱下大衣披在小战士身上。小战士可能是饿了，吧唧几下嘴，随即，睡相变得香甜了。

篝火快要燃尽了，即将熄灭，王震靠前，蹲下，抓过一把干草放到火星上，篝火重又燃烧起来。

离篝火不远处，司令部的孙参谋醒了，他望着火光中长须飘飘的王震，赶紧爬起来，叫了声："王政委。"王震嘘一下，示意他轻点儿。孙参谋来到王震身边蹲下，二人一块往火堆中添干草。

孙参谋小声说："王政委，你的胡子也太长了，明天找人帮你刮刮吧。"

王震摇头："不见到毛主席，我王震坚决不刮胡子！"

他的声音不大，却有着强烈的震撼力。孙参谋回味着王震的话，心中涌起一股热流，他想起刚与四方面军会师时，王震愤怒地撕掉张国焘小册子的情景，不由得更加敬佩王震了。

草地上的一条小河，河水是那样的清澈，就像是透明的。这样的水只有天上才有啊，那仿佛是圣水，何梅想。可是，这时的她已经没有心思欣赏这傍晚美丽的景色。她跪在水边，脸色苍白，头发凌乱，不时还剧烈地咳嗽。她想伸出手去，抓一把清冽的水洗洗脸，可是她没有力气了。

小夏跑过来，扶住她的消瘦的肩："何梅姐！你病了是吗？"

她没有力气说话。小夏摸一下她的额头："好烫！何梅姐，你病得很重，这可怎么办啊？我去报告领导。"

"小夏，先不要声张。你扶我到那边躺一会儿。"

小夏同意了，搀扶起何梅，走到一旁，扶她躺在一块油布上，又给她喂了一点掺有青稞粉的水。小夏是黔东沿河县的人，是个土家族女子，父母把她许配给一个满脸麻子的有钱人，大婚之夜她逃出来，途中差点被野狼吃掉，还差点被土匪掳去，幸亏她能跑路，人也机警，竟然逃脱了。二、六军团转进到石阡后，她要求当红军，何梅收下了她，从此她就跟着何梅一路走。她的身体素质好，一天只吃一顿饭，照样活蹦乱跳，何梅很喜欢她。

晚上，小夏又叫来女兵小姚，二人用床单搭起一顶小帐篷，扶何梅进去歇息。二人点上一堆篝火，背靠背坐着睡。夜里，小夏听到何梅不住地说胡话，后来就没有动静了。天亮时，小夏发现，何梅眼窝深陷，呼吸一阵急一阵弱，已经是极度虚弱了。

她们给她喂水，她醒了，用微弱的声音说："小夏，我做了个梦……"

小夏知道她深深爱着罗扬，就说："梦见啥了？是罗参谋吗？"

何梅摇头："梦见草地里，铺了一条又宽又平的路，路两边都是鲜花，我们就沿着这条路，走得好快，北上找中央……"

小夏说："何梅姐！等你病好了，我们就加快速度，啊？"

何梅气息微弱："……小夏，你们快走吧，不要管我了……"

小夏和小姚低头哭了。小夏抓着何梅细瘦的胳膊："不！何梅姐，马上就要走出草地了……我们两个背着你走！"

何梅摇头："不，我要在这里等罗扬……我想见他……"

何梅决心已定，她要等罗扬，最后见他一面。

然而，对于走在最后面的一连来说，前面的路越来越难走了。尽管师里给调剂了一点粮食，但那是杯水车薪，根本起不了什么作用，每天战士们基本全靠野菜度日，有时连野菜都不能保证，死去的人日渐增多。

这天，罗扬走着走着，突然倒地不起。杨连根上前，拼命摇晃着他："连长！连长！你醒醒！……"

罗扬轻轻动了动。杨连根道："谁还有炒面？"

众人均是摇头，一个战士说："杨排长，连长身上不是有吗？"

杨连根盯着罗扬身上那条鼓鼓囊囊的粮袋，想解开，但被罗扬一双手死死地抱着。他明明身上有粮食，可就是不让动，杨连根只好拧开水壶，给罗扬灌水。

过了好一阵，罗扬才睁开眼，他坐起来："小杨，我怎么了？"

"连长，你昏过去了。"杨连根松了口气。

罗扬挣扎着要站起来："我没事……同志们，加把劲啊，到了宿营地，就会有吃的喝的，走啊，都跟上，谁也不许掉队……"

他带头向前走去。

罗扬居然走得挺快，仿佛他压根儿就没晕倒过。杨连根追上他，紧紧盯着他腰上的粮袋，看样子那里面至少有六七斤粮食。

"连长，全连没一点粮食了……"

"没有粮食，还有野菜、草根、皮带，还可以捉鱼，挖蚯蚓。这么大的草地，到处都是宝啊。杨排长，你要发动大家想想办法，不能泄气。"

杨连根不语。

罗扬微笑道："只要精神上不垮，人就垮不了。"

"是……"杨连根的目光仍不离开罗扬腰上的粮袋。

"是不是盯上我的粮袋了？"罗扬说。

杨连根舔舔嘴唇："连长，全连都眼巴巴的，你拿一点出来吧。"

这时，小杜和其他战士也围上来，纷纷央求道："连长，拿出来一点吧，每人吃一小口也行啊……就一小口……饿死我了……"

罗扬拍打着粮袋："肯定会拿出来，但现在不是时候。同志们，真正的考验还在后面，好钢要用到刀刃上。只要你们都想着，我这里还有满满一粮袋香喷喷的炒面，每个人都会有一份，你们心里就踏实了，就不害怕了，对不对？"

众人凌乱地回答，但都是底气不足。

罗扬用力挥一下拳头："都记住，咬牙坚持往前走，多走一步，就是胜利！"

杨连根说："都记住连长的话了吗？"

众人乱哄哄地说："记住了。"

罗扬说："好吧，今天不走了，宿营。都少说话，早点睡，节省体力。杨排长！"

杨连根一挺胸："到！"

罗扬说："你给我盯着，谁再多说话，不睡觉，还有，谁在行军的时候不坚强，哭鼻子，你就记下来，哪天我发炒面的时候，就没他的份！"

众人发出一点笑声。杨连根道："是！喂喂，都去睡觉吧。"

罗扬带头躺下了，他紧紧地捂住粮袋。众人分头躺下。

第二天，继续前行。后卫连这几十号人在罗扬带领下，艰难地往前挪动。到中午时，一个小战士摇晃着，坐到地上，大口喘气。小杜上前搀扶他："你不能停啊，杨排长说，连长今晚就发炒面。"

小战士吧唧着嘴："炒面……炒面……"他咬牙站起来，随小杜一块往前挪动。

这一幕罗扬看在眼里，欣慰地一笑。自从坐过贺师长的马之后，小杜突然之间就成熟了，成了骨干。罗扬让他当了二班的班长。

中午，只能拔野菜吃。

到了傍晚，快到宿营地时，罗扬又昏过去了。小杜叫唤了好一阵才把他唤醒，醒来后他问："我们的人，都跟上了吗？"

小杜说："今天除了三个牺牲的，都跟上了。"

罗扬说："告诉大家，伤病员只要还有一口气，就不能丢下。"

小杜点点头。

却在这时，杨连根趔趄着跑过来："连长！连长！"

罗扬坐起来："怎么了？"

杨连根说："何梅……她在前面。"

罗扬一惊："什么？……快扶我起来。"

小杜和杨连根架着罗扬往前走去。十多分钟后，在那条异常清澈的小河边，何梅躺在一块油布上，身上盖着大衣，她憔悴极了，奄奄一息。见罗扬过来了，小夏附在她耳边说："何梅姐！你快看，罗参谋来了！"

昏迷了许久的何梅，终于动了动。罗扬推开杨连根和小杜的手，踉跄着奔过来，跪在何梅面前，急切地喊道："何梅！是我啊……"

何梅猛地睁开眼，百感交集地说："罗扬，真的是你……真的是你……"

她的眼泪哗哗地流下来，罗扬抚摸她的额头："是我，何梅，是我……你病得很厉害……我去给你找医生！"

小夏和杨连根、小杜都背过脸去抹眼泪。何梅却缓缓地、绝望地摇头。能见罗扬一眼，她就没有什么遗憾了。

罗扬把杨连根和小杜打发走，让他们回去照顾部队，他自己留下陪何梅。小夏哭着往前赶路了，她要回到自己的队伍中去。好在一路上都是自己人，只要自己不倒下，就没有什么危险。入夜，远处近处都有一堆堆的篝火燃烧着。罗扬守着何梅，尽管他也是快撑不住了，但他感到很幸福，认识快两年了，还没有这样和她靠近过。

何梅睡一会儿醒一会儿，她断断续续地说："罗扬，总算等到你了……就是因为想见你，才坚持到现在……如果没有你，我早就不行了……"

罗扬替何梅抹去眼角的泪，他自己眼里却又流出感动的泪水："何梅，别说傻话，你没事的，你要挺住，我们一起往前走，啊？我们一定会走出草地的……"

何梅居然抬起手，替罗扬抹去脸上的泪水。罗扬握住她冰凉的手，自己脑子里也是一会儿清醒一会儿糊涂。后半夜，他们背靠背坐着。草地一片沉寂。何梅似乎来了精神，说："天黑了，看不到这美丽的草地了，你注意了吗？草地上的野花，要多漂亮有多漂亮……"

罗扬虚弱地说："是的，好漂亮。将来革命胜利了，我们还要来这里，专为欣赏这些美丽的花儿……"

"要是活到那一天，我愿意来这儿放牧，成群的牛羊、骆驼、骡马，还有泉水、森林……"

"太好了，我陪你来……"

"我为你唱歌、跳舞，给你做饭、洗衣服……"

罗扬无力地点点头。

何梅闭上眼睛："可我等不到了……但我不后悔……"

罗扬也闭上眼睛："是的，不后悔……这辈子能当红军，给穷人打天下，是多么了不起啊……我们走了两万里的路，这真是世界上最难最险的路，连鬼神都会被感动的，你说是吗？……"

何梅吃力地说："罗扬，如果有来世，我还要当红军……"

"我也是……"

"我们一块当，好吗？"

"一块当。"

"罗扬，我死了，就让阳光来掩埋我，让鲜花来掩埋我，让清风来掩埋我吧……"

两颗硕大的泪珠从罗扬深陷的眼窝里钻出来："何梅，我给你唱个歌吧……唱个我们洪湖根据地的老歌子。"

"好，我想听。"

罗扬轻轻地，其实是在用最后的气力唱："芦林是我房／船板是我床／菱角是我粮／红军呀，是我亲爹娘……"

微弱的歌声随风飘向远处……他们背靠背，紧紧地依靠着。两双手，颤抖着，紧紧地相握在一起。

歌声停了。月亮升上来，草地上月光如水。他们像是在沉睡，一动不动，宁静而安详。

清晨，一轮朝阳升起。悠扬的军号声弥漫在荒凉的草原上空，罗扬与何梅凝固在那里，他们背靠背，微闭着眼睛，又仿佛睡着了一般，面容极其安详。初升的阳光洒在他们身上，罗扬一只手仍然紧紧抓住腰间那只鼓鼓的粮袋。一些五颜六色的野花环绕着他们，迎风摇摆。

杨连根缓缓地向这边走来，他走近，驻足，轻声地喊："连长，何梅大姐……"

没有反应。

杨连根提高声音："连长！何大姐！"

在他身后，很多战士围上来。杨连根终于意识到什么，张开大嘴，泪流满面、悲痛欲绝地呼喊："罗连长——何大姐——"

众人也都从震撼中清醒过来，张开大嘴，悲壮地呼唤："罗连长——何大姐——"

那天晚些时候，杨连根带领众人，在那条清澈的小河边，埋葬了罗扬和何梅。一座新坟堆起来了，杨连根首先把一束野花放在坟头上，接着，小杜上前，把一束野花放好。战士们依次上前，把他们手中的野花放到坟头上。

小小的坟头上堆满了美丽的野花。

杨连根对号手一挥手，号手运足力气，吹出舒缓的号声……

号声中，杨连根对着坟头举手敬礼。在他身后，战士们也都举手敬礼。杨连根的眼里已经没有了泪水，他的神色是坚毅的。

杨连根又率领后卫连，继续向前走去。他忍不住回回头，那座布满鲜花的坟头已被他们甩在身后。小杜靠近杨连根，小声问："杨排长，罗连长的粮袋呢？"

"在我这儿。"杨连根从腰上解下那条粮袋，他们走到避人的地方，杨连根解开袋口的绳子，突然惊呆了！

他挖了两下，里面竟然全是黄土！二人面面相觑，愕然不已。见有人朝这边走来，杨连根想了想，急忙封好袋口，把粮袋紧紧绑在腰上。

全连战士都围拢过来了。杨连根拍拍腰上的粮袋，笑一笑，说："同志们，连长的粮食，全在我这儿呢！满满一袋香喷喷的炒面，到了最最关键的时候，我就发给大家。希望大家听我的指挥，咬牙往前走，一个也不许掉队！"

小杜说："我们都听杨排长的，快走啊！"

几十号人期待地望着杨连根，抬脚向前走去。杨连根走在最后面，他身上背着两支枪。显然，他接替了罗扬。

第二十章

这天傍晚，红军总部人员在一片大水洼附近宿营。朱德突然冲妻子康克清要针线包。康克清翻动她的小背包，不解地问："老总，你要缝衣针干什么呀？"

朱德望着不远处的水面，沉思着。康克清拿出一枚针："还好，找到了，给！"朱德接过针，放进嘴里，用牙咬着，弯成鱼钩："还有线呢？"康克清明白了，老总是要钓鱼，她笑了笑，又去翻背包。

朱德做了个简易的钓鱼竿就去钓鱼了。草地里的鱼长不大，一般只有手指大小。朱德忙活了一个时辰，还算不错，钓到了五六条小鱼，最大的一条像一支钢笔大小。他把鱼放到搪瓷缸里，吩咐康克清和警卫员小赵抓紧熬鱼汤。他亲自去找柴火，忙活了半个时辰，搪瓷缸里咕嘟咕嘟冒出的热气有了香味了。他又说："再多熬一会儿，鱼汤浓一点才好。"

康克清和警卫员小赵心想，老总看来是饿坏了，也馋了。哪知老总却突然说："克清，一会儿把这碗鱼汤，端给弼时同志的夫人陈琮英同志。"

康克清这才醒悟过来，点点头。

朱德说："弼时两口子，为革命献出的太多了。前面两个孩子，一个不幸死去，一个送了人。在甘孜时，弼时见了孩子，就想抱一抱，那眼神告诉我，他是真想孩子啊……小远征生在草地里，说什么这回也得把这孩子养活啊……"

康克清专注地熬着鱼汤，她叹口气："唉，要是再有点盐巴就好了。"

搪瓷缸下面的火渐渐熄灭了。小赵说："老总，熬好了，我去送。"康克清想了想："小赵，还是我去吧。"朱德赞许地点点头。康克清端起鱼汤往任弼时等人宿营的地方走去。

第二天上午，康克清不放心，又去看陈琮英和孩子。不大一会儿，她兴奋地跑过来，老远就说："老总！好消息！琮英有奶水了！"

朱德欣慰地笑了，他拍着大手："好啊，孩子有救了！"

快要走出草地了，草地上最后的行军显得异常艰辛，大家的体力消耗得快到极限了，不断有人倒地，一声不哼就死去了。任弼时的身体时好时坏，他瘦得成了一把骨头，即便如此，晚上他仍然是点着蜡烛看书，或者写文章，有时找人谈话，一点都不爱惜自己。白天行军，人们只好用担架抬着他。担架员小毛两年来一直跟着任弼时，小毛和另一个担架员小陈抬担架的水平高，走起路来不摇不晃，首长躺在上面睡觉，一点不影响。

但是自从有了女儿后，每每听到女儿的哭声，任弼时就会突然醒来。这天行军途中，过一片水草地，人们七歪八倒地往前挪动，小远征又哭了。几个身体好的女兵轮流抱着小远征走，陈琮英跟在她们后面。孩子是饿了，她就给女儿喂奶，奶水虽然不多，但总比没有好。喂过奶，女儿不哭了。

任弼时睁开眼睛，见小毛和小陈满脸是汗，累得气喘吁吁，他示意他们停下。他们把担架放到一块干燥的草皮上，任弼时说："小毛，扶我起来。"

小毛不动，任弼时口气严厉地说："快扶我起来。"小毛只好扶任弼时站起来。任弼时走到怀抱女儿的一位女兵面前，说："把孩子给我。"

女战士说："任政委，我们抱孩子就行了，你病成这个样子，就别管了。"

任弼时摇摇头："我是孩子的父亲，理应尽点责任，你们就让我抱孩子走一段路吧，好不好？"

陈琮英理解自己的丈夫，就冲女战士点点头。任弼时接过褓褓，爱惜地抱住，一步一步，在泥水中艰难地朝前挪动……

在他身后，人们紧紧跟上。

贺龙在任弼时他们身后，约有三天的行程。贺龙的枣红马上驮着一位重伤员，他端着大烟斗，跟在枣红马后面走。他抽一下烟斗，已经不冒烟了。警卫员小周靠过来："老总，烟叶断顿了吧？"贺龙从嘴里拔出烟杆："小周，想办法给我找一点干树叶，对付对付。烟瘾上来，我浑身没劲。"

小周说："这大草地，鸟都不生蛋，连棵树都看不到。老总，你先忍忍，遇到敌人时，我想办法缴获一点烟叶。"

贺龙说："我真盼着草地上冒出敌人来，我们跟他们打一仗，就可以缴获点战利品。"他闻一闻烟袋锅，"没有树叶，找一点干草叶也行。我多抽一袋烟，可以节省一口饭呐！"

小周说："老总，你可不能再节省了。你要是饿坏了，我们没法向任政委交代，走之前他特意嘱咐我们，一定要照顾好你。"

贺龙说："小周，你看我这体格，壮得很，少吃几顿没事的。哎，直属队的粮食，还能坚持多久？"

小周摇摇头："体格好的同志，从昨天起就主动断粮了。"

贺龙沉思道："从阿坝到包座，这段草地最难走，挺过去就好了……"

到了傍晚，炊事班的大锅里只有野菜，一点粮食都见不到了。人们告诉贺龙，下午周素园老先生饿昏了两次，小婉也昏迷过去了……

贺龙焦急地对众人说："周老先生、张将军、小婉他们，不能有闪失啊！还有十八团的政治委员余秋里，他拖着一条断臂，跟着部队从乌蒙山走到这里，多不容易啊！昨天卫生部的同志告诉我，他的伤口都腐烂生蛆了，不增加点营养，不行啊！"

小周说："可是，粮食都没了，不知明天能不能搞到一点……"

贺龙道："告诉供给部，继续杀马。"

小周说："老总，直属队的骡马都杀光了。"

贺龙一愣："都杀光了？"

众人点头。贺龙目光缓缓望着远处，枣红马进入他的视线……人们散开后，贺龙只身走向枣红马。走近了，他停住，久久地望着它，仿佛他又看到丁天娃制服它的情景；还有，敌机来袭，它冒着炮火硝烟，驮着他钻入森林隐蔽的情景……这是一匹好马啊！它不但救过他的命，还救过不少伤员。如今，却只能牺牲它了。

贺龙上前，轻轻抚摸枣红马的面额。枣红马通灵性，也许它意识到了什么，它流泪了，一下一下舔他的手。他把马脖子上的红缨子取下来，爱惜地装进衣兜里。然后，他猛地抱住枣红马的脖子，眼眶里涌出大滴大滴的泪水……

听说贺龙要杀马，警卫员们都流泪了，大伙一迭声地叫嚷——

"老总！不能啊！"

"老总！不能杀它！"

"老总！求求你，留下它吧！"

"老总，它还救过你的命呢！"

"老总！它驮过那么多的伤员，它有功啊！"

……

贺龙平静一下自己，挥挥手："娃儿们，不要哭了。我不到十岁就放马，十多岁就出去赶马帮，比你们更爱马。人对马亲，马也对人亲。可是，现在是非常时刻，为了革命，我们大家必须走出草地。快牵走它，交给供给部的同志杀掉，大家都吃一点肉，喝几口汤，好有力气走出去。将来革命成功了，别忘了，在草地上，有一匹枣红马，为我们红军献出了生命……"

说完，贺龙钻进帐篷，他手里拿着那条红缨子，久久地端详着。过了一会儿，从不远处，传来一声清脆的枪响。他浑身一震，把没有烟丝的大烟斗含在嘴里，他强迫自己不再想枣红马，而是多想想下面的路怎么走……

那天晚上，围着一堆篝火，周素园、张振汉、小婉、余秋里，以及几十个伤病员，都含着眼泪，吃了几块马肉，喝了一碗马肉汤。小周把一碗肉汤端给贺龙，贺龙挥挥手，让他端走了。

第二天一早，大队人马在行军号声中，再次出发。贺龙把他的警卫员们全都派出去，他们搀着周素园、小婉、张振汉、余秋里等伤病员，向前方跋涉……

终于，到达了草地尽头！

前方，有炊烟升起。隐约可见房屋、牛羊。草地边上，衣衫破旧、疲惫不堪的士兵望着面前的人间景色，都不由愣住了。有人高喊："同志们！我们终于活着走出草地了！"

人们明白了，呼喊着，用最后的力气，离开草地，扑向田园。一拨一拨的士兵，重复着前面人的动作，前赴后继，扑向田园。所有人的眼里，都噙着泪珠。奔涌的士兵，像浪头一样扑过来，一批批扑倒在田地里……

到了包座，就算是彻底走出了茫茫千里的水草地。包座是草地边缘上的一个不大的集镇，这里粮草充足，大部队就在这一带短暂休整。饿极了的人们第一件事就是先填饱肚子，两个警卫员把一筐大烧饼抬到红二方面军临时指挥所内，贺龙、关向应、李达、甘泗淇等人拿过烧饼，张开大嘴猛吃起来。贺龙边吃边说："好香啊……听说部队有战士一下子吃得太饱，撑坏了肚子，出了人命。"李达说："是有这回事。"关向应说："那就告诉各连队干部，让他们严格控制战士的食量，饿得太久，不能一下子吃得太多。"

贺龙吃完一个，又拿过一个烧饼。关向应说："老贺，你也不能吃太饱啊！"贺龙说："我肚子大，没事，向应你肚子小，多加小心啊！"关向应又拿过一个烧饼，大咬一口："我也没事。"

几个人大笑起来。贺龙说："饿肚子的滋味，真是不好受啊！你们说，以后这样的经历，还会有吗？"关向应说："我认为，不会有了。红军爬雪山，过草地，这种经历可谓空前绝后！"贺龙说："是啊，但愿不会再有了！"

这时，机要科的龙科长赶来报告说，任政委来信了。关向应接过信，看了一会儿，说道："弼时同志说，为促进三个方面军会师及会师后的大团结，他已建议中共中央在会师后召开六届六中全会，以解决团结、统一的问题，总结过去的教训并着重于目前形势与任务的讨论。他还说，二方面军在促成一、二、四方面军顺利大会合上，是负有重大责任的，要求二方面军立即为大会师作政治动员和进行一切必要的准备工作。"

贺龙感慨道："弼时同志站得高，看得远，顾大局，一心想着党和红军的团结。我建议，给弼时同志回封信，就说，我们完全同意他的立场。"

众人均表示赞同。贺龙又说："别忘了加上一句：希望弼时同志早日回到二方面军工作。我们都想他了！"

众人都说这句话加得好。

有人欢喜有人愁。红军两个方面军走出草地的消息，很快就传到了南京。蒋介石把陈诚等人召到他的官邸问情况，陈诚硬着头皮说："委座，据可靠情报，共匪徐向前、贺龙、萧克所部，确实已经走出了川康一带的大草地，有北上与毛泽东会合的迹象。"

蒋介石面无表情，大步走到地图前观看一阵，指着一个地方说："是到了这一带吗？"

陈诚说："是的。"

蒋介石愤怒地说："一年多以前，我们动用了十几万中央军和几个省的力量，来防堵萧克与贺龙合股，没有防住；半年多以前，我们动用了更多的力量，来防止贺龙、萧克到四川与徐向前合股，还是没防住。眼下呢？他们合兵一处，又要到陕北去会合毛泽东，为什么几十万的国军，就制服不了区区几万人的他们？"

陈诚汗颜道："委座息怒……国军将领有负委座栽培……"

"我早说过，赤匪之患是党国最大的祸患，共匪一日不除，国家就一日不得安宁！毛泽东写文章，说星星之火，可以燎原，他说得很对！他们如果燎原了，我们呢？我们只能有一个下场——被他们活活烧死！"

"委座，趁他们刚走出草地，人困马乏，我们调得力部队围剿，尚不算晚。"

"抓紧解决两广事件，好腾出手来进剿西北。"

陈诚立正："是！"

从包座继续往前走，就是哈达铺。这天，任弼时带警卫员小徐等人骑马来到哈达铺。贺龙、关向应等人早已候在街口，任弼时一下马，几人便热烈拥抱。贺龙说："弼时同志，可把你给盼回来了。"关向应说："这都分手两个月了，你不在，感觉心里空荡荡的。"任弼时说："我也盼着早点回来啊！"

他们说说笑笑来到作战室，十几位师以上的干部已经在此等候。大家寒暄一番，进入正题。贺龙说："两广事变一解决，老蒋就把胡宗南部由湖南迅速调回陕甘，同时，他命令位于定西、陇西和武山地区的第三十七军毛炳文部，和位于天水、秦安和武都地区的第三军王钧部，阻止红军会合。"

任弼时说："针对蒋介石的企图，中革军委的作战部署是：红一方面军以一部兵力保卫陕甘苏区，主力西进，策应我们二方面军和四方面军作战。我们为右路，占领成县、徽县、两当、康县等地，建立苏区，四方面军为左路，占领岷州、武山等地，而后会同一方面军向定西、陇西及西兰大道进攻，进而实现三个方面军的会师。"

关向应兴奋地说："三军就要大会师了，简直像做梦一样啊！"卢冬生、贺炳炎、廖汉生等人高兴得合不拢嘴。贺龙说："根据军委的整体部署，我们制定了《第二方面军基本命令》。李达同志，请你给大伙讲讲。"

李达走到地图前，一五一十地把作战计划讲了，二方面军主要的意图是，趁陕甘的敌人分兵据守城市，而胡宗南部尚未到达的时机，穿过其封锁线，袭占成县、徽县、两当地区。

大部队又要出发。在哈达铺，供给部的同志给贺龙找来了一匹白马。贺龙望着漂亮的大白马，眼前总是闪现那匹枣红马的影子。还想到了丁天娃，想到了牺牲在草地上的罗扬和何梅。这些人总是进入他的脑中、梦中，使他难以忘怀。

白马在贺龙面前驻足，贺龙爱惜地抚摸着白马。他从口袋里掏出那条红缨子，那条曾经拴在枣红马脖子上的红缨子，仔仔细细地系在白马的脖子上。

秋日的陇南大地，一片金黄的颜色。在起伏不定的丘陵地带，贺龙、任弼时、关向应等人纵马奔驰。他们刚刚接到报告，二方面军的部队已经攻占了成县、徽县、两当、康县四座县城。他们感到无限的欣慰，毕竟过了金沙江以后，部队没再打仗，现在一出手就占领四座县城，他们又找回了打胜仗的感觉。

他们来到徽县，在一座气派的民宅门前下马，这里是六军团的临时指挥部。萧克、王震等红六军团领导高兴地迎上来，众人握手问候。贺龙说："萧克同志、王胡子，你们六军团干得不错，十天就攻占了四座县城！"

王震依然是长须飘飘，他说自从离开黔大毕，好久没这么打仗了，缴获了大量战利品，真是痛快！"

贺龙突然想起什么："哎，战利品里面，有药品和医疗器材吗？"

王震说："这要查一查。"

任弼时道："老贺，你怎么关心起这个来了。"

贺龙道："我想起余秋里的那条断胳膊了。"

当晚吃过饭，他们几个人来到一处小院内。余秋里暂时住在这个小院里。余秋里见到众位首长，很是高兴，说到自己的伤，他要求把左手锯掉，不能再拖了。

贺龙征求任弼时的意见，任弼时道："既然这条胳膊保不住，手术又有把握，那就下决心做吧！"

众人均点头同意。任弼时对余秋里说："本来应该早一点给你做这个手术，可是我们过金沙江的时候，医疗器材都掉到江里了。后来不停地转移，没有时间，也没有医疗器材，无法做啊！让你受苦了。"

余秋里感动地说："首长，这一路上，同志们都想着办法照顾我。敌机轰炸时，同志们总是找个安全的地方，把我掩护起来。爬雪山，过草地，大伙总是把好走的路让给我，找到的粮食、挖到的野菜、草根，尽量先让我吃。要是没有他们，我余秋里命再大，也活不到今天……"

余秋里的眼窝湿漉漉的。关向应说："有了这个经历，你余秋里就是个钢铁汉子了，以后谁还能打得倒你？"

气氛变得轻松了。这时，二方面军卫生部派来的一位医生来到小院，报告说，截肢用的药品和器械都准备齐全了。

任弼时问："不是说，没有锯子吗？"

医生说："卫生部的同志从一家钟表店找到一块钢锯条，又从修械所找到一把锯弓，可以了。"

贺龙说："余秋里，你比贺炳炎幸运，他截肢的时候，连麻醉药都没有。那个痛苦啊，常人是受不住的。"

余秋里说："贺炳炎是我的榜样，想到他，我就一点不害怕了。"

任弼时感慨地说："贺炳炎、余秋里，这两个人是我们二方面军名副其实的左膀右臂啊！……"

次日上午，医生们在一间民房内为余秋里进行了截肢手术，手术很顺利。他睡了一天一夜，醒来时已是第二天的凌晨。他睁开眼，习惯性地抬起右手，去摸左臂。左臂袖管空空荡荡，他愣了一下，全明白了。

医生进来说："余政委，你醒了。"

余秋里喃喃道："一百九十二天了，就这一觉，睡得最香……"

又过了几天，贺炳炎来看他。他听说贺炳炎来了，放下手中的书，急忙下床往外走。贺炳炎站在小院中，见他出门，也不说话，只是久久地望着他。二人都不说话，久久地对望着。这时，起风了，大风掀起他们的那空荡荡的袖管。袖管飘扬着，飘扬着……

突然，他们向前几步，各伸出自己仅有的一只手，无言地、紧紧地拥抱在一起。二人的眼里，都噙满了泪水。

红二方面军走出草地后，起初一切顺利。但接下来，情况越来越不妙。在徽县，他们接到了中央新的电报。电报上说，为迅速实现三个方面军的会合，中革军委下达了集中三个方面军主力，以打击蒋介石嫡系胡宗南为主要目的的静会战役计划。电报指出，这一计划的实施，是实现三个方面军会合、发展西北新局面，以至推动全国抗战的关键。中央还号召，在这个关键时刻，我红军的三个方面军需用最大的努力与最亲密的团结，全力以赴之！

中央给二方面军的任务是在外围牵制敌人。贺龙、任弼时自然对中央的电报毫无异议。但是在岷州，张国焘却不干了，事情缘于几天后中央的又一封电报。他气哼哼地把那封电报拍在桌子上，愤怒地说："不是说好一、四方面军南北共同夹击胡宗南吗？怎么都成了我们四方面军的任务？我们干不了！"

朱德、陈昌浩面面相觑。朱德说："中央的这封电报已经说清楚了，一方面军主力暂不宜离开陕甘宁边区南下作战。"

张国焘说："他们不干，我们也不能与胡宗南硬碰。我主张，四方面军立即西渡黄河，翻越祁连山进入甘肃西北部，夺取宁夏，实现河西计划。"

陈昌浩突然爆发了："过黄河是死路一条！我坚决不同意！"

张国焘顿时呆在那里，仿佛不认识似地望着陈昌浩。几年来，陈昌浩对他是言听计从，今天突然不听他的了！这简直让他做梦都没想到。他气得双手直打哆嗦。

朱德说："国焘同志，昌浩的意见是对的。"

陈昌浩说："我主张，坚决执行中央的命令，即刻北上，与胡宗南决战，会合一方面军。"

张国焘眼里冒火："昌浩，好啊！……我这个主席干不了啦！让你干吧！我走人！"

朱德道："国焘！你不要冲动！"

张国焘含着眼泪："我是不行了，到陕北准备坐监狱，开除党籍，四方面军的事情，就让你陈昌浩搞吧！"

朱德、陈昌浩惊愕地望着张国焘大步离开，喊也喊不住。张国焘回到临时住处，烦躁地抽着烟，踱了一会儿步，他把万秘书叫来。他丢掉烟头，对万秘书说："你记一下。立即命令四方面军先头部队，停止北进，掉头向西，做好渡黄河的准备，渡河之后，抢占永登、红城子地区作立足点。"

万秘书记录完毕，交张国焘签字。

张国焘签上名字："赶快发出。"

"是！朱德那边怎么办？……"

"我是西北局书记、红军总政委，有权单独调动部队。"

张国焘不满地望一眼万秘书。万秘书不敢再吭气，扭头往外走。张国焘又叫住他："你通知机要局，以后，所有未经我签字的电报，一律不准发出！"

四方面军的部队还在自己手里，这是对张国焘最大的安慰。

然而，正是由于张国焘突然改变计划，才造成了全盘的被动。消息传到徽县红二方面军临时指挥部，贺龙说："张国焘这一撤走，中央制定的静、会战役计划已经不可能实现！"

任弼时说："原以为从甘孜开动以后，他会积极配合中央，谁知又节外生枝了！"

李达匆匆进来："诸位，据我们刚刚得到的情报，胡宗南的四个师即将推进到清水、秦安一带，与在天水的毛炳文部靠近，从北面威胁我们南面，王均的第三十五旅袭占了成县，川军孙震部进到康县一带，使我们腹背受敌，有被隔断于西兰大道和渭河以南、陷入敌人重围的危险。"

贺龙、任弼时顿时皱起眉头，迅速奔至地图前察看。关向应说："看来，我们的处境很不妙！"

这时，龙科长又进来，把一封电报交给任弼时。任弼时快速地看了一眼："是毛泽东、周恩来、彭德怀三人联名发出的急电，指示我们趁胡宗南部尚未集中之时，迅速转移为佳。"

贺龙道："事不宜迟，我们马上转移！"

众人当下行动，然而还是晚了一步。部队在秋日的原野上急速行进，周围传来了隐隐的枪炮声，气氛空前紧张。关向应、李达骑马追上贺龙、任弼时，关向应勒住马，通报说："老贺、弼时同志，我们分散在各县的部队，都遭到了敌人的袭击，有的部队已经失去了联系。"

李达说："据贺炳炎、廖汉生报告，红六师十七团在康县收拢不及，全团被敌人包围，几乎无一人突围出来。"

贺龙痛心地扼腕："前有胡宗南、毛炳文部的堵截，后有王钧部的追击，我们协同不好，处处被动挨打，损失不会小。但像这样丢一个整团，从来没有过！"

任弼时说："两万多里的路都走过来了，眼看就要会师了，不论多么艰险，都要冒死冲出去！"

贺龙说："对！告诉部队，就按弼时同志说的，为了会师，冒死冲出去！"

枪炮声骤紧，敌人的主力从四面八方包围上来。贺龙等人冲身边的战士们大喊：同志们！加快速度，为了会师，冒死冲出去！……

人们奋勇向前冲去。

大部队前进的路上，敌机疯狂扫射，红军战士一片片倒下。即使有敌机轰炸扫射，部队也不能停下。就这样冒死冲锋，损失多少都顾不上了。激烈的枪炮声中，王震骑在马上，挥舞着大刀高喊："同志们！为了会师，冒死冲出去！"

人们呐喊着，迎着敌人的炮火前进。

在一个丘陵地带，一发发炮弹落在行进中的红军队伍里，战士们纷纷倒下，活着的仍呐喊着前进。

一发炮弹在贺龙身边爆炸，硝烟过后，大白马被炸死，贺龙却不见了。警卫员们哭叫着寻找。小周撕心裂肺地呼喊："贺老总！贺老总！你在哪里呀？"

一堆黄土动了动，贺龙从土里钻出来，拍打着头上身上的灰土。小周扑过去："老总！你受伤了吗？"

贺龙活动一下手脚："我没事！你们哭什么？快冲啊！"

贺龙拔出手枪，又率领众人往前冲去。

这一次的损失，比长征途中任何一次都大。幸好，他们还是冲出去了。

此时，张国焘命令他的部队西进，部队中反对他的力量越聚越大，他已经快控制不住部队了。这天傍晚，张国焘站在离黄河不远的一座山头上，怅然地望着远处。

不多时，朱德和陈昌浩爬上山来。朱德说："国焘啊，中央连续来电，明令四方面军不得西渡黄河，你不能再犹豫了！"

陈昌浩道："而且经过侦察，黄河对岸已进入大雪封山季节，气候寒冷，道路难行。"

张国焘挥挥手，停顿了许久，才道什么也别说了，就按中央的命令，北上吧，我服从，服从……"

朱德和陈昌浩惊喜地对视一下。

朱德说："昌浩同志，那就命令四方面军部队，即刻北上，前往会宁方向，与一方面军陈赓同志率领南下接应的部队会合！"

陈昌浩爽快地回答："是！"

张国焘一个人踽踽独行，一边走，他一边从怀里掏出一张地图，撕碎，扔掉，它正是那张他在甘孜舍不得丢掉的红四方面军南下作战示意图。

金色的陇东大地，一片丰收的景色。河谷地带，队伍成多路纵队向前开进。贺龙、任弼时、关向应等人表情轻松地走着。前面就是会宁县的将台堡。一匹快马迎着他们驰来，是杨连根，他的脸上长出了胡须，有了一种成熟后的沧桑感。

快马奔腾，马上的人动作潇洒自如。贺龙望一眼来人，问道："弼时，你看骑马的人，是谁呐？"

任弼时打量两眼："噢，是杨连根，就是我给你说过的那个小家伙，他老家离你的老家只有三里地。"

贺龙点点头："想起来了。"

任弼时道："小家伙现在是侦察连连长了。"

贺龙高兴地说："好啊！"

杨连根到了首长面前，跳下马，向贺龙等敬礼："报告贺总指挥、任政委！红一方面军的队伍就在前面！"

众人欣喜地互相望了一眼，少顷，数千人不约而同发出欢呼："到家了！终于到家了！……"

贺龙张开臂膀，与任弼时、关向应三人相拥在一起。整条河谷里，人群都欢呼起来，很多人在拥抱，很多人热泪盈眶……周素园、张振汉互相击掌庆贺，二人流下热泪。周素园说："老张啊，我做梦都想不到，这辈子会有这么伟大的经历。是红军，使我这个老朽，变成了英雄好汉呐！"

张振汉抹着眼泪："是的，是的，我也可以自豪地说，我张振汉也是英雄好汉！"

那边，贺龙走向怀抱孩子的陈琮英。任弼时、关向应跟在他后面。贺龙凝望着小远征，说："孩子，你才是最小的红军，对不对？"他伸手到衣兜里，掏出那只银光闪闪的长命锁。任弼时和陈琮英都愣了一下。任弼时说："老贺……"

贺龙仔仔细细地把长命锁戴在小远征脖子上。小远征突然在陈琮英的怀里甜甜地笑了。贺龙、任弼时、陈琮英开怀大笑起来。

离他们不远处，蹇先任把怀里的小捷生放到地上，李贞和小婉过来，一人抓住小捷生的一只手，领着小捷生向前迈出了第一步。任弼时、贺龙等看到了，走过来，饶有兴趣地看着。

突然，小捷生抬起头来，开口叫了一声："姑姑……"

李贞等人愣了一下，顿时热泪盈眶，她惊讶地说："孩子，你开口说话了？……你会说话了，可是，何梅姑姑，还有罗扬叔叔，还有很多很多的叔叔、姑姑，再也听不到你叫他们了……"

蹇先任和小婉也都流泪了。任弼时眼里噙着泪珠说："同志们，我们到家了。却有很多同志，倒在了路上。就让我们向着走过来的两万多里的道路，向着雪山、草地，向着牺牲的烈士的英灵，敬个礼吧！"

任弼时半转身子，向着南方，举手敬礼；接着，贺龙、关向应向着南方，举手敬礼；李贞、小婉、蹇先任、陈琮英等人也举手敬礼。

小捷生也学着大人的样子，颤颤悠悠地举起小手……

南京，蒋介石身着长袍马褂，对着小花园里的假山石出神。陈诚、晏道刚等几位高级将领轻手轻脚走过来，他们站住了，望着蒋介石的背影，不知说什么好。

蒋介石平静地说："我就知道你们想说什么。"

陈诚道："委座……"

蒋介石道："是不是三股共匪，在陕甘宁一带合股了？"

陈诚等人低头不语。蒋介石叹口气，但并未发火。他说："事已至此，又该怪谁呢？几十万精锐大军围追堵截，我本人也数次上前方督战，还有千山万水的阻隔，仍是不能消灭他们……"

陈诚道："委座，说到底是属下无能……"

蒋介石摆摆手："属下都无能，我这个做领袖的何谈英明。说句实在话，连我都打心眼里佩服那些共匪。他们从我们手里创出了一个天大的奇迹，真令人汗颜呐！……他们称得上是硬骨头，人间少有，人间少有……遗憾的是，这千载难逢的机会都不能消灭他们，以后就更难说喽……"

蒋介石从陈诚等人身边缓缓走过，他的背影越来越虚幻……

而此时，在陕北的一座窑洞前，任弼时正在向干部们作报告。贺龙、关向应在主席台就座。

任弼时说："同志们，毛主席特意表扬了我们！毛主席说，二、六军团在乌蒙山打转转，不要说敌人，连我们也被你们转昏了头，然而，硬是转出来了嘛！出贵州，过乌江，我们付出了大代价，二、六军团讨了巧，就没有吃亏。你们出发时一万多人，走过来还是一万多人，没有蚀本，是个了不起的奇迹，是一个好经验，要总结，要大家学！"

参加会议的人都欣慰地笑起来。

几天后的一个早晨，朝阳升起，贺龙坐在小院里的石磨上吸烟斗，关向应匆匆走进："老贺！胡子！"

贺龙站起来："向应，怎么了？"

"中央调弼时同志到红军前敌总指挥部担任政委的命令，正式到了。"

"弼时同志知道了吗？"

"已经知道了。他决定马上出发，说一会儿要过来和你道别。"

贺龙在石磨上磕磕烟灰："还是我们过去吧。"

两人往外走。在路口，三个人相遇了。贺龙感慨地说："两年了，贺、任、关是一个整体，现在要分开喽。"

任弼时道："是啊，我也舍不得离开二方面军。"

关向应道："弼时同志，你走了，我和胡子会想念你的。"

任弼时道："老贺、向应，二、六军团一会师，我就发现你们二人配合得十分默契、和谐，说实在的，那时我真的很羡慕向应。"

关向应不好意思地一笑。

任弼时又道："我不知道这两年来，我所做的是否让老贺你满意。"

贺龙道："我贺龙算是个有福气的人，最初，周逸群同志和我搭档，后来和向应，再后来和你，都是一样的默契、和谐。"

任弼时欣慰地说："这就好。"

贺龙道："弼时，要说打仗，我心里有底，但在政治上，你才是主心骨啊！因为有你，我们二、六军团才没走弯路。"

关向应赞同地点头。

任弼时却谦逊地摇头："你贺胡子是二、六军团的重要部分，你的存在和二、六军团的存在一样具有意义。"

贺龙诚恳地说："弼时、向应，当然还有已经牺牲的周逸群，我觉得你们都是我的老师。如果没有党的指引，没有你们的配合，我贺龙本事再大，也不可能把队伍带到这两万里之外的地方。弼时，再见吧！将来，我们或许能够到抗日的战场上，再做搭档。"

贺龙向任弼时举手敬礼。关向应向任弼时举手敬礼。任弼时同时向贺龙、关向应敬礼。

三个人，在朝阳的映照下，眼含热泪，久久地敬礼……

1936 年 10 月，红军三大主力会师，宣告了国民党蒋介石围追堵截、妄图聚歼红军的阴谋彻底破产，标志着中国工农红军已经胜利地完成了 1934 年秋开始的战略转移的历史任务，给全国人民的民族解放事业展示了光辉灿烂的前景，有力地推动了正在蓬勃发展的抗日救亡运动和抗日民族统一战线的形成，开创了中国革命的新局面。

2005.1 ～ 2005.6 初稿

2005.8 ～ 2005.11 二稿

红军第二、第六军团长征时的组织序列

(一九三五年十一月至一九三六年六月)

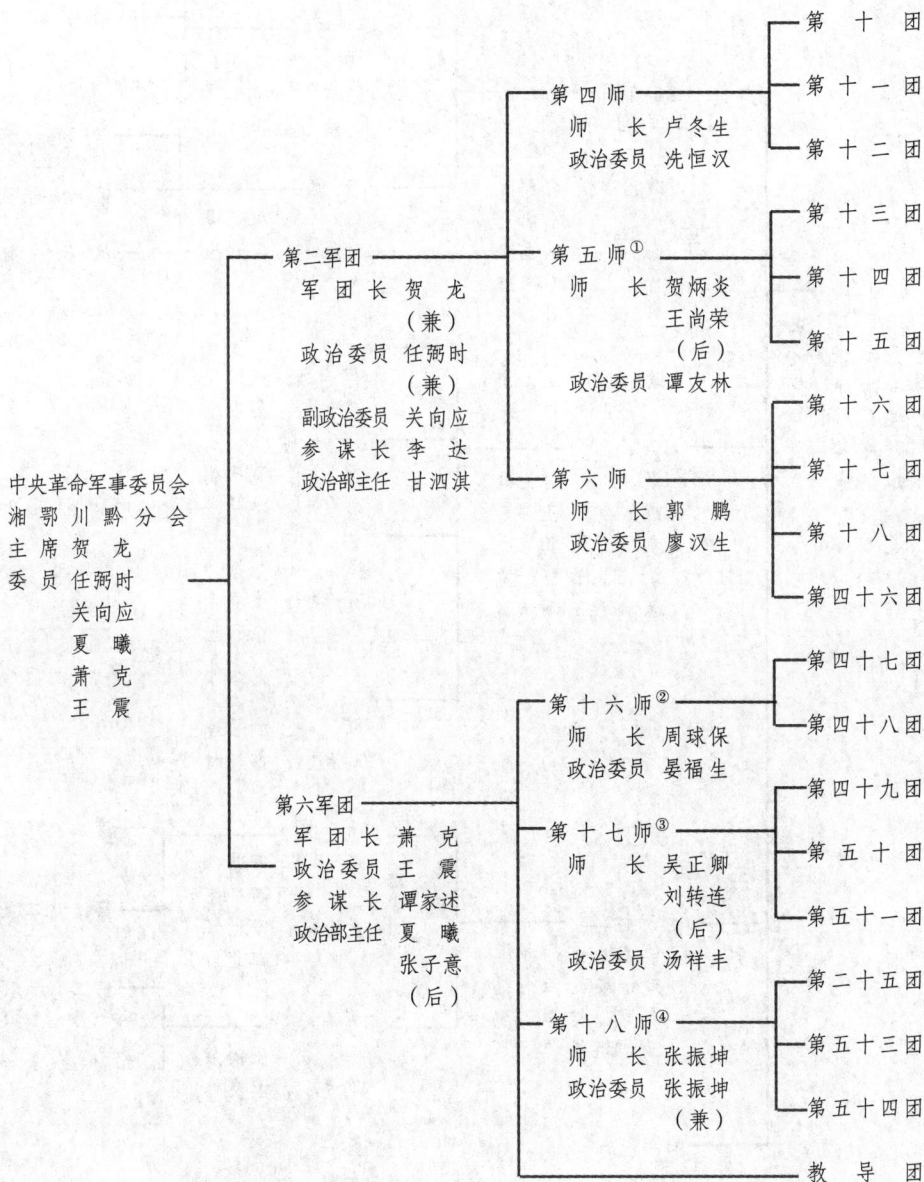

```
中央革命军事委员会
湘鄂川黔分会
主席贺龙
委员任弼时
    关向应
    夏  曦
    萧  克
    王  震
```

第二军团
　军团长贺龙
　　　　　（兼）
　政治委员任弼时
　　　　　（兼）
　副政治委员关向应
　参谋长李达
　政治部主任甘泗淇

第四师
　师长卢冬生
　政治委员冼恒汉
　├ 第十团
　├ 第十一团
　└ 第十二团

第五师①
　师长贺炳炎
　　　　王尚荣
　　　　（后）
　政治委员谭友林
　├ 第十三团
　├ 第十四团
　└ 第十五团

第六师
　师长郭鹏
　政治委员廖汉生
　├ 第十六团
　├ 第十七团
　├ 第十八团
　└ 第四十六团

第六军团
　军团长萧克
　政治委员王震
　参谋长谭家述
　政治部主任夏曦
　　　　　张子意
　　　　　（后）

第十六师②
　师长周球保
　政治委员晏福生
　├ 第四十七团
　└ 第四十八团

第十七师③
　师长吴正卿
　　　　刘转连
　　　　（后）
　政治委员汤祥丰
　├ 第四十九团
　├ 第五十团
　└ 第五十一团

第十八师④
　师长张振坤
　政治委员张振坤
　　　　　（兼）
　├ 第二十五团
　├ 第五十三团
　└ 第五十四团

教导团

---

①② 第五师、第十六师 一九三五年十一月上旬，由地方武装编成，分别编入第二、第六军团组织序列。

③④ 第十七师、第十八师 于一九三五年反"围剿"前后恢复。

红军第二方面军同第四方面军会师北上的组织序列*

(一九三六年七月至十月)

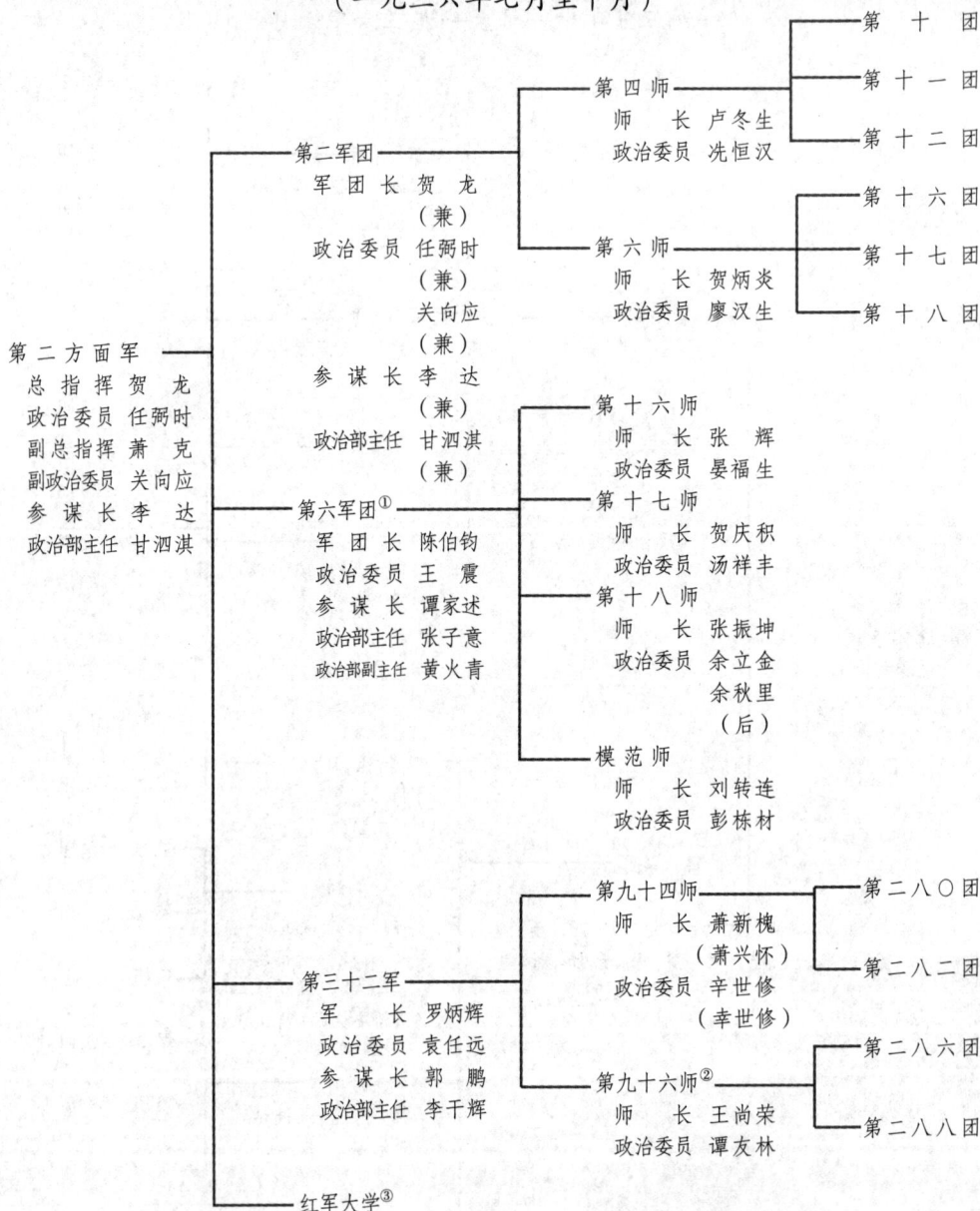

```
                                              ┌── 第 十 团
                              ┌── 第 四 师 ───┼── 第 十一 团
                              │   师   长 卢冬生  └── 第 十二 团
                              │   政治委员 冼恒汉
              ┌── 第二军团 ───┤
              │   军团长 贺 龙  │              ┌── 第 十六 团
              │       (兼)    └── 第 六 师 ───┼── 第 十七 团
              │   政治委员 任弼时    师   长 贺炳炎  └── 第 十八 团
              │       (兼)        政治委员 廖汉生
              │       关向应
              │       (兼)
              │   参谋长 李 达       ┌── 第 十六 师
              │       (兼)         │   师   长 张 辉
              │   政治部主任 甘泗淇   │   政治委员 晏福生
              │       (兼)         │
第二方面军 ──┤                      ├── 第 十七 师
 总指挥 贺 龙  │                      │   师   长 贺庆积
 政治委员 任弼时│                     │   政治委员 汤祥丰
 副总指挥 萧 克 ├── 第六军团① ───────┤
 副政治委员 关向应  军团长 陈伯钧      ├── 第 十八 师
 参谋长 李 达    政治委员 王 震      │   师   长 张振坤
 政治部主任 甘泗淇 参谋长 谭家述      │   政治委员 余立金
                政治部主任 张子意    │          余秋里
                政治部副主任 黄火青   │          (后)
                                   └── 模 范 师
                                       师   长 刘转连
                                       政治委员 彭栋材

                              ┌── 第九十四师 ───┬── 第 二八〇 团
                              │   师   长 萧新槐  │
              ┌── 第三十二军 ─┤      (萧兴怀)  └── 第 二八二 团
              │   军   长 罗炳辉 │   政治委员 辛世修
              │   政治委员 袁任远 │      (幸世修)
              ├── 第三十二军 ──┤                ┌── 第 二八六 团
              │   参谋长 郭 鹏  └── 第九十六师② ─┤
              │   政治部主任 李干辉    师   长 王尚荣  └── 第 二八八 团
              │                     政治委员 谭友林
              └── 红军大学③
```

---

* 一九三六年七月五日，第二、第六军团按照中央革命军事委员会的命令，同原第一方面军第三十二军合编为中国工农红军第二方面军，两军团番号不变。同年十月二十二日，到达隆德西北的将台堡，同第一方面军胜利会师。

① 第六军团 一九三六年七月从甘孜出发后，部队整编为四个师，师直辖营，团的建制撤销。

② 第九十六师 原系第二军团第五师，一九三六年七月拨归第三十二军指挥。同年九月七日，正式编入第三十二军建制，改称第九十六师。

③ 红军大学 一九三六年七月，第二方面军成立了随营学校，不久改编为红军大学。